頬に哀しみを刻め

S・A・コスビー
加賀山卓朗 訳

RAZORBLADE TEARS
BY S. A. COSBY
TRANSLATION BY TAKURO KAGAYAMA

ハーパー
BOOKS

RAZORBLADE TEARS
BY S. A. COSBY

Published by K.K. HarperCollins Japan, 2023

決断力と好奇心という
ふたつのかけがえのない贈り物をくれた母、
ジョイス・A・コスビーに

わが涙のひと粒ずつを
火の粉に変えてみせましょう。
——ウィリアム・シェイクスピア『ヘンリー八世』

頬に哀しみを刻め

おもな登場人物

アイザック（アイク）・ランドルフ――庭園管理会社の経営者
アイザイア・ランドルフ――アイクの息子。ジャーナリスト
デレク・ジェンキンス――アイザイアの夫。ベーカリー店のスタッフ
バディ・リー・ジェンキンス――デレクの父親
ブランドン・ペインター――デレクの同僚
タンジェリン――アイザイアのインタビュー相手
マヤ――アイクの妻
アリアンナ――アイザイアとデレクの娘
クリスティン――バディ・リーの元妻。デレクの母親
ジェラルド・カルペッパー――クリスティンの夫。判事
ジャジー――アイクの部下
マーゴ――バディ・リーの隣人
ブライス――反体制派グループ〈ブルー・アナーキスツ〉のメンバー
グレイソン――バイカーギャング〈レア・ブリード〉の総長
ドーム――バイカーギャング〈レア・ブリード〉の副長
ミスター・ゲット・ダウン――有名音楽プロデューサー
スライス――ギャング〈ノース・リバー・ボーイズ〉のリーダー
ラプラタ、ロビンス――刑事

1

朝早く警官が家の玄関口にやってきて、心の痛みとみじめさ以外のものをもたらしたことがあっただろうか。アイクは思い出そうとしたが、どれほどがんばっても何も頭に浮かばなかった。

そのふたりの男は、家のまえの階段をのぼって、狭いコンクリートの上に並んで立っていた。手はズボンのベルトのバッジと銃の近くに置いていた。バッジは朝日で金塊のように輝いている。ふたりの警官は絵に描いたような好対照だった。一方は、背は高いが細身のアジア人。体じゅうの角が鋭く、縁《ふち》が尖《とが》っている。もう一方は血色がよく、パワーリフティングの選手のような体格の白人で、太い首に馬鹿でかい頭がのっている。どちらも白いドレスシャツを着て、クリップ式ネクタイをつけていた。パワーリフターの両腋《わき》の下には汗染みが広がり、それぞれがイングランドとアイルランドの地図に似ていた。

胃が暴れて、アイクは吐き気を催した。コールドウォーター州立刑務所から出て十五年になる。あの膿《う》みただれた傷のような場所をあとにしてから、累犯率の統計に逆らいつづけている。その間《かん》ずっと、スピード違反切符すら切られたことがない。なのにいまは警官ふたりに睨《にら》みつけられて、舌がカラカラに乾き、喉の奥が燃えるように熱い。古き良きアメリカ合衆国で黒人が警官と話すだけでもろくなことはない。どんな法執行官とのやりとりでも、想像上の崖っぷちに追いつめられたような気がする。それが元囚人なら、崖じゅうにベーコンの脂が塗りたくられているようなものだ。

「何か?」アイクは言った。

「おはようございます。刑事のラプラタと言います。こちらはパートナーのロビンス刑事。なかに入っても?」

「なんの用です?」アイクは訊《き》いた。ラプラタはため息をついた。低く長い、ブルースの歌の最低音《ボトム・ノート》のようだった。アイクは緊張した。ラプラタがロビンスを見ると、ロビンスは肩をすくめた。ラプラタはうつむき、また顔を上げた。アイクは刑務所にいたときにボディランゲージを学んでいた。このふたりの態度に攻撃性は感じられない。少なくとも、通常の十二時間勤務の警官からにじみ出る攻撃性を超えるものは。ラプラタがうつむいたときの様子は、ほとんど……悲しげだった。

「アイザイア・ランドルフという息子さんがいますか?」ラプラタはようやく言った。

そのとき、アイクにはわかった。刑務所の中庭でもうすぐ喧嘩《けんか》が始まるのがわかるように、わかった。はるか昔、ヤク中が麻薬ひと袋のためにナイフで襲ってくるのがわかったように。近所の仲間のルーサーが〈サテライト・バー〉から女を家に連れ帰ったあの夜、人生最後の日没を見たということが、肚《はら》の底でわかったように。

第六感と言えばいいのか。悲劇が現実になる数秒前にそれを感知する超自然的な能力。

「息子に何が起きたんです、刑事さん？」アイクは訊いたが、答えはすでに知っていた。骨でそれを知った。自分の人生は二度ともとには戻らないと。

2

葬儀には美しすぎる日だった。

雪のように白い雲が青い空を流れていた。四月の第一週だが、空気はまだピリッと冷たい。もちろんそこはヴァージニアのこと、十分後にバケツをひっくり返したような雨が降り、一時間後には悪魔の尻のように暑くなってもおかしくないのだが。

セージグリーンのテントの下に、残った会葬者が集まり、棺《ひつぎ》がふたつあった。牧師がテントのすぐ外に積み上がった土をひとつかみ取った。土の山は年季の入った人工芝シートで覆われていた。牧師は棺の頭側に移動した。

「土は土に、灰は灰に、塵《ちり》は塵に」墓地に朗々と声を響かせ、両方の棺に土を振りかけた。復活と最後の日々に関する文言は飛ばした。葬儀社の男が進み出た。背が低く、ずんぐりしていて、灰色の顔がチャコールグレーのスーツと合っている。暑くもないのに、その顔には汗が光っていた。まるで体が気温ではなくカレンダーに反応しているかのように。

「以上でデレク・ジェンキンスとアイザイア・ランドルフの葬儀を終了いたします。両家からご参列の皆さんに感謝いたします。安らかな心でお帰りください」男は言った。牧師のように芝居がかった口調ではなく、テントの外には聞こえないくらいだった。

アイク・ランドルフは妻の手を放した。マヤはアイクに寄りかかった。アイクは自分の両手を見おろした。空《から》っぽの手を。生まれて十分とたっていない息子を抱いた手を。息子に靴紐《くつひも》の結び方を教えてやった手。風邪を引いた息子の胸に軟膏《なんこう》を塗ってやった手。法廷できつく手錠をかけられたまま、息子に別れの挨拶をした手。アイザイアの結婚相手の男が握手の手を伸ばしてきたときにポケットに突っこんで隠した、たこだらけの手を。

アイクはがっくりとうなだれた。マヤの膝にのった小さな女の子が、マヤのブレイズの髪で遊んでいた。アイクはその子を見た。はちみつ色の肌とそれに似合った髪。アリアンナは両親が死ぬまえの週に三歳になったばかりだった。いま何が起きているか、薄々わかっているのだろうか。パパふたりは眠っているのよとマヤが伝えたとき、アリアンナはとくに問題なく受け入れているように見えた。アイクはすぐに順応する彼女の心がうらやましかった。彼にはできない方法でこのことを理解している。

「アイク、わたしたちの息子があそこに。わたしたちのかわいい息子が」マヤがむせび泣いた。アイクは妻の声にたじろいだ。罠《わな》にかかったウサギの叫び声のようだった。人々が立ち上がると、折りたたみ椅子が軋《きし》み、哀れな音を立てた。みな駐車場に向かいはじめた。

アイクは背中や肩に軽く手が当てられるのを感じた。気持ちの伝わらない慰めのことばが耳元でつぶやかれた。彼らが気にかけていないということではない。そういうことばがアイクの魂の傷をほとんど癒《いや》さないことがわかっているのだ。言い古されたまだるっこしい決まり文句を口にするのは誠意に欠けるが、ほかに何ができる？　誰かが死んだときにはそうするものだ。これでも食べてとキャセロールを持参するのと同じくらい、自明のことなのだ。

人が減って、ほどなくまわりの椅子には誰もいなくなった。五分もしないうちに、墓地に残っているのはアイクとマヤとアリアンナ、墓掘り人、そしてアイクがデレクの父親とぼんやり認識している男だけになった。アイクの家族の多くは参列していなかった。見たかぎり、デレク側の家族もあまり顔を出そうとは思わなかったようだ。会葬者の大半はアイザイアとデレクの友人たちだった。アイクにはデレクの家族がわかった。デレクとアイザイアがつき合っていたヒップスターの若者や中性的な女たちのなかで、目立っていたからだ。細身で筋肉質、日焼けしてやつれた顔に、冷たく厳しい目つき。みなブルーカラーの貧乏白人《レッドネック》だった。アイクが見ていると、説教が始まってちょうど三十分たったころ、彼らの顔が急に赤らんだ。牧師が、赦《ゆる》されない罪はないと言ったときだった。ひどく忌まわしい罪でさえ、慈愛に満ちた神は赦してくださると。

アリアンナがマヤのブレイドの一本を引っ張った。

「やめなさい！」マヤが言った。声が鋭く響いた。アリアンナはいっとき黙った。次に何が来るかはわかっている。この意味深長な間《ま》は、泣きだす前兆なのだ。アイザイアがよく同じことをしていた。

アリアンナがわめきはじめた。叫び声が葬儀の静かな瞑想《めいそう》の雰囲気を貫き、アイクの耳で鳴り響いた。マヤはアリアンナをなだめようとした。謝って、アリアンナの額をなでた。アリアンナは大きく息を吸い、もっと大きな声で泣き叫んだ。

「車に連れていけ。おれもすぐに行く」アイクは言った。

「アイク、どこへも行かないわよ、まだ」マヤが言い返した。アイクは立ち上がった。

「頼む、マヤ。車に連れていくんだ。数分たったら追いかけて、おれがこの子の面倒を見るから。そしたらまた戻ってくればいい」アイクの声はかすれかけていた。マヤも立ち、アリアンナを胸に引き寄せた。

「好きに言ってれば」彼女は背を向け、車へと向かった。遠ざかるにつれ、アリアンナの叫び声は弱まり、すすり泣きになった。アイクは金の縁取りのある黒い棺に手を置いた。

そこに息子が入っていた。彼の息子が長方形の容器のなかにいる。包装された加工肉のように。そよ風が吹き、テントの天幕の端から下がったタッセルが瀕死《ひんし》の鳥の羽のように揺れた。デレクは黒縁の銀色の棺に入っていた。アイザイアはこれから夫の横に埋葬される。ふたりはともに死に、ともに安らぐ。

デレクの父親が椅子から立った。痩《や》せた体に長年外で働いた肌のみすぼらしい男で、白髪交じりのぼさぼさの髪を肩まで伸ばしていた。並んだ棺の足側に歩いてきて、アイクの隣に立った。墓掘り人たちは、最後の会葬者となったふたりが去るのを待つあいだ、スコップの点検に集中していた。痩せた男は顎をかいた。顔の下半分を灰色のひげがうっすらと覆っている。コホンと咳《せき》をし、喉を整え、また咳をした。落ち着くと、アイクのほうを向いた。

「バディ・リー・ジェンキンス、デレクの父親だ。きちんと挨拶してなかったと思う」バディ・リーは言い、手を差し出した。

「アイク・ランドルフ」アイクはその手を取り、二度上げ下げして放した。ふたりは棺の足側に立ったまま、石のように押し黙った。バディ・リーがまた咳をした。

「結婚披露宴には出たのか？」彼が訊き、アイクはかぶりを振った。

「おれもだ」とバディ・リー。

「去年、彼らの娘の誕生パーティで見かけたと思う」アイクは言った。

「ああ、いたが、すぐ帰った」バディ・リーは歯のあいだから息を吸いながら、スポーツコートのしわを伸ばした。「デレクはおれのことを恥じてたよ。責めるわけにもいかない」バディ・リーは言った。アイクはどう答えればいいかわからず、黙っていた。

「あんたと奥さんに礼が言いたかった。何もかも手配してもらって。おれの貯《たくわ》えじゃ、とてもこんなふうに見送ってやれなかった。おまけにデレクの母親はやる気ゼロだ」バディ・リーは言った。

「うちがやったわけじゃない。当人たちがすでに手配してた。前払いの葬儀サービスのようなものを。だからこっちはサインするだけだった」アイクは言った。

「たまげたな。あんたは二十七歳のときに葬儀の手配なんかしてたか？　おれはぜったいしなかった。二十七歳なんて、クソ新聞配達の計画も立てられなかったよ」バディ・リーは言った。アイクは息子の棺をなでた。最後にすごすはずだった時間は台なしになった。

「その手のタトゥー、〈ブラック・ゴッド〉のだろ？」バディ・リーが訊いた。アイクは自分の両手をじっと見た。右手のライオンとその頭上の三日月刀二本のぼんやりした絵柄、そして左手のRIOT《ライオット》の文字が、コールドウォーター州立刑務所での二年目から彼のもの言わぬ相棒だった。

　アイクは両手をポケットに突っこんだ。

「昔の話だ」アイクが言うと、バディ・リーはまた歯のあいだから息を吸った。

「どこで務めた？　おれはレッド・オニオンで五年だ。あっちには手強《てごわ》いやつらがいる。〈BG《ブラック・ゴッド》〉の連中も何人かいたよ」

「気を悪くしないでほしいんだが、あんまり話したい話題じゃない」アイクは言った。

「なるほど。気を悪くしないでほしいんだが、話したくないなら、なんでそのタトゥーを消しちまわない？　へっ、聞いた話じゃ、一時間もあれば消せるそうじゃないか」バディ・リーは言った。アイクは両手をポケットから出し、黒いライオンに目を落とした。ライオンは大雑把《おおざっぱ》な州地図の上に立っている。

「話したくないからって、忘れたいわけじゃない。こいつはあそこに二度と戻りたくない理由を思い出させてくれる」アイクは言った。「息子とゆっくり話したいだろう」と背を向けて去りかけた。

「行く必要はない。おれと息子にとってはもう遅すぎる」バディ・リーが言った。「あんたと息子にとってもな」アイクは足を止め、バディ・リーのほうを向きかけた。

「どういう意味だ？」アイクは尋ねた。バディ・リーは無視した。

「デレクが十四のとき、うちのトレーラーハウスの裏の森にある小川のそばで、別の少年とキスしてるところを見かけた。おれはズボンからベルトを抜いて打ちすえた。まるでこいつが逃亡者か……何かを盗んだみたいに。口汚く罵《ののし》って変態呼ばわりした。息子の脚じゅうにミミズ腫れができるまでぶっ叩《たた》いた。デレクは泣いて、ごめんなさい、どうしてこうなったのかわからないと叫んだ。あんたは息子とそんなふうにならなかったか？　一度も？　たぶんおれよりいい父親だったんだろうな」バディ・リーは言った。アイクは奥歯を噛《か》みしめた。

「どうしてこんな話をしてる？」アイクが言うと、バディ・リーは肩をすくめた。

「デレクといま五分でも話せるとしたら、おれがなんと言うかわかるかい？　〝おまえが誰とファックしようがかまわない。本当にかまうもんか〟だ。あんたは息子に何を言いたい？」とバディ・リー。アイクは相手をじっと見つめた。その内面まで見て取ろうとした。バディ・リーの両目の端に涙がたまっていたが、落ちない。アイクは歯を食いしばりすぎて奥歯が割れてしまいそうだった。

「もう行く」アイクは言った。大股で車に向かいはじめた。

「犯人は捕まると思うか？」バディ・リーがアイクの背中に呼びかけた。アイクは足を速めた。車まで戻ると、ちょうど牧師が駐車場から出るところだった。真っ黒なBMWがゆっくりと横を通りすぎていく。アイクは見つめた。J・T・ジョンソン牧師の横顔はチーズをスライスできそうなくらい鋭かった。首をこちらに向けもしないし、アイクとマヤに黙礼することもない。

アイクはドライブウェイを走り、牧師がハイウェイに出るまえに追いついた。車の窓ガラスを叩くと、牧師は窓を下げた。アイクは腰を落とし、手を車のなかに伸ばした。

「息子の葬式で説教をしてもらって、お礼を言うべきなんでしょうね」と話しかけた。ジョンソン牧師は彼の手を握り、上下に何度か振った。

「お礼などいらないよ、アイク」牧師は言った。深く豊かなバリトンの声が、なめらかな線路を進む貨物列車のように胸から響いた。手を引っこめようとしたが、アイクはしっかり握ったままだった。

「お礼を言うべきだが、言えません」アイクはさらに強く牧師の手を握りしめた。牧師は痛そうに顔をしかめた。「どうしても訊きたい。どうして葬式で説教をしたんです？」

ジョンソン牧師は言った。「アイク、マヤが私に――」

「マヤが頼んだのは知ってる。でも、なんで説教をしたのかと訊いてるんです。したくなかったのはわかってる」アイクは握ったジョンソンの手に力をこめた。

「アイク、手が……」

「あんたは忌まわしい罪について話した。何度も何度も。おれの息子を忌まわしい罪人だと思ってるのか？」アイクは訊いた。

「アイク、そんなことは言ってないよ」

「言わなくてもわかった。おれは生活のために草を刈ってるかもしれないが、侮辱は聞けばわかる。あんたはおれの息子を怪物か何かのように思ってる。だから葬式にいた人全員にそれをはっきり知らせた。息子がほんの一メートル先にいるのに、どんな罪も赦されるだのなんだの、クソくだらない話がやめられなかった。あいつの忌まわしい罪の話だ」

「アイク、頼む……」ジョンソン牧師が言った。善き聖職者のＢＭＷのうしろに車の列ができはじめた。

「息子が記者だったことには触れもしなかった。ＶＣＵ（ヴァージニア・コモンウェルス大学）を首席で卒業したことも、ハイスクールでバスケットボールの州チャンピオンになったことも話さなかった。話すのは忌まわしい罪のことばかり。息子のことをどう思っていたのかは知らないが、あいつはただ……」アイクは口をつぐんだ。ことばが鶏《とり》の骨のように喉に引っかかった。

「頼む、手を放してくれ」牧師はあえいだ。

「おれの息子はクソ忌まわしい罪人じゃない！」アイクは言った。渓流の岩の上を流れる水のように冷たい声で。ジョンソン牧師の手をさらに強く握った。中手骨《ちゆうしゆこつ》がこすれて粉になるのを感じた。ジョンソン牧師はうめいた。

「アイク、牧師さんを放して！」マヤが言った。アイクが右を向くと、妻が車の外に立っていた。車列は十台ほどになっていた。アイクは手を放した。ジョンソン牧師はタイヤをスピンさせてハイウェイに飛び出していった。アイクはまたたく間に牧師を運び去ったドイツの工学技術に感心した。

　アイクは自分の車に歩いていった。マヤが助手席に、彼は運転席に乗りこんだ。マヤは華奢《きやしや》な胸の上で腕を組んで、窓に頭をもたせかけた。

「なんなの、いったい」彼女は訊いた。アイクはイグニションキーをまわし、ギアを入れた。

「説教であいつが何を言ってたか聞いたろ。アイザイアについて」アイクが言うと、マヤはため息をついた。

「あなたはもっとひどいことを言ったでしょう。死んだから今度は弁護したくなったの？」マヤが訊いた。アイクはハンドルを握る手に力をこめた。

「おれはあいつを愛してた。「本当に。おまえと同じくらい」アイクは噛みしめた歯のあいだから言った。

「本当に？　学校であの子が朝も昼も夜もいじめられてたときに、その愛はどこに行ってたの？　ああ、そうだ、刑務所にいたんだったわね。あのとき、彼はあなたの愛を必要としてた。土のなかにいるいまじゃなくて」マヤの頬を涙が流れ落ちた。アイクは緊張を噛み砕くように顎を上下させた。

「だから家に帰ったときに、あいつに闘い方を教えてやったんだ」アイクは言った。

「あなたがいちばんよく知っていることだから。でしょ？」マヤは訊いた。アイクは歯を食いしばった。

「もう一度あっちに戻りたければ――」と言いかけた。

「もう家に帰って」マヤはすすり泣いた。

アイクはアクセルを踏み、墓地の駐車場をあとにした。

3

バディ・リーはベッドでまっすぐ体を起こした。誰かがトレーラーハウスのドアを叩いている。あまりの勢いに家全体が揺れている感じだった。ナイトスタンド代わりのミルククレートに置いた時計を見た。六時。葬儀が終わったのは午後二時だった。そのあとスーパーマーケット〈ピグリー・ウィグリー〉に寄って、ビールをひとケース買った。最後の缶をつぶしたのが四時半ごろで、すっかり酔っ払ってベッドに倒れこみ、意識を失ったのだ。

またドアを叩く音がした。警察だ。警察にちがいない。あんなに激しくドアを叩くのは、お巡り《ジョニー・ロー》以外にいない。バディ・リーは目をこすった。

逃げろ。

その考えがLEDの表示のように頭のなかで閃《ひらめ》いた。強い衝動に駆られ、床におりて裏口に二歩踏み出したところで、何をしているのだとわれに返った。バディ・リーは大きく息を吸った。

逃げろ。

レッド・オニオンを出所して十年がたつというのに、その考えが頭のなかでズキズキと脈打った。戸棚に密造酒ひと壜《びん》と、トラックにマリファナ煙草《たばこ》二本しかないというのに。三年前に〈キッチナー・シーフード〉の運転手として雇われてから、基本的には堅気の生活をしてきたというのに。まあ、忌引きで一週間の休みはやれないとリッキー・キッチナーに馘《くび》にされたから、もう堅気にこだわる必要もないのだが。

バディ・リーは指の関節を鳴らして正面の入口に歩いていった。酔いつぶれたあと気温が急上昇していたので、ドアを開けるまえにエアコンをつけた。

背が低くずんぐりした男が、階段代わりに置いたブロック四個の上に立っていた。禿《は》げかけた頭の両サイドと後頭部を取り巻くように赤錆《あかさび》色の髪が残っている。白いTシャツについた一週間分の染みが、ぼやけた象形文字のように男の食事の仕方を説明していた。

「よう、アーティ」バディ・リーは言った。

「家賃が一週間遅れてるぞ、ジェンキンス」アーティが言った。バディ・リーはげっぷをした。一ケース二十四缶のビールが突然口にお出ましか。目を閉じ、カレンダーを思い描こうとした。もうそんな時期か？　頭頂部を黒く塗りつぶしたデレクの顔写真を警察に見せられてから、時間のたち方がちぐはぐでおかしな具合になっていた。

バディ・リーは目を開けた。

「アーティ、おれの息子が死んだのは知ってるだろう？　今日は葬式だったんだ」

「聞いたよ。けど家賃の支払いが遅れてることには変わりない。息子のことは残念だ。本当に気の毒だが、遅れたのはこれが初めてじゃない。何度か待ってきたが、とにかく明日までに払ってもらわないと別の相談をしなきゃならなくなる」アーティは言った。ネズミを思わせるぼんやりした茶色の小さな目は、顔にくっついた古いペニー銅貨のようだった。

バディ・リーはガタのきたドア枠にもたれ、細くたくましい腕を組んだ。

「ずいぶん困った状況になってるようだな、アーティ。わかるよ。どうすればそのしゃれた服を手放さずにすむだろうな」

「好きなだけからかってればいい、ジェンキンス。だが明日、土地代とトレーラーの賃料を含めた全額を支払わなきゃ――」アーティが言うと、バディ・リーは入口前のブロックの上におりた。アーティはその動きを予期しておらず、ぎこちなくあとずさりして地面に転びそうになった。

「なんだ？　支払わなければどうする？　お巡《まわ》りでも呼ぶか？　裁判所まで出かけて、おれをこのクソみたいなトレーラーから蹴り出す令状でも取るつもりか？　神よ憐《あわ》れみたまえ、一九九四年からトイレがちゃんと流れないこのクソ大邸宅なしで、おれはいったいどうすればいい？」

「タダ借りは認めないぞ、バディ・リー！　セクション8（一九三七年の住宅法第八条にもとづき、低所得世帯に補助金つき住宅を提供する連邦プログラム）が適用される家じゃないからな。補助が欲しけりゃ、ウィンダム・ヒルズまで行って、ほかの生活保護者と仲よくやるこった。ムショ帰りに貸しちゃいけないってことはわかってたんだ。かみさんにそう言われたが、おれは聞かなかった。誰かに情けをかけると、かならず足蹴にされる」言い募るアーティの唇から唾が飛び散った。

「足蹴にされてもしかたないだろ。かみさんがあんたを月一回しか風呂に入れさせないんだから」バディ・リーは言った。アーティは平手打ちを食らったかのように顔をしかめた。

「くそったれ、バディ・リー。これはワキガだよ。あんたはただのクズだ。ジェンキンス一家はみんなクソだからな。だから息子も――」アーティは最後まで言い終えることができなかった。バディ・リーが一歩半の間合いを詰めて、長年の使用で茶色の柄《え》がなめらかに光るジャックナイフの切っ先を下腹部に突きつけたからだ。バディ・リーは背の低い相手のTシャツをつかんで引き上げ、その耳元に口を近づけた。

「だから息子がどうした？　続けろよ。言ってみろ。そしたら遠慮なく金玉から首まで切り裂いてやる。腹をかっさばいて、日曜のディナーに腸の煮込み料理《チタリング》でも作ってやろうか」バディ・リーは言った。

「お……おれはただ……家賃をもらいたいだけで」アーティは苦しそうに息をした。

「おれの息子がまだ土のなかで冷たくもなっていないうちにここに来て、ガキ大将みたいにちんぽこを振りまわしたかっただけだろ。いままでそのクソたわ言をおとなしく聞いてきたのは、もめごとを起こしたくなかったからだ。けどな、今日おれは息子を埋葬してきて、もう失うものは何もない。だから言えよ。さあ早く。言えよ！」バディ・リーの胸は吐き出す息の激しさに合わせて波打った。

「デレクのことは残念だった。本当だ。ひどすぎる話だ。頼む、放してくれ。心の底から残念だ」アーティは言った。両方の腋の下から強烈なにおいが漂い、バディ・リーの目に涙がにじんだ。少なくとも自分には、においのせいだと言い聞かせた。アーティがつつき出した彼の心のなかのガラガラヘビは、息子の名前を聞くと同時に巣穴に這《は》い戻った。闘争心がザルに注いだ水のように流れていった。アーティは根性の悪い不衛生な男だが、デレクを殺したわけではない。デレクという人間を理解できなかったもうひとりのまぬけにすぎない。そこはアーティとバディ・リーに共通する点だった。

「クソ家に帰れ、アーティ」バディ・リーは言った。相手のシャツを放し、ナイフをポケットに戻した。アーティはあわててうしろに下がり、横に遠ざかった。バディ・リーから充分距離を置いたと感じたところで立ち止まり、中指を立てた。

「くたばれ、ジェンキンス！　警察を呼んでやる。もう家賃の心配はしなくていいぞ。今晩は留置場に泊まるんだからな」

「失《う》せろ、アーティ」バディ・リーは言った。先ほどの威嚇はどこへやら、平坦《へいたん》で無気力な声だった。アーティは目をぱちくりさせた。突然の緊張緩和に戸惑ったのだ。バディ・

リーは相手に背を向け、トレーラーのなかに戻った。エアコンは部屋を冷やそうとがんばっているようだが、あまり効いていなかった。

バディ・リーはソファに寝そべった。肘掛けに貼ったダクトテープに前腕の毛をいくらか奪われた。ズボンのうしろのポケットのあたりを探って、財布をつかみ取った。運転免許証のうしろに、しわの寄った小さな写真が入っている。その端をつまんで引き出した。一歳のデレクといっしょに写った写真だ。バディ・リーが上半身裸で、曲げた腕に息子を抱えてアルミ製のローンチェアに坐《すわ》っている。髪は肩まであってスペードのエースのように黒い。デレクはスーパーマンのシャツを着て、おむつをつけていた。

この写真の若者は、歳《とし》をとったいまの自分をどう思うだろう、とバディ・リーは考えた。この若者には火薬とガソリンが詰まっている。よくよく見れば、右目の下に小さなあざがあるのがわかる。チュリー・ペティグリューの下で借金の取り立てをしていたときにもらった土産《みやげ》だ。写真の男は荒々しく危険だ。つねに戦闘意欲満々で、よからぬことを企《たくら》んでいる。この男のまえでアーティがデレクの悪口など言おうものなら、こいつは暗くなるまで待ってからアーティの喉をかき切っただろう。砂利の上にありったけの血を流すのを見届けてから、どこか暗く荒れ果てた場所に運ぶ。歯を叩き折り、両手を切り落として、浅く掘った穴に埋め、石灰の粉を二十キロほどかける。そして写真の男は家に帰り、女と愛し合い、眠れないなんてことは一分たりともないだろう。

デレクはちがった。ジェンキンス家の木にどんな根腐れ菌がついていようと、デレクは避けて通っていた。バディ・リーの息子は前向きな可能性に満ちていて、生まれたその日から流れ星のように輝いていた。ジェンキンスの一族の大半が一世代かけてもできなかったことを、デレクは二十七歳でやすやすとなしとげていた。バディ・リーの手が震えだした。両手全体に震えが広がり、止まらなくなった。写真が指を離れ、ひらりと床に落ちた。バディ・リーは頭を両手にうずめ、涙が出てくるのを待った。喉がヒリヒリする。胃がぐるぐるまわる。両目は破裂したがっているかのようだ。それでも涙は出てこなかった。

「おれの息子。愛《いと》しい息子」バディ・リーは体を前後に揺すりながら、何度もつぶやいた。

4

アイクはリビングルームに坐り、ラム酒をロックで飲んでいた。スーツから白いタンクトップとジーンズに着替えていた。氷を入れたのに、喉を通りすぎるラムが焼けつくようだった。マヤとアリアンナは昼寝をしている。台所には、チキン、ハム、マカロニチーズの容器が所狭しと置かれていた。アイザイアとデレクの友人たち数人がベジタリアン・バーベキューも持ってきていた。それがどんな食べ物であれ。

アイクはラムのグラスを持ち上げ、ひと息で飲み干した。一瞬怯《ひる》んだが、飲み下した。もう一杯つごうかと思って、やめた。酔っ払ってもいいことはない。いまの痛みを感じる必要があった。心のなかでそれを消さずにおく。痛みの罰を受けなければならなかった。心の奥では、いつかアイザイアとわかり合えるとずっと思っていた。時がふたりのあいだの氷河を溶かし、両者にある種の閃きの瞬間が訪れる、と。アイザイアは、自分のライフスタイルを認めることが父親にとっていかにむずかしいかをようやく理解し、かたやアイクは、息子がゲイであることを受け入れられるようになる。だが、時は水銀の川だった。

そこに全身浸っているのに、つかもうとすると指をすり抜ける。二十歳が四十歳になった。冬が春になった。そして理解できるようになるまえに、アイクは息子を埋葬し、この川は自分をどこに流してきたのだろうと悩む年寄りになっていた。

空《から》のグラスを額に当てた。クソ氷河が溶けるのを待つ代わりに、歩いて渡るべきだった。アイザイアと向かい合って坐り、感じていることを説明してみればよかった。父親失格というふうに感じている、と。アイザイアはああいう子だから、自分のセクシャリティは父さんの不器用な育て方とは何も関係ないと言っただろう。それでふたりは笑ったかもしれない。そうして氷が割れていたかもしれない。

アイクはため息をついた。都合のいい幻想だ。

グラスをコーヒーテーブルに置いた。リクライニング・チェアに体を預け、目を閉じた。この椅子は自分への贈り物、園芸用土と根覆いの袋を運んで疲れきった骨を休める場所だった。

携帯電話がポケットで振動した。番号を確かめると、アイザイアの事件を捜査すると言っていた刑事のひとりだった。

「はい」アイクは言った。

「ミスター・ランドルフ、刑事のラプラタです。その後いかがですか？」

「今日は葬儀でした」

ラプラタは間を置いた。

「お悔やみ申し上げます、ミスター・ランドルフ。こちらは犯人捜しに全力を尽くしています。そのためなのですが、そちらに立ち寄ってあなたと奥さんに話をうかがえないでしょうか。アイザイアとデレクの友人や知り合いがあなたがたに連絡をとっていないかと思いまして。彼らから話を聞くのに苦労しているのです」

「そっちは警察だから。たとえやましいことがなくても警官と話をしたがらない人は大勢いる」アイクは言った。ラプラタはため息をついた。

「手がかりを見つけたいだけなんです、ミスター・ランドルフ。いまのところ、息子さんや彼のボーイフレンドの悪口を言う人物はひとりも見つかっていない」

「彼らは……結婚していた」アイクは言った。気まずい沈黙が電話回線を詰まらせた。

「失礼。息子さんの雇い主と話をしました。今年の初めに殺しの脅迫を受けたそうですが、そのことはご存じで？」

「いや、知らなかった。アイザイアとは……ふつうの親子ほど親しくなかったもので。だから、こっちに来ても力にはなれないと思いますよ」アイクは言った。

「奥さんはどうです、ミスター・ランドルフ？」

「いま彼女と話すのは、あまりいいタイミングじゃない」

「ミスター・ランドルフ、つらいのはわかりますが――」

「本当に？　誰かがあんたの息子の頭を撃って、倒れた上から弾倉が空になるまで弾《たま》を浴びせたのか？」アイクは言った。携帯電話を握る手に力が入って筐体が軋んだ。

「いいえ、だが――」

「失礼します、ミスター・ラプラタ」アイクは〝終了〟ボタンを押し、電話をコーヒーテーブルの空のグラスの横に置いた。

テレビと数十の額入りの写真が入っている安物のプレスボードの棚に歩いていった。レッド・ヒル郡ハイスクールの金色と青のユニフォームを着たアイザイアが、ひざまずいて、片手をバスケットボールに置いている。十歳前後のアイザイアが、看護学校を卒業したマヤに記念バッジをつけている写真。アイザイアが大学を卒業した日に親子三人で撮った写真。マヤがアイクとアイザイアのあいだに立って、ふたりが口論しないように非武装地帯の役割を果たしている。口論はそのあとだった。アイザイアのジャーナリズムの学位取得を祝って、外でバーベキューをしたときだ。思い出に残る日になるはずだった。たしかに思い出には残ったが、まったく別の理由でそうなった。アイクは卒業式の写真を手に取り、たこのできた太い指でガラスの上をなぞったあと、棚の最上段に戻した。

台所を抜けて裏口から外に出た。自分の小屋に向かい、ドアを開けてなかに入り、ライトをつけた。燃料と鉄のにおいが充満していた。大きな小屋だ。縦横十二メートルあり、天窓と通気口がついている。ひとつの壁際には、さまざまな道具や造園機器が軍隊並みの几帳面《きちょうめん》さでそろえてある。フックにかかったリーフブロワー二台と草刈り機二台は、ショールームの展示品のように光っている。熊手とシャベルも武器庫のライフルのように整然と積まれている。隣り合った手押し芝刈り機と縁刈り機には、草も土もまったくついていない。小屋の右隅、浮遊する土埃《つちぼこり》の向こうにサンドバッグが吊《つ》ってあった。天井からぽつんと下がったライトが、サンドバッグのうしろの壁に奇妙な影を投げかけていた。アイクはそこに近づいて、足の指のつけ根で軽くジャンプしはじめた。頭を細かく動かし、フェイントをかけ、サンドバッグにパンチを打ちこみはじめた。すばやいワンツーのコンビネーションで、むき出しの拳に古びた革の刺すような刺激を感じた。

成長期のアイザイアは生まれもっての運動選手だった。サンドバッグを打つ動きは力強くなめらかだった。フットワークも並はずれていて、頭は読めない方向に動いた。

アイクが出所したとき、アイザイアが彼といっしょに愉《たの》しんだのはボクシングだけだった。拳にバンデージを巻き、使いこんだ牛革に叩きこんでいるときに話をする必要はない。アイクはアイザイアに、ゴールデングローブ(アマチュアボクサーが出場するボクシングの全米大会)で闘うか、アマチュア運動組合《AAU》に加わってほしかった。ふたりのあいだの亀裂にボクシングが橋をかけてくれることを期待した。が、アイザイアは闘うことを拒否した。アイクがいくら熱心に勧めても、息子の決意は揺るがなかった。十四歳の少年がみなそうであるように、頑固だった。ついにアイクは強引に言いすぎてしまい、アイザイアは問題の核心に触れた。

「ぼくは父さんじゃない。人を傷つけるのは好きじゃないんだ」

それで終わりだった。その後ふたりがいっしょに小屋に入ることはなかった。アイクはエルボー・ストライクを連続で打ちこんだ。うしろに跳び、顎を引いて、スタッカートのリズムで右と左のパンチを放った。サンドバッグのピンと張った革にぶつかる拳の安定したビートが小屋に反響した。

アイクはアイザイアにつねに強く当たり、アイザイアは同じ力で押し返してきた。ふたりはそっくりだとマヤは言った。まるであなたが彼を産んだみたい、と。数カ月前の最後の会話は、激しい口論とドアを叩きつけるように閉める音で終わった。アイザイアがデレクと結婚することを母親に報告しに来たときだった。マヤは彼を抱きしめた。アイクは台所に入り、酒をついだ。アイザイアは母親からさらに何度かキスされたあとで、彼を追ってきた。

「認めてくれないの？」アイザイアは言った。アイクはラムをあおって、グラスをカウンターの端に置いた。

「おれが認めるとか認めないとか、もうそういう話じゃない。おまえだけの話じゃないのはわかってるだろう。いまは幼い娘もいる」アイクは言った。

「父さんの孫だ。名前はアリアンナ。父さんの孫だよ」アイザイアの眉間に浮いた血管が脈打ちはじめた。アイクは腕を組んだ。

「いいか。どうすべきかおまえに言い聞かせることは、ずっとまえにあきらめた。だが、あの子の人生がつらくなることは確定してる。黒人とのハーフだぞ。母親はおまえが金を払って産んでもらった誰か。そしてゲイの父親がふたり。で、今度はなんだ？　結婚式でフラワーガールを務めさせるのか？　ジェファーソン・ホテルを借りきって派手に騒ぎたてるのか？　数年後、おまえらは幼稚園の参観日に出て、あの子はほかの子たちから、どっちがママなのと訊かれるわけだ。おまえでもデレクでも、落ち着いてそういうことを一度でも考えたか？」アイクは言った。

「ぼくが人生でいちばん好きな相手と結婚すると言ったとき、父さんの頭に最初に浮かぶのはそれなのか？　祝福じゃなくて。不誠実な〝父さんもうれしい〟ですらなくて、ほかの人がどう考えるか、ほかの人がどう言うか、なのか。いまさらそんなことを、アイザック（アイクの洗礼名）。ほかの人がどう言うかなんて、父親が元囚人だって説明をするようになってから扱い慣れてる。結婚の誓いは夜中に森のなかの小屋でやれって言うんだろうね。知ってるかどうかわからないから言うけど、みんながみんな父さんみたいに考えるわけじゃないんだ。この世の親のすべてがわが子を胸糞悪《むなくそ》いと思うわけでもない。で、父さんみたいに考える人たちは？　もうすぐ死んでいなくなるさ」アイザイアは言った。アイクはそこでグラスを取ったことを憶《おぼ》えていない。壁に向かってそれを投げつけたことも。憶えているのは、アイザイアが背を向け、ドアを叩きつけるように閉めて出ていったことだけだ。

　三カ月後、息子と彼の夫は死んだ。リッチモンドのダウンタウンの高級ワインバーのまえで、何度も撃たれて。息子と夫が倒れると、犯人たちは念入りにとどめを刺した。プロの仕事だ。アイザイアが最後に抱いた父親のイメージは、台所のキャビネットにグラスをぶつけて割るところだったのだろうか。

　アイクは叫びはじめた。胸にたまった末に爆発したのではなかった。いきなり長く荒々しい咆哮《ほうこう》として出てきた。サンドバッグが痙攣《けいれん》を起こしたように揺れ、跳ねた。動物的な本能のまえにテクニックは消し飛んだ。拳の皮膚が裂け、サンドバッグに赤いロールシャッハの絵を残した。顔に汗が流れ、両目に入った。涙が流れて頰を焼いた。息子のための涙。妻のための涙。これから育てなければならない幼い娘のための涙。これまでの自分たちと、みなが失ったものを思っての涙だった。どの一滴もカミソリの刃のように顔を切り刻んだ。

5

バディ・リーは腕時計を確かめた。八時五分前。〈ランドルフ庭園管理〉の看板には、月曜から土曜まで午前八時に営業開始とある。いつシャッターが開いてもおかしくない。トラックのエアコンは、トレーラーのエアコンとあまり変わらず、送風口から出る空気はよくて生ぬるい程度だった。フロンを交換する必要があるが、今週は電気代を支払わなければならない。家の冷蔵庫とトラックのエアコンのどちらを動かすかとなったら、いつも冷蔵庫が勝つのだった。

バディ・リーはラジオの局を替えた。本物のカントリーはもうどこもやらなくなった。赤ん坊のうんちのようにソフトな男性モデルが、スチールギターに合わせて腰をくねらせる曲を歌うだけだ。バディ・リーが駐車しているガソリンスタンドのまえを、伐木運搬トラックが走り抜けた。〈ランドルフ庭園管理〉は〈スピーディ・マート〉の道の向かい側に立つ板金の平屋の倉庫のなかにあり、〈レッド・ヒル生花店〉の先だ。バディ・リーが住むカロン郡はレッド・ヒルから二十五キロほど離れている。自分の息子とアイクの息子が車でわずか二十分のところに育ちながら、大学で初めて知り合ったというのもおかしなものだった。人生は人を奇妙な道に送りこんで、それぞれの運命へと進ませる。

店に戻ってコーヒーをもう一杯買おうとしたとき、白いデューリー・トラックが〈ランドルフ庭園管理〉のまえに停《と》まるのが見えた。アイクがおりてきて、金網のゲートを奥まで開け、トラックを駐車場に入れた。彼がまたトラックから出て建物に入っていくのを、バディ・リーはじっと見つめた。

自分のおんぼろトラックからおりようとして、バディ・リーは咳《せ》きこみはじめた。ひどくなるのがわかった。食道は塩味の飴《タフィ》を引き伸ばしているような感触だし、肺は無理して酸素を血流に送りこんでいる。ハンドルをつかんだ手が白くなった。たっぷり六十秒苦しんだあと、咳はおさまった。バディ・リーは地面に痰《たん》を吐き、町を二分する片道一車線のハイウェイを早足で渡った。

倉庫のなかは兵舎のようにがらんとしていた。入口の右側に使い古しのコーヒーテーブル、それを挟むように金属製の折りたたみ椅子と、革のすり切れたふたりがけのソファが置かれていた。左側にはガラス張りの旧式の飲料自動販売機があり、ほとんどのスロットは空《から》だが、三箇所には正面に〝コーラ〟と書かれたシンプルな青い缶が入っていた。どちらの壁も、芝生の手入れや造園のさまざまな製品を宣伝するポスターで埋め尽くされている。どれも草を殺すことか育てることを約束し、極端な偏見で昆虫の抹殺を提案しているものもあった。ロビーの奥の壁の中央に安全窓がついていて、その左にドアがあった。アイクは安全窓の近くに立ち、一本の指に大きなキーリングをぶら下げていた。

「よう、アイク」バディ・リーは言った。アイクはキーリングをポケットに戻した。

「やあ、バディ・リー、だっけ?」アイクは訊いた。バディ・リーはうなずいた。

「ちょっと時間をもらえないか?　話したいことがある」

「ああ、ちょっとならな。長くは話せない。うちのやつらを外に派遣しないと」アイクはまた鍵を出して〈メソナイト〉製のドアを開けた。バディ・リーは彼のあとについて倉庫の奥につながるドアを抜けた。さらに奥にある広いシャッタードアの手前まで、肥料、粒状除草剤、殺虫剤の袋を積んだパレットが十枚並び、シャッタードアの右の壁際には、芝生の縁取りに使う細長く柔らかい鉄板が積んであった。安全窓のすぐうしろにノートパソコンとローロデックスののった金属製の小さな机、その向こうに仕切られた小さな事務スペースがあった。アイクはそこに入り、別の金属製の机について坐った。バディ・リーは机の正面の使いこんだ木の椅子に坐った。机の上はロビーと同じように質素だった。ノートパソコン、ペン立て、未決と既決の書類箱しかない。アイクの事務用椅子の隣には、上下二段の低いファイリングキャビネットがあった。

「ああいうものを飾ろうとは思ったこともないんだろ。正式な名前は知らないが、金属の球が並んでて、カチカチぶつかって動くやつ。手品みたいな」

「ない」アイクは言った。バディ・リーは顎のひげをなでた。汗と安酒のにおいが体のまわりを雲のように漂っていた。

「今日で二カ月になる」彼は言った。アイクは分厚い胸のまえで腕を組んだ。

「ああ、そうだな」

「どうしてた？　葬式のあとからここまで」バディ・リーは訊いた。

アイクは肩をすくめた。「さあ。まあふつうかな」

「警察から何か聞いたか？」

「一度電話をかけてきた。そこからは何もない」

「ああ、おれにも一度かかってきた。手がかりはあまりなさそうだった」バディ・リーは言った。

「捜査はしてるんだろう」アイクは言った。バディ・リーは両手でジーンズをなでた。

「おれはすっかり出不精になってな。仕事に行って、トレーラーの家に帰る。そのあいだに冷たいのをちょっと飲む。ほとんどそれだけだ。できるだけ警察には近づかない。だが今朝、六時に起きてリッチモンドに行ってきた。警察に寄って、デレク・ジェンキンスとアイザイア・ランドルフの殺人事件を担当してる刑事を呼び出した。彼らがなんと言ったかわかるか？」バディ・リーの声が震えた。

「いや、わからない」

「ラプラタ刑事によると、捜査は行きづまってるそうだ。みんな何も知らないし、知ってたとしてもしゃべらない」バディ・リーは唾を飲んだ。「あんたがどう思うか知らんが、おれは納得できない」アイクは何も言わなかった。バディ・リーは握った拳に顎をのせた。「夢に見るんだ。デレクを。撃たれた後頭部がぱっくりと開いて、脳が心臓みたいに脈を打ってる。顔には血が流れて」

「やめろ」

バディ・リーはまばたきをした。「すまん。警官に言われたことが頭から離れないんだ。友だちは話そうとしないってところだ。友だちを責めようとは思わない。あんたもわかるだろうが、警察に何か話すと危ないことになりかねんからな」

「捜査が行きづまっても驚かないさ。警察にしても真っ先に解決したい事件じゃないだろう。アイザイアとデレクみたいな、ふたりの……男の事件は」アイクが言い、バディ・リーはうなずいた。

「ああ、おれはゲイだのなんだのは好きじゃないが、息子のことは愛してた。いつも愛情を注いだわけでもないし、そもそも家を留守にすることも多かったけど、全身全霊で愛してた。あんたも自分の息子について同じように感じてると思う。だから話がしたかった」バディ・リーは言った。

「何を話したい？」アイクは訊いた。バディ・リーは大きく息を吸った。この一週間、言い方を考えてきたが、いざ口にするとなると、どれほど常軌を逸したことかわかった。

「いま言ったように、警察に話そうとしない連中を責める気はない。けど相手が警官じゃなければ？　おれたちには話さないか？　警察に話さないようなまずいことでも、息子の死を悲しむ父親ふたりには話すかもしれない」バディ・リーは言った。ことばが長い一文であふれ出した。アイクは首を傾げた。

「どういうことだ。ふたりで私立探偵ごっこでもしようと？」

「いまも犯人のクソ野郎は歩きまわってる。朝起きて朝食を好きなだけ食って、昼間に何をするのか知らないが、やりたいことをやってる。で、夜の終わりにはたぶん女と寝る。そのクソがおれたちの息子を殺したんだ。銃弾で金網みたいに穴だらけにして。ふたりの上から撃って脳を吹き飛ばしやがった。あんたのことはわからんが、おれはその蛆虫《うじむし》がこっちの世界にいるかぎり、のうのうと生きてはいけない」バディ・リーの両目は眼窩《がんか》から飛び出しそうだった。

「あんたの言ってることは、おれが想像してるとおりなのか？」アイクは訊いた。バディ・リーは唇をなめた。

「その〈B　G〉《ブラック・ゴッド》のタトゥー、入れたいからって入れられるもんじゃないだろ。ボスのタトゥーだ。そしてかなりの仕事をしないかぎり、ボスにはなれない。見たところ、そうとう働いたようだ。おれはボスの器じゃないが、それなりの仕事はしてる」バディ・リーは言った。アイクはクッと笑った。

「何が可笑《おか》しい？」

「自分が言ったことを考えてみろよ。ダサい昔の犯罪映画の貧乏白人《クラッカー》みたいな台詞《せりふ》だ。バート・レイノルズの『ゲイター』のエキストラみたいな。ここを見てくれ。おれには十四人の従業員がいる。受付もひとり。今日も遅刻してるが。庭の管理契約は十五件。家にはこれから育てなきゃならない小さい娘もいる。あんたの息子とおれの息子がうちのかみさんを法定後見人にしたからだ。いろんな責任がある。ここで働くことで家族を食わせてる人間がいるんだ。で、何をしろって？　あんたと組んで『ローリング・サンダー』か『ジョン・ウィック』ごっこをしろと？　あんたは酔っ払いだが、そこまでの酔っ払いだとは思わなかった」アイクは言った。バディ・リーは親指と人差し指をこすり合わせた。たこ同士がすれて、ヤスリをかけたような音がした。

「自分の手を汚すのが怖いのか？　それとも、おれたちの息子を殺したやつが自由に歩いてても気にならないってことか」言われたアイクの顔が動かぬ仮面になった。机の下で両手を拳に握りしめていた。

「気にならないと思うのか？　たったひとりの息子を窓のない棺に納めなきゃならなかったんだぞ。葬儀屋が顔をもとのように復元できなかったから。かみさんは夜中に泣きながら目覚めてアイザイアの名を叫ぶ。あいつの娘を見て、この子は将来、父親の声も思い出せないのだと気づく。毎朝起きて毎晩寝るまで、息子がおれのことを憎みながらこの世を去っていないようにと祈る。タトゥーのひとつやふたつ見たくらいで、すっかりおれのことがわかった気になってるのか？　わかっちゃいない。なんだ、ここに入ってきて頼めば、おっかない黒人があんたのために誰かを殺してくれるとでも思ったのか？」

バディ・リーは、アイクの首の筋肉が立体地図のように盛り上がるのを見た。アイクの瞳孔が針で突いた点のように小さくなった。バディ・リーは身を乗り出して言った。

「誰かじゃない。デレクとアイザイアを殺したクソどもだ。それに、おれのためにやってくれと言ってるわけじゃない。銃は二挺《ちょう》、手に入れられる」

「おれの仕事場から出ていけ」アイクは言った。ことばがアスファルトの上を引きずられるブロックのようにゆっくりと、荒々しく出てきた。バディ・リーは動かなかった。ふたりの目が合い、バディ・リーは場の空気が変わったのを感じた。地平線に雷雲が生まれたかのように。バディ・リーはポケットを探って古いレシートを見つけ出した。そしてアイクのペンをつかんでその裏に電話番号を書き、一回たたんでアイクの机に置いた。そして立ち上がると、仕切りの出口に向かい、途中で足を止めてアイクのほうを振り向いた。

「今晩寝るまえ、息子に憎まれてませんようにと祈るときに、ようく聞いてみな。どうして仕返ししてくれないのかと息子が尋ねてるのが聞こえるだろう。それに答えてやりたくなったら電話してくれ。答えたくないなら、手のそのライオンはどでかいプッシーで塗りつぶしたほうがいいな」バディ・リーは言って、大股で出ていった。

アイクは、バディ・リーが建物から出るときに鳴るチャイムの音を聞いた。

握った両手の拳を机の下から出した。呼吸が浅くなり、短く激しい息が出た。両手を振り上げ、拳を机に叩き落とした。ペン立てが跳ねて机から落ちた。アイクはまた机を叩いた。今度はパソコンがジグを踊った。

あの白人、図々《ずうずう》しくそこに坐って、おれがアイザイアを気にかけてないなどと抜かしやがった。歯をぶち折って食わしてやればよかった。アイクは立ち上がり、仕切りの外に出た。倉庫のまんなかに立ち、指を曲げ伸ばしして、刺すような感覚を取り去ろうとした。

あいつは自分ひとりが痛みを感じてるつもりなのか？　嘆きはあの男の専売特許じゃない。こっちもアイザイアのことが一瞬たりとも頭から離れないのだ。毎日少しずつつらくなり、楽にもなる。わずかに苦痛が引いたときには、かならず罪悪感が訪れる。一秒も休まず胸をえぐられるような痛みを感じていなければ、アイザイアの思い出を蔑《ないがし》ろにしていると言わんばかりに。あまりにもつらくなった日には小屋に坐り、ほとんど立てなくなるまで酒を飲む。

机を飛び越えて、あの痩せたケツを椅子から引っ張り上げるべきだった。壁に押しつけて、前腕で喉をつぶしてやればよかった。夢のなかではアイザイアの顔を吹き飛ばしたやつらを見つけている、と教えてやることもできた。そうした夢では、犯人たちをどこか静かで便利な場所へ連れていく。ペンチや金槌《かなづち》やブロートーチをしまってある場所へ。そして夢のなかでそいつらを〝ライオット〟・ランドルフに紹介するのだ。元ギャングのライオットは九人を殺したが、そこに彼を故殺罪で服役させたひとりは含まれていない。

アイクはこめかみをもんだ。もう長いことあの男になっていなかった――二〇〇四年六月二十三日以来。その日、コールドウォーター州立刑務所から出てきたのだ。ゲートをいくつか抜けると、他人が待っていた。ほかの男たちの助けを借りるようになっていた妻。目を合わそうとしない、もう少年ではない息子。アイクが愛しているが、触れるとビクッとするふたりの他人。

家に戻った最初の夜に決心した。もうやめる。もうこの生活からは抜け出す。気持ちとしては、ライオットは刑務所で死んでいた。アイクは家族のためにライオットを生贄《いけにえ》にした。『創世記』でアブラハムが息子を神に捧《ささ》げようとしたように。最初は町の誰もそれを信じなかった。出所して数カ月たっても、ヤク中がまだこそこそ近づいてきて、クスリはないかと訊いたものだ。レッド・ヒル郡保安官事務所は何年も、アイクの車を停まらせては車内捜索することをいちばんの趣味にしていた。食料品店に行くと、すれちがう人はみな距離を置いて横目で見てきた。アイクは全員無視した。うつむいて、将来手に入れたいものだけを見ていた。壊れかけた芝刈りトラクターと錆《さ》びた鎌一本で芝生整備のサービスを始め、ただ懸命に働くだけでなく、五つの郡で誰よりも熱心に働いた。そしてアイザイアが大学を卒業するまでに自宅と倉庫のローンを払い終えた。

感情をコントロールするすべは学んでいた。刑務所内では暴力抜きの紛争解決などありえない。まずこちらから殴り、それも激しく殴る。そうしなければ、また別のクソ野郎のパンツを洗うことになるのだ。出所後初めて道路で割りこまれたときがたいへんだった。相手を追いたてて車から引きずり出し、縁石にぶつけないでいるのには最大限の自制力が必要だった。

バディ・リーは完全にまちがっていた。アイクは手を汚すことを怖《おそ》れてはいない。血を流すことも。彼が怖れているのは、やめられなくなることだった。

6

グレイソンはガレージのシャッタードアを開けた。熱気が生き物のように手を伸ばしてきて彼を抱きしめ、息を詰まらせた。オイルの煙霧があたりをセピア色に変え、古い写真のなかに囚《とら》われた気がした。東のトラック修理工場から出る排気と、西の板金工場から出る煙と蒸気を、午後の陽光が貫いていた。グレイソンは太い脚でバイクをまたいだ。大きな頭にヘルメットをかぶると、長いブロンドの髪がヘルメットから出て背中に垂れた。ハーレーダビッドソンのエンジンをかけようとしたそのとき、セイラがドアを開けて彼を呼んだ。

「携帯が鳴ってるわよ。ナイトスタンドのなか。あたしは触っちゃいけないんでしょ」セイラは当てつけがましく言った。グレイソンはヘルメットを脱いだ。

「取ってこい」

「あら、触っていいの？」

「バカ女、いいから持ってくるんだ」グレイソンは言った。セイラは口を開けて何か言いかけたが、思い直して家のなかに消えた。戻ってきたときにはジェリコを腰にのせ、空いた手に携帯電話を持っていた。

「あんたにはキスしないほうがいいって彼女に言っといて。あたしのプッシーと間接キスすることになるからって」セイラは電話を渡した。

「おい、子供のまえではその腐った口に気をつけろ」グレイソンは言った。

「あんたはもっとひどいこと言うじゃない」

「クソ家に戻れ」

「ええ、そうやってあたしをゴミ扱いしてればいいわ。いつか家に帰ったら、いなくなってるからね」

「約束するか？」グレイソンは言った。セイラは中指を立てて家に戻っていった。グレイソンはうなるように短く笑った。今晩あとでお互い憎まれ口を叩きながらファックするのだ。この五年間、同じ歌とダンスをくり返している。どちらもどこへも行かない。ふたりとも、それはわかっている。

グレイソンは携帯電話を開いた。番号を見て、ぼさぼさ髪の頭を振り、応答した。

「何か？」

「やあ。どうして私がかけているか、わかるだろう」

「なんとなくな」

回線の向こうの相手はたっぷり一分ほど間を置いた。「つまり、まだ女は見つかってないんだな」

「二カ月になる」グレイソンは言った。「仲間にそこらじゅう捜させて、おれたちからハードウェアを買う地元の連中にまで探りを入れたが、クソ女は消えちまってる。だがな、例の記者があゝいうことになったから、あいつは猫相手にだってなんにも言わねえよ。心配することない」電話の相手は、今度は一分近く黙っていた。またしゃべりだしたふたりは、一語一語を獣のような激しさではっきりと発音した。

「彼女がぜったい口を閉じているようにしたい。あばずれのせいで、こっちの計画が台なしになってしまう」

「その計画とやらは本気なのか、え?」グレイソンは訊いた。

「変化が必要なときだ。こちらの人々の準備はできている。あの女に邪魔されたくない。だから見つけ出せと言ったんだ。で、始末しろと」

「なあ、彼女はあんたがくれた住所にいないんだ。記者が撃たれてからは職場にも出てない。幽霊だよ、な。あんたは安全だ」

「どうやって私がここまで来たか知ってるか?　ヒントをやろう。細かいことに注意を払わなかったからじゃない。おまえとおまえのクラブには、仕事をするための金を払った。その仕事はあの娘がきちんと対処されるまで完了しない。おまえたちを脅す方向にどうしても進まなきゃいけないのか？　できればそうしたくないがな。長年、互いに利益のある関係だったから。それを危うくする必要はない。だが、娘はどうしても必要だ。二十四日までに」

グレイソンは歯を食いしばった。電話を何秒か耳から遠ざけた。二度深呼吸して、ようやく話せるようになった。

「言ってることはわかる。けどお互い長いつき合いだろ。おれが脅迫を受けつけないのはわかってるはずだ。そこははっきりさせとくぜ。捜すと言ったから娘を捜しつづけるが、あんたが言った関係とやら？　それはどっちの方向にも進むぞ、くそったれ。憶えとけ」

「いいだろう。関係の条件についてはまた別のときに話そうじゃないか。いまはとにかく、あのあばずれをさっさと見つけることだ」

「わかった。どこを捜せばいいと思う？」

回線の向こうの相手は、またたっぷり一分間押し黙った。

「あの記者だ。女に関するなんらかのメモを持っているはずだ。彼女の記事を書こうとしてたんだから。私の願望と彼女がどう結びついているか。だろう？　メモのなかに居場所の手がかりがあるかもしれない。記者の家に行って探ってみろ」

グレイソンは笑った。湿ったしわがれ声がガレージのなかに響いた。

「あいつがコンピュータに地図でも残してると本気で思ってるのか？　〝パーティ好きの

あばずれはこちら〟ってか？　マジかよ」

「見つけ方を訊くくらいだから、ほかにいい考えはないんだろう。それと、別に地図を作ってもらいたいわけじゃない。いつもどおりのおまえたちでいればいい――殺し屋で。あとで記者の住所を知らせる」

電話が切れた。グレイソンは携帯電話を閉じてポケットに入れた。

「くそゴミ野郎」小声で言って、エンジンをかけた。

7

アイクはパンケーキをひと口食べ、コーヒーを飲んだ。マヤは台所のテーブルの向かいに坐り、〈ニューポート〉を一本くわえて新聞を読んでいる。煙が灰色の後光のように彼女の頭のまわりを漂っていた。

「今日はアリアンナと何をするんだ?」アイクは訊いた。マヤは彼を見なかった。

「さあね。病院を休むのは今日までだから、何か愉しいことをしてやりたいけど、何も考えられない」彼女は言った。アイクはまたコーヒーを飲んだ。キングス・ドミニオン遊園地に行けと提案しようかとも思ったが、またマヤに嚙みつかれるのは嫌だった。このところ、アリアンナについて何を言っても、見下すような顔をされる。

「そのうち思いつくさ」彼は言った。マヤは灰皿代わりに使っているティーカップに煙草の灰を落とした。

「どうかしらね。頭がちっとも働かないから」アイクはそれを無言でやりすごした。マヤは深々と煙草を吸った。息を吐くまでその先端がドラゴンの目のように赤く光っていた。

「犯人は捕まらないと思う」マヤは言った。アイクはパンケーキから目を上げた。マヤは新聞をたたんで机に置いていた。彼女のハニーブラウンの目がアイクを貫いた。

アイクはため息をもらし、コーヒーを飲み干して立ち上がった。あまりなかった食欲も完全に失せた。シンクに行き、カップを洗って食洗機に入れた。

「なんなの？」マヤが訊いた。

「なんなの、とは？」

「いまのは何か悩みごとがあるときのため息でしょう。なんなの？」

アイクはカウンターにもたれた。

「先週、デレクの父親が会社に立ち寄った」

「何か頼まれたの？」

アイクは歯のあいだから息を吸った。「警察は事件の捜査を中断したそうだ」

「知ってる。月曜にラプラタ刑事と話したの。中断して先週で二カ月になるって」マヤは言った。アイクは目を閉じた。葬儀の直後からラプラタとは話していない。墓参りにも行っていなかった。

「だからデレクの父親は、おれたちで犯人を捜すべきだと考えてる」アイクは言った。

「あなたも？」マヤは訊いた。

「え？　犯人捜しをするってことか？　できないのはわかってるだろ」

「どうして?」マヤは訊いた。アイクは顎を動かし、靭帯《じんたい》の鳴る音に耳をすました。

「わかってるはずだ。おれはおまえとアイザイアに約束した。犯人を捜せば見つかるかもしれない。見つけたが最後、殺すことになる」彼は言った。抑揚のないことばがすらすらと出てきた。マヤは自分が十三でアイクが十五だったときから彼を知っている。それが誇張でないことはわかった。

アイクは、そんなことをしてはいけないとマヤが言うのを待った。警察にまかせてと言うのを、立ったまま待っていた。ずっと、待ちに待った。冷蔵庫の製氷機が割りこんで、沈黙を破った。

「アリアンナを起こしてくる」マヤがようやく言った。ティーカップで煙草をもみ消し、テーブルから立って静かに階段を上がっていった。

アイクはその姿を見つめた。一歩一歩が、明らかにひとりで担うつもりでいる重荷を伝えるようだった。おそらくマヤが正しいのだ。アイクにはアイザイアを悼む資格がない。あれほどわずかしか愛してやらなかった息子の死を、身も世もなく嘆くのはおかしい気がした。

アイクが弁当を取ってドアから出ていこうとしたとき、ポケットで携帯電話が震えた。取り出して画面を見ると、心当たりのない番号だったが、仕事用の電話なのでとにかく出た。

「もしもし」

「ああ、こんにちは、ミスター・ランドルフ。グリーンヒル記念墓地のケネス・D・アドナーと申します」

「ええ」アイクは言った。

「心苦しいことをご報告しなければなりません。ご子息のお墓に少々問題が生じまして」

「支払いはすべてすんでいると葬儀社は言ってましたが。息子が事前に取り決めていたので」

「いいえ、お支払いのことではないのです。息子さんのお墓に少し損傷が与えられました」

「損傷とは、どんな？」アイクは訊いた。

「墓地までお越しいただくほうがよろしいかと。電話でお話しすべき内容ではないと思いますので」ケネスは言った。

息子の墓（まだこの言い方がピンとこない）に着いたら墓石が大きく欠けているのだろう、とアイクは思っていた。芝刈りトラクターの刃が飛ばす石は大口径の弾丸のようなものだ。だからアイクは従業員の全員に雇用保険をかけている。それとも、熱心すぎる敷地整備人が新品の草刈り機を試した結果、まわりの草がごっそりなくなっているのか。アイクは土の上で働いているので、墓石を傷つける方法がいくつかあることを知っていた。

だが、ここまでとは予想していなかった。

彼と管理人は墓の足元に並んで立っていた。管理人の顔は魚の腹のように白かった。ブロンドの髪は大量の整髪料でなでつけられ、ハエがとまろうとしたらすべって首を折りそうだった。北極かというほどエアコンが効いた部屋にいても汗をかいていた。墓の問題は思っていたより深刻だとアイクが最初に察したのは、そんな管理人の様子を見たときだった。

アイクは墓に近づいた。横幅のある黒御影石《くろみかげいし》にアイザイアとデレクの名前が彫られていたが、誰かがそれをまっぷたつに割っていた。おそらく大きなハンマーを使ったのだ。蛮行に及んだ者たちは石を割ったあと、ホモセクシャリティと異人種間の交際に関する自分たちの見解を書き添えていた。

〝死んだオカマのニガー。死んだニガーオカマの愛人〟。石の半分ずつに蛍光グリーンのスプレー塗料で書いている。墓石のまわりの芝にも同じ文句を残していた。

「どれほど私が残念な気持ちでいるか、とてもことばでは言い表せません。もちろん墓石は交換させていただきます。芝のほうは少しむずかしいのですが」ケネスは言った。

「掘り起こして芝の床土を入れればいい」アイクは言いながら、録音したような声だと思った。

「ああ、たしかに。ひとつの解決策ですね」

「芝は今日じゅうに手配してもらいたい。石はいますぐ片づけてくれ。妻が今日来ることになっているので。彼女にはここのトラックがぶつかったと言っておく」

「承知いたしました。改めて心からお詫《わ》びします。この不幸な事件に関しましては、当方に全責任がございます」ケネスは言って、同情の笑みを浮かべようとした。アイクが目を合わせると、管理人の口元の笑みは消えた。

「芝は今日じゅうに」アイクは言い、自分のトラックに戻りはじめた。管理人とゴルフカートを墓のまえに残して。奇妙な感じがした。自分の怒りについてはよく知っている。身の内に悪魔のようにひそんでいて、まさにこういう瞬間を待っている。墓石を見て、飢えた獣が檻《おり》から解き放たれたように怒りが噴き上げるはずだった。なのに、いつもの怒りの感覚がない。視界は真っ赤に光らないし、胃も腹のなかでヨガのポーズをとらない。これが人の言う無感覚なのか？　ついに限界の先まで押し出されたときに体を支配する感情の麻痺《まひ》か。

　アイクはトラックに乗りこみ、事務所の番号にかけた。

「〈ランドルフ庭園管理〉のジャズミンです。ご用件はなんでしょうか？」

「ジャジー、おれの部屋に入ってくれ。机の上にレシートがある。その裏に電話番号が書いてあるから、それをこの携帯に送ってくれ」

「オーケイ。おはようございます、社長」

「番号だ、ジャジー」アイクは言った。

「わかりました。だいじょうぶですか？　声がちょっと――」

アイクは電話を切った。


バディ・リーは〈サンダーズ・グラブ・アンド・ゴー〉の駐車場に車を入れた。店名は店のレイアウトを反映していないように思えた。造りは〈テイスティ・フリーズ〉か〈デイリークイーン〉のようだ。注文の窓口と受け渡しの窓口があり、どちらもプレキシガラスの引き戸だが、建物の正面にあざやかな赤い色のピクニックテーブルが何台か並んでいる。まあ、食べ物をつかん《グラブ》でテーブルに行《ゴー》くという意味では合っているのかもしれない。

アイクが建物の端近くのテーブルについて坐っていた。バディ・リーはトラックを駐《と》め、大股でゆっくり歩いていった。アイクは赤と白のチェック模様の紙箱から魚フライを取って食べ、飲み物をひと口飲んだ。

「よう」食べ物を流しこんだあとで言った。

「また会うとは思わなかった」バディ・リーは言った。

「坐れよ」アイクが言った。バディ・リーはためらったが、坐った。テーブルからビニール加工のメニューを取り、じっくり読みはじめた。

「何が美味《うま》いんだ？　腹が空《す》きすぎて胃が背骨に当たりそうだ」バディ・リーは言った。

「ナマズが美味い。オクラのフライもある。コーンブレッドはやめたほうがいい。煉瓦《れんが》並みに硬いから」アイクは言って、飲み物をもうひと口飲んだ。

「おれを呼び出して、あんたの事務所から蹴り出したことを謝りたかったのなら、受け入れるよ。このところ、おれもあんたもふつうの精神状態じゃないからな」バディ・リーはメニューから目を上げずに言った。

「謝るつもりはない」アイクは言った。

「わかった。なら気まずいデートになるな」とバディ・リー。アイクは茶色の薄い紙ナプキンで手をふき、両腕をテーブルにのせて身を乗り出した。

「念を押しておくが、このまえおれが言ったことは全部真実だ。責任について。おれはビジネスを一から立ち上げた。何もなかったところから。それを誇りに思ってる。出所してから毎日、一日も欠かさず真剣に働いてきた。妻と息子が豊かに暮らせるように」アイクは言った。間ができた。ふたつ向こうのテーブルにいるティーンエイジャーたちの笑い声が、その間を埋めた。

「どうしてまた庭師になった？　気を悪くしないでほしいんだが、花を愛する男には見えない」バディ・リーが言った。まだメニューに没頭している。

アイクは自分の両手を見おろした。そこにあるタトゥーを。白人の若者たちの乗ったトラックが駐車場を移動していった。乗りこむのに梯子《はしご》が必要に見えるほど車高を上げ、リアウィンドウには南部連合のステッカーを貼っている。車はうしろに黒い排気を残していった。

「塀のなかで習った。そういう講座があってな。その時間は独房から出られた。出所したとき、庭仕事をすればひとりの空間ができることに気づいた。外の気温が三十八度のとき、ポール・チェーンソーを持った男と世間話をしたがるやつなんていないから」アイクは言った。南部連合の若者たちが駐車してトラックからおりてきた。ひとりがアイクを見たが、その目に嫌なものが見えたらしく、視線をそらした。

「数年たつと、このために出てきたと思うようになった。人にはみな何かうまくできるものがあるって言うだろ。とはいえ、花を植えたり藪《やぶ》を刈ったり、そういうのは、そもそもおれに向いた仕事じゃないし得意なことでもない。本当にちがう」アイクは言った。

バディ・リーは顔を上げた。

「ナマズが絶品だからここに呼んだわけじゃないだろ?」と訊いた。アイクは携帯電話をポケットから取り出して、テーブルに置いた。

「墓に最後に行ったのはいつだ?」

バディ・リーはメニューを横に置いた。

「あー……今週行くつもりだったんだが、仕事が忙しすぎてな。つまり……くそ、葬式のあと一度も行ってない」彼は言った。アイクは電話の画面に触れて、テーブルのまえに差し出した。バディ・リーはメニューを閉じ、携帯電話を取って画面を見つめた。

「なんだこれは？」

「なんに見える？　おれたちの息子を殺したクソどもが、わざわざ出かけて墓をめちゃくちゃにしやがった」アイクは言った。バディ・リーは電話をアイクのほうに押し出し、下唇に舌を走らせた。

「ふたりを殺したクズ連中がやったと思うのか？」

「ほかに誰がやる？　アイザイアとデレクは有名人じゃない。墓碑銘を読むだけで彼らが……ちがうってことは誰にもわからない」アイクは指先でテーブルをトントンと叩いた。

バディ・リーは背中を丸めて顔を近づけた。

「おれが思ってることを言おうか。あんたはようやくこのことで何かする覚悟ができた」

彼は言った。アイクはその声に皮肉を感じ取った。

「この件は警察にまかせるつもりだった。たとえ警察は犯人を見つけられないだろうとわかっていてもだ。腐った犯人どもが逃げおおせてもしかたがないと思っていた。仕返しをするより、妻と息子にした約束のほうが大事だったから。だが、連中は息子の墓を荒らした。ここまでするかというほど。それで気づいた。息子が死に、妻には土に埋められるのがおれだったらよかったみたいな目で見られるのなら、約束なんてなんの意味がある？　あんたの言うとおりだ。墓石が割れたのは、息子がおれに何をぼんやりしてやがると怒ってるんだ」

アイクは目を閉じていた。記憶の底からアイザイアの顔が浮かんできた。生まれて四時間のアイザイア。アイクが働きはじめたころの七歳のアイザイア。運転免許を取った十六歳のアイザイア。頭の大部分を吹き飛ばされて斎場に横たわった二十七歳のアイザイア。アイクはバディ・リーのまえでいま言ったでたらめを、ほとんど信じかけていた。アイザイアがあの世からメッセージを送ってきてたら、どれほどすばらしかっただろう。だが、空のどこかにお伽噺《とぎばなし》の天国のようなものがあるとは思っていなかった。息子は死んだ。もう生きていた時間より長く死んでいる気がする。正直に言えば、アイクはずっとまえからこうなると思っていた。潜在意識のなかで、誓いを破る口実を求めていたのかもしれない。だとしたら、墓石の件が恰好《かっこう》の後押しになった。目的に近づく予想外の手段に。先週バディ・リーに言ったくだらないことすべてを、自分に信じさせなければならなかった。いまの決意をするまでに苦労したと思いこむ必要があった。

「なあ、こっちはすでにやる気になってるんだ。いつから始める?」バディ・リーの目が濡《ぬ》れたコンクリートのように光った。アイクは目を開けた。

「立場が一致したところで、実行するならその頭をすっきりさせてもらう。けりがつくまで酒の量を減らしてくれ」

「おい、そう心配するなよ。冷たいのをちょっとやったくらいで——」

アイクは途中でさえぎった。「いまも酔ってるだろ、日も高いのに。おれは酒も我慢できないやつと戦争に行く気はない」

バディ・リーは椅子に坐り直した。

「そこまでひどいか、え？」

「密造酒のガラス壜のなかでひと晩寝たようなにおいがする」アイクは言った。バディ・リーは笑った。

「だいたい当たってる。わかった、酒はやめとくよ」そんなことができるのかどうか、バディ・リーには見当もつかなかった。が、まあやってみよう。しばらくのあいだ。

「もうひとつ。息子たちが何をしてたのか知らないが、誰かが殺したいと思うくらい性質《たち》の悪いことだったはずだ。おれたちが調べはじめると、おそらく厄介なことになる。あんたがこのまえ言ってたことはわかるが、これからやるのはどういうことか、しっかり理解しておいてくれ。一度始めたら、おれは何があろうとクソどもを見つけ出す。誰かを傷つけなきゃいけないなら、そうする。誰かの命を絶つ必要があるなら、そうする。クソどもを捕まえるために割れたガラスの上を百キロ這わなきゃならなくても、目的を果たす。血を流す覚悟はできてる。あんたはどうなんだ？」アイクは訊いた。

バディ・リーは頭をのけぞらせて空を見つめた。地平線に沿って雲が踊り、何かに似た形になっていた。馬、犬、車、デレクのようにひねくれた笑みを浮かべた顔。

バディ・リーは顎を引き、アイクと目を合わせた。
「クソもちろんだ」彼は言った。

8

バディ・リーはアイクの会社の駐車場に入り、アイクのトラックの横に自分のトラックを駐めた。ロックしようとして、手を止めた。誰かに盗まれたとしても、そのぶん面倒が減るだけではないか。アイクが助手席側のロックをはずし、バディ・リーは乗りこんだ。アイクはトラックのギアを入れてバックし、方向転換して道路に出た。

「おれのトラックはあそこでだいじょうぶか？　邪魔になるといけないが」

「だいじょうぶだ。ジャジーに言っておいた」

「これからどこへ？」

「アイザイアの職場がいいと思う。警察の話では、去年アイザイアは殺しの脅迫を受けたそうだ。妻に電話して住所を聞いた。とっかかりとしてはいちばんだろう」アイクは言った。

バディ・リーは腹の底からいつもの痛みがじわじわと上がってくるのを感じたが、こらえた。酒が飲みたかった。どうしても飲まなければ。ふたりとも無言で数キロ走ったあと、バディ・リーは我慢できなくなった。

「なあ、音楽をかけてくれないか？」

アイクはハンドルについたボタンを親指で押した。トラックの運転台が、古き良き時代についての歌うアル・グリーンの美しいファルセットで満たされた。バディ・リーは助手席の背にもたれ、細い指で腿を叩いて拍子をとった。

「カントリーは好きじゃないんだろうな？」バディ・リーは訊いた。

アイクは不満げにうなった。「なんでだ？　おれが黒人だから？」

バディ・リーはぼさぼさの髪を手で梳《す》いた。「いや、まあ、そう。悪く思わんでくれ。あんたの同類でカントリー好きにあまりお目にかかったことがないから」

「今度〝あんたの同類〟と言ったら、トラックから放り出す」アイクは言った。声も荒らげず、バディ・リーのほうも向かずに。

最初バディ・リーは聞きまちがいかと思った。が、バックミラーに映るアイクの顔を見て、まちがいではなかったと確信した。「すまん。悪気はなかったんだ。くそっ。ときどき口が頭から逃げて突っ走る」

「あんたやほかの白人から〝あんたの同類〟と言われたら、おれはクソ動物か何かで、檻に追いこまれてるように感じる。気に入らない。減点一だ」

「減点一？」

「減点一。今回は見逃す。あんたが言ったように、ふたりともふつうの精神状態じゃないんだろうからな。だが、次にそういうことを言ったら、その顎をぶん殴る」アイクは言った。

「なあ、だからすまんと言ったろ。黒人の友だちが大勢いるなんて嘘《うそ》をつくつもりはない。実際いないから。仲がいいやつもいなくはないが、死体を埋めるときに呼ぼうとは思わない」バディ・リーは言った。アイクは横目でちらっと見て、また道路に注意を戻した。

「おれはレイシストじゃないぞ。たんに黒人の知り合いがあまりいないだけだ」バディ・リーはつかえながら言った。

「レイシストだとは言ってない。おれみたいな人間や、おれたちの毎日の苦労について心配する必要がない白人がここにもいたってことさ」アイクは言った。

「なあ、本当に大事な色はドル札の緑だけだ。あんたを見てみろよ。立派な家もある。自分の会社を経営してる。こっちから脅さなきゃ忌引きもとれない上司もいない。おれはクソみたいなトレーラー住まいで、トレーラーパークはもっとクソだ。あんたはうまくやってる。おれよりはるかにうまくやってるよな。でもって、どう見ても黒人だ」バディ・リーは言った。アイクはハンドルを強く握りすぎて、指の骨が鳴った。

「ただうまく、や、や、やるためだけに、おれがどれほど必死で働いたか知らないだろう。緑だけが大事な色だと？　そんなくだらんことを信じてるのなら、ひとつ訊くが、おれと立場を替わりたいか?」

「このトラックもついてくるのか? それなら、もちろんだ、替わってやる」バディ・リーはクスッと笑った。

「ほう、トラックはやるよ。その代わり月に四、五回は警察に停車させられる。まぬけな黒人がこんないいトラックを買えるはずがないから。だろ? このトラックが手に入っても、宝石店ではつけまわされる。いつ強盗を働いてもおかしくないから。だろ? トラックは得られても、通りを歩けば白人のご婦人たちがハンドバッグをしっかり抱える。黒人は近づいて金と貞操を奪うとフォックス・ニュースで言ってたから。トラックは得られるが、引き金を引くのが大好きな警官に、いいえ、逮捕に抵抗してるわけじゃありませんと説明しなきゃならない。トラックがあっても、上着に手を入れて携帯を取り出そうとしただけで頭に二発ぶちこまれる」アイクはバディ・リーを見た。「それでも替わりたいか?」

バディ・リーはごくりと唾を飲み、窓に顔を向けたが、何も言わなかった。

「だからおれは思った」アイクは言った。「黒人が持ってる緑は大事じゃない」車は走りつづけた。流れる音楽は偉大な牧師の歌手から、ディアンジェロの心地よいサウンドに移っていた。

アイクは州間高速道路に入り、リッチモンドに向かった。五十分後にダウンタウン方面の出口から、パンをスライスできそうなほど鋭く曲がったランプをおり、バックミラーを確かめて、ブルー・スプリングス・ドライブに合流した。道は大渋滞だったが、デューリー・トラックはまわりを怖がらせながら進んだ。アイクは街中を運転するのが大嫌いだった。狭い通りに入ると、迷路のなかのネズミになった気がする。

カーナビによると目的地まであと六十メートルだった。前方右のオークの林のまんなかに簡素な茶色の五階建てのビルが見えてきた。リッチモンドの都市計画者たちは、ヴァージニア州中央部の自然の美しさに寄せる愛情と、街の規模拡大のあいだで板挟みになっていて、R・C・ジョンソン・ビルは、相容《あいい》れないそのふたつの感覚の結合部にあった。

アイクは駐車場にトラックを入れ、エンジンを切った。エンジンがカタカタと最後の音を立てて静かになった。アイクは外に出た。バディ・リーも続いた。ふたりがオフィスビルの重いガラスのドアを開けると、耳障りな高い音がした。ロビーは一九八〇年代のタイムカプセルだった。左右の壁にかかった肖像画から、ネオン色の唇を持つ真っ白な肌の人物たちがふたりを見つめていた。奇妙な幾何学で設計された椅子がロビー全体に散らばり、黒いペグボードの白い文字が入居者を示していた。

「〈レインボー・レビュー〉は三階だ」アイクが言った。

「ああ、いかにもゲイっぽい社名だな」バディ・リーが言った。アイクは鋭い一瞥《いちべつ》を送った。

「なんだ？」バディ・リーは言った。アイクは首を振り、まっすぐエレベーターに向かった。

た。バディ・リーは天井を仰いだあと、彼についていった。

〈レインボー・レビュー〉の事務所は建物のなかでいちばん小さな続き部屋で、机を四つ置くスペースに六つが詰めこまれていた。そのそれぞれに馬鹿でかいコンピュータとノートパソコンが置かれ、真剣な表情の若い男女のペアがついて、みなキーボードを打つか、携帯電話で話すか、両方を同時にしていた。バディ・リーとアイクは、ドアにいちばん近い机に歩いていった。口ひげのある赤毛の男とドレッドヘアの黒人女性が頭を寄せて、女性のタブレットの画像を見ながら話していた。男のほうが顔を上げた。

「また車を移動しなきゃならない？」

「なんだって？」アイクが言った。

「芝生の管理会社の人でしょう？」ひげの男は訊いた。アイクはため息をついた。作業着のままだったのだ。シャツのポケットに〈ランドルフ庭園管理〉の刺繍《ししゅう》があった。

「少しあとにしてもらえませんか？　いまちょっと忙しいので」ドレッドヘアの女性が言った。

「なあ、赤ひげさんよ、おれたちは芝生管理の社員じゃないんだ」バディ・リーは言った。それが赤ひげの注意を引いた。

「いまなんて？」赤ひげは訊いた。

「聞こえただろ」アイクが言った。赤ひげの顔が赤らんできた。

「なんの用なんです？」

「あんたがここのボスかい？」バディ・リーが訊いた。赤ひげはそれを無視したが、ドレッドヘアの女性が答えた。

「いいえ、ちがいます。わたしはアメリア・ワトキンス。編集長です。ご用件は何でしょうか？」アメリアはふたりの顔をじっと見ていたが、バディ・リーは彼女の左手が机の下にまわったのに気づいた。

「その銃を引っ張り出すまえに言っとくが、問題を起こしに来たわけじゃない」彼は言った。アメリアは唇を引き結んだ。

「そうおっしゃいますが、いまはジャーナリストにとって危険な時代なので。とくにLGBTQコミュニティに焦点を当てたNPOで働く者には」彼女の声は深く力強かった。バディ・リーは、何年もまえにオースティンで聴いたブルース・シンガーを思い出した。

「おれはアイク・ランドルフ。こっちはバディ・リー・ジェンキンスだ」アイクは言った。アメリアは立ち上がり、机の向こうからまわってきた。身長はアイクほどあるが、スリムで引き締まった体つきだった。ドレッドヘアが背中に垂れていた。

「アイザイアのお父さん」

「ああ、そうだ。そしてバディはデレクの父親だ。どこかで話ができないかな？」

「もちろん。階下《した》のコーヒーショップに行きましょう」

アメリアはミルクを入れないコーヒーをそくさと飲んだ。バディ・リーはコーヒーにウイスキーを足せればと思った。アイクは何も注文しなかった。アメリアはコーヒーの紙コップをつぶし、一メートルあまり先のゴミ箱に見事に投げ入れた。網状のゴミ箱にはほかに何も入っていなかった。

「バスケットボールをするとか？」アイクが訊いた。

「陳腐な発想じゃありません？　レズビアンがバスケットボールというのは。でも、ええ、よくします。バスケットの奨学金で大学に行ったの」

「アイザイアもやってた」アイクは言った。

「ええ、とくにスリーポイントシュートがすばらしかったわ」

「ああいう性格でどうしてスポーツがあれほど得意だったのか、結局わからなかった」

アメリアは笑ったが、陽気な笑いではなかった。「ゲイだからマフラーを編むべきだった？」

アイクは指先でテーブルを軽く叩いた。「どうだろう。つまりおれは……あいつがどうしてあんなふうだったのか、わからなかった。それでふたりの関係に問題が生じた」

「ええ。彼がそう話していました」アメリアは言った。

「あいつが？」

「うちで働きはじめたときに、お互いカミングアウトの話をしたんです。あなたとわたしの父はとても意気投合しそう。どちらもセクシャリティを、何か説明しなければいけないもののように考えている。そうじゃないんです。みんな自然にそうなっているの。あなたがたに問題が生じたのは、アイザイアがゲイだったからじゃなくて、お父さんの対処がまちがっていたか、問題が生じたときに対処しなかったからです」

アイクは激しくまばたきした。「そんな……単純な話じゃない」

アメリアは肩をすくめた。「かもしれません。少なくとも、あなたはアイザイアと話した。わたしの父は、わたしが高校二年のときから話をしなくなりましたから」

「悪いが、おれたちはここにセラピーを受けに来たわけじゃない。彼の息子が去年殺しの脅迫を受けたことについて訊きたい」バディ・リーが言った。アイクが刺すような視線を向けたが、バディ・リーは肩をすくめてやりすごした。

「ああ、そうですね。〈ブルー・アナーキスツ〉」アメリアが言った。

「なんだって?」バディ・リーは言った。

「〈ブルー・アナーキスツ〉。極端な進歩主義者の集団で、建設的な議論に酒壜や火炎壜を投げこむような人たち。新しい反体制の動きがあればすぐに飛び乗るような、特権階級のお調子者だと思うけど。わたしの学生時代なら、ゴスになってたでしょうね」

「真剣にとり合う相手じゃなさそうに聞こえるが」アイクは言った。アメリアは両手を広げて、肩を揺すった。

「彼らが怒ったのは、トランスジェンダー嫌悪とくだらないレトリックについてアイザイアが批判記事を書いたから。身勝手な憂さ晴らしだとみんな思いましたけど、一応警察には通報しました。あとで後悔するより安全が大事なので」アメリアは言った。

「つまり、そいつらがやったんじゃないと?」バディ・リーが訊いた。

「わたしの勘では、ちがうと思いますけど、誰にわかります? 最近、おかしな人が多すぎるから。ちょうどいま、アイザイアとデレク、あと今年殺されたクィアの人たちを取り上げた記事を書いてるんです」

「そんなに数が多いのか?」とバディ・リー。

「ゲイかバイセクシャルの男性の殺害事件は、昨年の四倍に増えています。また誰かがヘイトを流行《はや》らせたみたいで」アメリアは言った。

「〈ブルー・アナーキスツ〉の連中はどのへんにいる?」アイクが訊いた。アメリアはウエイトレスに合図を送った。若いアジア系の女性がコーヒーのお代わりを持ってきた。

「本部はグレン・アレンにある麻薬用品販売店《ヘッドショップ》。住所が必要なら教えます。でも、まちがいなくただの甘やかされた子供の集まりだと思いますよ」

「どうして住所がわかった?」アイクは訊いた。

「アイザイアに郵便で脅迫状を送ってきたから。古い伝統を大切にしてるみたいね」

「まあ、こっちは話がしたいだけだ。おれたちの息子ふたりに何が起きたのか探ってる。

警察はもう手がかりはないと考えてるらしくてね。あんたや、ほかの友人たちは警察と話したがらないと。責めようとは思わない。おれも警官どもには虫唾《むしず》が走る」バディ・リーが言った。アメリアは自分の体を抱きしめた。その腕と肩の筋肉が盛り上がったのにアイクは気づいた。悪い眺めではなかった。

「警察と話さないというわけじゃありません。わたし自身について言えば、本当に何も知らないので」

「アイザイアは、どんな記事を書いてるか、あんたに話さなかったのか？」アイクが訊いた。

「ええ。ふつう記事を書いても殺されたりしませんから。たいてい原因になるのは、黒人でゲイであることです」アメリアは言った。バディ・リーは天井のタイルを見ていた。

「ランダムなヘイトクライムだと思うのか？」アイクは訊いた。アメリアはコーヒーを飲み、長いこと考えて答えた。

「いいえ。原因はわかりませんけど、ランダムだったとは思いません」ようやく言った。

「そうか。なら住所を教えてもらったほうがよさそうだ」

「ねえ、子供たちに怪我《けが》をさせたりしませんよね？」アメリアは訊いた。アイクは首を右に傾けた。

「どうしておれたちが怪我をさせると思う？」

「あなたのそのタトゥー」

「だいじょうぶ、あんたが心配してるようなことはしないよ。おれたちは息子に何が起きたか訊いてまわってる、ただのおいぼれだ。無害だよ、ポーチに寝そべってる年寄りの猟犬二匹みたいに」バディ・リーが言った。アメリアは笑った。今度の笑いでは目に光があふれた。

「あまりかかわりたくないわ」

「ダーリン、まだわかってないな」バディ・リーは言った。アイクは首を振り、ため息をついた。

9

アイクはトラックのエンジンをかけ、バックで駐車スペースから出た。バディ・リーは手に持った紙切れをじっと見ていた。

「あの娘、完全にゲイだと思うか？」彼は訊いた。

「おれが知るわけないだろ」アイクは言った。

「なあおい、ちょっと思っただけだよ」バディ・リーは言った。アイクは急ブレーキを踏んだ。

「おれたちはわが子を殺したやつを見つけるために出てきたんだ。なのにあんたはレズビアンの女に色目を使う。やる気があるのか？　本当に？」アイクは言った。

「こっちから提案したのを忘れたのかよ。おれにやる気がないとでも？　おれはあんたとはちがう、アイク。二寝室の高級トレーラーに帰ったところで、誰も待っちゃいないんだ。デレクの母親はずっとまえに出ていって、以来おれのベッドに真剣な相手は入ったことがない。ときどき気持ちいいことした女が何人かいただけで。母親はおれとデレクに背を向けて、どっかの大物判事と結婚した。だからクソ修道僧になれなくて悪いが、おれにやる気があるかなんて二度と訊くな。まじめに言ってる」

「いいだろう」アイクはトラックのギアをまた入れた。

ヴァージニア州リッチモンドの〈ブルー・アナーキスツ〉本部は、ステイプルズ・ミル・ロードに新しくできた小さなショッピングセンターのなかにあった。アイクはトラックを駐め、エンジンを切った。

「アメリアの情報は正しかったようだな」バディ・リーが言った。

「あんたは彼女がはちみつとレモネードのしょんべんをすると言っても信じるんだろう」

アイクはトラックからおりながら言った。店の入口の上の看板には〝時間《タイム》とハーブのユニークな贈り物〟とあった。店内は香とペパーミントと、何かよくわからないもののにおいがした。ヘアオイルとバラの香りが混じったような。壁一面に、音楽バンドと、アイクの知らない漫画のキャラクターのポスターが貼られていた。何段もの棚に、キセル、パイプ、大麻関連の用具が並んでいる。漫画のフィギュアや収集品だけの棚もいくつかある。店の音響システムから、失恋としわだらけのシーツと暗い空について歌うざらついた声が聞こえた。

面長の白人の若者が三人、販売カウンターを兼ねたガラスの陳列ケースの向こうに坐《すわ》っていた。口ひげを生やした男、ひげをきれいに剃《そ》って片眼鏡をつけた男、ほんの一週間前にライトアップシューズをはくのをやめたように見える娘。

「何かお手伝いできますか？」彼女が訊いた。

「だといいんだが。〈ブルー・アナーキスツ〉のメンバーと話したい」アイクが言った。

三人の若者はこそこそと視線を交わした。ようやくひげの男がスツールから立ち上がった。

「三人とも〈ブルー・アナーキスツ〉だ。ぼくはブライス、こいつはテリー、彼女はマディソン。ちなみに、これで全員じゃない。メンバーは毎日増えてる。強制的な愛国主義と帝国による征服の昏睡《こんすい》状態から、みんな次々と覚めてるからね」ブライスが言った。たいした自信家だとバディ・リーは思った。

「だいぶ練習してるようだな」バディ・リーは言った。

「ぼくたちのマニフェストだ」ブライスが言った。

「おまえのマニフェストが聞きたくて来たんじゃない。アイザイア・ランドルフとデレク・ジェンキンスについて訊きたいことがある」胸のまえで腕を組んだアイクが言った。

「誰だって？」片眼鏡のテリーが尋ねた。アイクはまえに進んだ。ブライスはまたスツールに腰かけた。

「アイザイア・ランドルフ。去年おまえたちがクラブ活動で殺しの脅迫状を送った相手だ」アイクは言った。ブライスは戦いを挑むようにまた立った。

「ああ、ぼくたちの評判をボロボロにしようとしたあいつ？　あれは殺しの脅迫なんかじやない。彼の口さがない批評に対する怒りの是正だ」ブライスが言った。

「なあ、そのご大層な言いまわしで小遣いでももらってるのか?」バディ・リーが訊いた。

「アイザイアは死んだ。彼はおれの息子で、死んだ。だからおまえのチンピラ仲間がそれにかかわったのかどうか知りたい」アイクが言った。チャイムが鳴って、男女のカップルが店に入ってきたが、おかしな雰囲気を感じ取ったのだろう、すぐに踵《きびす》を返して出ていった。

「あのさ、あんたの息子が死んだのは残念だけど、ぼくたちは何も関係ない。でも驚かないな。彼は企業産業複合体のたんなる僕《しもべ》だったから。人民は目覚めつつあるんだよ。世界情勢についてメディアの愛玩犬たちが偽の筋書きを押しつけようとしているのを、もう黙って見ていない。あんたも目覚めな」ブライスは言った。アイクは首を左に傾けた。バディ・リーは自分の手に目を落とし、拳を作ったり開いたりしていた。閉じたり開いたりするクマの罠のように。

「いまおれの息子のことをなんと言った?」アイクが訊いた。ブライスは上唇をなめた。

「ぼくはたんに――」

アイクの腕がコブラのようにシュッと伸びた。またたく間にブライスの口ひげをつかんで、その額を乱暴なひと振りでガラスのカウンターに叩きつけた。さらに左手でブライスの右手を取り、腕の骨が折れそうなほど背中にひねり上げた。テリーがスツールから跳び上がったが、バディ・リーがジャックナイフを取り出して刃を開いた。

「まああわてるな、パナマ・ジャック」バディ・リーはテリーの胸にナイフの先を突きつけて言った。

アイクは屈《かが》んでブライスの耳元まで口を近づけた。

「いまから、おれの息子についておまえが知ってることをいくつか質問する。答えが気に入らないたびに、この指を一本ずつ折る」彼は言った。マディソンが泣きだした。

「しいっ、お嬢ちゃん。あんたは傷つけないから。おれたちはただ質問したいだけだ」バディ・リーが娘に笑みを送った。娘はもっと泣きだした。

「さて、息子たちに起きたことに、おまえは何かかかわってたのか？」アイクは訊いた。

「ああ、血が！」ブライスは展示ケースの天板につぶやいた。

「その答えは気に入らない」アイクは言い、ブライスの小指を左手で握った。右手で若者を押さえこんだまま、その小指をぐいとうしろに倒した。湿ったボキッという音がした。

マディソンがスツールからずり落ちて、床に吐いた。

「もう一度訊く。おれの息子を殺したやつを、おまえは知ってるのか？」アイクには自分の声が別人のように聞こえた。アイク・ランドルフは奥に引っこみ、しゃべっているのはライオットだった。

「ああ、くそ、知るかよ。ぼくたちは……ただ……脅しの手紙を書いただけだ」ブライスは泣いた。涙の滴がラミネートの床にポトポト落ちる音がした。

「アイク。こいつは嘘を言ってないと思うぞ。ビビってるだけだ」バディ・リーが言った。

「容疑をかけられたクソどもが捕まってビビるのを、おれが何度見てきたと思うんだ」アイクは言った。

「わかるよ、だがな、こいつを見てみろ。ブドウもつぶせないようなヘナチョコだ」バディ・リーは言った。アイクはバディ・リーがさりげなく提案したことをした。ブライスの額のまわりに血がたまっていた。カウンターから床にも滴っていた。ブライスの目を見ると、片方が眼窩でボールベアリングのようにぐるぐるまわっていた。アイクは彼を放してやりたかったが、ライオットが一般原則として指の骨をあと数本折りたがっていた。アメリアの言ったとおりだ。この若い連中は殺し屋ではない。理想主義でとんがりすぎた、ただの子供だ。どこかで母親か父親がそれなりに失望しているだろう。アイクは大きく息を吸い、歯のあいだから吐き出した。

そしてブライスを陳列ケースから押しのけた。若者はスツールに倒れこみ、右腕をつかんで床にすべり落ちた。マディソンが駆け寄った。彼女の口にはオレンジ色と赤の嘔吐物《おうと》がついていた。アイクはカウンターから一歩離れた。

「もし嘘をついてたとわかったら、かならず戻ってきて残りの指を全部折る」彼は言い、若者たちに背を向けて、店をあとにした。

「いまのをよく憶えとけ。言っとくが、そのほうが健康でいられるかもしれんぞ」バディ・リーも言い、ジャックナイフをたたんでズボンのうしろのポケットに入れた。

バディ・リーがトラックに飛び乗ったときには、アイクはすでにエンジンをかけていた。助手席側のドアが閉まるが早いか、彼はアクセルを床まで踏みこみ、バックでショッピングセンターの駐車場から出ると、三点方向転換をして、草地の中央分離帯を乗り越えた。

〝時間とハーブ〟の店から数キロ離れたところで、バディ・リーはヒューッと声をあげた。

「それはどういう意味だ？」アイクが言った。

「くそっ、何かしてるってのは気分がいいもんだな。もう暗いとこで泣いたりしてない。息子たちのために行動してる。一瞬だけど、クソみたいな父親じゃない気がしたよ」バディ・リーは言った。

「まだ何も見つかってない。時間の無駄だった」

「たぶんな。だが、あのチンピラどもを引っぱたくのは快感だったろ？　はっ、おれたちは、あいつらの親がずっとまえにやるべきだったことをやったのさ。ブルー・くそ・アナーキスツ。なんて名前だよ」

「愉しんだってことか？」アイクは言った。

「あんたは愉しまなかったのか？」とバディ・リー。

アイクは答えなかった。

10

「あそこだと思うぞ」バディ・リーが言った。アイクはトラックを歩道に寄せ、驚くほどのなめらかさで縦列駐車した。

「こいつの運転に慣れてるな、え？」バディ・リーが言った。

「仕事の一部だ」アイクは言った。

トラックから出て歩道を少し行き、ドアにまばゆいLEDの看板がついた建物のまえで止まった。〝大切なイベント・ベーカリー〟と書かれている。

「たしかにここなのか？」アイクが訊いた。

「ああ。まずまちがいない。最後に話したとき、デレクはもうすぐ職場で昇進すると言ってた。職場を訊いたら、最初話したがらなかった。おれがここに来て店に迷惑をかけると思ったんだろうな。おっぱい形のケーキかなんか作ってくれと言って」

「おっぱい形のケーキ？」

「ひとり身が長年続いてると言ったろ」バディ・リーが言い、アイクは顔に笑みが浮かびそうになったが、押しとどめた。

「ここに入るまえに、さっき味方してくれたことの礼を言っておく」アイクは言った。バディ・リーは肩をすくめた。

「あんたにとくに好かれてないことはわかってる。正直言えば、あんたはけっこう嫌なやつだ。けど、いまは協力して勝たないとな」

「ああ、そうだな。彼らは事件について何か知ってると思うか？」アイクは訊いた。

「見当もつかん。けど、ほかに行く当てがあるか？」バディ・リーは答えた。

〈大切なイベント・ベーカリー〉は、天井の高い広々とした建物のなかにあった。並んだライトグリーンの天窓から射《さ》しこむ光で、室内はあざやかな緑色に染まっていた。アイクは空気のなかに砂糖を感じ、パンが焼けるにおいを嗅いだ。パブロフの犬のように唾が出てきた。室内全体にテーブルが設《しつら》えられ、さまざまなものが飾られていた。六層のウェディングケーキ、花の形のパン、カップケーキのタワー、パズルのように何段も組み上げたビーフやチキンの串焼き。美食家をうならせるデザインと喜びがあふれている。バディ・リーはケーキのひとつに近づいて指を伸ばした。

「外側はポリウレタンです」若い男が言った。〈大切なイベント〉がさらに生み出した芸術作品群が並ぶレジカウンターのうしろに立っていた。背後には、真っ赤なチョークでその日の特別商品が書かれた黒板があった。

「あのアイシングの美味そうなこと」バディ・リーは言った。若い男は微笑《ほほえ》んだ。にっこりと笑う口元からこぼれた大きな歯は、彼の肌と同じくらい白かった。明るいブロンドの髪を頭のてっぺんで小さくまとめているのが、相撲の力士の髷《まげ》のようだった。

「ええ、ですが見本なんです。気に入られたものがありました？」若者が訊いた。バディ・リーはカウンターに歩いていき、若者に笑みを返した。

「いや、じつはケーキを買いに来たんじゃないんだ。おれはバディ・リー・ジェンキンス」と手を差し出した。

「ブランドン・ペインターです」ブランドンは握手しながら言った。バディ・リーは死の床についた祖母より少し強い握力を感じた。

「初めまして、ブランドン。そこにいるデカくてゴツいのはアイク・ランドルフだ」

「特別なイベント用のケーキをお探しですか？　何かのお祝いとか？」ブランドンは笑みを浮かべて言った。バディ・リーは眉根を寄せた。

「なんだって？」彼は訊いた。ブランドンはまた微笑んだ。

「だいじょうぶです。うちはコロラド州の例のケーキ屋とはちがいますから（製菓店の店主が宗教上の信念から同性カップルの結婚披露宴用のケーキの作成を拒み、訴えられた事件を指す。店主は連邦最高裁で勝訴）。誰に対してもケーキを作って、飾りつけもします。おふたりはお似合いのカップルだ」ブランドンは言った。バディ・リーは肩越しにアイクをちらっと見た。アイクはバディ・リーを睨みつけた。

「いや、おたくは勘ちがいしてる。おれたちは……そういうんじゃないんだ。おれの息子は……デレク・ジェンキンス。アイクの息子のアイザイアと結婚してた」

「あ、それは。デレクのお父さんでしたか。どうしてピンとこなかったんだろう。ああいや、困った。失礼しました。われわれも彼のことを本当に悲しんでいます」ブランドンは言った。声が震えてきた。

「ああ、おれもだ。でな、おれたちは息子に何が起きたのか調べてる。警察はもう打つ手なしと考えてるようだ。わかるだろ？　あいつらは懐中電灯とふたつの手があっても自分のケツを見つけられない。デレクは誰かに脅されてるようなことを言わなかったか？　不満を抱いたどっかのいかれた客とか？」バディ・リーは訊いた。

「あの、えー、ぼくには何も」ブランドンは言った。

「個人的な話もしなかった？　誰かと仲が悪かったとか？　たとえば、別の仕出し屋とか？」

「まさか。この業界はマフィアじゃありませんよ。競合店がもっと美味しいバタークリーム・フロスティングを作れるからって、殺したりはしない」

「なら、事件前の数週間でデレクがおかしなことを言ってたりは？」

ブランドンは首を振った。「本当に、何も知りません」

「いや、知ってるはずだ。デレクとアイザイアの友人たちが話をしてくれないと警察から聞いたときには信じられなかったが、いまあんたは、おれに面と向かって嘘をついてる」バディ・リーは言った。アイクはその声のなかに硬く鋭利なものを聞き取った。鋼鉄が鋼鉄にぶつかっているような。

「え？　嘘なんかついてません。何も知らないんです」ブランドンは言った。両手がカウンターで死にかけたマスのように跳ねていた。

「いや、知ってる。〝ばれる癖〟ってわかるか、ブランドン？」

「ばれる癖？」

「嘘をついてるのがばれる癖だよ。誰にでもあって、みんなちがう。あんたの？　ほんの小さなことだ。何だか知りたいか？」バディ・リーはカウンターに近づいて、ブランドンの痙攣の止まらない手をつかんだ。

「おれは、デレクについて何を知ってると三回訊いた。そのたびに、あんたは答えるまえに耳たぶを引っ張った。それがばれる癖だ、ブランドン。何か知っていて嘘をついてることをばらしてる。さあ、本当にデレクのことを悲しんでて、本当にあいつの友だちだったんなら、知ってることを話してもらおうか」バディ・リーは言った。声から鋭さが消え、牧師のようになだめる口調になった。あるいは、自白を引き出す〝良い〟警官のような。

「言ったでしょう、知りませんって」ブランドンは言い、バディ・リーの手から自分の手を引き抜いた。「お引き取りください。仕事がたくさんあるんです。もうすぐ上司も来るし」

　バディ・リーはカウンターから離れた。振り返り、アイクのすぐ横を通って、ディスプレイのテーブルのひとつのまえに行った。

「帰ってください」ブランドンは言った。また両手が踊りだした。

　バディ・リーはブランドンをじっと見つめ、片手でテーブルをひっくり返した。六層のケーキのモデルが床じゅうに飛び散った。化学処理された菓子の塊は、巨大な蠟燭《ろうそく》の一部のように見えた。

「何するんです！」ブランドンが叫んだ。

「おまえは何か知ってる、ブランドン。話すんだ」バディ・リーは言った。ブランドンがカウンターの向こうから出てきた。アイクがふたりのあいだに立った。若者の胸に手を当て、まえに進もうとするのを止めた。胸のなかで心臓がハチドリの羽のようにばたついているのが伝わってきた。バディ・リーは別のテーブルに歩いていった。今度は両手を使ってひっくり返した。六つの異なるスタイルのカップケーキが床に散らばり、テーブルは大きな音を立て、折りたたみ式の脚が自動でたたまれた。

「なんてことを！　やめてくれ！」ブランドンが吠《ほ》えた。バディ・リーは大股で彼に近づき、Tシャツの正面をつかんだ。アイクは邪魔にならないようにどいた。

「殴られたいのか？　知ってることを話さないと、ケーキよりもっとひどい顔になるぞ。

話しさえすればいいんだ、ブランドン。手伝ってくれ、このクソ事件に片をつけるのを」

バディ・リーは言った。

「怖いんです」ブランドンは顎がバディ・リーの手に触れそうになるくらいうつむいて言った。バディ・リーはシャツを放し、両手をブランドンの肩に置いた。

「だろうな。わかる。けど聞いた話はどこにももらさない」

ブランドンはうつむいたまま何かつぶやいた。

「何？」バディ・リーは訊いた。

「デレクは女性と出会った、と言ったんです。レコーディング・スタジオを持ってる人のためにうちが開いたイベントで。その女性はある男とつき合ってるという話でした。男は大物で、結婚してて、女性は自分たちのことを世の中に知らせたがってるって。デレクは本気で怒ってた。その男はメジャーリーグ級の偽善者でクソみたいなやつだと言ってました。アイザイアに彼女の記事を書かせる、と。そしたら数週間後に死んじゃって」ブランドンは言った。

アイクは大きなハンマーで腹を殴られた気がした。

「その女性というのは？」バディ・リーが訊いた。ブランドンは肩をすくめた。

「知りません。デレクは名前を言わなかったので。ただ彼女がパーティにいて話したとしか」

「なんのパーティだ？　誰が開いた？」アイクが訊いた。ブランドンは顔を上げ、驚いたシカのような目でアイクを見た。

「わかりません。ぼくはここのカウンターにいるだけで、仕事で外には出ないんです。デレクは誰とも言ってませんでした。その男がしてることを言っただけで。本当です。ぼくはこれしか知らない。警察が来たときには、怖くて何も言えなかった」ブランドンの声がささやきに近づくくらい小さくなった。バディ・リーは彼の頬をポンポンと叩いた。

「オーケイ。いいだろう、ブランドン。よくやった」バディ・リーは言い、顎を出口のほうに振った。アイクは外に向かった。

「ブランドン、誰かに訊かれたら、どっかのチンピラが入ってきて店をぐちゃぐちゃにしていったと説明するんだぞ。いいな？」バディ・リーは言った。

「ええ、わかりました」ブランドンは言った。


アイクは道路に戻り、州間高速をめざした。夕方の車はゆっくりと安定して流れていた。沈みかけた太陽の光が、歩道沿いに並んで駐まった車に反射していた。

「さっきの〝ばれる癖〟というのは名言だな。たしかにそういうものはあるが、呼び方がわからなかった。つまり、おれも部屋の雰囲気は読める。誰かが爆発しそうなときはわかる。立ち方とか、手を置く場所とか、そういうくだらないことで気づくもんだ。あんた、昔はいかさまで儲《もう》けてたとか？」

「なんでも少しずつしたよ。親父《おやじ》はいかさま師、おじたちは無法者だった。おふくろだけがまともな細い道を歩こうとしてた。一日じゅうイエス様さ。けど、おふくろに教わったことより親父に習ったことのほうが何かと役に立つ」バディ・リーは言った。

「もうすぐ六時だ。これからどうする？　例の女性とやらをどうやって見つける？」アイクは訊いた。バディ・リーは顎をかいた。

「あいつが口にしたときから、そのことを考えてた。息子たちの家に行って探すってのはどうだ？　レコーディング・スタジオの持ち主が誰かわかるかもしれない」

「問題の女もな。よし。アイザイアの鍵は持ってる。葬儀屋でデレクの持ち物は渡されたか？」アイクは言った。バディ・リーは指の爪を噛んで、トラックが州間高速の入口ランプに入るまで黙っていた。

「あっちは渡そうとしたんだ。おれは通夜でひどい状態だった。本当は出たくなかった。なんだろうな、先に死んだデレクに腹を立ててたのか。あいつの持ち物を受け取らなきゃ、これは現実にならないと思ってた。それに、あの日もかなり酔っ払ってたし」バディ・リーは言った。アイクは唇をすぼめてフーッと息を吐いた。

「ああ、言いたいことはわかる。あいつらが現実じゃないように思えた。あそこに横たわってるのがマネキンみたいな。おれもあの晩はラムを一本空けたと思う」

「おい、このチームにアル中はひとりでいいぞ」バディ・リーは言った。

アイクの携帯電話がポケットで振動した。取り出して画面を見ると、マヤからだった。

「はい」

「ああ。どこにいるの？　会社に電話したら今日は来てないって」

「ちょっとやんなきゃいけないことがあってな。どうした？」

「いま墓地から出てきたとこ。アイザイアのお墓、壊されたんですって。そっちに電話があった？」アイクはバックミラーを確かめて車線を変えた。

「あった。家に帰ったときに話そうと思ってた。管理人は別のものに置き換えるってさ」

「信じられない。管理の人たちは何ぼんやりしてたの？」マヤは訊いた。

「事故だ。だから直してくれる」

「アリアンナが今日、お墓でひざまずいたから、何してるのって訊いたら、パパたちにご挨拶してるって」マヤは言った。アイクは何も言わなかった。ふたりのあいだの沈黙にゆっくりと首を絞められている感じだった。

「自分がどうにかなってしまいそうだった、アイク。あのお墓の上に横たわって一日じゅうあそこにいたかった」マヤが言った。

「つらいな」

「これがずっと続くんでしょう？」

「わからない」アイクは言った。マヤの呼吸が苦しげになり、アイクの耳に響く泣き声が大きくなってきた。

「じゃあ、あなたが戻ってきたときに」マヤは泣く泣く言った。電話が切れた。

「だいじょうぶか？」バディ・リーが訊いた。

「いや」アイクは携帯電話をポケットに戻して言った。

11

グレイソンは土煙を巻き上げてクラブハウスのまえに停まった。サウスサイドからサンドストンまでの道のりは、オランウータンの腋に挟まれたかと思うような渋滞で、みじめだった。オートバイからおり、ヘルメットをハンドルにくくりつけた。

クラブハウスは農家の古い二階建て家屋で、まわりにぐるりとポーチがついていた。グレイソンのまえの総長、トミー・〝ビッグ・ボス〟・ハリス――いまは最低二十年から終身の刑期を務めている――がクラブハウスの裏に、車三台が入る巨大なガレージを建て、仲間がバイクを修理したり、後部座席に乗せる女とヤったり、クラブのビジネスを進めたりするのに使わせていた。母家の左側にずらりとバイクが並んでいる。アメリカの鋼鉄と創意工夫のたくましい結晶。現代の無法者が乗る鉄の馬だった。

ポーチに仲間がふたりいた。屋根を支える柱の一本にもたれているのが副長のドーム。隅に置いてある革張りのリクライニング・チェアでくつろいでいるのが、クラブのメカニックで警備長のグレムリン。開いた正面のドア口から、ビートの効いたサザンロックが大音量で流れていた。大麻のにおいがそのあとに続き、女の甲高い笑い声が聞こえた。

グレイソンが近づくのを見て、ドームは背筋を伸ばし、グレムリンは椅子から立ち上がった。

「やあ、グレイソン」

「調子はどうだ、兄弟？」グレムリンが言った。

「連中は来たか？」グレイソンは訊いた。ドームとグレムリンは怯《おび》えたような視線を交わした。

「ああ、来たよ。けど、マック10（サブマシンガン）は買いたくないって」ドームが言った。

「なんで？」グレイソンは訊いた。

ドームはそわそわと体重を移し替えた。「マック10はヤバすぎるってボスが言ったらしい。動かせないって。ボスがあんたと話し合うってことだった」

「で、おまえらはそいつをそのまま帰したのか？」グレイソンは訊いた。

ドームは唇をなめた。「あー、いや、残りの分については払っていった」

「拳銃は全部買ってった」グレムリンが割りこんだ。グレイソンは左足をポーチのいちばん下の段にかけた。手振りでドームを呼んで、頭を下げさせた。グレイソンより背の高い男はためらったが、指示どおりにした。グレイソンはドームの右耳からさがったフープをつかんで、耳たぶが編んだロープのようになるまでねじ上げた。ヒィッと叫んだドームの耳に、グレイソンはささやいた。

「生きて空気を肺に入れてるかぎり、二度と誰かに注文の取り消しを認めるな。マック10が欲しいと言ったのなら、マック10を買わせるんだよ。ここはくそバーガーキングじゃない。おれたちは柔《やわ》な腰抜けだと思われたぞ。おまえの背中のバイカー・ワッペンにはなんと書いてある？」グレイソンは訊いた。

「〈レア・ブリード〉！」ドームが吠えた。

「おれたちは腰抜けか？　街角でおんぼろインパラのトランクからブツを出して売るような二流のギャング団か？」グレイソンはフープをもう九十度まわした。

「ちがう！」ドームが叫んだ。

「今後は誰にも足元見られるな。ちゃんと取引するまで帰すんじゃない。おまえはクソ副長だろうが。副長らしくふるまえ」グレイソンは言った。

「わかった、わかった！」ドームは苦しい息の下から言った。

「マック10を買うほかの客を見つけろ」グレイソンはドームの耳を放した。「それからアンディとオスカーに、会議机で話があると伝えろ」グレイソンは言い、ガレージに向かった。ドームが耳をこすると、指に血がついた。

「アルコールかなんか必要か？」グレムリンが訊いた。

「いいからあのクソふたりを連れてこい」ドームは言った。

　グレイソンが机の上座について坐っていると、見習いふたりがそろそろと入ってきた。不快な黄色のライトが一列に並び、ガレージ全体と机の上に弱々しい影を投げかけていた。クラブの記章――鉄メッキで覆われた狼《おおかみ》の頭――が机の中央に描かれている。ここでクラブの正式なビジネスの決定がなされるのだ。アンディとオスカーは下座で立ち止まった。グレイソンはふたりに坐れと言わなかった。

「おまえら、ワッペンが欲しいんだろ？」グレイソンは訊いた。ふたりはうなずいた。オスカーは激しくうなずきすぎて、髪の毛が顔に垂れかかった。アンディは若木のように背が高く細い。オスカーは横幅があって、さながら歩く冷蔵庫だ。横に並ぶと数字の10のようだとグレイソンは思った。どちらも支部の地名が入った裾の短いデニムのジャケットを着ていた。

「タンジェリンと名乗る娘を捜してる。ここ数カ月間ずっとだ。あほうな記者がいて、殺されるまえまでその娘と話してた。おまえらふたりでその記者の家に行ってもらう。おそらく不法侵入になる。タンジェリンに関するものがあるかどうか、なかを見てまわれ。もし何か発見したら、おまえらの正式加入をすぐに認めてやる」

「不法侵入？」オスカーが訊いた。

「おれはわかりにくい言い方をしたか？　侵入しろと言ったのが聞こえなかったのか？

そのクソ頭はどうなってる？」グレイソンは言った。一文ごとに机に拳をぶつけて強調した。

「ご心配なく。わかってます。がっかりはさせません」アンディが言った。

「そうするのが身のためだ」グレイソンは立ち上がり、拳を差し出した。アンディとオスカーも同じことをした。三人の男は拳をぶつけ合った。

「種《ブリード》のために血《ブリード》を流せ」アンディが言った。

「種《ブリード》のために血《ブリード》を流せ」オスカーも言った。

「そのとおりにしろ」グレイソンが言った。

12

アイクは蛍光ピンクのスクーターと片手で持ち上げられそうなほど小さい車のあいだに縦列駐車した。すぐ横に電球の切れた街灯が立っていた。

「ここに来たのは初めてだ」バディ・リーが言った。

「おれは一度、新築祝いのときに来た。あの……事件のあと、マヤはここへ来て掃除しようと言ってたんだが、二カ月たっても話だけだ」アイクは言った。

新築祝い。あの夜も怒鳴り合い、ドアが壊れるほどの勢いで閉まって終わった。アイクは外に出た。バディ・リーもすぐに続いた。歩道の六メートルおきに丁寧に剪定《せんてい》されたオークの木が並んでいる。ふたりは街灯をたどって歩道を歩いた。数メートルごとに自転車用のラックが鉄柵のように設置されていた。アイクとバディ・リーは並んで目的地のタウンハウスに向かった。

「このあたりはずいぶん変わった」アイクが言った。

「そうなのか？」バディ・リーが言った。

「昔はボスがひとりいてな、町のこの地域で大量の商品を売りさばいてた。おれはそのころ、彼からブツを買うクルーと地元で働いていて、仕入れのためにここを車で通ると、家の二軒に一軒は麻薬の密売所だった。頭のいかれた連中が通りをゾンビみたいにうろついて、十ドルのクラック・コカインと引き換えに、自分の彼女に男のアレをなめさせてた。で、本当に困った状況になると、自分がなめてやると言いはじめた。おれはそのボスのために一度働いたことがある。この通りじゅうにAKライフルをぶっ放したあと、レッド・ヒルに戻った」

「誰を狙ったんだ？」バディ・リーが訊いた。

「憶えてさえいない。そのボスに圧力をかけてた誰かだと思う。それか〈サテライト・バー〉で彼の部下の靴を踏んだやつらの根性を叩き直せと言われたんだったか。あのころは、まわりから信頼されるために馬鹿なことを山ほどした。その集団に入ってようやく、そんな信頼はクソの役にも立たないことがわかった」アイクは言った。

「そういうマズい方面の話なら、おれも負けてないぜ。最後にムショ入りしたときには、引き受けなくてもいい罪をかぶった」バディ・リーは言った。

「ほんとか？」

「ああ。弟、というか半分血のつながった弟のディークと、車のトランク一杯分の覚醒剤《アイス》を持ってたときに捕まったんだ。チュリー・ペティグリューってやつのために運んでた。

ディークには前科がなくて、おれの前科のリストはミイラに巻けるくらい長かった。ディークはきれいなままでいさせたかった。ああいう生活に耐えられるやつじゃない。まわりの連中に生きたまま食われちまう。だからおれは、ディークがかかわったのは、あとにも先にもあのときだけだったと強調した。チュリーについては何も言わず、ディークの分の科《とが》も引き受けて、三年から五年の刑だ。フルで五年務めた。おれがいなくなったあと、ディークは西へ行って天然ガス田の作業員になった。知るかぎり、いまもそこで働いてるはずだ」

「はー」アイクが言った。

「どうした？」

「トランク一杯の覚醒剤でたったの五年？　それだけの荷物を運んで、おれみたいな外見だったら、刑務所で死んでもおかしくない。おれの友人たちは大麻の所持で三年から五年だ。大麻だぜ」アイクは言った。

「そうなのか？」バディ・リーはもごもご言った。

「そうだ。さあ、着いた」とアイク。そこは二階建てのタウンハウスで、壁板は濃いワインレッドだった。正面の階段は淡いクリーム色。階段の下には大きな黒い陶器の植木鉢があり、〝ＩＲ＆ＤＪ〟のイニシャルが書かれていた。太く大きなその白い文字は手書きのようだった。アイクはポケットから鍵を取り出して、ドアを開けた。

ふたりはなかに入った。小さな玄関ホールは青と白で控えめに装飾されていた。左手に傘立て、その隣にはおそらく大きな流木から彫り出したコート掛けがあった。動きがないため家全体に暗い覆いがかかっているかのようで、空気は古く饐《す》えたにおいがした。目に見える大半のものの表面にはうっすらと埃が積もっていた。死がその手をこの場所に置き、家の心臓を止めていた。

リビングルームの家具も控えめだった。いちばん目立つのは組み合わせ式のソファで、その向かいに壁掛けテレビがある。右手に並んだ写真は、アイザイアとデレクがともにすごした人生のさまざまな瞬間をとらえていた。いっしょに行った旅行や、参加したパーティ。ありのままの静かなひととき。生まれたばかりのアリアンナをふたりで抱いている写真。三人がレストランで紙の海賊帽をかぶっている写真。タンポポの綿毛を吹いているアリアンナの白黒写真。三人が写った別の一枚では、アリアンナが漫画的に大きな文字で〝不動産権利証〟と書かれた書面を持ち、デレクとアイザイアがにっこりと笑っている。アリアンナは当惑しているようだった。

写真は彼らがともにした進化の旅のモザイク画だった。

「幸せそうだな」アイクが言った。

「ああ、幸せそうだ」バディ・リーも言い、滑稽な証書の写真を指差した。

「家のローンは返したにちがいない。デレクは、いつかトレーラーハウスじゃなくて自分の家を持つと言ってた。だから払ってないはずがない」

バディ・リーは両手を強く打ち合わせた。パシンという音が家じゅうに響いた。

「どこから始める？」彼は訊いた。

「別れて探すか。おれは寝室を見てみる。それと、アイザイアは家の奥に仕事部屋も持ってたと思う。たしか裏のポーチのすぐそばと言ってた。あんたはここから見てくれるか？」アイクが言った。

「ああ、了解。抽斗《ひきだし》があるものは全部のぞいてみよう」バディ・リーは言った。

「オーケイ。何か見つかったら大声で呼んでくれ」アイクはリビングを抜けて、短い廊下の先へ進んだ。バディ・リーはソファの横のエンドテーブルから始めた。抽斗はジャンクメールやその他のガラクタでいっぱいだった。次に、両サイドに抽斗がついたコーヒーテーブルに移った。奇妙なデザインだと思ったが、家具のデザインのことなどわからない。自分はミルククレートを家具代わりにしているのだから。一方の抽斗にはリモコンがたくさん入っていた。もう一方には雑誌が数冊。バディ・リーはそこを閉め、写真が並ぶ壁に目を向けた。写真の下にアクセントテーブルがあることにようやく気づいた。そのテーブルに、小さな本を開いた形の額がふたつのっている。ひとつを手に取ると、胸がうずいた。バディ・リーが財布に入れているのと同じ写真だった。もうひとつには幼い黒人の少年と、いまよりはるかに若いアイクが写っていた。少年は肩車をしてもらっている。バディ・リーは額をテーブルに戻した。その横にはもう二十年以上見ていなかった写真があった。

写っているのはクリスティンとデレクだった。バディ・リーが最後に収監されるまえに三人で住んでいたトレーラーの階段に並んで坐っている。クリスティンは沈む夕日のように美しかった。鳶《とび》色の髪が背中に滝のように垂れかかっている。矢車草の青の大きな目。ずっと昔に初めて会ったとき、バディ・リーを夢中にさせた顎の小さなくぼみ。彼は焚《た》き火のまえで踊ろうと誘ったが、彼女はノーと答えた。にべもない高慢な断り方ではなく、素直であっさりとした、その気になれないのという返事だった。バディ・リーは一度その場を離れ、並木から少し入ったところで野の花をひと束摘んだ。そしてクリスティンと彼女の友人たちが坐っていた丸太まで戻り、片膝をついた。

「おれと踊ってくれ。一度だけでいい。あとはきみの残りの人生でいっさい迷惑をかけることはない」

「それは約束？」

「ボーイスカウトの名誉にかけて」

「ボーイスカウトには見えないけど」

「きみは神が創造した緑の地球でいちばんきれいな女性に見える。なあ、一度だけでいい。まちがってもベッドに誘ったりはしないから」

彼女は笑った。ハスキーな大声のその笑いは、夏そのもののように明るく愛らしかった。

ふたりは踊った。キスをした。バディ・リーのカマロで土の道を延々と走って、収穫月の下で楽園を見つけた。数年間は手品のようだった。しかし手品はただの手先の早業であり、最終的にマジシャンの助手はすべてのトリックを目にしてしまった。バディ・リーがまたしても収監されるころには、クリスティンはもう充分見たという気になっていた。クリスティンが去って、例の金持ちのあほうと結婚したことを恨んではいなかった。バディ・リーも相手がバディ・リーなら離婚する。それは理解できるが、クリスティンが自分の人生からデレクを消し去ったのは、まちがい以外の何物でもなかった。自分もたいした父親でなかったのは認めるが、わが子を捨てるなんてどういう母親だ?

バディ・リーは写真を額からはずして、ズボンのうしろのポケットに入れた。台所に移動し、そこに詰めこまれた器具の多さに圧倒された。装飾は古《いにしえ》のアメリカふうだった。床は白黒の市松模様。ステンレススチールの調理具。黒いキャビネットの上に御影石のカウンター。長年かけてデレクが手に入れた料理用の器具や機械をすべてのせられるように、カウンターは御影石でなければならなかったのだろう。置いてあるものの半分の使い途《つかみち》はわからなかったが、息子はちゃんと使いこなしていたにちがいない。デレクは祖母がケーキの生地をこねているのを初めて見たときから、料理が大好きだった。バディ・リーのいとこのサムも、料理はプロ並みの腕前だ。ジェンキンス家には料理人の血が流れている。それがバディ・リーを飛ばしてデレクに伝わったのだ。デレクが料理好きだったこと自体は、ゲイの特徴だとは思えなかった。たんにそれが得意だっただけだ。デレクと口論したことはあまりなかったが――まあ、正直なところ、あまり顔を合わせることがなかったからだが――そんなときでも料理人であることをけなしたりはしなかった。もちろん、それで勲章がもらえるわけでもない。ほかにいまも後悔しているようなひどいことはいくらでも言った。デレクが死んで初めてこういうことがわかったのは本当に不幸だった。

バディ・リーはキャビネットの砂糖壺《つぼ》や蓋つきの片手鍋を見ていった。大麻がいくらかあったが、驚かなかった。台所に隠している人は多い。それが異例でないことがわかるくらいには不法侵入をしていた。抽斗にはナイフ、フォークとスプーンしかなかった。バディ・リーは片手を腰に当て、もう一方の手で額をこすった。

おれは何をしてる？　時間の無駄だ。例の娘の名前や、デレクを殺した犯人の名前、犯人たちの居場所が書かれた手帳など見つかるわけがない。ベーカリーに戻って、あの若造を締め上げるべきだ。バディ・リーは額に手を当てた。万力でリンゴをつぶすように、あいつから問題のパーティの主を聞き出す。バディ・リーは冷蔵庫に近づいた。製氷機が気味の悪い音を立て、貯氷箱に氷が落ちた。マラカスのような音だった。バディ・リーは冷蔵庫に近づいた。扉にメモ帳が磁石でとめてある。手に取って表紙をめくると、最初のページに落書きがあった。かなりうまく描いた靴一足に、矢が一本、そしておそらく果物のひとかけに感嘆符が添えられている。ページのいちばん下には数字がいくつか並び、スペースのあと、また別の数字が並んで、また感嘆符。

バディ・リーは絵をじっくり眺めた。見たとおりのただの落書きだという思いもあった。アイザイアとデレクがふざけていて、どちらかが紙に素人漫画を描いただけだと。しかし直感は、別の何かがあると告げていた。重要な意味があると感嘆符が言っているかのように。バディ・リーはメモ帳を何度か手に打ちつけた。

そして最初のページをちぎり、ズボンのまえのポケットに入れた。自分の直感は信じているが、いつもそれにしたがうわけではない。だから二度も塀のなかに入った。バディ・リーは天才ではないが、自分のあやまちからは学んでいた——たいていの場合。

アイクは最初にたどり着いた部屋の入口で長いこと立っていた。アイザイアとデレクの寝室、ふたりがいっしょに寝ていた場所だ。夜のあいだ抱き合って。アイクにはわからなかった。自分がマヤに感じているのと同じものを、アイザイアはデレクに感じていたのか？　アイクは首を振った。もしアイザイアがここにいれば、議論しても意味はないと言うだろう。愛は愛だと。だが、アイザイアはもういない。死んだ。

アイクは部屋に入り、徹底捜索にかかった。ナイトスタンドの抽斗を全部抜いて、中身をベッドに空けた。だいたいナイトスタンドに行き着きそうなガラクタだらけだった。爪やすり、目薬、絆創膏《ばんそうこう》、潤滑剤、バーのナプキンが山ほど。一枚を取ると、隅に筆記体で〝ガーランドの店〟と印刷されていた。ほとんどのナプキンはその店のものだった。アイクは丸めてゴミ箱に放った。次はクローゼット。最上段に帽子がずらりと並んでいた。野球帽、中折れ帽《フェドーラ》、スカルキャップ、タモシャンター（毛玉の房がついた大きなベレー帽）。シャツやブレザーが色の順に隙間なくかかっていた。アイクは微笑んだ。アイザイアは子供のころ、靴で同じことをしていた。笑みは消えた。

寝室から出て、まっすぐアイザイアの仕事部屋に向かった。そこもクローゼットと同様、きちんと片づいていた。奥の左隅のスリムな本棚には、あらゆる本がタイトルのアルファベット順に並んでいる。右隅には高さのあるファイリングキャビネット、部屋の中央には透明なアクリル樹脂の机が置かれ、中央にコンピュータがのっていた。その隣には、遺物として博物館に飾られそうな固定電話と、ノートが一冊。アイクはノートをパラパラめくった。アイザイアが緻密な文字でいろいろ書きこんでいるが、内容の大半は本人だけにわかる速記のようなもので、判読不能だった。ただ、最後に書きこんである一文だけは読めた。

〝彼女は知っているのか？〟

その横にアイザイアは眉をひそめた顔を描いていた。アイクはそのページを見つめた。どういう意味だ？　〝彼女〟とは？　パーティにいた女か？　それともその娘とはまったく関係のない別の誰かか？　ノートを机に戻した。警察はこういうわけのわからないものをどう扱うのだろう。アイクは、ここにあるものからなんらかの意味を読み取れるほどアイザイアの生活を知らなかった。

電話のボタンを押して、かけた先を表示させた。昔、映画で刑事がそうするのを見たことがある。何を見つけたいのかよくわからないまま、リストをスクロールした。アイザイアの友人たちを知らないので、それらはたんなる数字の列だった。三月二十四日以降、誰もここから電話をかけていない。その日の夜に事件が起きた。スクロールしていくと、あるものが目に飛びこんできた。アイザイアたちが撃たれる前日、続けて八回かけられた番号があった。アイクは留守番電話のメッセージを確かめようと別のボタンを押した。ロボットめいた声が、十二件のメッセージがありますと告げた。

再生ボタンを押した。

ほとんどのメッセージは当たり障りがなかった。警察はまちがいなく聞いているだろうが、自分の耳で確かめても害はない。最後のメッセージは銃撃の前日に残されていた。息せき切った声がスピーカーから流れてきた。

「ハイ、あたし。気が変わった。もう話したくない。ごめんなさい。怖いの。じゃあ」

機械が自動で止まった。聞き憶えのない声だが、女性だろう。怖がっているどころではない。心底怯えているようだった。アイクは発信番号を調べた。市外局番は地元だった。机からペンと紙を取って、番号を書き留めた。書きながら考えずにはいられなかった——

デレクはいったい何にアイザイアを巻きこんだんだ？

13

アンディはポケットからドライバーを取り出して、ドアとドア枠のあいだに押しこんだ。オスカーはうしろに立ち、大きな図体《ずうたい》で通りからアンディを隠していた。じつのところ、隠す必要もなかった。人通りはほとんどなく、たまに現れるのは道に迷ったようにふらふらしている輩《やから》ばかりで、次に飲む酒か打つ麻薬のことしか考えていない。アンディたちは、たまたま意識の高い市民が車のナンバーを控えておこうと思ったときに備えて、三区画離れたところに車を駐めていた。

アンディはドライバーを無理やり突っこみながら、ドアノブをまわした。驚いたことに、ノブはほとんど触れただけでまわった。

「なんだよ、最初から開いてんのか」アンディは言った。

「はっ、いいからさっさとすまそうぜ」

アンディは手を止めた。ところでどうして鍵がかかっていない？　誰かが空き巣に入ったところにぶつかったとか？　皮肉の定義はよくわからないが、これはかぎりなく皮肉に近いと思った。腰のうしろに手をやると、三五七口径のコルト・パイソンのグリップがベルトに挟まっている。クラブハウスを出るときに、グレイソンに借りてきたのだ。必要になるとは思わないが、いつも準備しておけば、いざというとき準備しなくてすむ。これは彼のクズみたいな母親が口にした、ほぼ唯一まともな教訓だった。

「ああ、そうしよう」アンディは言った。ドアの鍵がかかっていなくても、たいしたことではない。ドアの向こうに何があろうと重要ではない。重要なのは、グレイソンに頼まれたものを持ち帰ってクラブの正式メンバーになることだ。アンディはドアを引き開け、家のなかに入った。

バディ・リーは台所のシンクにうつむいていた。胸が処女のプッシーみたいにきつく締まって苦しかった。咳きこもうとしても肺に充分な空気が入ってこない。蛇口を開け、両手に水をためて顔にかけた。大きく息を吸い、ようやく咳をして痰を切ることができた。シンクに吐き出すと、薄緑の痰に赤い点が交じっていた。

「よくないな」彼はつぶやいた。

玄関のドアが開いた。

バディ・リーはさっと顔を上げ、振り返ってリビングのほうを見た。男がふたり入ってきていた。ひとりはひょろりと背が高く、あと数キロ太っていい。もうひとりは邪魔になるくらいの巨体だった。隣の男に二十キロほど分けてやっても、まだ戦車ほどの幅がある。

ふたりは臆病なシカよろしく忍び足で部屋に入ってきた。バディ・リーはシンクにもたれ、うしろに手をまわして、水切りかごで最初に触れたものをつかんだ。それはたまたま、装飾がほどこされた重いジャムの壜だった。背中のうしろで右手に持った。ふたりはまだ彼に気づいていない。台所からそっと抜け出して廊下の先に進めるか。そううまくはいかないだろうが、やってみてもいい。だが、そうすればもちろん、息子の家で何をしていると連中を問いただすことができなくなる。新興宗教の勧誘ではないはずだ。

「よう、お仲間」バディ・リーは台所から呼びかけた。ふたりの男はぴたりと足を止めた。

「やあ」アンディが言い、右手をズボンのうしろのポケットに入れた。

「ノックもせずに息子の家に上がって何してる？　息子の友だちか？」

アンディとオスカーは視線を交わした。バディ・リーはその仕種《しぐさ》を見たことがあった。どちらが嘘をつくか決めようとしている。アンディが微笑んだ。

「ああ、友だちだ」

「だとすると、ふたりとも新聞社で働いてるわけだ」バディ・リーは言った。アンディは手をさらに銃に近づけた。

「ああ、そうだよ。いっしょに新聞社で働いてる」アンディは言った。バディ・リーは相手に笑みを返した。

このクソ嘘つき。

アンディはバディ・リーの顔に笑みが広がるのを見たが、それは目まではいかなかった。

くそっ。アンディは思った。

家がしんと静まった。バディ・リーの耳にシンクの上の時計の音が聞こえた。通りを行き交う車のくぐもった音も。これから予想できる展開のために、どっしりと構えた家のため息や軋みも。

製氷機がまた鳴った。

アンディは銃に触れた。

バディ・リーはジャムの壜をアンディの頭に投げつけた。壜はアンディの右の頬に命中した。バディ・リーは投げると同時に動き、全身でアンディにぶつかった。オスカーはまだリビングに入ったかどうかというところだった。アンディとバディ・リーはコーヒーテーブルに倒れこんだ。ふたりの体重を足しても百二十キロは超えないはずだが、テーブルは両者の重みで割れた。アンディは尻の割れ目のすぐ上に銃が食いこむのを感じた。銃を取りたかったが、老人が渾身《こんしん》の力で彼の歯を叩き折ろうとしていた。

バディ・リーはアンディの顔の右側を思いきり殴った。若者はパンチを防ごうとしたが、無駄だった。アンディが目と額を守ろうと両手を上げると、バディ・リーは顎を殴りつけた。アンディが両手を下げると、今度は頬が攻撃の的になった。老人はクモザルのように細くたくましかった。

バディ・リーは突然宙に浮いた気がした。オスカーが彼の腰を抱えこんで、洗濯袋のように持ち上げたのだ。大男に力のかぎり締めつけられ、バディ・リーは金玉が破裂すると思った。ボートの平底で跳ねるマスのように、口をぱくぱくさせた。アンディが片膝をついて起き上がったので、バディ・リーはめいっぱいの力で顔を蹴りつけた。若者はコーヒーテーブルの残骸の上に倒れた。バディ・リーは一度下を向き、勢いよく頭を跳ね上げた。オスカーの鼻が折れる音が音楽のように響いた。大男は死の抱擁から彼を解放した。バディ・リーは足からおりて、オスカーの右の向こうずねを蹴り上げた。

アンディが腕を振り、コルトの台尻をバディ・リーの側頭部に打ちつけた。そこらじゅうに星が飛び、バディ・リーは両手両足をついた。カミソリのように鋭いテーブルの破片の上に着地したことをぼんやりと意識した。割れたガラスが掌《てのひら》のたこを切り裂いて、肉に食いこんだ。胃がよじれたが、吐くことはなかった。オスカーは向こうずねを押さえてドアに倒れかかった。

アンディがコルトの銃口をバディ・リーのこめかみに当てた。バディ・リーは、顔に血がひと筋流れ、進路を変えて無精ひげに入るのを感じた。アンディの上唇は腫れてきていた。頬も燃えるように熱く、左目は霞《かすみ》がかかったようだった。スーパーボウルの勝利のフィールドゴールまがいに、じじいが顔を蹴りやがったからだ。

「あのテレビのコードを切って、こいつを縛れ」アンディは言って、ピンクの塊を床に吐いた。唾と血が同じくらい混じっていた。オスカーはポケットからナイフを取り出し、片足を引きずりながらテレビに近づいた。コードを切り取り、バディ・リーの手を背中のうしろで縛った。老人があれほどすばやく動いたのが信じられなかった。台所から目にも止まらぬ速さで飛び出してきて、まるで超高速ヒーローのフラッシュを見ているようだった。

「おれの歯を一本折ったようだな、じいさん」アンディは言った。舌先で右の奥歯を探ると、ぐらぐらした。

「この縛《いまし》めを解かれたときにしてやることに比べたら、そんなのはなんでもない」バディ・リーは言った。アンディは笑い、銃口をバディ・リーの頭にさらに強く押しつけた。

「あと二秒ほどで、このクソ頭に穴をあけてやる。けどそのまえに、いくつか質問することがある。それに答えろ」アンディは言った。

「おい、心の底から言うことばだが、クソくらえ」とバディ・リー。アンディは彼の腹を蹴った。バディ・リーの肺にわずかに残っていた空気がヒューッと音を立てて飛び出した。バディ・リーはぐらりとまえに傾き、顔が割れたガラスの山の上に落ちた。破片が口に入りそうになった。アンディは彼の髪の毛をつかんで持ち上げ、その耳に口を近づけた。

「息子が恋しいか？　もうすぐ会えるからな。だが、早く撃ってくれとこいねがうのが先だ」アンディは言った。

　そしてまたバディ・リーを蹴った。今度は昼食が飛び出した。食べたものがバディ・リーの食道を駆け上がり、胃酸が喉を焼いた。嘔吐物が唇から滝のようにあふれて落ちた。

「おれを殺したほうがいいぞ」バディ・リーはあえいだ。アンディは笑った。

「ほう、殺したほうがいいってか」甲高い鼻音で言った。

「娘のことを訊くべきじゃないか？」オスカーが提案した。アンディのくすくす笑いが止まった。

「娘について何か知ってるか、じいさん？」アンディは訊いた。オスカーに言われるまえに思いつくべきだったが、闘いに夢中になって大事な仕事を忘れるところだった。

「いま殺さないと、ママの吸われまくったまんこから出てきたことを後悔するぞ」バディ・リーが言った。アンディは何度かすばやくまばたきした。

「ママのまんこだと、あ？　息子に会ったらよろしくな」アンディは言い、コルトの撃鉄を起こして銃口をバディ・リーの顔に向けた。バディ・リーは銃身のなかに吸いこまれる気がした。まるで底なしの立坑のように。アンディは銃口を彼の頬に押しつけた。バディ・リーは目を閉じた。あの世でデレクに会えればと思ったが、息子と同じ場所で永遠にすごすことになるのかどうかはわからなかった。

家の奥で耳を聾《ろう》する破壊音が響いた。

「おい、なんだ？　誰か連れがいるのか、じいさん？　オスカー、ちょっと見てこい」アンディは言った。オスカーは下唇をなめた。

「銃を持ってこなかった」

「めめしいこと言うな。さあ、見てこい」とアンディ。オスカーは自分の顔をなで、その手を見た。掌に血が梵語《ぼんご》の文字のようについていた。

「ああ、めめしいでけっこう」大男は言って、ゴジラのごとく廊下を大股で歩いていった。家に入ってきたとき廊下のライトはついていたか？　思い出せなかった。いまライトは消えている。壁のスイッチを入れてもつかない。オスカーの呼吸が速く不規則なあえぎになった。鼻が完全につぶれ、どうがんばっても鼻で息ができなかった。オスカーは暗い陰のなかに進んだ。

「おまえがおれの息子を殺したのか？」バディ・リーはアンディに訊いた。ようやく星が消え、視界がはっきりしていた。アンディは銃を彼の顔からおろし、脚の横に垂らしていた。

「黙れ」彼は言った。

「誰の命令で来た？」バディ・リーは喉をゼーゼー言わせた。こんなに暴れたのは久しぶりだった。心臓の動きが鈍くなったように感じた。喉の奥がカラカラに乾いて、いま咳をすれば砂利が飛び出して床に散るのではないかと思った。

「いいから黙れ」アンディが言った。

オスカーは廊下の左側の少し開いたドアまで来た。すでに通りすぎた三つのドアより狭いから、バスルームだろう。バスタブにショットガンを持った人間が隠れているとか？　映画でそういう場面を見たことがあった。悪い男のひとりが小便をしているところを良い男が撃つのだ。オスカーは二本指でドアを最後まで押し開けた。本当にバスルームだった。天井の青い環境光が部屋に不気味な輝きを与えていた。換気扇のなかに青い電球が埋めこまれている。バスルームにはシャワー室、洗面台、水色のトイレがあった。それとも、色がついて見えるのは青いＬＥＤ電球のせいか。オスカーは顔をしかめた。トイレの貯水タンクの蓋がない。タンクに水がたまる音がした。ちょうど誰かがトイレを使ったあとのように。オスカーは廊下まであとずさりした。足元でガラスの砕ける音がした。顔を上げて目を細めると、天井にライトの配線器具だけが残っていた。しゃれたペンダントライトだったのだろうが、いまは細い金属チューブが一本ぶら下がっているだけだ。まるで誰かが壊した――

オスカーが振り返ると同時に、アイクがその頭にトイレのタンクの蓋を叩きつけた。

「おれを殺しとけばよかったと後悔するぞ、若いの」バディ・リーはかすれた声で言った。

「さっきからそればっか。怖がれってことか？　クソ黙ることが必要なただの酔いどれじじいだろうが。ああ、においでわかるぜ。おれの親父とおんなじだ」アンディは言った。

バディ・リーは相手の声に虚勢と、表には出てこない不安を聞き取った。オスカーが暗い廊下を進んでいって一分後に家全体が揺れていた。花崗岩の板のようなものが床に落ちたのだ。

アンディは無意識のうちに銃を構えて一歩、廊下に近づいた。バディ・リーは両膝をついていたが、若者のその動きを見るなり尻を落とし、両足で相手の右膝の横を蹴った。骨が折れるような音が聞こえたと思った。アンディは悲鳴をあげ、左うしろに倒れた。倒れた勢いで、逃げ出すジンジャーブレッドマンのように手から銃が飛んでいった。アンディは膝を押さえた瞬間、銃を放したことに気づいた。左に体を倒し、右手を伸ばしてコルトを取ろうとした。

アイクが復讐の化身さながら陰のなかから現れて、アンディの右手を踏みつけた。バディ・リーは今度こそはっきりと骨の折れる音を聞いた。アンディがふたたび悲鳴をあげ、アイクは彼のシャツをつかんで床から持ち上げた。相手を立たせてから、猛烈なアッパーカットを打った。若者は床から少なくとも十センチは浮き上がり、壁掛けテレビの下にどさっと落ちた。アイクはそちらをいっとき睨みつけてから、コルトを拾い、ズボンの腰まわりに突っこんだ。バディ・リーのところに行くと、彼のズボンのうしろのポケットからジャックナイフを引き抜き、コードを切って、立ち上がるのに手を貸した。

「パーティに来てくれてよかった」バディ・リーが言った。

「ここの騒ぎが聞こえたとき、しばらくひそんでいようと思った。ふたり以上いる音がしたからな。だから別々に行動させるために、ドレッサーをひっくり返して注意を引いた。それに、あんたはなんとかひとりでやれると思った。敵を驚かすチャンスを捨てるのはもったいない」アイクは言った。

「そこまでおれの能力を買ってくれて、うれしいかぎりだ。けどひとつ訊くが、こいつらがおれの頭を吹っ飛ばしたらどうするつもりだったんだ?」

「吹っ飛ばさなかったんだから、そこは考える必要がない」アイクは言った。バディ・リーは首を振りながら、痩せた若者のうずくまった姿を見おろした。

「だから殺しとけと言ったろ」バディ・リーは言った。

「本当にそう言ったのか?」アイクが訊いた。

バディ・リーはうなずいた。「ああ、本気で殺せと思ってた」

14

アンディのまぶたが震えた。種《ブリード》のために血《ブリード》を流すと誓ったが、形勢が逆転してしまった。血は流したものの、仕事は当面終わりそうにない。頭を上げようとしたが、煉瓦がぎっしり詰まっているのかというほど重かった。

バディ・リーは若者に強烈な平手打ちを浴びせた。続けて胸にワンツーコンボ。一歩下がって、両手を膝に置き、前屈みになった。肺から痰がせり上がってきた。バディ・リーは口を閉じ、アイクの倉庫の二番目のシャッタードアのそばにあるゴミ入れまで歩いていくと、小さな茶色の缶に唾を吐いた。さらに赤い液体が混じっていることは、見なくてもわかった。

「だいじょうぶか?」アイクが訊いた。

「ああ、ちょっと体調が悪いだけだ。どうしてそいつに訊かない?」バディ・リーは言った。根覆いの袋がのったパレットまで歩き、腰をおろした。アイクは小さな事務スペースからキャスターつきの椅子を転がしてきた。それを若者のまえに置いて、今度は道具の棚から、大きな木を植えたときやスプリンクラーのパイプを這わせたときに土を均《なら》すタンパーを取ってきた。黒く平たい正方形の鉄に一・二メートルの木の柄がついた、ごく単純な道具だ。それを自分と若者のあいだに置いて、椅子に坐った。

若者は木製の事務用椅子に坐り、アイクがその手首を結束バンドで椅子の肘掛けに縛りつけていた。息子たちの家でバディ・リーが手や顔を洗ったあと、彼らはアイザイアの仕事部屋からラグマットを運んできて若者を簀《す》巻《ま》きにした。連れ去ろうと決めるのに議論は必要なかった。この若者と大男が息子たちに起きたことにかかわっているのは明らかだった。

若者はパートナーより五十キロ近く軽い。今回、遺伝的な体格のせいでパートナーは当たりを引いた。アイクたちは大男を廊下に寝かせておいて、痩せたほうをタウンハウスから運び出した。夜中に引っ越しをするふたり組のように荷物を運ぶ途中、何人かとすれちがったが、ほとんどの人は携帯電話からろくに目も上げず、ふたりの男がどことなく人間の形をしたラグマットを抱えて歩道をトラックに向かっていても気にも留めなかった。アイザイアとデレクの近所の人は騒ぎを耳にしたかもしれないが、関与すべきだとは思わなかったようだ。あの界隈はまだそこまで高級住宅地ではない。

アイクは人差し指を若者の顎の下に当てた。顔が持ち上がって、目と目が合った。

「名前は？　運転免許証がなかった。賢い判断だ」アイクは言った。バディ・リーはその声のやさしさに驚いた。まるで子供を寝かしつけるお伽噺を聞かせているようだった。

「死ね」アンディがつぶやいた。アイクは彼の顎から指を離した。若者の顎がまた胸に落ち、口と鼻から血が垂れた。頰の傷は心破れた花嫁のようにしくしくしていた。アイクはタンパーを立てて柄の先端に両手を置き、その上に顎をのせた。

「おまえは賢い。度胸もある。それは認めよう。だが、そのことがいい結果を招かないのは知っておかないとな。だろ？　つまり、おまえたちはうちの息子の家に無断で入った。そしておれの仲間を殺そうとした。おれがどう思ってるかわかるか？　おまえらのどっちかが息子たちを殺したか、殺したやつを知ってる」アイクは言った。アンディは結束バンドから逃れようとしなかった。なけなしの力をすべて、頭を上げておくことに使っていた。

「誰がおまえらをあの家に送りこんだ？」アイクは訊いた。

アンディはアイクの顔に唾を吐いた。頭がまたガクンと胸のまえに垂れた。唾はアイクの顎に当たった。アイクは立ち上がった。顎をぬぐった手をズボンでふいた。

「こいつの靴を脱がすのを手伝ってくれ」アイクは言った。バディ・リーが若者の左足を、アイクが右足をつかんだ。そしてふたりでブーツを脱がせ、石灰肥料の横に放った。アイクはタンパーをつかんでアンディのうしろに移動した。平らな正方形の鉄をベルトのバックルの高さまで持ち上げ、あらんかぎりの力で床に落とした。鉄の頭がコンクリートの床に激しくぶつかる音が、洞窟めいた倉庫にこだました。アイクはアンディの左腕のそばに立ち、またタンパーを床に打ちつけた。アンディもバディ・リーもたじろいだ。アイクは時計の針のようにアンディのまわりをまわりながら、少し進むたびにタンパーを打ちつけ、荒々しい音を建物のなかに響かせた。

「さあ、誰に送りこまれた？」アイクはようやく言った。

アンディは手首を曲げてみた。左手の結束バンドは動かないが、右手のほうにはわずかに余裕がある。この黒人は椅子の背もたれの棒に結束バンドを引っかけ、肘掛けに巻きつけてから手首を縛っている。棒はぐらついているから、背中を押しつければはずれるかもしれない。そしたら椅子を凶器に用いて逃げることも可能だろうが、この黒人に足の指を砕かれたら元も子もない。

「ある男の命令だ。彼はある娘に関する情報を欲しがってる」アンディは言った。アイクは動きを止めた。

「ある男とは？」バディ・リーが訊いた。

「知らない。いやつまり、名前は知らない。たんに彼から娘を捜してると言われただけだ。その女は記者と話をしてるらしい。だから彼女のいそうな場所を探れって」

アンディは大きく息を吸い、胸に走った痛みに顔をしかめた。アイクは身を乗り出した。その顔がアンディの顔のすぐまえまで来た。

「おれに嘘をついてるのか？」アイクは訊いた。

「いや、ほんとに本当だ」

「その娘の名前は?」アイクは訊いた。

アンディはため息をついた。

「タンジェリン」

バディ・リーが紙切れを取り出し、落書きをまじまじと見て、椅子に坐った若者に目を移した。

「なんてこった」彼は言った。アイクは体を起こし、根覆いのパレットにもたれたバディ・リーのところまで行った。タンパーはアンディの近くに残しておいた。

「それはなんだ?」

バディ・リーは紙切れをアイクに見せた。

「息子たちの冷蔵庫から取ってきた。これはオレンジだと思ったんだが、みかんかもしれない。だが、その建物はわからない」バディ・リーは言った。アイクは家で見つけたナプキンを思い出した。

「もしかしてバーか? アイザイアは行きつけの場所でこのタンジェリン《タンジエリン》という娘と会おうとしてたとか?」アイクは訊いた。バディ・リーはパレットを押して離れ、若者に背中を向けて、自分の胸に語りかけるくらいまで声を落とした。

「その娘と会うことになってたから、彼らが殺されたのだとしたら? 犯人が誰であれ、そいつがあそこの若いのを雇ったのかもしれない」

「それは、あのベーカリーの若造が話してたやつかもしれない」アイクはささやいた。

「おれもそう思った」

「もう少しあいつに圧力をかけてみよう。一方の足の先をつぶしてやれば、誰に雇われたか思い出すさ」アイクは言った。

アンディはふたりが背を向けて何やら相談しているのを見ていた。

「あいつが吐かなかったら?」バディ・リーは訊いた。

「ああいう輩はかならず吐く」アイクは言った。

アンディは顔を上げた。やるならいましかない。右手の結束バンドを引っ張った。ゆるめて、もう一度引っ張り、上半身をねじって右腕を左に引いた。

何か折れるような音が聞こえたと思った一瞬後にアイクが振り返ると、頭に椅子が飛んできた。若者が椅子を棍棒《こんぼう》のように振りまわしていた。左手首はまだ肘掛けにつながっている。裸足《はだし》だから冷たいコンクリートの床で足音がしなかったのだ。アイクは頭の左側に椅子のまともな一撃を食らい、砂金採取者のように床に両手をついた。

アンディはその痩せた白人に椅子を押しつけた。白人はとっさに椅子の脚をつかんだが、アンディはそのまま押して根覆いのパレットまで後退させた。バディ・リーは椅子の脚をつかみながらも、コンクリートの上で足がすべったと感じた。胸がゼーゼー鳴り、肺が空気を欲した。気絶する？　それはわからなかったが、気づくと床に尻もちをつき、両手の感覚がなくなっていた。まさに最悪のタイミングで咳の発作に襲われた。若者はバディ・リーの腕から椅子を引き抜き、頭上に振り上げた。

バディ・リーに差しかかった椅子の影は、死の影だった。アドレナリンが恐ろしい勢いで彼の血管を駆けめぐった。胸にたまった大量の痰がついに切れ、神々しいまでに美味な酸素が肺を満たした。バディ・リーはうしろのポケットからジャックナイフを取り出した。若者が椅子を振りおろすあいだに片膝をつき、親指でなめらかにナイフの刃を出すと、若者の腹に全力で突き立てた。腹の傷で若者の椅子を振る力は多少削《そ》がれ、バディ・リーは空いた手を上げてわりとたやすく攻撃を防ぐことができた。若者はうしろによろめき、バディ・リーのナイフの刃から体を引き抜いた。腹から真っ赤な血がゆっくりと流れ出した。

アイクはネズミを殺そうとする猟犬のように首を左右に振った。跳んで起き上がると、タンパーをつかみ取り、バディ・リーからよろよろとあとずさる若者を見ながら、柄を両手で絞るように握った。ボールを観客席最上段にかっ飛ばすバッターよろしくタンパーをスイングすると、平らな鉄の塊が若者の後頭部に当たって、グシャッと肉がつぶれる鈍い音がした。若者は床に倒れ、椅子がその胸に落ちた。

アイクは若者を上から見おろした。

森の奥に棲《す》む奇妙な生き物が断末魔の苦しみを味わうかのごとく、若者の薄い唇が震えていた。こいつは椅子でおれを殴った。バディ・リーを殺そうとした。アイザイアの家に不法侵入した。おれの顔に唾を吐いた。雇い主についてもたぶん嘘をついている。アイザイアを誰が殺したのかも、おそらく知っている。若者が白目をむいた。もしかすると墓を壊したのもこいつかもしれない。

「くそったれ！」アイクは叫んだ。タンパーを持ち上げて若者の頭に叩きつけた。眼窩のまわりの皮膚が裂け、その下の骨が動いた。若者は発作を起こしたように痙攣した。アイクはもう一度タンパーを持ち上げ、全体重をかけて落とした。長年の訓練で二頭筋と三角筋が完全に連動して動いた。同じ動きを何千回とくり返してきたのだ。何十万回と。タンパーを若者の顔に何度も落とすと、アイクの太い前腕が燃えるように熱くなった。湿ったものが顔に飛んできた。骨と歯の破片が床から舞い上がっていた。

「おまえが息子を殺した、そうだろ、くそったれ！」アイクは吠えた。バディ・リーは立ち上がり、パレットにもたれかかった。肺に火がついていた。タンパーは容赦なく上下運動を続けた。その音はアイクが穴を土で埋めて均しているかのようだった。

「アイク」バディ・リーは言った。大男の腕はまだピストンのようにタンパーを上下させている。

「アイク！」バディ・リーは叫んだ。アイクはぴたりと動きを止めた。タンパーの鉄の板が胸と同じ高さにあり、絵筆のように赤く染まっていた。アイクはその造園道具をいま初めて見たかのように凝視した。タンパーを放り投げ、唇からしゃがれたうめき声をもらした。タンパーは大きな音を立てて落ち、床をすべって細く赤い筋を残した。アイクはしゃがみこみ、尻を落とした。

バディ・リーは、若者の体とそのまわりに急速に広がりつつある血だまりをよけて通り、アイクの横の床に静かに腰をおろした。

「圧力をかけすぎたようだな」バディ・リーは言った。

「拘束から……逃れられるとは思わなかった」アイクは言った。

「さて、これからどうする？」バディ・リーが訊いた。アイクはシャツで顔をふいた。シャツをよく見ると、あちこちに黒い染みがついていた。アイクは大きく息を吐いた。

「木材粉砕機とホイールローダー、倉庫の裏に堆肥が二トンある」

「それでいい。こいつは本物のクソだったから」バディ・リーは言った。ジョークのつもりだったが、ふたりとも笑わなかった。

15

土曜からクラブに泊まっているブルネットの口のなかに、ドームがあと五秒で発射しようというとき、金属同士が激しくぶつかる音がした。ドームは反射的にナイトスタンドの四四口径をつかみ、同時に射精した。女の頭を押しやると、片手でズボンを引き上げた。女はベッドから落ちて、思いきり尻もちをついた。

「なんなの！」

「うるさい」ドームは言い捨て、一段飛ばしで階段を駆けおりた。グレムリンはすでに立って、銃身を切りつめたショットガンをドアに向けていた。トゥー・マッチが正面の窓にかかった無地の茶色のカーテンを少しずらして、外の様子をうかがった。彼がトゥー・マッチと呼ばれるのは、身長百五十センチあまりの痩せっぽちなのに、モノが〝大きすぎ《トゥー・マッチ》〟と女たちが口をそろえるからだ。

「アンディのデカ車だ」トゥー・マッチが言った。長い茶色の髪が顔に垂れかかり、左手で横に払った。右手には三八口径。ドームはドアを開けてポーチに出た。アンディのドル札の緑のフォードＬＴＤが、キーパーのオートバイの上に乗り上げていた。キーパーはガレージでチェダーにタトゥーを入れている。この騒ぎが聞こえなかったか、チェダーの背中の作品制作をやめたくなかったかだ。ＬＴＤの駐車灯はまだついているが、ヘッドライトは消えて、頭蓋にぽっかり空いた眼窩のようだった。大きな４０５エンジンが荒々しくアイドリングしている。前進する戦車が咳払《せきばら》いをしているような音だ。ドームは四四口径を体の横におろし、階段を一段おりた。

　いきなり運転席のドアが開いて何度か前後に揺れた。ドームはまた銃を構え、運転席に狙いをつけたが、とたんに馬鹿げていると感じた。もし誰かが掃射するつもりだったら、こんなところに車を駐めたりしない。キーパーのバイクにぶつかるのはひどいことだが、暗殺者のとる行動ではなかった。アンディとオスカーは家宅侵入をする代わりに酒を飲んでいたにちがいない。グレイソンは激怒するだろう。

　まるでグレイソンという名が呼び出したかのように、オスカーが車から出てきた。

「なんてこった」ドームはつぶやいた。

　大男の顔は血まみれで、よく失血死しなかったものだとドームは驚いた。自分の血漿《けつしよう》でできたマスクをつけているように見えた。オスカーはよろめきながら家のほうへ三歩進んだ。

「よう、ドーム」大きな客はぼそっと言い、突然糸の切れたマリオネットのように、砂利の地面に顔から倒れた。ドームはその横に駆け寄った。

「みんな出てきて手を貸してくれ！」ドームは叫んだ。グレムリンとトゥー・マッチがポーチからおりてきた。オスカーを立たせるのは三人がかりだった。運ぶというより引きずってクラブハウスに入れ、テレビのまえの革のソファにドサリと落とした。グレムリンが台所から水とウイスキーを持ってきて、ドームに渡した。ドームはボトル入りの水をまるごとオスカーの頭にぶちまけた。血が小川さながら幾筋も流れ、オスカーの顔は溶けた蠟《ろう》燭《そく》のようになった。四、五回まばたきして、ようやく目の焦点がドームに合った。ドームはウイスキーのボトルの口をオスカーの唇に持っていき、頭をうしろに傾けて飲ませた。オスカーはむせて咳きこみ、苦しそうに呼吸して、また何度か咳をした。ボトルに手を振ったので、ドームはもう一ショット分、喉に注いでやった。オスカーはうなずき、もういいと手を上げた。

「いったい何があった、え？」トゥー・マッチが訊いた。オスカーは巨大な手を額に当てた。

「聞いても信じられんさ」彼は言った。

　その夜あったことをオスカーがひととおり話すと、ドームはグレイソンに電話をかけた。総長は二度目の呼び出し音で出た。

「重要な要件だろうな」グレイソンが言った。

「ああ。オスカーが戻った」

「で？」

「アンディはいっしょじゃなかった。オスカーは頭に大怪我をして血だらけだ。自分の血だよ」ドームは言った。

電話線にうつろな沈黙が流れ、ようやくグレイソンが口を開いた。

「殴った相手はわかってるのか？」グレイソンの声は恐ろしく静かだった。

「いや、でも、アンディと家に入ったときにすでになかにいたじいと、やり合ったらしい。例のチンピラふたりの一方の父親だろうって。それと、家の近くにトラックが駐まってたそうだ。横に〈ランドルフ庭園管理〉と書いてあった」ドームは言った。

「ランドルフだと？」グレイソンが訊いた。

「ああ」また数秒の沈黙。

「二十分でそっちに行く。祈禱《きとう》会にみんなを呼べ。ビジネスをまえに進めて、『パパは何でも知っている』（一九五〇年代に人気を博したコメディドラマで、とくに父親役が有名）のおっさんに対処する」グレイソンが言った。

電話が切れた。

16

バディ・リーはセブン-イレブンの正面にトラックを駐めた。エンジンを切り、数分間カタカタプスプス鳴る音を聞いた。それが止まると外に出て、店に入った。太陽は昇ったばかりだった。東の空に綿あめのような雲が低く広がって、切れ切れのパッチワークを作っていた。

ドアをくぐると、ロボット的なチャイム音が鳴った。バディ・リーは中央の通路を奥の冷蔵庫にまっすぐ進んだ。ビールのロング缶をふたつ取り出し、カウンターに向かった。いまの仕事をなんと呼ぶのであれ、それが終わるまで酒を断とうと思っていたが、馬鹿らしくなった。断酒は最後に刑務所に入ったとき以来だった。もうあの道は進めなかった。体が震え、吐き気がして、ほかの誰にも見えない虫が髪の毛のなかにいる。酒量を減らすことはできたが、完全に断つのは、サルがくそキャデラックを運転しているのを見るくらいありえなかった。

バディ・リーは缶ビールをカウンターに置き、店員が振り返るのを待った。小柄な茶色い肌の店員は、口笛を吹きながら煙草を棚に収めていた。聞き憶えのある曲だった。店員はようやく煙草の入っていた箱を空《から》にして振り返り、バディ・リーのビールを一瞥した。

「バディ・リー、調子はどうです？　ちょっと落ち着かないみたいだけど」

「ああ、クソおはよう、ハマド」バディ・リーは言った。

「悪気はなかったんです、バディ・リー。心配なんですよ。ちっとも寝てないみたいに見えるし」ハマドは言った。

「おれの気持ちは半分もわからんと思うよ」

バディ・リーが若者をナイフで刺し、アイクがその頭を熟れすぎたメロンのように叩き割ったあと、ふたりは若者を裸にし、アイクの木材粉砕機のスイッチを入れた。粉砕機の排出口は、倉庫の裏の駐車場にある堆肥の山に向けていた。ふたりはノコギリと鉈《なた》で若者を機械に入る大きさまで切った。すべてが終わると、高圧洗浄機で地面と粉砕機を洗った。バディ・リーは石灰のパレットにドスンと腰をおろし、アイクが小型のホイールローダーで堆肥の山を混ぜ返すのを見た。それも終わるころには、日の出まで二時間になっていた。死体処理の技術をいとも簡単に思い出したことに、われながらショックを受けるかと思いきや、じつはさほど驚かなかった。初めて死体を切り刻むときには胸が悪くなる。二回目は退屈だ。十五回目になると、もうすべて体が憶えている。

「つらいのはわかります」ハマドが言った。

「え？」

「息子さんが亡くなって。つらいのはわかります」

「ああ、たしかにあんまり寝てないな、デレクが……死んでから」バディ・リーは言った。

〝デレク〟と〝死〟の二語が口のなかに残す嫌な感じに慣れることはこれからもないだろう。

「愛する人が死ぬと、何もかもつらくなるもんです」ハマドは言いながら、ビールを茶色の紙袋に入れた。

「んー」バディ・リーはハマドに十ドル札を渡した。

「立ち直れますよ、バディ・リー」ハマドは言った。

「立ち直りたいのかどうかわからない、ハマド。悲しんでないときが一分でもあると、息子をがっかりさせてる気がしてな」

ハマドはバディ・リーに釣り銭を渡した。

「息子さんもあなたに永遠に悲しんでほしいとは思ってないでしょう」ハマドが言うと、店に男女ひと組が笑いながら入ってきた。その笑い方からカップルだろうとバディ・リーは思った。それもできたての。バディ・リーは紙袋を取った。

「本当に？」彼は言った。

墓地に着いたときには、雲は散り散りになり、太陽に容赦なく照らされて墓石が揺らめいていた。気温は打ち上げ花火のように上がりつづけている。あと一時間もすれば揚げたてのフライドチキンより高温になるだろう。バディ・リーはしっかりした足取りで墓石のあいだを歩いていった。デレクとアイザイアの墓に近づくまえに一度だけ立ち止まって、咳を二度した。息子の最後の安息の地を見おろすハナノキをまわりこんだところで、はっと足を止めた。

「クリスティン」バディ・リーは言った。心臓が胸から跳び上がって喉のうしろにぶつかった。彼女は地面に並んだ墓石の足元側に立っていた。ハニーブロンドの髪が青いブレザーの襟にかかっている。バディ・リーが大好きだった長い脚は、ブレザーに合わせたおとなしい青いスカートに包まれていた。ハート形の顔からサファイア色の窪《くぼ》んだ目が彼を見つめた。あの目を何度のぞきこんだことだろう。ムード・リングのように色が変わるのを何度見た？　情熱で暗くなったり、欲望できらめいたり、怒りで熱く青光りしたり。クリスティンは多少整形をしていた。おもに目元と口元を。別にかまわない。整形の何が悪い？　聞いたところでは、再婚相手はその代金を支払えるくらい稼いでいる。外科医は神が彼女に与えたものを少し補っただけだ。クリスティン・パーキンス・ジェンキンス・カルペッパーは、バディ・リーが抱きしめたなかでいちばんの美人だった。目尻のしわの何本かに手を入れたくらいでそれは変わらない。クリスティンがどれほどバディ・リーとの八年間の結婚をなかったことにしたいと思っているにせよ。

「墓石はどこ？　相手の家族は墓石があると言ってたけど」クリスティンが言った。

「壊された。ここで何してる？　ふたりが埋葬された場所をどうやって知った？」バディ・リーは訊いた。クリスティンは目にかかったブロンドのほつれ毛を払った。

「新聞で見たの」

「なるほど」

「壊されたって、どうして？」

バディ・リーはビール缶の蓋を開け、長々と飲んだ。

「誰かがでかいハンマーで叩き割って、ゲイに関するクソ汚いことばを書き殴った」彼は言った。クリスティンが思わず息を吸った音が墓場に響いた。

「そんな……ひどい。わたしもデレクのライフスタイルに賛成はしてなかったけど、お墓にそんな乱暴で失礼なことをする権利は誰にもないわ」クリスティンは言った。バディ・リーは彼女に一歩近づいた。クリスティンは一歩あとずさりした。地面を見て、デレクかアイザイアの墓の上に立っていたことに気づき、右によけた。

「だから葬式に来なかったのか？　息子のライフスタイルに賛成してなかったから？　それとも、ジェラルド・カルペッパーに止められたのか？」バディ・リーは訊いた。クリスティンは鼻をこすり、髪に指を通した。

「あなたにはわからない。ジェラルドみたいな立場の人は、変態行為をしてる義理の息子をおおっぴらに大切にするわけにはいかないの」

「ああ、わかるよ。おまえはおれたちの息子を家から追い出した。あの判事が初めてリッチモンド市議会議員に立候補する直前だったよな。よくわかる。おれたちの息子は路上で暮らしてた。家から家へ渡り歩いてな。おまえがわが子の母親であることより、あのヴァージニア州の名家の思い上がったアホ金持ちの妻でありたがったからだ。わかってる」バディ・リーは言った。顔に血がのぼるのがわかった。高波が岸に押し寄せるように、震えが体じゅうを走った。

「わたしのまえで聖人ぶらないで、ウィリアム・リー・ジェンキンス。自分が年間最優秀父親賞でも獲得したと思ってるの？　わたしたちの息子は不道徳なライフスタイルから離れられなかった。忌まわしい罰当たりな人生を送る子を、夫もわたしも家に置いておけなかった。そう、息子を追い出したのはわたしだけど、顔を殴りつけたわけじゃない。地面に張り倒してもいない。そんなに心配してたんなら、どうして自分の家に入れてやらなかったの？　ああ、そうだ、塀のなかで密造酒《トイレット・ワイン》を飲んでたのよね」クリスティンは吐き捨てるように言った。

バディ・リーはまたビールをひと口飲んだ。

「カルペッパーがおまえに受けさせたエチケット講座はたいしたもんだな。だが、訛《なま》りは消せない。怒ると話しぶりが完全にレッド・ヒル郡だ。結局、おれのカマロの後部座席からそう遠く離れてないってことだな」

「あなたに心は乱されない。あなたに心は乱されない」クリスティンはつぶやいた。バディ・リーは、話しかけているのではなくひとり言だろうと思った。彼女はまっすぐまえを睨みつけ、拳を握りしめて、赤いマニキュアの爪を掌に食いこませていた。バディ・リーはその目をじっと見た。整形のほかにも何かある。僻地《へきち》のトレーラーパーティで何度となく見た興奮状態だ。

「クリスティン、いまハイなのか？」バディ・リーは訊いた。その質問でクリスティンの自信満々な態度がいきなり崩れた。

「え？」

「おまえ、ハイなのか？　瞳孔がこの缶の底ぐらい大きく開いてるぞ」

「処方薬をもらってるの」クリスティンは言った。

「そりゃそうだろ。くそ一トンほど処方されてるんだろうな」

「ここでおとなしく赤首クズ白人の元囚人の話を聞くつもりはないわ」クリスティンは底が赤いハイヒールを打ちつけて立ち去ろうとした。目のまえを通りすぎたときに、ふわっとにおった。高価な香水ではなく、クリスティン自身が。シャワーを浴びたばかりの彼女の甘い香り。たちまちバディ・リーは先ほど口にしたカマロのなかに戻った。車内で彼女の首にキスをしている。鼻孔にあの生々しい新鮮なにおいが満ちた。いまのやりとりは、昔のふたりの関係の半分を表す縮図だった。来る日も来る日も、いまみたいにきついことばをぶつけ合った。いちばん相手が傷つく、弱い秘密の場所を互いに探っていた。それがうまくできるのは、何度もベッドをともにした相手だけだ。関係の残りの半分は再生されなかった。バディ・リーはビールを飲んだ。その半分はつねに愉しいのだが。

「おれたちはふたりともひどい親だった。けど少なくともおれは葬式に出て、息子が埋葬されるのを見届けたぞ。おまえはいったい何日遅れで現れたんだ」バディ・リーは大声で言った。クリスティンの足音が止まった。

「くたばれ、バディ・リー」彼女は振り返らずに言った。

「平和もこれまでか」バディ・リーはつぶやいた。

クリスティンの足音が聞こえなくなるまで待ち、墓のまえまで行って片膝をついた。もう一方のビール缶を開け、すべてデレクの墓に注いだ。

「悪いな、アイザイア、おまえが好きな銘柄はわからない。デレクは昔パブストを飲んでた。十五歳のときに初めて飲ませたんだ。おれが最後に〝鉄格子ホテル〟に入るまえだった。酒を飲ませれば男らしくなると思った。馬鹿げてるな。いまはそれがわかる」バディ・リーは言った。自分のビールを飲み干して、缶をつぶした。

「ただ知らせたかっただけだ、おれとアイクがやったことをな。ひとり片づけた。デレク、おれにこんなことをしてほしくないのはわかってる。おまえがおれみたいな男になれないこと、おれがおまえみたいな男になれないことが、ようやくわかってきた気がする」デレクの缶もつぶして、両方を茶色の紙袋に戻した。

「もしおまえがここにいたら、放っておけと言うのはわかってる。追う価値はないからと。けどな、ここでおまえの台詞をそのまま返すよ」バディ・リーは立ち上がって、ジーンズから土を払った。目は熱くなっていたが、疲れすぎて泣けなかった。

「これがおれなんだ。変えられない。こんなことはしたくないんだ、本当に。だが今回だけは、おれのなかの悪魔をいいことのために使うつもりだ」

17

アイクは目を開けた。腰にガラス繊維が詰まっている感じがした。事務用椅子から立ち上がると、両膝がライフルの発射音のように鳴った。時計を見ると、八時少しすぎだった。携帯電話を見た。マヤが何度かかけてきていた。ショートメッセージもふたつ。どちらも、いまどこにいるのか、いつ家に帰るのかと簡潔に訊いていた。最初のほうが二番目より長かった。もうすぐ社員たちが出勤してくる。ジャジーは例によって遅刻だろう。今日はクイーン郡から遠くウィリアムズバーグまで七件の仕事がある。

机をまわって、若者を殺した場所まで行った。高圧洗浄機と漂白剤が血をきれいに洗い流している。この十六年、人を殺していなかった。闘ったのも十一年ぶりだった。狭い道をまっすぐ歩いてきた十一年が、ものの数分でドブに流れた。ふたりであの若者をブタみたいに殺し、ひなに餌をやる母鳥のように木材粉砕機に食わせた。

ふたり。十一年。一足す一は二。塀のなかにいたとき、宗教によっていくつかの数字には謎めいた意味があると書いた本を読んだことがあった。トレーニング、読書、喧嘩以外にすることがないときには奇妙な知識を得るものだ。そう考えるのはこれが初めてではなかった。

アイクは倉庫の裏口から外に出て、扉の近くのホース巻き取り機からホースを伸ばした。建物の角の近くでまだ焼け残りがくすぶっているドラム缶に近づき、煙が出なくなるまで灰を水浸しにした。若者のジーンズとシャツは焚きつけのように燃えた。靴が燃えてそれとわからない塊になるのには、はるかに時間がかかった。アイクは手に水をかけ、顔に散らした。血を流すことについてバディ・リーに偉そうなことを言ったが、これほど早くそれが起きるとは思っていなかった。

それが暴力というものだ。探す気になれば、かならず見つかる。自分に都合のいいタイミングにならないだけで。暴力はこちらの心の準備ができていないうちに襲いかかってきて、新品のきれいな靴に血を飛ばす。長いあいだ暴力を追っているとわかるが、要するに心の準備などできないのだ。クソみたいなことは起きる。かわせるときもあるし、かわせないときもある。しまいに慣れた。若いころには、それで強くなれると思っていた。アイクはまたドラム缶に水を噴射した。刑務所に入って数年でそんなのは戯言《たわごと》だとわかった。人間の性質はほとんど何にでも慣れるようにできているが、それで強くはならない。たんに洗脳されるのだ。

アイクは木材粉砕機までホースを引っ張っていった。前夜は堆肥の山に排出口を向けて、切り分けた若者の体を投入口に放りこんだ。そしてホイールローダーで何度も何度も堆肥を混ぜ返した。太陽が昇るまでに、あの若者は肥料になっていた。

ホースを地面に落として倉庫のなかに戻り、漂白剤を持ってきた。木材粉砕機の投入口にそれを注ぎ、ホースを取って、機械のなかから排出口まで洗い流した。粉砕機はいい具合に死体を粉砕してくれるが、証拠を消し去るのはかなりむずかしい。〈クロロックス〉でどれだけすすいでも、裸眼では見えないＤＮＡがたっぷり残っている。なかの刃や部品には、おそらく骨や髪の断片がついているだろう。もう廃棄場の奥に運んで、錆びた冷蔵庫や洗濯機、芝刈り機のどんどん大きくなる山のなかに捨てるしかない。千ドルもした機械がゴミになった。スクラップ回収所に持ちこんでいくらか金をもらうわけにもいかない。

洗浄が終わると、木材粉砕機を倉庫の横まで押していった。あとで従業員の誰かに手伝わせて、トラックにのせる。彼らには故障したとだけ言って、あとは忘れてしまえばいい。なんの良心の咎《とが》めもなく嘘をつくライオットの習慣にいともたやすく戻れた。不安を感じなくもなかったが、それもわずかだった。

裏口からなかに入って正面の入口の鍵を開けようと歩いていると、ジャジーが三十分早く出社してきた。アイクは立ち止まり、両手を腰に当てた。彼女には一年以上前に鍵を渡していたが、いつも遅刻するので、これまで使う機会がなかったのだ。

「世も末だな。きみが定刻より早く来るなんて」アイクは言った。ジャジーは不満げに目を天井に向けた。

「マーカスの車が壊れたんです。窓ガラス工場までわたしの車で送らなきゃいけなかったので。工場はこの通りのまっすぐ先だから、彼をおろしたあと家まで帰るのも無駄だなと思って、出社しました。珍しく早く来たら喜んでくださると思ったんですけど」

「喜んでるさ。ショックから立ち直る時間が必要なだけで」アイクは言った。ジャジーはまた目を天井に向け、自分の机に歩いていった。アイクがそのあとについていこうとしたとき、道路のほうですさまじい音が轟《とどろ》いた。アイクは止まって振り返り、入口から外を見た。オートバイが五、六台、会社のまえを走りすぎるところだった。獲物を狩るライオンの群れを思わせる音だった。

18

バディ・リーはトラックを駐め、頼りない足で外に出た。トラックのドアを閉めて、ふらふらとトレーラーに向かった。墓地を出たあと、最初に見つけたバーに入ったのだ。〈マッカランの店〉という、地元のこぢんまりした静かな店だった。ビールから始めてウイスキーに移り、バーボンで締めた。

まず寝る。寝て酔いを覚ましてからアイクに電話をかけて、次の行動を相談する。入口前の最初のブロックに足を置いたとたんにバランスを失い、右にふらついてトレーラーにぶつかり、そのまま地面に尻から落ちた。バディ・リーはぐるりとまわって両膝をついた。体を押し上げようとしたが、肺から空気が全部抜け、その代わりにレモンほどの大きさの痰が詰まっていた。咳きこむために空気を吸おうとすると、目が眼窩から飛び出しそうになった。

力強い両手が彼の背中をどんと叩いた。その鋭い一撃で痰の塊が喉から出て、つぶれたヒキガエルのように地面に広がった。バディ・リーはその場に立つまで引き上げられた。

「だいじょうぶ？」

バディ・リーは救い主にうなずいた。痩せ形で腰が細く、くっきりした顔立ちの女性が、鉄の握力で彼の左腕を支えていた。灼熱《しゃくねつ》の太陽の下で何時間も働いて得た日焼けがつやつやと輝く肌で、真っ白な髪が交じった長く黒いおさげが二本、胸を越えてほとんど腰まで垂れかかっていた。

「どれだけ嘘が下手なの、バディ・リー」彼女は言った。

「ちょっとつまずいただけさ、マーゴ。そんなに心配するとパンティがよじれるぞ」バディ・リーは言った。マーゴは彼の腕を放し、ジーンズで掌をふいた。白いタンクトップじゅうに黒い染みがついて現代アート作品のようだった。

「ハーブが死んだときに、パンティをはくのはやめたよ。二番目の旦那さ。いい人だったけど、とにかく堅苦しくてね。歩いたら軋む音が聞こえたよ」

「三番目の旦那はあんたがノーパンでも気にしなかったのか」バディ・リーはウインクをして訊いた。

「コルトン？　するわけないでしょ。夜明けみたいに若くてはかない娘のあそこを見たら、すぐやるような人だったから。どっかの女に乗っかって死んだときも驚かなかったね。まあ、死ぬならあたしの腹の上だと思ってたんだけど」マーゴは言った。バディ・リーはクスッと笑った。それが大笑いになり、笑いが咳になった。マーゴは彼の背中を叩いた。不思議と親密な行為で、バディ・リーは自分で認めたくないくらい心が慰められた。ようやく咳がおさまった。

「隣同士になってもう五年だろ。初めてあたしがここに来たとき、あんたはサム・エリオット（映画『明日に向って撃て！』などに出演した俳優）みたいにちょっと老けてきた感じだったけど、いまはサム・エリオットのおじいさんみたいに見える」

「それはありがとう、マーゴ。おれは犬を飼うべきかな。あんたがおれじゃなくてそいつを蹴れるように」バディ・リーは言った。マーゴは何度か首を振った。

「侮辱するつもりで言ったんじゃないの。ただの観察。あんたは飲みすぎるし、ろくに食べてない。二週間おきに一時間しか寝てないように見える。診断が必要な咳もしてる。全部事実。あたしの最初の旦那は、咳を調べてもらわなかったせいであの世に行ったんだからね」マーゴは言った。バディ・リーは手の甲で口をぬぐった。世界はぐるぐるまわっていないが、少なくともソフトシューのタップダンスを踊っている。腹のなかでバーボンとビールが酔っ払い同士の喧嘩をしていて、胃がふたりを蹴り出しそうだ。親切だが詮索好きな隣人のまえで吐くことだけはしたくない。茶色というより赤いものが出るだろうし、そうなると、いまとても答える気がしない質問を山のようにされる。

「なあ、だからだいじょうぶだって、マーゴ。長い一週間だったんだ。というか、長い一年だった」バディ・リーは言った。マーゴの顔つきが少し和らいだ。

「わかるよ。息子のことは気の毒だった。あたしは旦那を四人埋葬したけど、もし娘のひとりが土のなかに入ることになったら、何をするかわからない。親にそんなものを見せるのは法律違反だ」彼女は言った。バディ・リーの目にふいに涙がこみ上げた。

「ああ、ほんとにそうだ。さて、なかに入って昏睡するかな」

「わかった。けど何か必要になったら大声で呼んで。裏の畑にいるから」

「アーティに畑はやめろと言われなかったか？」バディ・リーはウインクをして言った。

マーゴの唇の端が持ち上がった。

「言われた。でも、あたしの大事なトマト畑を掘り返すことになったら、気が滅入《めい》るあまり、あいつがカーソン家の娘のトレーラーにもぐりこむのを見たって口がすべるかもしれないと言い返してやった。奥さんが老人ホームに働きに出てるあいだに、あいつはそんなことしてるのさ」

バディ・リーは口笛を吹いた。

「強烈な交渉条件だな、それは」

「そもそもあの娘とよろしくやってる場合じゃないんだから。見つけたのがあたしで、奥さんとかあの娘のボーイフレンドじゃなかったことを喜ぶべきさ。娘がどうしてあの男のにおいに耐えられるのか、そこだけはわからないけどね」

バディ・リーは笑った。

「おれもだ。さて、本当にもう寝るぞ」バディ・リーはブロックを上がってドアノブをつかんだ。

「今晩はスパゲッティを作る。畑でできた大きなトマトをソースに使ってね。食べに来るといい。歓迎するよ」マーゴが言った。

「旦那たちのときみたいに、おれにも毒を盛るんじゃないだろうな?」バディ・リーは言った。マーゴはあきれたという目をした。

「口が減らない男だね。わかってる?」

「おれの人生のほとんどで全員がそう思ったようだ」バディ・リーは言った。マーゴは鼻を鳴らした。

「ソースはたぶん七時ごろできる。息子がいなくなってつらいのはわかるけど、食べないと。息子だってあんたが弱るのは見たくないはずだよ」マーゴは言い、ドライブウェイを歩いて彼女のトレーラーの裏手に消えた。バディ・リーはしばらくその姿を見ていた。マーゴは見てくれの悪い女ではない。歳はおそらく五十から五十五だろう。いくつか年上だが、自分よりはるかに健康だ。ホームセンターの〈ロウズ〉で、芝と園芸の専門家として働いている。隣り合って暮らしている五年のほとんどで、マーゴには〝ためになる友だち〟と呼ぶ男がいて、ときどき朝までいっしょにすごしていた。バディ・リーは何度か台所の窓からその男を見たことがあった。よくいそうなクルーカットの大男で、〝ミット・

ロムニーを大統領に〟という色褪せたバンパーステッカーを貼った古いジープ・ワゴニアに乗っている。ここ数カ月、そのクルーカットは姿を見せていない。今日マーゴが夕食に誘ってくれたことと何か関係があるのだろうか。

「目を覚ませ。彼女は親切なだけだ。このところ、それ以上のものが得られたためしがないじゃないか」バディ・リーはつぶやいた。トレーラーのなかに入り、靴を蹴って脱ぎ、シャツを体から引きはがした。エアコンは洗濯機に放りこまれたような音を立てた。喘息《ぜんそく》のようにゼーゼー言い、カタカタ鳴るが、今日はちゃんと動いているらしく、冷たい空気でバディ・リーの背中と胸に鳥肌が立った。

ソファに横たわって目を閉じたそのとき、誰かがドアを勢いよく叩いた。バディ・リーはうなって起き上がり、床に足をつけた。

「しつこいぞ、マーゴ、だいじょうぶだと言っただろうが」つぶやきながらドアを開けた。

ラプラタ刑事がブロックの一段目に立っていた。バッジと銃を数えなければ、ひとりだった。

「ジェンキンスさん、話があります」刑事は言った。入ってもいいかと訊きもせず、トレーラーに入ってきた。バディ・リーは一歩下がった。ラプラタ刑事は長々と彼を見つめた。

バディ・リーにはその意味がわかった。

どこかでしくじったのだ。そしてラプラタには、しくじる気がない。

19

ジャジーがパソコンのキーを叩いて経費を支払い、顧客に今月の請求書をメールで送っているあいだ、アイクは一日の仕事の段取りを点検した。一時間以内に従業員が少しずつ出社してくる。すぐに根覆いや培養土、堆肥や化学肥料を積んだトラックのエンジン音が倉庫に響きはじめる。

アイクは堆肥のことを考えるまいとした。具体的には、堆肥のなかに入っているものについて。

正面のドアのベルが鳴り、ジャジーの明るい挨拶の声が聞こえた。数秒後、事務スペースの仕切りの角から彼女が顔をのぞかせた。

「アイク、あなたに会いたいって人たちが」ジャジーの目は見開かれ、息は乱れて短かった。アイクは机のまえで立ち上がった。

「どうした?」

ジャジーは小声で話した。

「バイクに乗った人たちが五人ほど、あなたのことを尋ねて」ジャジーは言った。アイクは背筋を伸ばした。できの悪いジョークのようだ。バイク乗りが五人、庭園管理会社の事務所に現れるとは……アイクは額をこすった。バディ・リーといたときに、全身に貧乏白人と書いてあるような若者ふたりに出くわしたのは昨晩のことだ。そのひとりの頭をぶん殴り、もうひとりをバディ・リーと協力して殺した。かと思うと、今度は暴走族が会社にやってきた。あの若者は誰かに雇われてタンジェリンを捜していると言った。雇ったのがこの暴走族だったとしたら？　アイクはバディ・リーに私立探偵ではないと言ったが、点と点をつなぐことはイージー・ローリンズ（ウォルター・モズリイの小説に出てくる私立探偵）でなくたってできる。

もうひとりも片づけるべきだった。アイクは思った。

「すぐ行くと伝えてくれ」彼は言った。

「いないと答えてもかまいませんけど」とジャジー。

「いや、いい。どういう用件か聞こう」アイクは仕切りの外に出てロビーに向かった。行く途中で壁から鉈を手に取った。

革のベストを着て、毛の生え方がさまざまな男が五人、ロビーで待っていた。ふたりは壁の宣伝ポスターを眺め、別のふたりは入口近くに立ち、頬のひげを醜い傷が横切るブロンドの大男がタトゥーで埋まった両腕を組んで、飲み物の自動販売機にもたれていた。

アイクは鉈をカウンターに置いた。

「なんの用かな?」

醜い傷のあるブロンドのバイク乗りが自動販売機から離れた。鉈を一瞥して、アイクに微笑んだ。歯並びが悪く、前歯がところどころ欠けていた。

「用ってのかな。おれたちの友だちを捜してる。あんたが居場所を知ってるんじゃないかと思う」ブロンドの大男は言った。顔の白い傷は心電図の線のように顎の先まで伸びていた。ベストの心臓の上に〝総長〟の文字の入ったワッペンがついている。ほかの四人も集まって彼の横に立った。ワッペンに〝副長〟と書かれた左の男が、腰のうしろから鉄パイプを抜いた。パイプの片方の端に絶縁テープが巻かれていた。残りの三人も手製の武器を取り出した。ひとりは端に南京錠《なんきんじよう》のついた鎖、あとのふたりは先端を切りつめたビリヤードのキューで、持ち手が明るい緑と赤だった。総長のワッペンの男が前屈みになって、カウンターに両手をついた。鉈に手を伸ばせば届く位置だった。

「ここに友だちがいるとは思えないが」アイクは言って、男の薄青の目を見すえた。うしろでは、ジャジーがパソコンのキーを叩きつづけている。

アイクはこの職場の朝いちばんのにおいが好きだった。たいていこのにおいを嗅ぐと、なぜか心が落ち着く。ガソリン、オイル、表土、堆肥のにおいさえ心地よかった。ふだんはこちら堅気の仕事のにおい。誰かの庭をきれいにするために費やす時間のにおい。一日のを忌み嫌っている連中が、金を支払わなければならない。自分で根覆いをしたり、花壇に肥料をまいたりしないし、そういう気にもなれないからだ。彼らに見下されようと、たいしたことではない。アイクはシャベルで嫌というほど土を掘って、家を買った。無限枚の芝生を植えて、家族の食卓に食べ物を出した。手押し車でいつまでも根覆いを運んで、アイザイアを大学にやった。請求を支払ってくれるなら、彼らが何を思おうとかまわなかった。

しかしいま、精製した石油と石灰粉末の強いにおいの奥に、別のにおいが混じっていた。ペニー銅貨や古い電池を思わせるツンとくる金属臭が。暴走族も気づいたか？　何時間もかけて掃除したが、この銅臭いにおいは壁に染みこんでいるかのようだった。

「なんだと？　おれたちは友だちじゃないと言ってるのか？」ブロンド男が言った。アイクは鉈の持ち手にそっと指をまわし、長いことブロンド男に目をさまよわせた。

「ぜんぜんちがう」ようやく彼は言った。ブロンド男はその答えを期待していたかのようにうなずき、体を起こして〝副長〟のほうを向いた。

「やれ」

カウンターの無料のキャンディの皿を叩き割ろうとドームが鉄パイプを振り上げたとき、アイクの左手がトラの前肢のようにさっと伸び、グレイソンの右腕をつかんだ。まえに引っ張ると同時に下におろしたので、グレイソンの頭がカウンターに激突した。ドームは鉄パイプを頭上に振りかぶったまま凍りついた。アイクは鉈の刃をグレイソンの首の横に当てた。大男はもがいたが、それもアイクが刃を耳の下の柔らかい部分に押しつけるまでだった。

「うしろに下がれ。でないと、こいつのクソ首を切り落とす」アイクは言った。ドームは動かなかった。鉄パイプが音叉《おんさ》のように震えていた。残りの三人も同じように麻痺していた。

「何ぼんやりしてる。早くこのクソじじいを片づけろ!」グレイソンが言った。アイクは歯のあいだから息を吸った。部屋が何十センチ単位で急速に縮んでいる気がした。それが数センチずつになった。心臓の鼓動が激しすぎた。ずっと昔、これとそっくりな状況になったことがある。あのときはまずいことになった。非常にまずいことに。

アイクは下唇の内側を嚙み、鉈を握る手に力をこめた。背骨をじりじりと這い上がってくる恐怖をわずかでも顔に出してはならない。獣はこちらが怖れていると知ったが最後、あらゆる敬意を捨て去る。敬意がなくなれば、なんの遠慮もなくこちらの腹をかっさばき、胃がどういうものか見せてくれる。人間は二足歩行するかもしれないが、この世でいちばん凶暴な獣だ。とりわけ数で勝っていると思っているときには。このバイク乗りたちは、かすかにでも弱さを嗅ぎ取ったら野犬の群れのように襲いかかってくる。

ドームはごくりと唾を飲みこんだ。ためらい気味に一歩、グレイソンとアイクに近づいた。

アイクはブロンド男の首に当てた刃を引いた。魔法さながら針のように細い血の筋が現れた。血は水銀のようにグレイソンの喉まで伝って、カウンターに垂れた。

「こいつはひげが剃れるくらい鋭い。おまえがその角をまわりこむまえに、喉をかき切る。本気だ」アイクは言った。

「もたもたするな、ドーム！　このニガーをぶちのめせ。五対一だぞ、ちくしょう！」グレイソンが言った。声はくぐもっていたが、アイクははっきりと〝ニガー〟という単語を聞き取った。

グレイソンはカウンターを押して体を起こそうとした。アイクは押しつけた刃に力を加えた。刃は太い首にさらに食いこんだ。グレイソンはもがくのをやめた。

「こっちに分《ぶ》があるぜ、黒いの」ドームが言った。グレイソンがここまで圧倒されるのを見たショックは引いていた。ほかの三人もどうやら不安を振り払って、少しずつ近づきはじめている。アイクはまず総長を排除しなければならなかった。そして次はドームと呼ばれた男だ。アイクはカウンターの端に移動するドームの視線をとらえた。まばたきをしたら見逃したかもしれないが、一秒の何分の一かドームはためらった。アイクの目のなかに殺意が見えたからだ――純粋で、コーン・ウイスキーのように強烈な殺意が。

「五人対三八口径ならどうなの？　どっちに分がある？」ジャジーが言った。アイクがちらっと左に目をやると、受付係がドームに小さなクロムの拳銃を向けていた。ドームは動きを止めた。

「誰も撃てないだろ。あんたみたいなかわいい子にそんな度胸は――」と言いかけたとき、ジャジーが天井に発砲し、彼はパクッという音を立てて口を閉じた。銃声が倉庫じゅうにこだまし、頭上のむき出しの桁で跳ね返った。

アイクは元囚人を従業員として雇おうと努めていた。やり直しの機会の大切さを知っていたし、職歴に十年から十五年のブランクがあると、どれほど仕事を得るのがむずかしいかも理解していたからだ。しかしこのときだけは、従業員のひとりが重罪犯でなかったことに感謝した。この建物のなかで法的に拳銃の所持が認められるのは、ジャジーだけだったのだ。アイクはジャジーに顎を振った。

「彼女は銃を使いこなせる。だから、おれがおまえなら入口まで下がる。そしたらこいつを解放してやろう。本気で言う、彼女を試そうと思うなよ」アイクははったりをかけた。ジャジーが納屋の横壁に当てられるのかどうかもわからないが、いまは関係ない。大事なのは、彼女が銃の使い手であることをこの白人どもが信じるかどうかだ。

ドームは唇をなめた。何時間にも思える時間、誰もしゃべらなかった。ついにドームが鉄パイプをおろし、腰のうしろに戻して言った。

「みんな下がれ」

アイクは、ドームとほかの三人がじりじりとドアのほうに後退するのを見つめた。彼らが攻撃可能な距離から充分遠ざかると、身を屈めてブロンド男の耳にささやいた。

「いまから放してやるが、もし妙なことをしたら、たとえ眉をちょっとおかしな具合に上げただけでも、おまえを狩猟期の最初のシカみたいに切り裂くからな。わかったか」

「おれを殺さず放したら、これがどう終わるかわかってるな、え?」グレイソンは、フォーマイカのカウンターに押しつけられた口の端で出せるかぎりの声で言った。

「部下のまえで恥をかきたくないのはわかるが、もしこのあたりでおまえをもう一度見かけたら、ジップロックの袋に入れるほどにも体が残らないようにしてやる。おれは約束はかならず守る。こけおどしだと思うなよ」アイクはささやいた。グレイソンは答えなかった。アイクは鉈を引っこめて一歩左うしろに下がった。グレイソンは背を起こし、首に手を当てて、穴があくほどアイクを睨みつけた。アイクも同じ視線を返した。

「ギャング仲間に連絡したほうがいいぜ、BG。黒い仲間を集めとけ。ああ、そのタトゥー、見たぜ。おまえには黒いサルども全員の助けが必要になる。こっちは〈レア・ブリード〉だ、ちくしょうめ。このクソみたいな場所を跡形もなく燃やして、クソ灰にしょんべんをかけてやる。で、おれ自身がそこの馬鹿あまの口にくそをして、おまえにそれを見せてやる」グレイソンは言った。ブロンドのバイク乗りに名指しされてジャジーが鋭く息を吸う音が聞こえたが、彼女は怯まなかった。

グレイソンは首から手を放し、足元に勢いよく振った。掌と指から血のしぶきが飛んで、コンクリートに散った。

「血には血をだ、ニガー」グレイソンは汚れた手を唇に持っていき、ジャジーに投げキスをした。アイクは鉈でドアを指し示した。

「口よりも足を動かすんだな」アイクが言うと、ブロンドのバイク乗りは微笑んだ。ジャジーは三八口径の撃鉄を起こした。

「またすぐ会うぜ」グレイソンは言った。

そしてアイクとジャジーに背を向け、ドアから出ていった。仲間のクラブ会員があとに続いた。ドームは一度立ち止まって、非難するように首を振ったあと、やはり出ていった。彼らのオートバイのエンジンがかかる音を聞いて、アイクはやっと鉈をカウンターに置いた。ジャジーが濡れた耳障りな音をもらすのが聞こえた。彼女の手のなかの銃が震えだした。

「ジャズ、その銃をよこせ」アイクは言った。ジャジーに聞こえていないようだったので、彼女の手からそっと銃を取り上げ、撃鉄を戻して、ポケットに突っこんだ。ジャジーはまだ片方の手を伸ばしたまま、彼の横に立っていた。

「ジャジー、あいつらはもういない」

「また戻ってくるんでしょう?」

「どうかな」

「吐きそう」ジャジーは言い、奥に走っていった。アイクは入口に行ってドアに鍵をかけた。目を閉じ、ひんやりした金属の表面に手を当てて気持ちを落ち着かせた。昨夜、バディ・リーとラグマットを広げているときに意思がつうじた瞬間があった。弓のこを手に取るまえだった。これで終わりかもしれないと思ったのだ。あの若者をばらして砕いてしまえば、自分たちの膿んだ心の黒い穴は埋まると。一瞬、あの若者が息子たちを殺したと自分に言い聞かせればすむと思った。それで終わりにすればいい。そして報復は果たしたと信じて、またそれぞれに残されたうつろな人生に戻ればいい。

クソくだらない考えだった。いまそれがわかった。

もう引き返せない。この先には地獄に入った最初の夜のように暗く長い道しかない。悪意を片時も手放さずに、ひたすらまえに進むしかないのだ。正義を貫くためとうそぶくこともできるが、真実ではない。これは満たされない渇きのような執念深い復讐《ふくしゅう》だ。そしてアイクは、檻のなかであれ外であれ、それまでの人生から学んでいた——復讐は結果をともなう。

あの暴走族は戻ってくる。今晩。明日。あるいは数日以内に。とにかく戻ってくる。轟《ごう》音《おん》を立てて、銃を持ち、戦争を仕掛けるつもりで。それに備える必要があった。アイザイアとデレクに起きたことにあの連中がかかわっていることは、なぜかわかった。骨でそう悟った。

あいつらは戦争をしに戻ってくる。アイクは大虐殺というものを見せてやるつもりだった。

20

バディ・リーが留置場、刑務所、郡拘置所、泥酔者用のブタ箱の内外で学んだことがひとつあるとすれば、それは、警官に自分のほうから情報はいっさい提供してはならないということだった。罪を犯しているかどうかは関係ない。とにかく何も渡さないこと。どうせ警官のほうからすぐに、何を求めているのか、何を疑っているのか言ってくる。彼らは質問することで給料をもらっている。こちらは答えることで給料はもらえない。

バディ・リーはソファの背にもたれ、足を組んで、どうしても必要な睡眠をラプラタがなぜ邪魔しに来たのか説明しはじめるのを待った。

バディ・リーは思った。**あの若造のことじゃない。もしそうなら、いまごろ手錠をかけられてる。**

ラプラタは携帯電話を取り出して、画面をスクロールした。探していたものが見つかると、ふたりのあいだにあるミルククレートのコーヒーテーブルに携帯電話を置いた。バディ・リーはそれを見た。ひげ面で目のまわりに大きな黒いあざがある男の写真だった。ロも腫れている。唇はソーセージのようだ。写真の背景は、バディ・リーが知りすぎるほど知っている、あの地味で不快な緑色。明らかに警察署で撮られていた。

「ミスター・ブライス・トマソンです。今朝、署にやってきて興味深い話をしてくれた。年配の男がふたり、彼のヘッドショップに現れて、息子たちの殺人事件のことを訊きながら彼をぶちのめしたと。指も何本か折れていた。あれじゃしばらく大麻も吸えないな」ラプラタは言った。バディ・リーは顔を上げた。

「ああ、誰かがそうとう痛めつけたようだね。だが、ほら、小賢《こざか》しいことを言いそうな面《つら》だから別に驚かない。ところで、事件の捜査の進捗状況かなんかを聞かせてもらえるのかな」バディ・リーが言うと、ラプラタは両手を膝に置いた。

「正直なところを言いましょう、ミスター・ジェンキンス。オフレコで。わかります。あなたは息子さんとうまくいかなかった。彼がゲイで、あなたはそれに対処できなかったから。で、今回彼が殺されて話をつけられなくなったあなたは、犯人と話をつけようとしている。思ったほど早く警察が動かないから。あなたがそう感じるのはわかる。でもいいですか。一般市民が報復のために走りまわるのを放置するわけにはいかないんです。そうやってブライスみたいな人間が怪我をする。そのうち私はあなたを逮捕して、警察に引っ張っていかなきゃいけなくなる。そんなことはしたくない、ミスター・ジェンキンス。ですが、必要ならしますよ。誰も法律を自分の手で執行することはできない。そんなことを許したら、社会は無秩序になる。あなたのその顔の傷を見ると、どうやら最近、無秩序に巻きこまれたようだ」

「本当にそう思うんだね？」バディ・リーは訊いた。

「ええ」

バディ・リーは顎をかいた。「わかるわかると言うが、あんたに子供はいるのか、ラプラタ刑事？」

「息子と娘がいます。訊かれるまえに答えると、そう、誰かが彼らを傷つけたら、犯人を見つけてゆっくり殺してやりたいと思う。でも実際にはそうしない。仲間の警官がそいつらを見つけて正しく処理してくれると信じているから」ラプラタは言った。

「その点、おれたちはちがうようだね。あんたがそう言うのは、わが身に起きたことじゃないからさ。もちろん、神かけてそんなことが起きてほしいとは思わないが、テーブルのこっち側に坐るまで、軽々しくわかるなんて言わんでもらえるとありがたい。さて、おれは弁護士じゃないが、この若いやつの言ったこと以外に何か証拠があるのかな。名前はなんだっけ、ブライソン？」

「ブライス」

「ああ、ブライスね。思うに、たとえばこいつの歯を折るところの動画でもあれば、あんたはとっくにおれを逮捕してるだろう。けどそうしないのは、証拠がないからだ。もういいかな、こっちはぶっ倒れるほど疲れてて、ちょっと寝たいんで」

「待った、ミスター・ジェンキンス。息子さんのことは本当に気の毒です。わが身に起きたことじゃないが、想像はできる。誰かが私の子供を傷つけたら、私だって正気じゃいられない。ただひとつだけ、はっきりさせておきます。今回は見逃す。一回かぎりの〝逮捕免除〟券です。そう、たしかにあなたとミスター・ランドルフのことばと、ブライスのことばのどっちを信じるかという話だし、ブライスは、まあ、クソガキだ。仲間のふたりも、誰が入ってきて彼を怪我させたか憶えていないようだし。だから今回は目をつぶります。今日は百キロ近く運転して、自分の管轄外にこうやって警告しに来た。次は――もし次があれば――まちがいなく引っ捕らえて、判事にめいっぱい高い保釈金を設定してもらい、捜査が終わるまで外に出られないようにする。いいですね？」ラプラタは言った。

「さっき言ったように、刑事さん、おれはものすごく疲れてるんだ。帰ってくれ。今晩は息子のことと、どうしてもあいつと話をつけられないのかってことを、頭が割れるほど真剣に考えなきゃいけないからな」バディ・リーは言った。粉々に砕けたハリケーンランタンのような胸に白熱の怒りが燃え上がった。ぴしっと糊《のり》のきいた白いシャツと、パンをスライスできるくらい鋭い折り目のついたタック入りズボンのこのクソお巡りが、息子を亡くすことについて説教だと？　このお坊ちゃまに、困難がやってきて顔に唾を吐きかけることの何がわかる？　くそケネディ家よろしく家族とすごすクリスマスを一回も逃さず、感謝祭のたびにタッチフットボールをするような、このいいとこ育ちのあほたれに？　どうせ隔週金曜の夜に、かみさんと愉しい中流階級のセックスをするんだろう。甘やかされたろくでもない娘に、欲しい人形を買ってやる金がないなんて言ったこともないんだろう。たぶんキャップ・シティ（リッチモンドの別称）北部の二階建ての立派な家に、生きて息をしてる息子と住んでいるやつが、喪失についておれに話す？　デレクとおれが話をつけられなかったことについて？　クソくらえ。幸せなノーマン・ロックウェルの絵のようなくだらない人生ともども、地獄に堕《お》ちろ。バディ・リーは、ラプラタ刑事が想像したこともなければ、まして耐えながら生き延びたこともない喪失を知っていた。

彼は両手の人差し指のたこを親指で前後にこすった。ラプラタは立ち上がり、ほとんど反射的に尻の埃を払った。

「とにかく捜査にはかかわらないように、ミスター・ジェンキンス。パートナーが同じことを伝えにミスター・ランドルフのところへ行っています。捜査は警察にまかせてもらいます。すでに起きたことは変えられないが、次に起きることはコントロールできる」

わかっちゃいねえな、大将。バディ・リーは思った。

21

アイクはちょうど裏庭の糸杉の梢《こずえ》で夕日が踊るころ、自宅のドライブウェイに戻ってきた。トラックのエンジンを切り、家のなかに入った。ドアを閉めて鍵をかけた。家族は脇道をそれた先の袋小路に住んでいた。誰かに尾《つ》けられていたら目に入ったはずだが、簡単になかに入られるのは避けたい。リビングのテレビから途切れなくうつろな会話が流れていた。ソファにマヤが坐り、灰皿に置いた煙草から鬼火のようにゆらゆらと煙が流れていた。

アイクは壁のキーボックス兼用の黒板に鍵を掛け、台所に入った。マヤが立ち上がってついてくる音がした。キャビネットからラム酒のボトルを取り、重いカットクリスタルのグラスに一ショット分ついだ。ラムは焼けつくように胃までおりていった。掃除用具入れの横にマヤが立っているのはわかった。たぶん華奢な胸の上で腕を組んでいる。顔にどんな表情が刻まれているかもわかった。もう一ショットつごうとして、手を止めた。グラスをシンクに置き、振り返って妻と向かい合った。本当に腕を組んでいて、アイクを睨みつけた。

「もう夜は帰ってこないつもり？」マヤは訊いた。

「ゴタゴタがあったんだ」アイクは言った。

「へえ、ゴタゴタがあった？　だから電話もつながらなくなったわけ？」

「電話しなかったのは悪かった」

「悪かった。オーケイ。いったいどこにいたの。刑事があなたに会いに来たわよ。アイザイアの事件で何か新しいことがわかったのかと思ったら、あなたに直接話したいことがあるって。どういう用件かわかる？」

刑事と聞いて背筋がぞっとしたが、すぐにそれも消えた。肥料に変えた若者のことで捕まえに来たのなら、仕事場のほうに手錠持参で来るはずだ。ましてアイクは故殺の前科持ちなのだから。

故殺ということになってる。アイクは思った。

もうグラスはやめてボトルから直接ラムをあおった。マヤはガゼルのようなすばやさでふたりのあいだの距離を詰め、彼の手からボトルを引ったくると、台所のテーブルに勢いよく置いた。長い首から酒がいくらか飛び出し、テーブルに落ちて端から垂れた。

「始めちゃだめよ、アイク」

「始めるとは？　おれが何をしてると思うんだ？」

マヤは両手をこすり合わせたあと突き出した。話すあいだ、その手が震えた。

「わからない。浮気じゃないと思う。もうふたりとも歳だから、そういうくだらないことはしない、たぶん。でも、ひと晩じゅう通りを走りまわって、飲んで、工場で寝て酔いを覚ましてたはずがない。だって……」最後はすすり泣きになった。

「飲んでたんじゃない。昨日の夜は。それに、レッド・ヒルに本物の通りはない。どこにも行かない道があるだけだ」アイクは抑えた声で言った。

「わたしは嫌よ、アイク。あなたが酔って道から飛び出して死にました、なんて電話を受けたくない。いまギリギリなの。アリアンナがいなかったら、朝もベッドから出られないくらい。大事なのはあの子だけ。それもひとりじゃやっていけない。ひとりではあの子を育てられないの、アイク。もうそれはアイザイアでやって、あんな力は残ってない」マヤの顔を涙が流れ落ちた。アイクは抱きしめようとして、彼女がビクッとしたので手を止めた。

「わかってる。おれがいなくなって、たいへんだったのは知っている。おれが塀の向こうにいるあいだ、よくアイザイアを育ててくれた。あいつはおれよりもずっといい人間に育った。だが、今回のことはちがう。まえに起きたどんなこととももちがう。それに、いま大事なのはアリアンナだけじゃないだろう。おれたちはほんの少しでも大事じゃないのか？おまえとおれが持ってたものは、おまえにとってなんの価値もないのか？」ふたりの関係を過去形で話すつもりはなかったが、巣から出撃するスズメバチのように口からことばが飛び出した。マヤは気づいていないようだった。

「わかってるでしょ。大事よ」

「ときどきわからなくなる」アイクは言った。マヤは涙をふいた。

「どうしてわたしにそんなことが言えるの？　わたしはあなたを愛してる、アイク。もう憶えてないくらい昔から。でも、わたしたちの息子が死んだの。どうしてもそれが受け入れられない。受け入れようとがんばってるときにアリアンナを見ると、アイザイアにそっくりなところがあって、もう耐えられなくなる。胸が本当に苦しいの、アイク。心のなかに痛みしか入る場所がなくなったみたいに。だからあなたは帰ってこなかったの？　これ以上痛みを見るのに耐えられなかったから？　これからそうなるの？　最初はひと晩。そしてふた晩。そのうち何週間も家に帰らなくなって、ある日完全にいなくなる。そういうことなの、アイク？　出ていくまえに様子をうかがってる？」

アイクは酒のボトルをまた取って、長々と飲んだ。マヤは泣きすぎて目が永遠に血走っていそうだった。その目がアイクに取り憑《つ》いた。赤く縁取られ、廃棄された教会のようにうつろで、アイクはどうにもやるせない気持ちになった。毎晩、マヤの静かなすすり泣きが彼の魂を少しずつ削っていた。背中合わせに寝ているベッドがどんどん広がって、そのうち同じ部屋にいるとも思えなくなる。マヤは正しかった。アイクは彼女が傷つくのを見るのに疲れていた。マヤの顔をゆがめて悲しみの仮面に変えてしまう痛みを見るのは、耐えられなかった。マヤの苦しみ、悲しみ、そして自分の無力感。すべてに吐き気がしそうだった。アイクはテーブルの下から椅子を引き出して坐った。勝手口のほうを向いていると、マヤがうしろに立った。

「昨日の夜、バディ・リーといろいろやりはじめた」アイクは言った。ことばがひと息で出てきた。案山子《かかし》の詰め物のようにアイクを満たしていたあらゆる弱さ、無力感、みじめさ、哀悼の思いをまとめて中空にまき散らす、長いひと息だった。

マヤはためらいがちに手を伸ばして、アイクの固く盛り上がった肩に触れた。それは子供が手放さない毛布のように、そこに温かく、心地よくとどまった。かつて息子をくるんで病院から連れ帰った毛布のように。アイクはため息をもらした。マヤがこんなふうに触れてきたのは、アイザイアが……彼らがアイザイアの事件を聞かされて以来だった。

ふたりのあいだの静けさが、縁《ふち》の割れた硬い何かから、もっと柔らかく、それでも壊れやすい何かに変わった。アイクは大きな手を肩にやり、マヤの手を包みこんだ。ここ数カ月は死がふたりのあいだに渓谷を掘っていた。嘆きのように深く、心の傷のように広いその渓谷に、いま別の男の死が、ほんの一瞬であれ橋をかけた。

「いいわ」マヤの声は静かで、秘密を共有するかのようだった。

「おばあちゃん、お腹《なか》すいた、おばあちゃん」小さな声がいった。アイクは椅子の上で体の向きを変えた。アリアンナが台所の入口に立っていた。ブレイズの髪が自然にほどけ、あちこちでコルク栓抜きの先のようにツンツン立っている。アイクは淡褐色の小さな顔を見つめた。アイザイアとデレクがどうやってこの子を世に生み出したのか、正確には知らなかった。代理母と卵子、ふたりの精子がかかわったのはわかるが、どういう仕組みだったのかがわからない。アイザイアとデレクの不動産を管理していた弁護士に、この子の生物学的な父親はアイザイアだと言われたことだけは確かだが、この子はどちらもパパと呼んでいた。アイクはマヤのようにこの子の顔をじっくり見たことがなかった。そうすることを拒んでいた。意識的にではなく、どうやら本能的な拒否だった。このこと全体について考えたくなかったのだ。しかし、もう選択の余地はなかった。目のまえに立っている女の子はアイザイアの目をしていた。つまり、アイクの目ということだ。わずかに顔の中心からずれた鼻もランドルフの家系の特徴だ。当然、肌の色は薄い。母親がアイザイアたちと仲のいい白人女性だったからだが、ランドルフの遺伝子は強かった。息子のセクシャリティに対する彼の過去の偏見を乗り越えるほどに。目を細めて見れば、この子は二歳のアイザイアだ。両手を広げて、「パパ、高い高い！」と甲高い声で要求し、アイクが持ち上げて生きたメリーゴーラウンドのように部屋じゅうぐるぐるまわってくれるのを待っていたアイザイアだ。

アイクは顔を背け、テーブルをじっと見つめた。胸がむかついた。記憶が雪崩《なだれ》のように押し寄せて、重い過去のあやまちの下に彼を埋めた。あまりにも多いあやまちすべての下に。

「おいで、こっちに。いい子だね。マクドナルドに行こうか?」マヤが訊いた。アリアンナはキャッと喜びの声をあげた。

なんてことだ、この子の声はアイザイアそのものだ。アイクは思った。

マヤはアイクの肩を握り、アリアンナのほうに歩いていって抱き上げた。台所からリビングに移動し、玄関から外に出ていく彼女の足音がアイクに聞こえた。アイクはラムをひと口飲んだ。マヤにはこれ以上何も話さない。彼女は暴走族のことや、これから捜そうとしているタンジェリンのことは知る必要がない。お互いに必要なのは、いまのこの環境だけだ。

マヤの車のエンジンがかかる音がした。あの小さな女の子に必要なのは、離れ離れにならずに、まっすぐ顔を見て育ててくれるふたりの大人だ。アイクはボトルを唇に持っていったが、飲まなかった。その代わり、立ち上がってボトルをキャビネットに戻した。バディ・リーはアル中だが、このペースで飲んでいると、彼もすぐあとに続きそうだった。

アイクの電話が振動した。取り出して画面を見た。噂《うわさ》をすれば影とやら。〝応答〟ボタンをタップした。

「よう、大将」バディ・リーが言った。

「ああ、話さなきゃならない。直接会って」アイクは言った。

「わかった。あんたの会社で会うか？」

「いや、家に来てくれ。住所をメッセージで送る」

バディ・リーは咳をした。「何も問題ないか？」

「こっちに来たときに話す」アイクは言った。

通話を終えた。

22

バディ・リーはアイクのデューリーの横にトラックを駐めた。エンジンが完全に切れるまでの数秒間、トラックが震えた。バディ・リーは外に出て、震えるトラックをそこに置いたまま玄関ドアに歩いていった。ちらっとうしろを振り返ると、自分のトラックとアイクのトラックが並んでいて、ブタとお姫様が隣り合っているようだった。ノックしようと手を上げたところでドアが勝手に開き、入口にアイクが立っていた。

「台所で話そう」アイクは言って横にどいた。バディ・リーは家のなかに入った。アイクはドアを閉め、鍵をかけた。

「いい家だ」バディ・リーは言った。

「まあまあだ」アイクは言った。バディ・リーは不満げにうなった。

「おれはミルククレートをコーヒーテーブルにしてる。ここはまあまあどころじゃない」

バディ・リーが言うと、アイクは椅子を引き出し、バディ・リーにもそうするように手振りでうながした。

「ここに飲み物はあるのか？」バディ・リーが訊いた。

「これをやるあいだは飲まない約束だったと思ったがな」アイクは言った。バディ・リーは薄くなった髪に指を通した。

「減らすという約束だった。信じてくれ、ちゃんと守ってる。ほかに人はいないのか？」

「ああ。マヤはアリアナを連れて外食だ」アイクは言った。バディ・リーはうなずいた。

「フ、フ、フ、フレンドリー刑事が来たって話をしたいんだろうな」バディ・リーは言った。アイクはテーブルに両腕を置いて身を乗り出した。

「警察が会いに来たか？」

「ああ。電話でその話がしたかったんじゃないのか。なんだ、あんたのところには来なかったとか？」

「おれは家にいなかった」

「そうか、なんというか、差別された気分だな」バディ・リーは言った。アイクは椅子の背にもたれ、舌を鳴らした。

「ふざけすぎると誰かに言われたことは？」

「平日は毎日、日曜は二回言われる。待て、だとすると何を話したかったんだ？」

「すぐ話す。警察に何を言われたか教えてくれ。息子たちのことじゃなかったのはわかってる」アイクは言った。声に硬い刃先があり、バディ・リーはヘッドショップでアイクが若造の指をスティックパンのように折っていたときを思い出した。部屋の酸素を燃やし、気温を五度下げる冷たい炎だ。

バディ・リーは髪に指を通した。

「まず、いい知らせは、昨日の晩の友人とはなんの関係もなかったことだな。そしてそう、息子たちのことでもなかった。例のヘッドショップの気取ったアホのチンピラどものひとりが、一輪車に乗って警察に行ったのさ」

アイクは首を傾けた。「告訴すると言ってるのか?」

「いや、あとのふたりがビビりまくってるからな。そいつの話を裏づけるような証言はしない。それにあそこには監視カメラがなかった。だから、とりあえずだいじょうぶだが、あの春巻き刑事は、今度おれたちがミレニアル世代のケツを蹴り倒す話を耳にしたら、ふたりとも夏時間が終わるまでブタ箱に放りこんでやるってさ」バディ・リーは言った。

アイクは顔をしかめた。「どうしてあいつが春巻き刑事なんだ?」

「は? ただのジョークさ。ほら、あいつ中国人だろ」

「中国人なもんか。あんたら白人は誰でもジョークの種にするが、自分の家系の誰かを馬鹿にされたらすぐ喧嘩腰《けんかごし》になる」

「いや、ならない。〝おまえのおじきはおまえのいとこだろう〟と言われてもな」バディ・リーは言った。アイクは、くだらんというように天井を見上げた。

「ただのジョークさ。最近はみんながこういうことにうるさくなって困る」

「もううるさくはない」アイクは言った。「昔は誰も、何も言えなかった。ちょっとでも口がすべったら、あんたのおじきがそのへんの木に吊るし首にしただろう。けどいまは、あんたにクソくらえと言ったって平気だ」アイクの簡略版の歴史の授業について、バディ・リーは顎をかきながら考えた。

「まあ、そうかもな。だが、それなら訊くが、いまの話をアイザイアやデレクみたいな連中にも広げられるか？　クソくらえと彼らに言われても平気だったと思うか？」バディ・リーは言った。アイクは椅子の上で体を動かし、腕を組んだが、バディ・リーの問いには答えなかった。

「気をつけろよ、高すぎる馬から落ちないようにな、アイク」バディ・リーは大声で笑いだし、しまいに笑いは咳に代わった。アイクは立ち上がって、冷蔵庫から水のボトルを取り出し、投げてやった。バルブの壊れた七三年式ＡＭＣグレムリンのように咳きこんでいたバディ・リーは、それでも片手で巧みにボトルを受け取った。二回で飲みきって空《から》のボトルをアイクに投げると、アイクはそれをゴミ箱に放り、また坐った。たこだらけの掌をこすり合わせ、両手を机に伏せて置いた。

「〈レア・ブリード〉について知ってることを教えてくれ」アイクは言った。

バディ・リーは眉をひそめた。「なんでそんなクレイジーな連中について知りたい？」

「その五人ほどが今日、おれの会社に来た。友だちを捜してるってな。おれの記憶を引き出そうと鉄パイプやら短くしたキューやらを持ってきた。さて、そいつらの友だちは誰だと思う？　三つ答えていいが、考えるまでもないだろう」

　バディ・リーはヒューッと長い口笛を吹いた。「くそっ。昨日の夜、堆肥の山にまぎれたやつ、だな？　なんてこった。今度こそ酒が必要だ」

「ああ」

　バディ・リーは顔をごしごしこすってから、アイクの質問に答えた。

「暴走族だ。東海岸の北から南まで支部がある。自前のクラブハウスやトラック・ストップでおもに銃とメス（覚醒剤の塩酸メタンフェタミン）の取引をしてる。おれは昔、あいつらとちょっとしたビジネスをしてる連中といっしょに働いた。銃をあちこち運んだり、やつらのメスをいくらか扱ったりな。まあ、あいつらはかなりビジネスに食いこんでる。聞いた話じゃ、クラブのために人殺しができることを証明しないと正式な会員になれないらしい。スキンヘッドの集まりじゃないが、あんたらみたいな外見の人間や、アイザイアやデレクみたいな生き方は好まない。なあ、本当に〈ブリード〉なのか？」

「ひとりのワッペンをしっかり見た。そいつの喉に鉈の刃を当ててやったんだが」アイクは言った。バディ・リーは椅子のまえ二本の脚が床から浮くほどうしろにもたれた。また四本が床につくと、ふうっと息を吐いた。湿った音だった。

「鉈だと？　信じられん。屋外トイレのドブネズミよりクレイジーだな、え？　その場にいて見物したかったよ。ああ、おれもあそこの何人かとやり合ったことがあるが、そういうことをやられて黙ってるやつらじゃないぞ。それにしても、どうやってあんたにたどり着いたんだ？」バディ・リーは訊いた。

「昨日の晩のもうひとりが、おれのトラックに気づいたんだろうな。くそ、家のあんな近くに駐めるんじゃなかった。まぬけにもほどがある」

「おれも気がまわらなかった。ふたりとも、こういう仕事から長く離れすぎてたってことか」

「長すぎたな」アイクも言った。バディ・リーは指先でテーブルをトントン叩いた。

「これからはおれのトラックを使おう。タイヤはツルツルだし、ドアのひとつは梱包《こんぽう》用ワイヤーで固定してるが、行きたい場所へは行ける」バディ・リーは言った。

「どこへ行く？　これから何をすべきだ？」アイクは訊いた。自分なりの考えはあったが、バディ・リーがどうするつもりか知りたかった。

「はっ、それがわかればな。まだ頭をちゃんと働かそうとしてるところだ。〈レア・ブリード〉がこれにどうかかわってるのか、どうしてもわからん」バディ・リーは椅子の背にもたれた。アイクは振り返って、シンクの上の窓から外をじっと見た。隣の無人の移動住宅と彼の家を隔てるツゲの木の生垣が見えた。ホールマーク映画的な瞬間が訪れて、あれをアイザイアといっしょに植えたと言えればすばらしかったが、それは嘘だった。アイクがあれを植えた日、アイザイアはマヤに新しい仕事についた話をしに来ていた。アイクはわざと生垣に時間をかけて、ずっと外にいた。ある時点から父と息子の関係は、どんなやりとりをしても最後は口喧嘩か逃げ口上で終わるようになっていた。

「あのクズどもがどうかかわってるかは、わかるだろう。おれたちの息子を殺したのはあいつらだ。理由はわからんが、いまとなってはどうでもいい。あのクラブのクソのひとりがアイザイアとデレクを見おろして、ふたりの頭を吹き飛ばしたんだ」アイクは言ってすっきりした。ようやく照準を合わせる標的ができた。悪夢のなかでアイザイアをつけ狙うブギーマンにやっと顔がついたのだ。

「ああ、連中があんたの会社に行ったと聞いて、おれもまずそう思ったよ。ただ……」バディ・リーはことばを濁した。文末がふたりのあいだに漂った。

「なんだ？」とアイク。

「辻褄《つじつま》が合わない。タンジェリンがつき合ってた男の記事をアイザイアが書こうとしてたんなら、それが〈ブリード〉とどうかかわる？　それに、なんでデレクが恨まれなきゃならない？」

「タンジェリンは連中のガールフレンドのひとりで、見ちゃいけないものを見てしまったとか？　そのことを警察に密告したくてアイザイアに相談してたのかもしれない」

「あんたはああいう女たちを知らないんだ。連中のガールフレンドは密告しない。たとえ捨てられてもな。カルト教団みたいなもんだ。あの信心深さときたら、ジム・ジョーンズ（一九五〇－七〇年代に活動し、集団自殺事件を起こしたカルト教団の教祖）がうらやむほどだぜ」バディ・リーは言った。アイクは椅子の上で動き、脚を組んだ。

「その口ぶりだと、あんたの仲間がおれたちの息子を撃ったとは信じられないようだな」アイクは言った。

「あいつらはおれのクソ仲間じゃない。だが、どういうやつらかは知ってる。だから、十五人くらいしか聞いたことがないようなゲイのウェブサイトに記事が載るからといって、デレクとアイザイアを殺すところが想像できないんだ。〈ブリード〉については、雑誌やら新聞やらが山のように特集記事を書いてる。当人たちがその見出しを額に入れてクラブハウスに飾ってるほどだ。その女ひとりが捨てられたからって、デレクがあそこまで怒りを買う理由がわからない」バディ・リーは言った。アイクは人差し指を唇に当てた。

「彼女を捨てた既婚者というのが、クラブのメンバーでなかったとしたら？」アイクは言った。

「どういうことだ？」

「ほら、わかるだろう。ああいう連中は塀のなかにも街にもいた。あいつらはしょっちゅうフリーランスの仕事もする。女を捨てた男があいつらを雇って、彼女とアイザイアとデレクに差し向けたとしたら？　男は結婚してて、女のことを知られたくなかった。だから三人全員に殺しの青信号を出した」アイクは言った。

「やられた。それはまったく思いつかなかった。酒がおれの脳をピクルスにしちまったようだ。ああ、たしかにやつらは外の仕事も請け負ってた。くそっ、チュリーの仕事だってかなり手伝ってた」

「引き金を引いたのは連中のひとりだが、命令を出したのは別の誰かだ」アイクは言った。

「ああ、それなら納得がいく」バディ・リーは言った。いっとき、なんであれふたりが言おうとしていたことは、口から出るまえに消えた。低いうなりのような家の環境音がふたりのあいだの空間を埋めた。

「この先あいつらがおれの友だちになることはない。心配すんな。昔、悪事に染まってたころは、あいつらとつるんでた。クラブハウスにもよく行った。いつも女が大勢いてな、おれはかわいい笑顔と、どうにでもなる道徳心にめっぽう弱かった。あの連中とはずいぶん愉しんだ。だがそれはもういっさい関係ない。息子たちを殺したやつらを見つけたら、クラブハウスの壁にそいつらの脳みそを塗りたくってやる」バディ・リーの潤んだ青い目が輝いたように見えた。

何がバディ・リーの目に殺意の光を与えたのか、アイクにはわかった。血管のなかを流れる怒りだ。自分の一部を殺す毒だ。その部分が人を弱くする。アイクの血管にも同じ怒りが流れていた。それは力強いが、命取りになる。揺るぎない決意を与えるが、無謀にもさせる。その刃は自分にも向き、自分の喉をかき切ることもある。

「おれが見たところ、ここからの進め方はひとつしかない」アイクは言った。

「どんな案だ？」

「おれたちはどうしても〈レア・ブリード〉より先にタンジェリンを見つけなきゃならない。彼女に対する命令を出したのが誰だろうと、同じ命令で息子たちを殺したはずだからだ。もし連中が彼女を先に見つけたら、それですべて終了だ。連中も放っておけないが、おれは命令を出したやつとも片をつけたい。そいつの顔が見たい」アイクは言った。

「いいとも。娘を見つけて、決定を下したやつも見つけよう」バディ・リーが言った。アイクはうなずき、腕時計を見た。

「もうすぐ七時だ。着替えさせてくれ。それから街へ出て、このバーを探そう」

「それがいい。くそっ、あんたの奥さんに電話して何か買ってきてもらうかな。むちゃくちゃ腹が減った」とバディ・リー。アイクは睨みつけたが、口の両端にまちがいなく笑みが浮かびかけていたとバディ・リーは思った。

「冷凍庫に葬式の食べ物の残りがある。サンドイッチを作りたければ、冷蔵庫にランチミートとチーズもある」アイクは言った。

「葬式の残りがまだあるのか？」

「黒人の葬式に出たことがないんだな？　おれのじいさんが死んだときには、焼いたハムを一カ月食べた。パンは電子レンジの横の箱だ」アイクはバディ・リーのまえを通って、リビングから階段に向かった。その肩がバディ・リーの肩にちょっと当たったが、金床の一撃が体をかすめたかのようだった。

「興奮して筋肉がカモのケツ並みに張りつめてんのか」バディ・リーはつぶやき、パンの箱まで行って小麦の食パンを二枚抜き出した。冷蔵庫に移動して、スライスハムとスライスチーズ、マヨネーズの壜を取り、サンドイッチを作りながら、アイクが言ったことを考えた。このところ、人々が平気で相手をけなすようになったことについて。デレクは他人をけなさなかった。気に入らなければ、その相手が最初から存在しなかったように関係を断つだけだった。黒板の算数の問題を消すように、なかったことにする。バディ・リーが息子と最後に話したのは、デレクがアイザイアと結婚することを知らせに電話をかけてきたときだった。

「で、ふたりのどっちが妻になるんだ?」バディ・リーは言った。配達トラックのなかにいて、配達の合間の休憩中だった。言ったあとは、電話回線が静かになったくらいではすまなかった。回線がなくなったかのようだった。神様が指をパチンと鳴らして、向こうにあるすべてがこの世から消えてしまったかのように。

「もしもし? もしもし? Dマン、ただの冗談だ」バディ・リーは言った。デレクが歯のあいだから息を吸う音が聞こえた。

「ぼくの名前はデレクだ。Dマンにはならない。ぼくはデレク、ゲイで、昔ながらの方法で学んだ料理研究家で、父さんの息子だ」デレクは言った。

「わかったわかった。ずいぶん強調するじゃないか」

「強調する？　ゲイってことを？　それはぼくの一部だよ、父さん。猫にアレルギーがあるとか、目が緑というような」

「ああ、そうだろうとも。だが、どうしてそれをおれに押しつける？　いい加減にしろ」

バディ・リーは受話器に怒鳴っていた。怒鳴るつもりはなかったのに、自分を抑えられなかった。デレクがセクシャリティの話を持ち出すと、かならず彼の醜い部分が動きだして毒を吐いた。生涯忘れられないような、取り返しのつかないことを言ってしまうのだ。

「アイザイアが結婚式に父さんを呼んでくれと言うから電話した。けどもういい。式の日はぼくの人生でいちばん幸せな日になるけど、父さんには押しつけたくないから」

「なあ、おい――」しかし、デレクは肉切り包丁でやるように彼を切り捨てていた。

「母さんとジェラルドはそういう態度をとるだろうと思ってた。でも、なぜかわからないけど、父さんはちがうという気がしてた。少なくとも祝福するふりぐらいはしてくれるだろうって。馬鹿だったよ。だろう？」デレクは言った。涙声ではなかったが、抑揚が妙にぎくしゃくして、泣いているのがわかった。

「ちなみに、父さんは見られないから言っておくと、アリアンナがかわいいフラワーガールになる」そして電話回線が死んだ。数カ月後に夫と式場の通路を歩いたあと、デレクもそうなった。

「ああ、くそ」バディ・リーは言った。目がチクチクしはじめた。

鍵が鍵穴に入ってまわるなじみの音で、彼は白日夢から覚めた。手の甲で顔をふき、坐ろうか立ったままでいようかと悩んでいると、茶色のブレイズを丸く頭に巻いたスリムな黒人女性が玄関ドアから入ってきた。

「こんにちは」彼女が言った。右腕にファストフードの袋を抱えていた。左腕はうしろにまわっていたが、はちみつ色の肌の小さな女の子がその手につかまっていた。

「あ、やあ。バディ・リー、デレクの父親だ」

「ええ、憶えてます、あそこで……」

「みんないたんだったな、ふたりが、その……」

「ええ。わたしはマヤ。この小さなトラブルの塊はアリアンナ。立ち入ったことは訊きたくないけど、どうしてあなたがここに、バディ・リー？」

「いや、その……おれは……アイクに会いに来たんだが、彼はいま二階だ」小さな女の子がマヤの脚のうしろからバディ・リーのほうをのぞいた。バディ・リーは二本指で敬礼のまねをした。顔に血がのぼるのを感じた。

「元気かい、ミス・リトル・ビット？」バディ・リーは訊いた。

「アリアンナ、ご挨拶できる？　この人もおじいちゃんなの」マヤが言った。声は明るいが、うつろだ、とバディ・リーは思った。アリアンナはマヤの腿のうしろに顔を隠した。

「ずっとまえに会ったことがある。デレク……きみのパパが、うちに連れてきたから。でも、憶えてないだろうな」バディ・リーは言った。アリアンナはマヤの脚に顔をつけてハミングしていた。

「恥ずかしがり屋になるときがあるの」マヤが言った。

「いいさ。おれだって自分とは話したくない」バディ・リーはゆがんだ笑みを浮かべた。

「何か食べるものでもと思ったけど、もう自分でなんとかしてるみたいね」マヤは言った。

バディ・リーは手のなかのサンドイッチにいまさら気づいた。

「あ、くそっ、いや失礼。アイクにいいと言われたもんで」バディ・リーは言った。アリアンナがマヤの脚の向こうからのぞいた。バディ・リーがウインクをすると、くすくす笑った。

「いいんだよ。彼はお客だろう？」アイクが言った。マヤのうしろに立っていた。バディ・リーは彼が階段をおりてくるのに気づかなかった。アイクは黒いTシャツと青いジーンズに着替え、〈ティンバーランド〉の靴をはいていた。

「驚いた。幽霊みたいに静かなやつだな」バディ・リーは言った。

「ええ、お客さんね」マヤが言った。バディ・リーは一方の足からもう一方の足に体重を移した。アイクかマヤが何かほかのことを言うのを待ったが、彼らの語彙は尽きてしまったようだった。バディ・リーはサンドイッチをひと口食べた。こういう気まずい沈黙は苦手だった。

「バディ・リーと出かけてくる。夜戻る」アイクがようやく言い、ドアのほうに首を振った。バディ・リーはマヤのまえを通りすぎた。

「じゃあまた、奥さん」彼は言い、玄関から外に出た。アイクがあとを追おうとすると、マヤが手を伸ばして彼の腕に触れた。

「気をつけて。逃げられなくなるようなことはしないで」マヤは言った。アイクには、両手で握りしめた血まみれのタンパーと、柄の先の四角い鉄板にこびりついた頭蓋骨と脳の欠片《かけら》が見えた。

「しない」アイクは嘘をついた。

23

グレイソンは首の絆創膏を指でいじりながら携帯電話で話していた。

「いや、当然あのクソじじいをぶっつぶす。徹底的にだ。いったいどんな攻撃があったのか本人にもわからないくらいな。おまえとチョッパと部下たちもこっちに来れるか？　あのゴミくそに〈ブリード〉の制裁ってのを見せてやらないと」電話の向こうでウェスト・ヴァージニア州ハリケーンの〈レア・ブリード〉支部長タンクが、報復だ、この件はまかせとけ、〈レア・ブリード〉よ永遠に、永遠に〈レア・ブリード〉、とわめきつづけているとき、グレイソンの耳元で高い通知音が続けざまに鳴った。

「おい、タンク、あとでまたかける」グレイソンは言って、かかってきた通話に切り替えた。

「はい」

「二日間、連絡がなかったということは、まだ女は見つかってないんだな」電話の向こうの声が言った。グレイソンは頬の内側を嚙んでから答えた。

「ああ、まだあんたの愛人は見つかってない。時間がかかると言おうと思ってたから、ちょうどよかった。もうこの件は〈ブリード〉全体の仕事になった。あんたと、あのゲイどものおかげでな」

「このまえはっきり言ったはずだ。いまはタンジェリンを見つけるのが何よりも大切だと。コミュニケーションの食いちがいがないか？」

「それはない。だがいま、見習いがひとりいなくなり、レッド・ヒル郡に、おれの首に鉈の刃を当てても生きていられると思ってるニガーがひとり現れた」

電話の声がため息をついた。

「事の委細を聞かせてくれ」

「は？」

「何・が・起きた・か・話せ」声は一語ずつ大げさに区切って発音し、グレイソンの視界は怒りで真っ白になった。

「おれを馬鹿扱いするな。ナイトスタンドに辞書を置いてないからといって、知恵が足りないわけじゃない」グレイソンは言った。

「話せ」

「あんたの指示どおり、ゲイどもの家に見習いをふたり送って、何が見つかるか探させた。彼らが現地に着いたとき、どうやら連中の父親たちが先に家にいた。そのひとりが襲いかかり、もうひとりがうしろからこっそり近づいて、見習いたちをぶっ倒した。こっちに戻ってきた見習いが意識を取り戻したときには、相方も父親たちもいなくなってた」

「うーむ」

「そういうことだ。で、そいつが、家のまえに駐まってたトラックを憶えてた。ドアの横に芝生の世話をする会社の名前が書かれてたんだが、そのトラックの持ち主が誰か知りたいか？」

「たぶん一方の父親だろうな」

「ケツを賭けてもいいな。〈ランドルフ庭園管理〉だとさ。それでおれたちが行ってみたら、あのゴミ野郎、堅気じゃなかった。ムショのタトゥーを入れてやがる。本物の囚人だ。予想外だった」グレイソンは言った。

「その先を当てようか。そいつはおまえらを追っ払うことができた」声が言った。

「ああ、先手を取られた。けどな、あいつはまだ知らないが、まっすぐ歩けたのもあれが最後だ。おれたちは戻ってツケを払わせる」グレイソンは言った。声は長いこと黙っていた。

「いや、やめておけ」

「なんだって？　くそ、冗談じゃない。もう〈ブリード〉の問題になったと言ったろ。あんたのはちみつ壺はあとまわしだ。どっちみち、いなくなってけっこうたってんだから」

グレイソンは愛用の金槌を取って、机をトントン叩きはじめた。

「いや、これはまだ私の仕事だ。ちょっと落ち着いて考えてみろ。葬儀のあと何週間もたって、父親ふたりが死んだ息子たちの家を訪ねた。なぜだ？　帰ってきた見習いは、家から家具が運び出されているところを見たか？　彼らは家族の相続財産を回収しに来たんじゃなさそうだ。そしてその男たち、悲しみに暮れる父親たちは、見習いのケツをまとめて蹴り飛ばしたが、警察に電話して不法侵入を通報する代わりに、人質を連れていった。そして、おまえと仲間のごろつき集団が、その悲しみに暮れる紳士のひとりを訪ねると、先手を取っただけでなく、またしても警察に通報しなかった。さて、教えてくれ。ここから何がわかる？　答えるまえに、その男について自分が言ったことを考えてみろ。タフな刑期を務めたタフな男。以上すべてから何がわかる？　もっといいのは、おまえみたいな男が、知らない誰かに息子を殺されたらどうするか考えることだ。さあ、どうだ？」声は尋ねた。グレイソンは携帯電話を耳から遠ざけ、何秒か額に当てて考えてから答えた。

「まず、おれにゲイの息子はいない。次に、そのことはもうわかってた。あんたが言ったこと全部、もう考えてた。だからあいつらをおねんねさせるのさ。おれたちのやることには、誰にも首を突っこませない」グレイソンは言った。

「われわれの関係について、いなくなった見習いはどのくらい知ってた？」電話の声は訊いた。その質問をした声音にわずかに恐怖が感じられ、グレイソンはいい気味だと思った。

「そうビクビクすんなって。あいつは何も知らなかった」

「ならいい。そいつが戻ってこないのはもうわかってるんだろう？　私もその手の連中は知っている。長年、何千人と見てきた。彼らは本性に抗《あらが》えない。見習いがそうやって家から連れ出されたのなら、その日に見た夕日が最後だな」声は言った。グレイソン自身もそう思っていたが、この穏やかな口調のクソ男から聞くと、怒りで目が見えなくなりそうだった。アンディがこの世にいないのはわかっていた。わざわざこの偉そうなケツの穴に説明してもらわなくても。

「さて、ここからさらに推論してみよう。かりにおまえの見習いが父親たちに何かもらしたとする。たとえば、クラブのこととか。あるいは、彼らの息子たちの死について訊かれたかもしれない」

「くそっ」グレイソンはつぶやいた。

「どうした？」

「見習いふたりには、おれたちが捜してる娘の名前を伝えた」グレイソンは言った。首から両耳が焼けた鉄板のように熱くなった。電話の向こうで相手が微笑んでいる音まで聞こえる気がした。哀れなあほバイク乗りがまたやらかした。ここは、洗練された知的でなめらかな都会ふうの声の持ち主が事態を収拾しなければならない。またしても。

「それはむしろこちらに有利だ。彼らが名前を知っていて、つまらない復讐の使命感にしたがうなら、こっちはただあとを尾《つ》けて行き先を確かめればいい。女の名前がわかれば、彼らが見つける可能性は高いだろう。もちろん、おまえたちが父親を脅そうと職場に行ってまたヘマをしなければ、こちらの出方には驚きの要素も加わる。いいぞ。いちばん優秀な部下を何人か送って、ランドルフを尾けさせろ。それで連中がタンジェリンにたどり着いたら、抑えに抑えていた攻撃性を好きなように発揮すればいい。まさに一石二鳥だ。それまでは泳がせろ。たんに観察して報告するんだ」声が言った。グレイソンは金槌をもっと激しく打った。

「あんたに言っとくことがある。よく聞いてもらおう。このクラブを運営してるのはあんたじゃない。おれだ。あんたはおれたちを自分の軍隊だと思ってるが、ちがう。これからはそうなる。もうしばらくあんたのゲームにつき合ってやるが、もしクソ女が見つからなかったら、おれは自分の仕事をする。おれのやり方でな。もう話し合いはなしだ。おれたちを切りたいなら、そうしろ。クソほども気にしねえ。おれがそう言ったとパパに報告していいぜ。あんたにへいこらするために朝目覚めるわけじゃねえからな」グレイソンは言った。

「ああ、そのとおり。だが、おまえが朝目覚める世界では、私がＡＴＦ（アルコール・タバコ・火器及び爆発物取締局）に電話ひとつすれば、コーヒーが冷めるまえにおまえを終身刑で鉄格子の向こうに送ることができる。ついでに矯正局の友人たちに連絡して、おまえが檻のなかで人間もどきの怪物の愛人としてすごせるように頼んでおこう」声はそこで間を置いた。その空白の初めから終わりまで、グレイソンは洗練された声の持ち主の喉に金槌をぐいぐい押しこんでいる自分の姿を想像していた。

「ランドルフの営業許可証を調べて、自宅の住所をおまえに教える」声が言った。

「ああ」グレイソンは首を絞められたようにうなった。

「何人かにあとを尾けさせろ。今晩からだ」

24

バディ・リーはグレイス・ストリートから時間貸しの駐車場に入った。どの街灯にも蛾《が》とブヨが生きた雲のように群がっていた。トラックを駐め、エンジンが落ち着くのを待った。アイクはドアにもたれ、顔を窓のほうに向けていた。トラックが完全に静かになると、アイクは体を起こして目をこすった。

「寝てたのか、大将？」バディ・リーが訊いた。

「昨日の夜はあまり寝られなかった。あんたは今日、昼寝したんだろう」

「何度か目を閉じた」バディ・リーは言った。街灯の下でふたりが坐っていると、車が大音量で音楽をかけて通りを走っていった。ズンズン鳴るベース音はふたりの腹のなかを液体にしそうだった。歩道を往《ゆ》き来《き》したり路地を通ったりする街の住人たちの切れ切れの会話が聞こえてきた。水中から岸にいる人たちの声を聞いているようだとアイクは思った。

ポケットからナプキンを取り出して、じっと見た。

「行かないとな」彼は言った。

「どうやる？　なかに入って、タンジェリンという子を知らないかって訊いてまわるのか？」バディ・リーが訊いた。

「ああ、だが、ナイフはここに置いていってくれ。ラプラタとロビンスがおれたちの行動を追ってるかもしれない。ここはできるだけ静かにやる必要がある」アイクは言った。

「このナイフにはいままで数えきれないほど助けられたんだ。置いていかないぜ。そもそも、走りまわって人の指をチキンの骨みたいに折りまくってるのはおれじゃない」バディ・リーは言った。アイクが睨みつけたが、無視した。

「行くか？」アイクは訊いた。

「あんたがクラブに最後に入ったのはいつだ？」

「マイケル・ジャクソンがまだ生きてたころだ」アイクは言って、トラックからおりた。

〈ガーランドの店〉は、グレイスとフーシーの交差点にあった。大きなピクチャーウィンドウの隅に赤い靴のネオンサインがあり、舗装に赤と緑の光を投げかけていた。バディ・リーは入口のまえで立ち止まり、両手に唾をつけて髪をなでつけた。

「何してる？」アイクが訊いた。

「わからんぞ。なかに男選びの基準が低い娘がいるかもしれないだろ」バディ・リーは言った。今度はアイクも声を出して笑った。バディ・リーは微笑んだ。数秒後に笑みは薄らいだ。

「さあ、やるぞ」バディ・リーはドアを開けた。

店内には長い楕円形《だえんけい》のバーカウンターがあり、クラブを中央でふたつに分けていた。カウンターの左側はテーブルとブース席、右側は赤と青のビロードのふたりがけソファとビーンバッグ・チェア。赤い煉瓦がむき出しの壁の上から下まで、『オズの魔法使』のドロシーの衣装を着たジュディ・ガーランドの白黒写真と、『若草の頃』の二十世紀初頭の衣装を着たジュディ・ガーランドのカラー写真が、競い合うように飾られていた。カウンターの上の大きな薄型テレビでは、テクノビートに負けない音量でジュディ・ガーランドが『虹の彼方《かなた》に』を歌っている。カウンターには男が数人いた。アイクとバディ・リーが入ると、楕円形の先端に坐っていた黒人の男ふたりがさっと顔を上げ、彼らを査定してすぐにまたうつむいた。右手には三人の女性――黒人ふたり、白人ひとり――がふたりがけソファのひとつに窮屈そうに坐っていた。アイクとバディ・リーは、カウンターの端のスツールにドスンと腰かけた。

アイクはすばやく左右を振り返って店内をざっと確認した。ブース席のひとつには身だしなみのいい年配の白人男性の集団がいて、テーブルにショットグラスの盆が置いてある。みなグラスを持ち上げ、ひとりが乾杯の音頭をとった。

「クィアに乾杯！」彼が言い、みなグラスをあおって笑い声のコーラスのなかで互いにもたれかかった。アイクは首をまわした。うしろのテーブルのひとつで若い白人の男ふたりが手を握り合っていた。ソファの三人の女性は互いに髪をなで合っている。

アイクはカウンターの縁をつかんだ。

「ゲイバーのようだ」彼は小声で言った。

「なんだって?」バディ・リーが訊いた。いま天国を垣間《かいま》見た改悛《かいしゅん》者のように、酒の棚に目を細めていた。アイクはバディ・リーのほうに寄り、その耳に口を近づけた。

「ゲイバーのようだと言ったんだ」

バディ・リーは、坐ったスツールをくるりとまわした。ちょうど一回転したところで止まり、アイクに体を寄せた。

「まあ、その、不思議はないな。ゲイバーに入ったのは初めてだが、バーボンを出すようだから、いいんじゃないか」

「バーテンダーに訊いてみよう。タンジェリンか息子たちを知ってるか」アイクは言った。息が短く、速くなっていた。

「オーケイ。あんた、だいじょうぶか?　丘をうしろ向きに駆け上がったみたいな呼吸だが」

「だいじょうぶだ。さあ、訊こう」アイクは言った。バディ・リーは二本指を立ててバーテンダーに振った。バーテンダーはカウンターの遠い端の黒人ふたりにマティーニをふたつ出してから、アイクとバディ・リーのところに来た。背の低いアジア系の男で、長く石炭のように黒い髪が筋肉隆々の肩に垂れかかっていた。Tシャツがスリーサイズ小さい、とアイクは思った。

「ヘイ、おふたり、なんにします？」バーテンダーが訊いた。

「クアーズと、ジャック・ダニエルのショットを」バディ・リーが言った。

「おれは水でいい」アイクは言った。

「了解。メニューは必要ですか？」

「いや」アイクはバディ・リーが答えるまえに言った。数分後、テックスと名乗ったそのバーテンダーが飲み物を持ってきた。

「ほかに何か？」テックスが微笑んで訊いた。バディ・リーがウイスキーを飲みながら、アイクにむっつりとうなずいた。

「ああ、ちょっと訊きたいことがある。アイザイアとデレクを知らないか？　ときどきここに来てたようなんだが」アイクが言った。テックスの笑みが少し引きつった。

「ええ、知ってますよ。いい人たちだった。〝ブラックライト・ナイト〟をやるときに、よく来てました。月一回の〝ペイント・ナイト〟のときには、デレクがピロシキを作ってくれて。アイザイアはウェブサイトでここの記事を書いてくれた。本当にいい人たちだった。ふたりの身に起きたことが信じられません。ひどいにもほどがある」テックスが言った。アイクの喉に、海上に浮かび出るクジラのように感情の塊がこみ上げた。

「ああ、ひどいにもほどがある」アイクは言った。

「彼らの友だちとかですか?」テックスが訊いた。

「ふたりはおれたちの息子だったんだ」バディ・リーが言い、長いひと息でビールを飲んだ。

「ああ、これは失礼。おつらいことでしょう、おふたりとも」

「ありがとう」アイクは言った。

テックスはポケットから白い布を出して、アイクとバディ・リーのまえのカウンターをふいた。ふたりがけソファに坐った三人の女性のひとりがキャッと喜びか驚きの声をあげた。両方かもしれない。

「でも、うかがってよければ、どうしてここへ? アイザイアの話だと……」テックスはそこでことばを切った。

「アイザイアが何を話した?」アイクは言った。息子が話しそうなことは完全に想像できたが。

「いや、何も。なんでもありません。ただ、おふたりがここにいるのがちょっと不思議だったので。それだけです」

「息子たちの事件について何か知ってる人を捜してる」バディ・リーが言って、ビールを飲み干した。

「つまり、なんというか、捜査してる?」テックスが訊いた。

「いろいろ訊いてまわってるだけだ。警察は捜査に進展がないと言ってるんでね。息子たちに何が起きたか知りたい、それだけだ。誰かに迷惑をかけるつもりはない」アイクが言った。部分的には真実だった。迷惑をかけたいわけではない。息子を殺した畜生どもを見つけたいだけだった。全員。ひとり残らず。

「ああ、たしかに警察も来ましたよ。みんな協力したくないわけじゃなくて、その、警官がこのあたりに現れると緊張するんです。まだ黙って暮らしてる人が多いから。自分の名前を殺人事件と結びつけられたくない。誤解しないでくださいよ。リッチモンドは、ゲイとかクィアにはかなり住みやすい街です。それでもヴァージニア州だから。モニュメント・アベニューの銅像が大好きな人たちが、うちのお客さんをフェンスに縛りつけたりする(一九九八年、ワイオミング州でゲイの大学生が暴行を加えられ、フェンスに縛りつけられて死亡した事件を指す)。わかります?」テックスは言った。

「要するに、アイザイアとデレクの友人はみんな腰抜けだってことか?」バディ・リーが言った。テックスは首を振った。

「いやいや、ちがいます。最近じゃゲイでもずいぶん状況はよくなった。けど、すごくいいわけじゃない。ゲイだとわかったとたんに、会社の駐車優待のルールに違反したからっていきなり馘になったりするんです。この州《オールド・ドミニオン》で黒人やアジア人やヒスパニックでいるのと同じです。よくはなってきたけど——」

アイクがうなった。

「何かおかしなこと言いました？」テックスが訊いた。

「ゲイであることは、黒人であることとはちがう」アイクは言った。ことばがゆっくりと、慎重に出てきた。テックスは眉間にしわを寄せた。

「ぼくたちはまだ南部にいるってことが言いたかっただけです。ストレートの白人でないなら、うしろに気をつけるに越したことはない」彼は言い、バディ・リーのほうに顔を向けた。「悪意はありません」

「あるとは思ってない。ストレートの白人がそんなにすばらしいことだとは思ってなかったけどな」バディ・リーは冗談めかして言ったつもりだったが、そこに含まれる真実は重かった。テックスはアイクをちらっと見た。何を期待していたのであれ、アイクにそれはなかった。

「息子たちに起きたことについて何か知らないか？　なんでもいい。誰かに脅されてるとか、そういう類のことを？」アイクは訊いた。

「どっちもそんなことは言ってませんでした」テックスは言い、バディ・リーの空いた壜を取って、カウンターの下のゴミの缶に捨てに行こうとした。

「なあ、タンジェリンって名の女の子を知らないか？」バディ・リーが訊いた。テックスの動きが止まった。

「しばらくまえに、よく来てましたよ。顔を見せたり見せなかったり。わかるでしょ?」

「息子たちといっしょにいるところを見なかったか?」アイクが訊いた。テックスはしばらく彼を見た。

「どういう意味です?」

「息子たちといっしょじゃなかったか?」

「あ、いいえ、一度も。いま言ったように、ふらっと来ては帰っていくので。パーティ・ガールですよ」

「そうなのか? どのくらいパーティに入れこんでた?」とバディ・リー。今度は彼がテックスにじっと見られた。

「それは本人に訊いてもらわないと」テックスは言った。

「ぜひ訊きたいな。どこに行けば会える?」バディ・リーは訊いた。

「いやとにかく、ふらっと来て帰っていくだけなので」

「ここにいる客で彼女を知ってる可能性があるのは?」アイクが訊いた。

「それはたぶん、直接訊いてもらわないと」テックスは言った。アイクはカウンターに身を乗り出した。胸を突き出し、首を右に傾けた。

「おい、何か問題でもあるのか?」アイクは訊いた。テックスは頬の内側を舌先で押し上げた。

「ここにときどき来る友だちがいるんです。弁護士で、だいたいあなたと同じくらいの歳で、ゲイの。黒人でめちゃくちゃかっこいい。その彼が一度言ったこと、わかります？　黒人のなかには、レイシストよりゲイを嫌ってる人がいるって。田舎の小さな町でゲイの黒人として育つことは、ライオンとワニに左右から狙われてるようなものだって。一方には偏見まみれの白人労働者がいて、もう一方にはホモ嫌いの黒人がいる。ゲイの黒人として育ちながらコケにされない唯一の道は、美容師か合唱隊の指揮者になることだけど、彼はそのどっちにもなれなかったから町を出たと言ってた。そう聞いたときには信じられなかった。そんなにひどくはないだろうと。でも、毎日あなたみたいな人が、彼のことばが正しかったことを証明してる」テックスは言った。

「ほう、ゲイより黒人でいるほうが楽だと思うのか？　教えてやろう。おまえさんがどこへ行ったって、自分でゲイだと言わなきゃ誰にもわからない。だが、おれはどこへ行っても黒人だ。それは隠せない」アイクは言った。テックスはタオルを取り出して両手で絞った。

「ええ、たしかに黒人であることは隠せませんよね。でも、本当の自分を隠すべきだとあなたが思っているそれこそが、ぼくの指摘したかったことなんです。キング牧師が言ったように、どこにある不正義も、あらゆるところにある正義への脅威である」テックスは言った。アイクは舌打ちして、スツールに坐り直した。

「ほかに何か必要になったら知らせてください」テックスは背を向けてカウンターの反対側へ歩いていった。

「やられたな。マーティン・ルーサー・キングの札を出されるとは。このラウンドはあいつの勝ちだな、青二才」バディ・リーが言った。

アイクは応じなかった。

「おれはクソ経験豊富だからわかるよ。バーテンは何も知らないと思うが、ここの客たちが知ってることは賭けてもいい」バディ・リーは店内に散らばった客たちに手を振った。

「ああ」アイクは水のグラスをつかんでひと息で飲みきると、空のグラスをカウンターに打ちつけるように置いた。

アイクは悪徳に肋骨《ろっこつ》を締めつけられているように感じた。手を握り合っていた若い白人ふたりは、いま互いの首に腕をまわして、ゆっくりと円を描きながらゆらゆらと踊っていた。カウンターの端にいる黒人のひとりは友人の頬をなでている。ふたりのマティーニは手品のようになくなっていた。ソファの三人の女たちはふざけて互いに髪を引っ張り合っている。

「手分けしてまわるべきかな？　そのほうが相手を怖がらせないですむか」バディ・リーが言った。

「ああ、そうかもな。庭で〝ブドウを摘む〟調子でやればいい」アイクは言った。バデイ・リーは吹き出した。

「それは久しぶりに聞いた表現だ。レッド・オニオンじゃ〝ポニー・エクスプレス（一八六〇年代初めの郵便速達サービス）を受け取る〟と言ってたよ。たんに〝人の噂話《うわさばなし》をする〟と言やいいのに、なんでだろうな」

「囚人みたいな物言いはやめなきゃいけない。注意してないと、すぐあのころの言い方に戻っちまう」アイクは言った。

「おれはいまもレッド・オニオンの悪夢を見る。夢のなかではまだ塀のなかだ。そして外に出るんだが、ずっと囚人という感じがしてる」バディ・リーは言った。

「レッド・オニオンは地下牢《ちかろう》だって話を聞いたことがある」アイクが言った。

バディ・リーはジャック・ダニエルのボトルを愛しそうに見つめた。ガラスの棚のなかで崇《あが》められる王のように。「ああ、そうだ。悪魔が神様を信じたくなるような場所さ」テックスに手を振り、ショットをあおる仕種をした。テックスは無言でグラスを持ってきた。

バディ・リーはひと息で飲み干した。

「おい、酒についておれが言ったことを忘れたか？」アイクが言った。

「わかってるって。おれはソファにいる娘たちからいく。あんたはこっちから当たるか？」バディ・リーは言った。ウイスキーが胃の底に達して顔が赤らんでいた。

「いけよ」アイクは言った。バディ・リーはスツールからおり、ふたりがけソファとビーンバッグ・チェアのほうに向かった。アイクは大きく息を吸った。スツールをまわし、店のなかをもう一度確認した。選択肢は、カウンターの反対側にいる黒人ふたりと、まだゆっくりと踊っているふたり、そしてブース席にいる身だしなみのいい年配の集団だ。純粋に人種的な判断から、まず黒人たちに声をかけることにした。

「やあ、ちょっといいかな」アイクは言った。ふたりのうちアイクと同じくらい大柄で、顔全体を覆うほどひげを生やした男が、苛立《いらだ》ちを充分伝えられるだけ長く相方から目を離した。

「何か?」

「いや、つまり……女の子を捜してるんだが――」

「店をまちがえてると思うぜ」ひげの男の相方が言った。ひげはまったくなく、短いフェードの髪形だった。

「いや、そういう意味じゃないんだ」アイクは言った。

「だったらなんの用だ?」ひげの男が訊いた。表情が苛立ちから怒りに変わるのがわかった。アイクは落ち着けと自分に言い聞かせ、用件をはっきり伝えた。

「タンジェリンという娘を捜してる。ここに何度か来ていた。おれの息子の友だちだと思う。だから話がしたい」

「何について?」フェードが言った。

「え？」

「何について彼女と話したい？　あんた彼女の元カレか何かで、あとを追ってるとか？」フェードが訊いた。

「あ？　いや、ちがう。おれの息子のことを話す必要があるんだ」アイクは言った。

「息子が元カレなのか？」ひげの男が訊いた。

「あのな、おれの息子は死んだんだ。殺したやつを捜してるんだが、彼女が助けてくれるかもしれない。つまらん探り合いはやめよう。あんたたちは彼女を知ってるのか、どうなんだ」アイクは言った。ひげの男とミニアフロはスツールを反対側にまわし、アイクに見えるのは彼らの後頭部だけになった。

「知らないぜ」ひげの男が言った。ふたりは完全にアイクに背を向けた。アイクは鼻が痛くなるほど大きく息を吸った。

床に根が生えて動けなくなった気がした。電気が流れるワイヤーを踏んだかのように肌があちこちチリチリした。自分とふたりの男のあいだの床面が危険なエネルギーで満たされた感じだった。そろって背を見せた裏には、とうてい許容できない軽蔑の念がある。それだけで刑務所の附属診療所に送られても文句は言えない。アイクは右の拳を握っていたことに気づかなかった。それをじっと見つめ、意志の力でどうにか指をほどいた。賢く立ちまわらなければ。警察沙汰になって暗く深い穴に放りこまれたら事だ。少なくとも、この件の片がつくまでは。

「どうも」アイクは喉を詰まらせながらことばを発し、そこから去った。踊っていた白人ふたりはいなくなっていた。アイクが黒人たちを尋問しているあいだに、そっと抜け出したにちがいない。残りはブース席にいる男たちだけだった。二杯目のショットで盛り上がって笑っていた。アイクは近づき、ブースの横に立った。

「やあ、調子はどうだい?」親しみやすく見えるように努めた。

「やあ」席にいるひとりが応じた。残りの男たちは笑うのをやめたが、笑みは浮かべていた。

「アイク・ランドルフだ。息子はアイザイア・ランドルフ」アイクは言った。全員の笑みが消えた。

「ああ、なんと。お悔やみ申し上げます。私はジェフです」アイクのいちばん近くにいた男が言い、手を差し伸べた。アイクはそれを握り、相手の握力の強さに驚いた。

「ラルフです」

「ぼくはサル」

「クリス」

アイクは三人に会釈した。

ゲイには見えない。アイクは思った。その考えが頭に浮かんだとたん、アイザイアの声が聞こえた気がした。ゲイはゲイだとわからなきゃいけない？　額にセクシャリティを宣言するタトゥーでも彫れってこと？

「アイザイアを知ってるようだね？」アイクは訊いた。

「彼とデレクはここの常連だったから。アイザイアは私の組織について記事を書いてくれましたよ。デレクはこのクリスのレストランで働いてた」ジェフが言った。

「狭い世界だ」アイクは言った。

「世界は狭い世界の集まりでできている」ジェフが言った。

「組織というのはどんな？」

「イースト・エンドで、危うい状況に置かれたゲイの若者のために非営利の技術学校を運用してるんです。工芸技術を教えてます。私自身は工芸家をめざす溶接工ですけど」ジェフが言った。

「謙遜しすぎだよ」ラルフが言い、ジェフの手に自分の手を重ねた。アイクは無名のキャバレーにいるジュディ・ガーランドの写真をじっと見つめた。奥深い目と魅惑的に尖らせた唇が白黒の画面に永遠に固定されている。

「それは立派だ。学校には若者が大勢いるのかな？」アイクは訊いた。四人は長いこと押し黙り、ようやくジェフが口を開いた。

「カムアウトしたあと、路上で暮らすようになる若者が大勢いるんです。全員じゃないにしても大勢。目にあざができ、歯をなくして通りに出てくる。ゲイを家から叩き出す親がいるので。地獄の業火《ごうか》で永遠に焼かれると親や牧師に言われて、怯えて泣きながら現れる子もいる」

アイクは自分の靴に目を落とした。彼もそういう親のひとりだった。アイザイアを〝男らしく〟して、ゲイをやめさせることができると信じて疑わなかった。息子を鳥にして、屋根から飛ばせるようなものだ。アイザイアが変わるわけがなかった。死ぬまで彼は彼のままだった。

「そしていまは土のなかだ」アイクはつぶやいた。

「え、いまなんと？」ジェフが訊いた。

「いや、なんでもない。ひどい話だと言いたかっただけで」

「ええ、ひどい話です」

「おれとデレクの父親は、事件について誰かが何か知らないか、いろいろ訊いてまわってる。誰も困らせるつもりはない。ただ息子たちに何が起きたのか知りたいだけだ」アイクは言った。必死に聞こえただろうか？　アイク自身にはそう聞こえて、自分が弱くなったように感じた。アイザイアとデレクを殺した犯人を見つけ出すことは、無駄と知りながら自我が崩壊しないためにしがみつく救命ボートになっていた。それがほとんど沈みかけている。心のギザギザの刃先がいつ外に出てもおかしくなかった。そうなったときに誰がまわりにいるかは、神のみぞ知る。

「申しわけありませんが、ここにいるみんなは役に立てそうもありません。何か知っていればよかったんですが」ジェフが言った。

「ふたりはとても幸せなカップルだった」サルが言った。

「わたしもああなりたかった」クリスも言った。

「夫が欲しいなら、あばずれはやめないとね」ラルフが言った。クリスはラルフに舌を突き出し、あきれたように天井を見上げた。

「そうだ、誰かタンジェリンという名の女性を知らないかな？」アイクは訊いた。ジェフの右の頬が引きつった。

〝ばれる癖〟だ。アイクは思った。

「その子は昔知ってた」ジェフが言った。ことばを慎重に選んでいるとアイクは思った。目は左右にすばやく動き、右頬はほとんど痙攣している。

「ほう？　学校で知り合ったとか？」アイクは訊いた。

「よくそこで酔いつぶれてたよ」ラルフが言った。ジェフはラルフの手の下から自分の手を抜き、ラルフの前腕に置いた。静かな仕種だったが、アイクは警告と読み取った。

「タンジェリンは別に、その……工芸は好きじゃなかった。自由な精神の持ち主というか」ジェフは言った。

「そういう言い方もあるね」クリスが言うと、サルが肘で突いた。

「何よ。みんなが思ってることを言っただけでしょ」とクリス。

「彼女はパーティ好きだったとか?」アイクが訊いた。ジェフは肩を落とした。

「タンジェリンはディーバみたいにもなれた。それだけです」ジェフは言った。そのときアイクの頭にあることが閃いた。

「デレクと彼女は音楽関係者の豪華なパーティで知り合ったと聞いたんだが」彼は言った。

「あの子は自分が見られたくない場面には現れないからね」クリスが言った。ジェフは眉をひそめたが、クリスは気づかなかったか、気づいてもどうでもいいと思っているかだった。

「ミスター・ゲット・ダウンのパーティのこと?」ラルフが訊いた。

「どうかな。ミスター・ゲット・ダウンというのは?」アイクは訊いた。

「プロデューサーで、本当の名前はタリク・マシューズ。専門はヒップホップとトランス。ウェスト・エンドに住んでる。ジェイムズ・ホエールの映画から出てきたような、ご大層な飛梁《とびばり》つきの大豪邸にね」ラルフが言った。笑いを期待しているかのように間を置いた。

「やだ。ジェイムズ・ホエールを知ってる年寄りはわたしだけ? まあとにかく、タリクは地元のヒーローでね。わたしは彼が九年生だったときに教えたことがある。学校を卒業したあと、彼はあるレコードをプロデュースして、十五カ国でチャートのナンバーワンになった。デレクはパーティの一週間前にここに来て、ミスター・ゲット・ダウンの三十歳の誕生日に彼の会社が食べ物を出すことになったと話してた。それにしても、わたしもう本当に年寄りになっちゃって」ラルフは言って、ジェフの肩に頭をのせた。

「それは彼女が見られたい場面だったのかな？」アイクは訊いた。クリスが答えようとしたが、ジェフが止めた。

「つまり、こういうことなんです。タンジーは……ややこしい女性です。若くてきれいで、その力がわかりはじめている。その手の美しさと若さは敵を生むことがある」ジェフはクリスをまっすぐ見ながら言った。

「タンジェリンだって本名じゃないもんね」クリスが言った。ラルフが即座に割りこんだ。

「意地悪なこと言わない、クリス」ラルフが言うと、クリスは腕を組んだ。

「彼女の居場所について、なんでもいい、考えはないかな？」アイクは訊いた。

「アイザイアとデレクに起きたことにタンジーがかかわっていると思うんですか？」ジェフが訊いた。アイクはためらった。

「アイザイアはここで彼女にインタビューすることになっていた。ところが彼女に会う前日、アイザイアとデレクは、結婚記念日を祝ったワインバーのまえで撃たれた」息子が撃たれたと口に出して言うと、アイクの心の尖った角がこすれ合って軋んだ。

「タンジーはそれが起きるまえから姿を消しています。居場所は見当もつかない」ジェフが言った。とたんに合図を出されたかのように右頬が引きつりはじめた。アイクは彼を睨みつけた。怖い目、殺人者の目で。

ジェフは本物の善人のようだ。ゲイの若者を支援することに人生を捧げている。愉しい友人の輪もある。しかしそのどれも、彼がアイクの面前で嘘をつくことを防げなかった。ジェフはタンジェリンがどこにいるか、どうすれば見つけられるかを正確に知っている。アイクは肚の底でそれを感じることができた。

タンジェリンはあの留守番電話でひどく怯えていた女性だ。アイザイアに殺害命令が出たから怯えていたのだろうか。彼女がアイザイアを罠にはめたのか？　アイクにはわからなかった。わかっているのは、ここにいる善人のジェフが、どこかの黒人の国から来た馬鹿者を相手にしているように嘘をついていることだけだ。髪の先端をグレーに染め、顔まわりの短いひげを丁寧に整えているジェフ。アイクの死んだ息子を思いやるより、どこかのパーティ・ガールを守ることに執心な善人ジェフは、〝街のネズミ〟症候群だ。リッチモンドの住人の多くは、田舎に住む人間より賢く洗練されていると思いたがる。たとえ田舎のほとんどが、街の出口に立つ〝リッチモンド〟の電飾看板から五十キロと離れていなくてもだ。

こいつの目に親指を突っこんで、ゆで卵みたいに目玉をほじくり出したら、真実を引き出すまでにどのくらいかかるだろう、とアイクは思った。

　ジェフはしきりにまばたきをした。おそらくアイクの顔つきから何かを読み取ったのだろう。目玉が危ないとか、しまいに〈ガーランドの店〉の硬材の床に倒されるとか。

「本当に、彼女がどこにいるかは知りませんが、ただ……」ジェフは言った。

「ただ？」アイクはまだジェフに殺意のこもった視線を向けながら訊いた。

「彼女がそのパーティにいたなら、ミスター・ゲット・ダウンとすごすのは初めてじゃなかったでしょうね。彼なら居場所を知ってるかもしれない。それだけです」ジェフは言った。トリップホップのビートに負けない音量で、店内の音響システムが『ザ・マン・ザット・ガット・アウェイ』を流しはじめた。アイクは緊張を解いた。

「ありがとう」と言い、振り返ってカウンターに戻った。

「水をもう一杯もらえるか？　それと、おれと友だちの勘定を頼む」アイクは言った。テックスが来て、アイクのまえに勘定書とペンを放った。いまおれは本当にバディ・リーを〝友だち〟と呼んだのか？　アイクには、それがふたりの関係を正確にとらえているのかどうか、わからなかった。ひとりの男をいっしょに殺したのだから、ただの知り合いではないが、友人同士だとは思わなかった。アイクは勘定書に多めのチップを加えてサインし、デビットカードに巻きつけた。背が高く痩せた黒人の男がよろよろと近づいてきた。ぼさぼさの灰色の山羊《やぎ》ひげをなでながら、アイクの隣のスツールによっこいしょと坐った。

「やあ」山羊ひげが言った。

「ああ」アイクはそちらを向かずに言った。

「愉しくやってる?」山羊ひげは呂律《ろれつ》がまわっていなかった。

「なんとかな」アイクは言った。テックスを目で探すと、ちょうどふらっと店に入ってきた青、ピンク、緑の髪の中性的な白人の若者たちから、大量の飲み物の注文を受けているところだった。

「ここもああいう気取った若いのが増えてね。若すぎるし、無茶《むちゃ》をやりすぎる」山羊ひげが言った。机の端から落ちるビー玉のように、ことばが口からこぼれ出た。

「ああ」アイクは言った。

「アンジェロだ」灰色の山羊ひげの男は言った。アイクは答えなかった。両手をポケットに突っこんで、体を前後に揺すっていた。

「愉快な連中だけど、だから? 何時間か、あーとかうーとかやったあと、朝トイレの便座を小便まみれにしていなくなるだけだ」アンジェロが言った。左に倒れそうになり、カウンターを縁取るレールをつかんで、なんとか体を立て直した。アイクは彼から一歩右に離れた。

「誰かお相手がいる?」アンジェロが訊いた。

「いま会計をしてるところだ」アイクは言った。口をすぼめて言ったので、一文が一単語になった。

「そう、もちろんいるよね。こんないい男にいないわけがない」アンジェロが言った。

「おい、テックス！　会計だ！」アイクは叫んだ。

「帰る？　まあいなよ、一杯おごるから。まだ行かないで。おごらせてよ」アンジェロが言った。手を伸ばして、アイクの前腕に触れた。

「やめろ。触るな」アイクは言った。カウンターの反対側にいた黒人ふたりがグラスを取って、ビーンバッグ・チェアのほうに移動した。アイクの声のなかの雷が確実に予告している嵐に巻きこまれたくなかったのだ。アンジェロのレーダーは天候の急変を感知していないようだった。

「なあ、そうつれなくしないでも。もっときみのことが知りたいだけだ」アンジェロはまわらない舌で言い、アイクの腕に置いた手を、ココナッツほどもある上腕二頭筋のほうへ移動させた。

「聞こえなかったか。触るな！」アイクはアンジェロのシャツのまえをつかんだ。スツールが倒れて床を走り、アイクはアンジェロを向かいの壁に叩きつけた。シルクハットとタキシードのジュディ・ガーランドの写真が壁から落ちた。途中でアイクの頭に当たったが、アイクは気づきもしなかった。握った手に力をこめて、相手の体が床から浮くまで持ち上げると、アンジェロの目が眼窩でぐるぐるまわった。

「ごめん！」アンジェロは何度も言った。

アイクは彼を壁から離し、二倍の力でまた壁にぶつけた。アンジェロは首のまわりからアイクの手をはずそうとしたが、伝説のゴルディアスの結び目を解こうとするようなものだった。

「言ったろ、おれに触るな！」アイクは叫んだ。左手でアンジェロを押さえつけ、銃の撃鉄を起こすように右手を振り上げた。バーに入ってきたばかりのなよなよした若者たちが携帯電話を取り出して、録画してるよと彼に叫びはじめた。

右のハンマーを振りおろす数秒前に、アイクは強い力で肩をつかまれた。腰にたくましい腕もまわってきた。引っ張られてバランスが崩れた。アイクはアンジェロを放し、うしろの攻撃者たちをなんとかしようと手で探った。

「放せ！」彼はうめいた。さらにうしろに引かれ、暴れ牛のようにドアのほうに連れていかれた。三人目の手が喧嘩に加わった。クリスだった。

テックスが、離れてろとクリスに叫んだが、スズメバチの群れをなだめようとするようなものだった。クリスの顔は嵐のごとく獰猛《どうもう》だった。アンジェロと仲がいいのか？　アンジェロの名誉を守ろうとしているのか？　それともたんに正義感から腹を立てているのか？　アイクはクリスと友人たちが完全にくつろいでいるところに乗りこんで助けを求めた。彼らはアイザイアがどういう人間になっていたかということを、少しだけ教えてくれた。アイクがその成長にほとんど力を貸さなかった善人のことを。彼らの親切に対して自分はどんなお返しをした？　寂しい酔っ払いを壁に吊り上げたのだ。視界の隅でバディ・リーが走ってくるのが見えた。バディ・リーはクリスを押してアイクとのあいだに割りこんだ。

「いったいどうした」バディ・リーが大声で言った。

アイクは暴れるのをやめた。

「おれは出ていく、いいな？　もう出る。バディ・リー、おれのデビットカードを受け取ってくれ」アイクは言った。テックスが彼を放した。もうひとり、そろいのきつすぎる白いTシャツを着た黒人が、バディ・リーにつかみかかろうとするクリスを押さえていた。テックスはバーカウンターのうしろからアイクのカードを取り、彼の手に叩きつけた。

「さっさと出ていってくれ、警察を呼ぶまえに」

「警察は嫌いだと言わなかったか？」バディ・リーが言った。

「いいから出てけ！」テックスは言った。

「さあ、大将、お巡りが来るまえに行くぞ」バディ・リーは言った。二、三歩うしろに下がり、くるりとまわってドアに向かった。アイクとバディ・リーが出ていくときに、何人かが不満の声をあげた。アイクはジェフがカウンターの向こう側からじっと見ているのに気づいた。

「すまなかった」彼はつぶやいた。店内が騒然としていて、そのことばが届かないのはわかっていたが、それでも言いたかった。

ジェフは首を振って、顔を背けた。

州間高速道路を無言で四十五分走ったあと、バディ・リーはアイクの家のドライブウェイに入り、ギアをパーキングに入れた。エンジンがアイドリングになって咳きこみ、あえいだ。アイクはドアのハンドルに手をかけた。

「何があったんだ、あのバーで?」バディ・リーが訊いた。アイクはドアを開けた。暖かい風が彼のまえを通りすぎて車内に入った。散らかっていたストローの紙袋とチューインガムの包み紙が、バディ・リーの足元でカサカサ動いた。

「おれに触るなと言ったんだ。なのに触ってきた」アイクは言った。

「オーケイ」バディ・リーは言った。ことばの終わりが少し明るい調子になった。

「どういう意味だ?」アイクが訊いた。

「別に。ただ、女の子たちに話しかけながらあんたを見てたんだが、あいつは腕に触れただけのようだった」

「だからなんだ? 触るなと言ったら、どこにも触るべきじゃないだろ。塀のなかであんなことをしたら、最後は刺されたブタみたいに血だらけで天井を見てるぞ」アイクは言った。バディ・リーは手の指を曲げた。アイクは窓の外を見た。ほんのわずか肩が下がった。

けどいまは塀のなかじゃない、だろ? アイクは思った。自分の考えだが、アイザイアの声で聞こえた。バディ・リーは指でハンドルをトントン叩いた。

「電話番号を訊かれたか？」

「その話はやめだ」アイクは言った。バディ・リーは笑いともため息ともつかない音を立てた。

「いいだろう。あのサミュエル・L・ジャクソン・シニアを吊し上げるまえに、タンジェリンについて何かわかったか？」バディ・リーは訊いた。アイクは座席で体を動かして、バディ・リーと向き合った。

「ああ。彼女は音楽プロデューサーとつき合ってたかもしれない。ミスター・ゲット・ダウンと名乗るやつと」アイクは言った。バディ・リーは笑った。

「運転免許証に載る名前じゃないな。さて、いつミスター・ゲット・ダウンと話しに行く？」

「明日あんたに電話する。ちょっと寝たい」アイクは言った。

「オーケイ。本当に話したくないのか、さっきの――」

「寝たいと言ったろ」アイクは車から出て、ドアを勢いよく閉めた。

「ああ、ハグとお昼寝が必要だな、大きい赤ちゃん」バディ・リーはほとんど聞こえない声で言った。ドライブウェイからバックで出て左に曲がり、袋小路をあとにした。道の終わりで速度はゆるめたが停まらず、そのまま右に曲がった。鼻歌を歌いながらラジオをつけると、スピーカーからウェイロン・ジェニングスの古い定番曲が流れた。バディ・リーはいっしょに歌い、ルート634の閉業した釣具店のまえを通過した。荒廃した駐車場にいる古いシボレー・カプリスにはまったく注意を払わなかった。数秒後、その車の運転席と助手席から、頭がふたつ出た。

「おれたちに気づいたと思うか？」チェダーが訊いた。

「いや、暗すぎる。グレイソンに電話しよう」ドームが言い、携帯電話を取り出した。

「ああ」グレイソンが出た。

「白人がいま黒人をおろしていった。これからどうすればいい？」ドームは訊いた。

「そこにいろ。明日の朝、そいつがどこに行くか確かめるんだ」グレイソンが言った。

「ここにひと晩じゅういろって？　いま十一時ちょっとすぎだけど」

「おれはわかりにくい言い方をしたか？　女を見つけなきゃならねえんだ。ほんとは昨日にでも。そいつが女のとこに連れてってくれるんだからな」グレイソンは言った。ドームは答えなかった。

「なんだ？　問題でもあるのか？」グレイソンは言った。

「いや、でもアンディは？」

「クソあまを見つけたら、それも全部処理する」とグレイソン。「それと、ドーム？」

「聞いてる」

「その男を見逃すなよ。でないと、おまえが処理される側になるぞ」

グレイソンは言って電話を切った。

25

アイクには夢を見ているのがわかっていた。

記憶の隅で踊っている夢だった。アイザイアが裏庭で彼の横に立っている。アイクはグリルの番をしている。アイザイアの大学卒業を祝うバーベキュー・パーティだ。マヤとアイクの両方の家族が集まっている。そしてマヤの職場の友人たち。アイクが出所後に作った友だち数人。ほとんどは同じ造園家だ。道具や材料の納入業者も何人か。ＹＭＣＡからもふたり。昔の〈ノース・リバー・ボーイズ〉のクルーはひとりもいない。アイザイアはアイクと話そうとしているが、アイクは聞いていない。何を言おうとしているかわかっていて、聞きたくないからだ。ぜったいに聞きたくない。

夢のなかでは、デレクもいる。それは天然色の記憶だ。アイザイアとデレクは手をつないでいる。デレクはただの友だちじゃない、とアイザイアが言っている。デレクは大切な人だ、と。アイクはバーガーとホットドッグに集中している。炭火の赤い輝きに。バーガーからじわじわと垂れる脂が炭に落ちてジュッと音を立てる。息子の話から気をそらしてくれるものならなんでもいい。夢のなかで息子が話すと、アイクは唯一知っている答えを返す――いや、正直に言えば、自分にとっていちばん楽な答えを返す。焼いているものをひっくり返すと、炭が火花の紙吹雪《ふぶき》よろしくそこらじゅうに飛ぶ。その一片がアイザイアの腕に落ち、母斑にも似た軽い火傷《やけど》の跡を残す。場面が白黒に変わる。あちこちから悲鳴がいっせいにあがり、振り返ると、アイザイアとデレクの頭が吹き飛んで、血と骨が降り注ぐ。

アイクは目を開けた。

寝室の窓にかかるブラインドの隙間から、昇る太陽の光が細く射しこんでいた。アイクは体を起こし、両手で顔に触れた。頬が濡れている。ベッドのマヤの側は空っぽだった。夜のあいだに起きて、アリアンナに添い寝しているにちがいない。いまはときどきそうしている。アイクはそんなとき、三歳の子に嫉妬しそうになる自分を抑えなければならなかった。足をベッドから出し、カーペットの上におろした。ナイトスタンドから電話を取って時間を見た。七時十分。十一時ごろバディ・リーに送ってきてもらったあと、ほとんどすぐに眠りに落ちた。あのバーのあと。あの男を壁に押しつけたあと。アイザイアなら、あの状況で言いたいことがたくさんあるだろう。

「自分の男らしさに対する恐怖を投影してるだけだよ、父さん。心理学で言う過補償だ」とアイザイアが言う声が聞こえる気すらした。いつものカミソリのように鋭い皮肉もあらわに。

アイクは立った。認めたくないが、アイザイアは正しかったのだろう。あの男に触れられたとき、見えたのはいくつかの顔だけで……。

「やめろ」アイクは声に出して言った。家を満たす朝の静けさのなかで、その声がうつろに響いた。アイクはTシャツを床から拾い、頭を通して着た。ジーンズははいたままだった。静かに階段をおりて台所に入った。コーヒーメーカーのスイッチを入れ、機械音がしはじめるあいだ、前夜に善人ジェフから聞いたことについて考えた。ミスター・ゲット・ダウン。タリク。バディ・リーと行って、飛梁のある家を見つけ、適当なごまかしで侵入を試みてもいいが、うまくいくとは思えなかった。問題は、うまくいきそうなほかの案が何も頭に浮かばないことだった。

コーヒーメーカーがマイペースで時間をかけているので、新聞を読むことにした。外で探しているあいだに、雲のうしろから太陽がのぞいた。新聞を配達するのは引退した年配女性だが、いつも狙いがひどかった。玄関近くのツゲの生垣のなかを探しまわって、ようやく土曜版を見つけた。腰を伸ばしたところで、マヤの車が道路を走ってくるのが見えた。

そのうしろから、バナナ色のカプリスがついてきた。マヤは車を短いドライブウェイに入れて駐めた。カプリスはそのまま道路を走っていった。マヤは〈ハーディーズ〉の大きな袋を持って車から出た。暗い表情で口を引き結び、十歳は老けて見えた。アイクがいる家のほうへ急ぎ足で歩いてきた。

「朝食を買おうと思って出かけたの。そしたらたぶん……たぶんあの車が〈ハーディーズ〉までついてきて、そのあとここまでいっしょだった。アイク、尾行されてたと思う」

マヤは言った。その切羽詰まった声を聞いて、アイクは鳥肌が立った。

「なかに入って鍵をかけるんだ。アリアンナと二階にいろ。おれが迎えに行くまでおりてこないように」

「アイク、どうなってるの？」

「早く二階へ」アイクは言った。マヤは袋を胸に抱きしめて家のなかへ急いだ。アイクは家の裏にまわり、小屋に入った。サンドバッグを押しのけて、うしろのフックにかかったものを取り、家の玄関に戻った。

彼らの家がある袋小路はどちらかと言うと脇道に近く、円形の広場で終わっているわけではない。砂利の道が家のまえを通りすぎ、一キロ弱行ったところで途切れる。このタウンブリッジ・レーンには、アイクとマヤの一部二階建ての家のほかに、さまざまな大きさの家が五軒並んでいた。彼らが最初に越してきたときには、郡の貧しい地域と見なされていたが、ある意欲的な開発業者がまわりに安価なモジュラー住宅を建て、土の上に砂利をまいて、その道をタウンブリッジ・レーンと改名した。隣人たちは、不安になるくらいの頻度で入れ替わった。前庭の手入れの度合いもさまざまだ。子供のおもちゃや車の部品が散らばった前庭から、きれいに刈られた芝が一メートルほどの幅で続いていた。

アイクはしゃがんで生垣のなかに隠れた。例のカプリスは行き止まりのほうへ走っていった。先には行けないから、Uターンして引き返してくる。アイクは草刈り鎌の柄を両手で握った。草刈り鎌は昔ながらの農具だ。ストリング・トリマーや刈払い用の付属ブレードが出てくるまで、作業がしにくい溝の斜面や起伏のある山腹などの雑草を刈るのに使われていた。長く平たい木製の柄に曲がった広い刃がついていて、刃の先は鋭く尖っている。形はコンマのようだが、コンマは両刃でも鋼鉄製でもない。

もちろん〈ハーディーズ〉への往き来でマヤを尾けていたのが、道に迷った旅行者という可能性はある。携帯電話のGPSもいかれていたのかもしれない。到着しましたと言われると、トウモロコシ畑のまんなかに停まっていたというような。それもありうるが、カプリスが前日アイクの職場で起きたこととつながっている可能性もある。

「おまえらはこういうことがしたいわけだな？」アイクは低くつぶやいた。

まずカプリスの音がして、車が見えた。見たとたん、運転者がわかった。首を切り落としかけたブロンドのヴァイキングといっしょにいた連中のひとりだった。観光でもしているのかというほどゆっくりと進んでいた。アイクはライフルから発射されたかのごとく車のうしろに飛び出した。走りながらすでに草刈り鎌を振りまわしていた。鎌は空気をスライスする邪悪な弧を描き、車の運転席側の窓に命中して、ガラスを春の解氷期の薄氷さながら粉々にした。

「わっ、くそっ！」ドームが叫んだ。ハンドルの下に屈もうとして、足がアクセルペダルからはずれた。チェダーが腰の三二口径を抜こうとしたが、ベルトのバックルに引っかかって取れなかった。車はまえに進みつづけ、アイクはまた草刈り鎌を構えてうしろにまわった。

「さっさと進め！」チェダーが吠えた。

「おれが何をしてると思うんだ？」ドームがわめいた。

アイクはまた鎌を振りおろし、刃がカプリスのうしろの窓を直撃した。強化ガラスの仕様が不完全だったのか、それは内側に砕け散り、ドームとチェダーにカミソリのように鋭い破片が降り注いだ。チェダーはようやく銃を抜いたが、ちょうどドームがアクセルを踏みこんだときで、チェダーはうしろに弾《はじ》かれて発砲してしまった。耳をつんざく銃声が車内に轟き、ドームとチェダーは同時に悲鳴をあげた。ドームは弾が頭のすぐ横を飛び、ルーフを貫通するのを感じた。後輪で道路の砂利を跳ね散らしながら車を飛ばした。ガラスの破片が氷の粒のように彼の体じゅうを覆っていた。

アイクは、カプリスが時速六十キロ以上でタウンブリッジ・レーンの終端に達し、減速もせずに右折してタウンブリッジ・ロードに入るのを見つめた。

アイクのふたつ横の隣人であるランディ・ハイアーズが、玄関前の階段に出てきた。ランニングシャツにパジャマズボンという恰好だった。ランディは働いていない。就業中の怪我で障害者手当を受け取っているが、怪我は嘘だとアイクは九割方確信していた。庭を南部連合国旗とガズデン旗（十八世紀の軍人・政治家のクリストファー・ガズデンがデザインした軍旗で、黄色地にガラガラヘビ、その下に「おれを踏むな」の文字。愛国心を誇示するときによく用いられる）で飾るのが好きで、ことあるごとにたかり屋の移民たちを非難している。本当は必要ない障害者手当を得ながら、たかり屋撲滅運動をすることの皮肉に本人は気づいていないのだろうとアイクは思っていた。

「いったいここで何が起きてる？」ランディが叫んだ。彼にはごく平凡な人間ならではの自信があった。彼らは世界を自分の思うままにできると思っているが、その〝思い〟がとっくに時代遅れになっていることに気づかない。

「何も心配はいらない、ランディ」アイクは言い、家のほうに戻りかけた。

「いや、ちょっと待てよ。あんた、誰かの車の窓をそいつで割ってたろう、その……それはなんだっけ？」ランディは草刈り鎌をちらちら見ながら言った。雄牛のように首を振り、正義の熱弁をふるいつづけた。「うちには子供がいるんだぞ、アイク！」

「子供が成長するのを見たかったら、クソ家に戻ってろ」アイクは言った。ランディの答えは待たなかった。玄関口まで戻ったときには、マヤがすぐそこで待っていた。アイクはなかに入り、ドアを閉めて鍵をかけた。

「アイク、いったい何が起きてるの？」マヤは訊いた。顔が引きつっていた。アイクは草刈り鎌をドアの近くのコート掛けに立てかけた。

「何日か、アリアンナを連れて妹のところに行けるか?」アイクは訊いた。マヤは彼に近づいた。手が彼の胸の近くに上がったが、触れることはなかった。

「アイク、何が起きてるの?」マヤはまた訊いた。穏やかながら確固とした口調だった。

アイクは台所に行き、コーヒーをついで、リビングに戻ってきた。そしてゆっくりとコーヒーを飲んだ。

「アイザイアに起きたことで、バディ・リーといろいろやりはじめたと言ったろう」

「ええ」

「これがその一部だ。妹に電話して、何日か滞在できるか訊いてみてくれ。頼む」アイクは言って、またコーヒーを飲んだ。

26

バディ・リーはトレーラーパークに戻って、心臓発作を起こしそうになった。短いドライブウェイに金色のレクサスがあり、その横に元妻が立っていた。バディ・リーはトレーラーパークをS字型に蛇行する砂利道の脇にトラックを駐めた。

ここで彼女が何してる？ バディ・リーの手が震えはじめ、それが腕に伝わった。指を曲げ伸ばしして少しおさまった。バックミラーを見ると、彼女はまだレクサスの横に立っている。風で髪が流れて頭のまわりで後光のようになっていた。バディ・リーは歯のあいだから息を吸い、トラックからおりた。

クリスティンが何歩か近づいた。バディ・リーはトラックのテールゲートにもたれた。ふたりは西部劇のガンマンのように立っていた。たいていことばが武器で、致命傷を狙う。風がやみ、クリスティンの髪が両肩に戻った。

「なぜわたしがここにいるのかと思ってるんでしょうね」彼女が言った。バディ・リーは下唇の裏を舌でつついた。

「たしかにその考えは頭をよぎった。次に会うのは最後の審判の日だと思ってたからな」彼は言った。クリスティンは微笑もうとしたが、笑みは目に届くはるかまえに消えた。

「あなたは神様なんて信じないと思ってた」

「信じないさ。けど誰にわかる？　そのうち賭けの大損を防ぐために教会にかよいはじめるかもしれんぞ」バディ・リーは言った。クリスティンは鼻を鳴らした。パーク内の保安灯がまたたいてつくと、クリスティンの目のまわりが濡れて光っているのが見えた。

「で、どうした？」バディ・リーは言った。

「なかに入ってもいい？」

「どうだろうな。おまえが慣れてる〝ダウン・アンド・カントリー〟スタイルじゃないから」

「わたしたちの最初のトレーラーより大きいわ」クリスティンが言った。ふたりが共有した過去の話が出て、バディ・リーは息ができなくなるほど驚いた。これだけ時間がたったから、昔の記憶などすっかり消し去っていると思っていたのだ。いっしょにすごした年月は悪い夢だったとみずからに信じこませているだろう、と。たしかにバディ・リーには夢のように感じられた。靄《もや》がかかって半分欠けているような、人と時間の映像。ときどき、その時間のなかにいたことや、その時間が存在したこと自体が信じられなくなった。

「わかった。来いよ」バディ・リーは言った。クリスティンは彼についてトレーラーに入った。バディ・リーはソファに腰をおろそうとして、ビールの六缶パックをトラックに忘れてきたことに気づいた。クリスティンはリクライニング・チェアに坐った。

「ビール飲むか？　トラックに戻って六缶パックを取ってきてもいいが」バディ・リーは言った。

「いいえ、いらない。あなたが言ったことについて考えてたの。デレクのこと、わたしが気にかけていないみたいに見えたのはわかるけど、それはちがう。あの子が変わりますようにと、ひと晩じゅう眠らずに祈ったこともあった。どうかもっといい母親になれますようにと神様に祈ったことも。わたしがもっといい母親だったら、デレクはあんなふうにならなかった。わたしのせいよ。あらゆることについて、あの子の役に立てなかった」クリスティンは言った。頬に涙が流れていた。

「おいおい、おまえにデレクは変えられなかったさ。それは誰にもできなかった。変えようと思ったのはおまえだけじゃない。おれだって、デレクのそばにいたときには変えようとした。けどな、このごろはちがう考えを持ってる。あいつは変わる必要がなかった。もしいまここにいてくれるなら、あいつが夜誰といっしょに寝るかなんて、ほとんどどうでもいいことだろ？　おれに言わせりゃクソみたいにどうでもいい」バディ・リーは言った。

喉が締めつけられるようだった。

「それは……わからない。デレクはわたしの息子よ。わたしたちの。でも、あの子がしてたことは正しくなかった。わたしはそう信じるしかない。信じなければ、自分がしてきたことはすべてまちがいだったってなるから」クリスティンは握った手を口に持っていって嗚咽《おえつ》した。

「まちがいだったのさ、クリッシー。おれたちはデレクに対して山のようにまちがいを犯した。デレクは忌まわしい人間じゃなかった。罰当たりでもなかった。ただデレクだっただけだ。おれたちはそのことに満足すべきだった」バディ・リーは言った。自分がまだこれほどやさしくなれるとは思っていなかった。とりわけ彼女に対して。

「ジェラルドは賛成しないわ」クリスティンは言った。バディ・リーはうなった。

「偉大なるジェラルド・カルペッパーもつねに正しいわけじゃない。なかなか信じられないのはわかるがな」バディ・リーは言った。クリスティンは笑った。大きな笑い声だった。

バディ・リーは顎をかいた。

「なんだ？」

「あなたの性格でわたしが好きなところを、ひとつ教えましょうか。とにかく裏表がないの。ごまかしがないのよ、バディ・リー。あなたは本当に見たまんま。たとえそれでときどきわたしの頭がおかしくなることがあってもね」クリスティンは言った。バディ・リーは顔が温かくなるのを感じた。

「おれがときどきごまかせる人間だったら、おれたちも続いてたかもしれないな」バディ・リーは微笑んだ。クリスティンは笑みを返さなかった。

「わたし、家で開いてたパーティから抜け出してきたの。ジェラルドがまずまちがいなく月に二回寝てる女が来ててね。小さいころ夢見てたようなパーティだった。素敵な銀器に本物のお皿。発泡スチロールのカップなんてどこにもない。バンドふた組のライブ演奏。最高の食べ物。お金で買える最高のお酒。うちのパパが飲んでたような安酒じゃなく」クリスティンは椅子の上で体を動かした。

「わたしはヴァージニア州でも最高に裕福な男たちの横に立っていた。そこでジェラルドがひどいジョークを言った。どうして黒人の男のいちもつはあんなにでかいのか、というような。ちょうど黒人女性がわたしにプロセッコのお代わりのグラスを持ってきてくれたときに。ジェラルドのお父さんなんか、そのジョークに笑いすぎて喉を詰まらせそうになったくらい。ジェラルドが判事職を捨てて知事選に出馬することを祝うために、そんな金持ちのクソ馬鹿どもがわたしの家に集まってたわけ。出馬するのは人々を助けたいからですって」クリスティンの声が震えはじめた。

「この人たちはみんなわたしの息子のことなんてなんとも思っていないとしか考えられなかった。わたしのかわいい息子、お墓に横たわってるあの子のことなんて。それに、わたしのことも。だから出てきたの。その感覚がわかる唯一の人と話すために来た。わたしたち、お互い憎み合っていたとしても、デレクのことは愛してた。そうでしょ?」クリスティンは訊いた。

バディ・リーが何か答えるまえに、彼女は号泣しはじめた。甲高い叫び声がトレーラーを揺さぶった。クリスティンは椅子から床にずり落ちた。白いカプリパンツにバディ・リーのカーペットの茶色い汚れがついた。

「わたしがあの子を見捨てなければ、いまもきっと生きてたのよ！　あなたの言うとおり。全部わたしが悪いの」クリスティンはむせび泣いた。バディ・リーには、輪縄に捕らえられた動物の声に聞こえた。肌がぞわぞわした。まだ彼女を思っている──いや、愛している──彼の一部が、慰めてやれと言っていた。彼女に腕をまわして、彼女の香りを吸いこみ、それはちがうと言ってやれ、と。おまえが悪いんじゃない、息子に起きたことについて責任があるのは、引き金を引いたくそったれだけだ、と。

バディ・リーは動かなかった。

彼の残りの部分、クリスティンを愛した自分の一部は懐古趣味の愚か者だとわかっている部分が、彼女にこれを感じさせる必要があると言っていたからだ。彼女の金と身分では守れないところに、この痛みを与える必要がある。彼女は息子に背を向けた。おれは受け入れず、冷たく接した。ふたりともその罪を引き受ける必要がある、と。

「あの子を殺したのはおまえじゃない、クリスティン」バディ・リーはようやく言った。クリスティンの嗚咽はおさまってきた。叫び声はどんどん弱くなり、いまは両膝を抱きかかえて顎をのせていた。バディ・リーは台所に行き、ペーパータオルを何枚か取った。たたんでクリスティンに渡すと、彼女は目と鼻をふいた。

「ああもう、ひどいところを見せちゃったわね、バディ・リー。言ったっけ、デレクが事件の何週間かまえに電話をかけてきたの。わたしは無視した。ジェラルドのこととか、彼の政治活動とか、ゲイの権利の問題とか、そんなこと話したくなかった。かかわりたくなかったの」クリスティンはため息をついた。「はあ、馬鹿よね。思えばわたし、最初からそんな態度だった。あれがあの子と話す最後のチャンスになるなんて思ってもみなかった。ああ、なんてこと」

「最後のときが最後のときだとわかる人間は誰もいない。かならず手遅れになる。おまえだけじゃないさ。だからときに生きるのがすごくつらくなる」バディ・リーは言った。クリスティンは顔を上げて彼を見た。

「警察から連絡はあった？　捜査は進展してるの？」

「連絡はあるが、どのくらい進展してるのかはわからない」バディ・リーは言った。

クリスティンはうなずいた。「ほら、彼らと対面したとき、自分はどうするだろうって考えるの。犯人のことよ。でも、そんなことにはならないんでしょうね。彼らの手にはわたしの息子の血がついてるのに、彼らが償うところは見られないのよ」クリスティンはまた泣きだした。バディ・リーはその近くに立ち、震えて揺れる彼女の体を見おろした。自分の手がゆっくりと彼女の頭に伸びていくのを見た。最後の瞬間にその手を引っこめ、ポケットに入れた。代わりに彼女の横にしゃがみこんだ。

「おれとアイク、デレクの夫の父親だが、なんと言うか、いっしょにこの事件をつきまわしてる」バディ・リーは言った。彼女に体を寄せたり腕をまわしたりはしなかった。ただまっすぐまえを向いて話した。

「つつきまわす? どういうこと?」クリスティンは鼻をすすりながら訊いた。

バディ・リーはうなずいた。「いろいろ揺すって手がかりが落ちてくるのを待ってる。もうすぐ音楽業界のやつと話す。そいつの知り合いの女の子が、このクソすべての原因について話してくれるかもしれない」バディ・リーは言った。

クリスティンは顔を上げた。「それだけよね? 調べるだけ。誰も傷つけるつもりはない。でしょ?」

バディ・リーはうなずいた。彼女に嘘をつくのは、ことのほかうまかった。「ああ。真実を知ろうとしてるだけだ」

「ほかに誰も死んでほしくない」クリスティンが言った。

「死なないさ」バディ・リーは言った。**息子たちを殺した犯人でないかぎり**。

「わたしはあなたを知ってる、バディ。あなたがカッとなりやすいこと。その性格を抑えられたことがない」

「おまえに手は上げなかったぞ。ただの一度も」

「ええ、そうね。でも、わたしのおじの顎の骨を折った」

「おれを白人のクズ呼ばわりして唾を吐いたからだ。ほかにどうすればよかった？　深部組織マッサージをしてやって、香でも焚《た》くか？」バディ・リーは訊いた。クリスティンは笑った。さっきの笑いとちがって、彼の魂に与えられるはちみつのようだった。

「あなたはどんなときでもわたしを笑わすことができる。それで、いつ話しに行くの、その――なんと言ったっけ？――音楽業界のやつと？」クリスティンは訊いた。

「おまえを笑わせたが、泣かしもした。おまえとデレクを」バディ・リーは言った。両頬をふくらませ、ひとつ長く息を吸った。「たぶん明日行く。アイクは今日、休む必要がある。いろいろ動きまわってたいへんだったからな」

バディ・リーは思った。**いろいろ動きまわって、人の指を折り、作り物のケーキをひっくり返し、若いのをつぶして堆肥にしたあげく、ゲイクラブで喧嘩した。はっ、アイクに休みが必要？　実際、おれたちはふたりとも年寄りで、ふたりとも死ぬほど疲れてる。おれだってアイクと同じくらい休みが必要だ。**

　彼は舌打ちをした。

「なあ、このまえおれが墓地で言ったこと、あれは本気じゃなかった」

「いいえ、本気よ。あなたにひとつ言えることはね、バディ・リー・ジェンキンス、クソ正直に思ったとおり物を言うこと」クリスティンはレッド・ヒルの訛りにすんなり切り替えて言った。今度はバディ・リーが笑う番だった。

「モニュメント・アベニューでそういうことば遣いが許されるのか？」バディ・リーは訊いた。クリスティンは床から立ち上がると、体のうしろの埃を払った。バディ・リーは彼女の手が引き締まった臀部《でんぶ》を上下するのを見つめた。

「もうモニュメント・アベニューには住んでないの。三年前にキング・ウィリアム郡に引っ越した。ガーデン・エーカーズに。まわりに住人はいないようなものだから、わたしが何を言おうと誰も気にしない」クリスティンは言った。もう一度目をふいて、丸めたペーパータオルをポケットに入れた。

「そろそろ行かないと」彼女は言った。バディ・リーはうなずいた。

「ここにきた本当の目的はなんだ？　おれの住んでる場所も忘れたと思ってたが」

「最後にレッド・ヒルに来たときのことは、なかなか忘れがたいけれど」

「デレクは家から逃げて、州間高速64号をヒッチハイクではるばるここまできた。おれの理解が正しければ、おまえの夫は、悪魔のケツにキスをするのにも脚立が必要なくらい深い牢獄《ろうごく》におれを放りこんでやると脅した」バディ・リーは言った。

「あなたが彼に頭突きを食らわしたあとでね、バディ・リー」

「あいつの頭は大きいから、わかりやすい標的だった。とにかく、おれはあいつのデレクを罰しようとする態度が嫌だった。それに対して、おまえが何も言わなかったことも」バディ・リーは言った。それまでふたりにどんな魔法がかかっていたにせよ、それは一気に解け、バディ・リーには、ふたりのあいだの空間に漂っている破片が見える気すらした。

「帰らないと」クリスティンが言った。

「まだおれの質問に答えてないぞ」

「わたしは自分が思ってたほど悪い母親じゃなかったと説得してもらいたかったんでしょうね」クリスティンは言い、ドアを開けた。バディ・リーの耳に、愛する相手に歌を捧げているコオロギの声が遠くから聞こえた。クリスティンは出るまえに立ち止まった。

「犯人を本当に見つけられると思ってる？」彼女は訊いた。バディ・リーは彼女を睨むように見上げた。そこにいるのは、ヴァージニアの上流中の上流社会を象徴する憧れの人物ではなかった。はるか昔の野外パーティで彼が初めて出会った、矢車草の青い目の少女がいた。

「クソみたいな人生の残りすべてを、そのことに捧げてる」バディ・リーは言った。

「いかにもあなたが言いそうなことね」クリスティンは夜のなかに出ていき、ドアを閉めた。バディ・リーは歌いはじめた。

もうすぐみなが彼を運び出す

彼は今日、彼女を愛するのをやめた

ジョージ・ジョーンズの古い名曲を歌うバディ・リーの声が震えた。低く、やさしく歌っていたが、歌詞は鋭く、棘《とげ》だらけだった。

27

アイクは月曜の朝七時に起きた。家はいつもより静かだった。マヤとアリアンナは当面、マヤの妹のところにいる。携帯電話を取ってジャジーにかけた。

「はい？」

「ジャズ、おれだ」

彼女の声から眠気が消えた。

「あ、何……どうしました？」

「今日は出社してもらえるかな？　みんなを集めて、金曜と土曜にあとまわしにした仕事を割り振りたい」アイクは言った。電話回線が沈黙した。

「ジャズ？」

「わたし、戻る準備ができているかどうか」彼女は言った。

「わかった。ならおれが行って、いくつか小さい仕事を割り当てておく。きみの準備ができたら――」

「この先も準備ができないかもしれません」ジャジーは言った。アイクは電話を額に押し当てた。

「アイク、聞いてます？」ジャジーが訊いた。アイクは電話を耳に戻した。

「ああ、聞いてるよ、ジャズ」

「あなたの下で働くのは大好きなんです。でも、マーカスが言うように、あの人たちがいつまた現れるかもしれないでしょう？」

「わかるよ、ジャズ。あんなことを経験させて申しわけなかった」アイクは言った。

「明日マーカスに、わたしの机のものを取りに行ってもらいます、もしよければ」

「わかった」

「怒ってます？」ジャジーは訊いた。

「え？　あ、いや、無理もない、ジャズ。あんなひどい連中を会社に呼び寄せるべきじゃなかった」

「会社に呼び寄せるって、どういう意味です？　何が起きてるの、アイク？」

「きみが心配しなくてもいい、ジャズ」アイクは言った。思わずきつい口調になった。

「いや、つまり、心配することは何もないという意味だ。万事うまくいってる」ジャジーは何分にも思えるあいだ、しゃべらなかった。

「何が起きてるにしても、あなたがいままでに築いたものを壊させないで。あなたはあんなことよりずっと価値がある。あんなろくでもない暴走族なんかより」ジャジーは言った。

声が引きつるときがあり、あと数秒で泣きだすのがアイクにはわかった。

「そんなことはさせないよ、ジャズ。きみにやさしくしろとマーカスに伝えてくれ。でないと、おれがそっちに会いに行くぞと」

「ああ、社長、彼はだいじょうぶです。わたし、そろそろベッドから出ます。新しい仕事を探さないと」ジャジーは言った。アイクは下唇を噛んだ。ジャジーは高校を卒業した五年前から彼の会社で働いていた。アイクは仕事で頼りにするだけでなく、彼女に好感を抱くようになっていた。アイクも真剣に目を凝らして、イエスとアッラーとクリシュナに祈れば、ときにはコンピュータで簿記をこなせるかもしれないが、ジャジーはシステムを隅から隅まで知っていた。新しい人を雇っても、訓練に時間がかかる。アイクの独特の体内時計のリズムに合わせて働く訓練には、もっと時間がかかるかもしれない。

「もし気が変わったら、いつでも歓迎するよ」アイクは言った。喉にこみ上げるものがあって、こらえられなくなりそうだった。

「わかりました。アイク、どうか気をつけて。オーケイ？」

「安楽椅子だらけの部屋にいる尻尾《しっぽ》の長い猫みたいに気をつけてる」

「あなたのジョークを初めて聞いた気がします。というか、つまり、笑えるジョークを。そろそろ失礼しますね」ジャジーが言った。

「オーケイ。じゃあ」

「じゃあ」ジャジーは電話を切った。アイクは自分の電話を額に打ちつけた。ジャジーは彼の実の娘ではないが、かぎりなくそれに近かった。

「ちくしょう」彼はベッドから出て、コーヒーを沸かした。もう会社にも行く気がしなくなった。今日は休みにして、明日の朝早く行くことにしよう。仕事の順序を書き留めて、請求と支払いの処理をしなければならない。

一時間後、三杯目のコーヒーを飲んでいると、玄関のドアを叩く音がした。

アイクはカップをおろし、階段につながる廊下の物置まで行った。カプリスとのいざこざのあと、夜中にそこに隠してあった鉄筋をつかみ取った。長さ三十五センチ、周囲はわずか二・五センチの鉄の棒だが、重さはハンマーくらいある。アイクはドアに近づき、ダイヤモンド形の窓から外をのぞいた。

「ああ、なんだよ」彼は言い、ドアを開けた。バディ・リーが〈ハーディーズ〉の袋を持って入ってきた。

「あんたが仕事に行くまえに捕まえられてよかった。ビスケットを買ってきた」バディ・リーは言った。

「まず電話してくれよ」アイクは言った。バディ・リーは鉄筋をちらっと見た。

「おいおい、宗教の勧誘がよほど嫌いらしいな」バディ・リーは言った。アイクは、この男の受け狙いに慣れてきたにちがいないと思った。今回はあきれ顔すらしなかった。

「土曜に何人か訪問者があってな」アイクは言いながらドアを閉めた。バディ・リーは足を止めた。

「〈ブリード〉か?」

「ああ。家に帰ってくるマヤの車を、でかい黄色のバナナボートに乗ったふたりが尾けてきた」

「そいつらに会ったのか?」

「ああ。車の窓を草刈り鎌で割ってやった」アイクは言って、ドアを閉めた。バディ・リーは壁に倒れかかった。

「このまえは連中に鉈を突きつけたと言わなかったか?」

「言った」

バディ・リーは壁を押して離れ、台所に入った。テーブルについて坐ると、アイクもそこに加わった。

「鋭い物体にこだわりがあるようだな、え? まったく、この家がまだ立ってるのが不思議だよ」バディ・リーは袋からビスケットを取り出して、テーブルのアイクのまえに置いた。アイクはそれを取って、ひと口かじり、もぐもぐしながら話した。

「マヤとあの子はしばらくマヤの妹のところへやった。このことが終わるまで」

「それがいい。小さな女の子がこんなことに巻きこまれる必要はいっさいない。奥さんはだいじょうぶか？　自分の家を離れることになって」バディ・リーは言った。

「口には出さないが、おれたちに片をつけてもらいたいんだと思う。それが何を意味するんであれ。わかるだろ、会社であの連中と会うのと、この家で会うのとでは、話がぜんぜんちがう。あのクソどもがここに来るまでは、あまりリアルな感じがしなかった。つまり、何が起きてもおれだけの問題だと思ってた。だが、あいつらがこの通りに現れたとなると……」アイクはみなまで言わなかった。

「失うものができた」バディ・リーが言った。

「そうだ」

「もうやめたければ、おれはそれでもかまわない。あんたのことを情けないと思ったりはしない」

アイクは首を振った。「もう深入りしすぎてる、相棒《ホーミー》。抜け出すには、最後までやりきるしかない」

バディ・リーはクスッと笑った。「おれのおふくろがよくそう呼んでたよ」

「おれはじいさんがそう言うのをよく聞いた。祖父母に育てられたんだ。少なくとも彼らは育てようとしてくれた。おれはふたりの若白髪の原因だった」アイクは言った。

「おふくろは妊娠したとき、男の子を授かりますようにと祈ったらしい。本人から聞いた。

で、おれが生まれると、神の導きを求めて祈った」バディ・リーは悲しげな笑みを浮かべた。アイクはその笑みの奥に多くの痛みがあると思ったが、それをバディ・リーから引き出すのは彼の役目ではなかった。

「ここにその鉄筋以上のものを置いておく必要があるか？　もしいるなら、異母兄弟のチェットから多少仕入れられるが」

アイクは眉をひそめた。「銃が必要になったら、手に入れられる。ここはヴァージニアだ。セブン-イレブンで売ってると言ったっていいくらいだ」

「なあ、アイク、悪くとらないでほしいんだが、〈レア・ブリード〉は社交クラブじゃないぞ。あいつらが本気で戻ってきてこの家に火をつけようとするなら、農具だけじゃ話にならない」

「あんた、仲介料かなんかもらえるのか？」アイクは訊いた。

「わかった、わかった。たんに提案しただけだ。この次やつらが来たら熊手を投げればいい。ところで、例のプロデューサーの男にどうやって近づく？　あんたが言うとおりの大物だったら、家の玄関まで歩いていくわけにもいかんだろう」バディ・リーは言った。

「昨日グーグルで調べてみた。どこにも住所は載ってない。新聞社のサイトの記事を見ても、リッチモンド大都市圏に住んでいるとしか書いてない」

「くそ」

「ああ」アイクは言った。バディ・リーが床を踏みつけた音が台所じゅうに響いた。

「いや待て。まえ訪ねたケーキ屋の若者が、そのプロデューサーのために仕事をしたと言ってなかったか？」アイクが訊いた。

「言ってた。デレクとタンジェリンが会ったのもそのパーティだろう」バディ・リーが言った。

「オーケイ。ならケーキ屋は住所を知ってるな？」

「ああ。だが、おれたちには教えてくれないさ。このまえケーキだのなんだの、ぶち壊したから」

「やったのはあんたひとりだ」アイクは言った。バディ・リーはふんと鼻で笑った。

「まあな。要は、彼らの友だちのリストでおれたちは上位に来ないってことさ」

「上位である必要はない。おれに考えがある」アイクは言い、携帯電話を取り出して〈大切なイベント・ベーカリー〉にかけた。たった二回の呼び出し音で、女性の明るい声が聞こえた。

「〈大切なイベント〉のキャリーです。すばらしい日をどのようにお手伝いしましょうか？」

　アイクは声を低くして、ゆっくりと話した。マヤの言う〝裕福な白人向けの話し方〟だ。広大なこれみよがしの庭園や、ジェイムズ川下流域のコンドミニアムの仕事に入札しようというときに、これを使う。

「こんにちは。ジェイソン・クルーガーと言います。タリク・マシューズと働いています。ミスター・ゲット・ダウンと言ったほうがわかりやすいでしょうか？　ところで数カ月前、そちらでミスター・マシューズの自宅のパーティの手配をされましたよね。彼がたいへん感心しまして、次のイベントでもまたぜひお願いしたいと言っています。じつは非常に急ぎの案件でして、さっそく御社のどなたかとメニューについて相談したいということなのですが、できれば今日、いかがでしょうか」アイクは言った。

バディ・リーは前腕で口をふさぎ、笑いをこらえていた。

「まあそれは。今日ですか？　あいにく今日はみな手いっぱいでして。可能でしたら明日にしていただけませんでしょうか。わたし自身が車でうかがいます」キャリーが言った。

アイクは大きく息を吸い、少し苛立っているように聞こえることを願って、長いため息をついた。

「明日でかまいません。一時でどうですか？　それと、住所はまだお持ちですね？」アイクの耳に、カタカタとキーを叩く音が聞こえた。

「ええ、わかります」キャリーは言った。

「念のため読んでいただけますか？　まちがいがないことを確かめたいので」

「もちろんです。ヴァージニア州リッチモンド、ラファイエット・レーン、２３５９。これでしょうか?」キャリーが訊いた。

「そのとおりです」アイクは言い、電話を切った。

「簡単すぎるくらいだったな」バディ・リーが言った。

「むずかしいのは次だ。本人までどうやってたどり着くか」アイクは言った。

「その案がうまくいかなかったらどうする?」

「別の案があるにはあるが、DEFCON-1クラスの危ないやつだ。まず、いまの案を試してみよう」アイクは言った。

十分後、ふたりはバディ・リーのトラックでハイウェイを走っていた。

28

バディ・リーはラファイエット・レーンに入ってしばらく行ったところで、車をゆっくり停めた。分譲地につながる二車線のドライブウェイのまんなかに守衛所があった。〝分譲地〟というには語弊がある。バディ・リーが守衛所の先を見渡すかぎり、家は六軒しかなかった。どの家にもアメフトのフィールドの半分くらいの前庭と裏庭がついている。

「飛梁だ」アイクが言った。

「何？」バディ・リーが言った。

「左側の三番目の家だ。やたら大きいし、飛梁がついてる」

「なんだ、その飛梁って？」

「気にするな。守衛が来たぞ」アイクが言った。大柄でたくましい黒人の男が一方の手にクリップボード、もう一方の手にトランシーバーを持ってトラックに近づいてきた。男に持たせるもののなかでクリップボードは最悪かもしれない、とアイクは思った。かつて彼は、クリップボードを持った男たちの言いなりになっていた。彼らは人を刑務所から出すこともできるし、刑務所行きのバスに乗せることもできる。クリップボードを持たせれば、そいつの本性が見られる。守衛はバディ・リー側の窓を叩いた。バディ・リーは少しだけ窓をおろした。

「こんにちは。今日は誰をお訪ねですか？」守衛が言った。バディ・リーは最高の〝お人《ひと》好《よ》し〟の笑みを送った。

「ああ、ご苦労さん、今日はミスター・マシューズと話があってね。われわれは……彼がアメリカ傷痍《しょうい》軍人協会に寄付する家具を取りに来た」バディ・リーは言った。

「お名前は？」

「バディ・リー・ジェンキンスだ」

守衛はクリップボードを確認した。「申しわけありませんが、リストにお名前がないようです」

「彼に電話して、タンジェリンについて話したい、話すまでは帰らないと伝えてくれ」アイクが言った。守衛は口を開きかけたが、思い直し、トランシーバーに話しかけた。雑音混じりのやりとりがしばらく続いたあと、守衛は右手で三番目の家を指差した。

「ミスター・マシューズが、おいでいただくようにとのことです」守衛は言った。

アイクはバックミラーに映った銀色のBMWを見た。運転しているのは女性で、アイクがそれまで見たなかでもっとも厳しい〝上司を呼んでちょうだい〟の髪形だった。彼らのトラックの横を時速五十キロ以上で走り抜けた。これから冬のコートに変えるダルメシアン犬を何頭かトランクに隠しているかのように。

「そりゃどうも、大将」バディ・リーが言った。守衛所の横を通るとき、たくましい男は手を振った。

「驚いたな。うまくいった」とバディ・リー。

「タンジェリンのことを話したいようだな」アイクが言った。

「ああ。オオクチバスみたいに餌に食いついた」そこでバディ・リーは咳の発作に襲われ、ハンドルにもたれて片手を口に当てるしかなかった。

「おい、だいじょうぶか？」アイクが訊いた。

バディ・リーはうなずいたが、また咳きこんだ。座席にもたれてドリンクホルダーに手を伸ばし、ナプキンを探り当てると、手をふき、口をぬぐった。

アイクはナプキンについた唾がピンク色なのに気づいた。バディ・リーがいくらごまかしても、だいじょうぶでないのは明らかだった。

「煙草をやめないとな」バディ・リーは言った。

「煙草を吸ってたとは知らなかった」アイクが言った。

「くそ、吸いはじめるか」バディ・リーは言った。

その区域を横切る曲がりくねった道を進んでいった。どの家にも、煉瓦かむき出しの川石でできた低い境界の壁があり、黒い鉄細工の門がついていることにアイクは気づいた。どこの芝生も根本から三センチ以内に刈りそろえられている。道の中央部にはきっちり六メートルおきにハナノキが植わっていた。バディ・リーは三番目の家のドライブウェイに入り、門のまえで停まった。虫の音のようなブザーが聞こえ、黒い門が蝶《ちょう》の羽のように開いた。通過したあと門が閉じると、アイクの背中をひと筋、氷水のような汗が流れた。門の鍵がかかる音を聞いて、過去のさまざまな場面が甦《よみがえ》った。

骨材が見えるコンクリートの道を進むと、円形のドライブウェイの大きな右カーブに入った。車高を低く改造したメルセデスベンツのSUVが、巨大な階段の下に駐まっていた。階段は大邸宅の正面玄関につながっている。バディ・リーはギアをパーキングに入れ、エンジンを切った。

飛梁つきの邸宅の階段を、黒いブレザーを着た四人の〝歩く実用品〟がおりてきて、そのあとから、髪を丁寧にコーンロウに編みこんだ小柄な黒人が現れた。明るいライムグリーンのトレーニングウェアを着て、金のアフロコームのペンダントを首から長い鎖でさげていた。ペンダントのほうがこの男より重いのではないかとバディ・リーは思った。

バディ・リーとアイクはトラックから出て、五人組のまえに並んで立った。アイクには、全員がつまらないラップ音楽ビデオのセットからそのまま移されてきたように見えた。

「身体検査しろ」コーンロウの黒人が言った。

アイクとバディ・リーは両腕を上げた。タンジェリンを見つけることに近づけるのなら、身体検査の不名誉も受け入れられる。河馬《ベヒモス》のひとりが両人の体を叩いていき、バディ・リーのポケットからナイフを取り上げた。

「それはリンゴの芯を抜くとき用だ」バディ・リーが言った。男は明らかにタリクの警備特務部隊の一員と見え、ナイフを顔のまえに持ってきた。

「これはアンティークだな」と言って、自分のポケットに入れた。

「うちのじいさんの形見だ。あとで戻してくれたらありがたい」バディ・リーは言った。

「帰るときに渡す」ボディガードは言った。

数分間、誰もしゃべらなかった。アイクは思いきって訊いてみた。

「あんたたち、タンジェリンという娘を知らないか？　見つけたくて捜してるんだが。おれたちの息子ふたりを誰が殺したか、彼女が知ってるかもしれない」

トレーニングウェアの男――アイクはこれがタリクだと思った――は質問を聞いていないようだった。ポケットから短いマリファナ煙草を出して口にくわえた。いちばん近くにいたボディガードが金のライターでそれに火をつけた。タリクは長々と吸い、肺にためて、鼻から煙が出るにまかせた。バディ・リーが即座に会話に飛びこんだ。

「別に彼女を困らせるつもりはない。たんに何が起きたか知りたいだけだ」彼は言った。

タリクはまだ手札を見せなかった。

「なあ、誰かがおれの息子を見おろして顔に二発撃ちこんだんだ。おれは誰がやったのか知りたい。そしておれは……おれたちは……タンジェリンが助けてくれるかもしれないと思ってる」

反応なし。

「あんた、英語はしゃべれるか？」バディ・リーは苛立ちを隠そうともしなかった。タリクはまた長々とマリファナを吸った。それを唇から取ると、ポインター代わりに使って話しはじめた。

「こういう取引だ、白黒コンビ《ソルト・アンド・ペッパー》。おまえたちはタンジェリンを捜すのをやめる。このまま家に帰って、事件にはもう首を突っこまない。タンジーは放っておく。これは一度だけの、交渉の余地のないオファーだ。この合意条件を受け入れるか、さもなくば、ここにいる仲間がおまえたちをたたんで封筒に入れ、どこから来たのかしらないがそこへ郵送する」タリクは言った。

バディ・リーはアイクの目を見た。アイクは見つめ返し、数秒後、タリクに注意を戻した。

「彼女を傷つけるようなことはしたくないと言ったはずだ。おれたちは話がしたいだけだ」アイクは一つひとつの単語をきわめて注意深く発音した。四人のボディガードは彼の十一時、一時、五時、八時の位置に広がった。雷雲が近づくときのように、まわりの空気が電気を帯びた。タリクは相変わらず石から削り出した正面の階段に立っていた。

「耳が悪いのか、え、ご友人？」タリクはマリファナ煙草で撃つまねをした。

「ああ、くそ」バディ・リーはつぶやいた。

ボディガードたちが間合いを詰めた。ふたりはバディ・リーに、残るふたりはアイクに向かっていた。アイクを狙うふたりが短く無駄のない動きで襲いかかった。彼らのパンチは迷わず正確で、悪意に満ちていた。アイクは角刈りで肌の色の薄い黒人のボディガードから、腎臓に一発食らった。両脚がぐらつきそうになったが、その男の右腕を左腕で抱えこみ、親指を相手の喉仏にぶち当てた。

肌の色の薄い男は喉を押さえてうしろによろめいた。同時に、彼のパートナーであるミニアフロの黒人が特大のハムほどもある拳でアイクの側頭部を殴った。アイクは顎を胸に引いたが、それでも攻撃は避けられなかった。体を立て直そうとしていると、ミニアフロはくるりと回転して踵を蹴り出した。彼の体格の人間にしては物理法則を覆すような動きだった。

キックはアイクのみぞおちに命中した。体の中央にテーザー銃を当てられたように痙攣が広がり、アイクはうしろのトラックに倒れかかった。色の薄い男がいくらか回復して左から迫っていた。塀の内外での無数の喧嘩で研ぎ澄まされた本能のみにしたがって、アイクは助手席のドアのハンドルをつかみ、指で器用に開けて、色の薄い男に叩きつけた。ドアの下部が男のすねを強打し、男はたちまちこれからプロポーズをするかのように片膝をついた。

ミニアフロがアイクの顎に左右のコンボを決めた。アイクの目のまえで黒い星がまたたいた。アイクはうなりながらミニアフロに体当たりした。ふたりは二頭のシロイワヤギのように衝突した。アイクは相手の脚に自分の脚を引っかけ、からまり合って爪先で旋回した。ふたりは腕と脚と拳のねじれた火炎となって地面に倒れこんだ。色の薄い男はまた立ち、いまや折りたたみ式の警棒を持っていた。

アイクはついにミニアフロに馬乗りになった。相手に右のクロス、次いで右の肘打ちを浴びせた。ミニアフロの鼻が顔にのせたクラゲのようにつぶれた。両方の鼻の穴から血がとめどなく流れ、口に入った。アイクは前屈みになって、凶悪なパンチを二発加えた。相手の左目がカーテンのように閉じた。そこでアイクの世界は白い閃光《せんこう》を放って核爆発し、吐きそうになるほど強烈な痛みにみまわれた。

色の薄い男は体を起こし、ふたたび警棒でアイクの背中を打った。アイクは古いコートを脱ぎ捨てるようにミニアフロから離れた。色の薄い男はアイクへの攻撃を急ぎすぎて、相棒の膝小僧を踏んでしまった。アイクは大男が長く黒い警棒で襲いかかってくるのを見た。それはコールドウォーターで刑務官が好んで使う警棒に似ていた。

アイクは仰向《あおむ》けになっていた。アスファルトの熱がTシャツ越しに伝わってきた。首の痛みはまるで第二椎骨《ついこつ》と第三椎骨をペンチでつぶされているかのようだった。

色の薄い男は、ほとんどのしかからんばかりだった。アイクは相手がたぶん予測している顔への攻撃の代わりに、残ったありったけの力で男の膝の横を蹴りつけた。

期待した骨の折れる音は聞こえなかったが、哀れで痛そうな吠え声は聞こえた。色の薄い男はトラックの側面にぶつかった。地面に倒れまいとトラックにつかまったので、警棒が手から落ちた。

アイクは立ち上がった。一度のすばやい動きでミニアフロの腎臓を蹴り、色の薄い男の左目の上に頭突きをした。そのせいで相手に与えたのと同じくらいのダメージを受けたが、目的は達した。色の薄い男はバディ・リーのトラックのサイドパネルをずり落ち、へたりこんだ。顔の血が、錆びた鉄の上に赤い線を残した。アイクはバディ・リーを助けに行こうとして立ち止まった。銃が見えたのだ。

バディ・リーはこてんぱんにやられていた。

正直なところ、彼自身はそのことにたいして驚かなかった。ガゼルのようにしなやかに走ってくるふたりの怪物を見た瞬間、殴られるのがわかった。ふつうこれほど大きな男たちは、これほど速く動けない。動けるとしたら、そうとう訓練されて戦闘技術があるということだ。つまり、完全にやられる。

バディ・リーは強気でいくことにした。それしか思いつかなかった。最初に攻撃してきた怪物は、上唇の上に猫が一匹いるのかというほどふさふさの口ひげを生やしていた。もうひとりのハイイログマはひどい斜視で、馬鹿でかい顔を動かさなくても角の向こうが見えそうだった。

バディ・リーは風車のように脚を振りまわした。猫ひげを蹴りながら、斜視のクマ男に殴りかかった。パンチはクマ男の左目のすぐ下に当たった。猫ひげの右膝にキックが決まった感触もあった。とはいえ、戦車に豆を投げつけるようなものだった。クマ男がバディ・リーの腹を殴りつけ、体をふたつ折りにさせた。猫ひげがバディ・リーの両腕をつかみ、まっすぐ立たせると、クマ男が新しい趣味を見つけたと言わんばかりに左右のパンチを打ちこみはじめた。バディ・リーには、この先一週間、小便に血が混じるのがわかった。

クマ男は彼の顎をつかんで、自分のほうを見させた。

「今日は学ぶことがたくさんあるな、じじい」クマ男は言った。

おれは飲みこみが早いぜ、この鬼畜野郎。バディ・リーは思った。相手はバディ・リーの士気をくじこうと、彼の右足が届く範囲内にまで近づいていた。バディ・リーは出せるかぎりの力で男の股間を蹴りつけた。

クマ男は両脚をいきなり閉じ、金的を押さえてしゃがみこんだ。相棒が地面に倒れるのを見た猫ひげの動揺は大きく、バディ・リーをつかんでいた手の力がゆるんだ、バディ・

リーはここぞとばかりに後頭部を猫ひげの口にぶち当てた。男の唇が歯の上でつぶれるのがわかった気がした。バディ・リーはくるりと振り返って、猫ひげの右耳のうしろに左のフックを決めた。猫ひげはトラックのボンネットに倒れこんだ。

そのとき、銃が見えた。

猫ひげの体の右側にさがったショルダーホルスターに、巨大なセミオートマチックが収まっていた。バディ・リーは昔から手がすばやく動いた。父親から、自転車に乗ることより早く財布や時計のスリの仕方を教わったのだ。ボディガードはみな武器を持っていたのだろうが、アイクとバディ・リーを見くびっていた。態度を改めさせる必要があるじいさんふたりという程度に考え、おそらく上着にしわひとつ作らずに片づけられると思っていた。

誰でもまちがいは犯す。バディ・リーは思った。

彼は猫ひげのブレザーの内側に手を入れ、銃を取り上げた。そしてクマ男とタリクと猫ひげ――口から流れた血でいまや赤ひげになっている――のほうに構えた。

「ぼろケツども、うしろに下がれ!」バディ・リーは言い、タリクと私設軍を見すえたまま、トラックの運転席のほうへ進んだ。アイクは助手席側に移動し、開いたドアのうしろに立って半身が車内に入る態勢をとった。ミニアフロはまた立ち上がり、手に持った銃をバディ・リーに向けていた。

「その銃を捨てろ！」ミニアフロが叫んだ。

「おれの曲がった赤ちんこでもなめてろ、バリー・ホワイト。誰が捨てるか！」バディ・リーは言った。胸に火がついたかのようだったが、最後の意志の力を振り絞って痛みを抑えこんだ。

「おれたちは話がしたかっただけだ」アイクが言った。バディ・リーはすでにトラックの運転席側に来ていた。

タリクのボディガードは古代ギリシャの密集軍のように雇用主のまわりに集まった。タリクは彼らの広い肩に守られて、そのうしろから話した。微笑みながら、マリファナ煙草を長くひと息吸った。アイクには、彼がこの状況を愉しんでいるのがわかった。

「あきらめな、ご友人。おまえたちにこういうことは無理だ。タンジェリンには近づけない。さあ、本当に怪我をするまえにその銃を捨てろ、じいさん」タリクは言った。

「その坊ちゃんたちの陰から出てきたら、誰がまともな生活をしてて、誰がいまだにママのおっぱい吸ってるか教えてやるよ」バディ・リーが言った。タリクの笑みが消えた。

「私は本当にすばらしい白人の本当にすばらしい住宅地に住んでいる。あと約二分で出ていかないと、警察が来るぞ。彼らはわれわれ高額納税者に気を配る」タリクは言った。

「タンジェリンに連絡して、おれたちと話す必要があると伝えろ。息子たちは彼女を助けようとして殺された。彼女にはおれたちにその借りがある」アイクが言った。

「おれのナイフを彼に投げろ」バディ・リーが言った。先ほどナイフを取り上げた斜視のクマ男が青ざめた。

「その銃をおろせば返してやる」彼は言った。バディ・リーはクマ男の額を狙った。

「おまえの仲間がおれを狙ってるのはわかってる。だが、はっきり言っとくぞ。ナイフを返さなきゃ、死体はふたつになる」バディ・リーは言った。その声はアイクがそれまで聞いたことがないほど抑揚がなく、冷たかった。バディ・リーがジャックナイフ一本のために完全に死ぬ気でいることがわかった。ボディガードもそう思ったにちがいない、ポケットからナイフを出して、アイクのほうに投げた。アイクはそれを拾って、トラックの座席に投げた。

「銃はもらっていく」バディ・リーが言った。

ふたりはトラックに乗りこみ、バディ・リーはエンジンをかけて、アクセルを床まで踏みこんだ。ボディガードは轢《ひ》かれそうになったが、間一髪で難を逃れた。

29

バディ・リーは州間高速道路に乗り、リッチモンドから出た。市の境界を越えて最初の出口をおり、ガソリンスタンドに入った。トラックのエンジンを切るが早いか、ドアを開けて吐いた。子供がフィンガーペイントの赤と緑の塗料の缶を地面に落としたような模様が広がった。

「あいつのせいで肝臓がひっくり返ったようだ」吐き終わると、バディ・リーは言った。

アイクは窓をおろし、サイドミラーで顔を確認した。血がついている。顎はフグのように腫れ上がっている。後頭部に手をやると、若者に椅子で殴られたときの傷を警棒がまた開いていた。

「ああ、ずいぶん手ひどくやってくれたもんだ」

「やろうとした」

「は?」

「手ひどくやろうとした、だ」

「鏡を見てみろよ」アイクは言った。バディ・リーはベンチシートの背にもたれた。

「怪我がなかったとは言わないが、ふたりともここにいる。だろ？　昔いっしょにやってたやつらは大勢死んだ。おれは別に信心深くはないが、まえあんたが言ったみたいに、人にはみな何か取り柄がある。地上にいる理由みたいなものが。だからおれたちは、まだここにいるんじゃないか。これを終わらせるために」バディ・リーはヘッドレストに頭を当てたまま言った。

アイクには、バディ・リーが自分を元気づけようとしているのか、それともアイクを励まそうとしているのか、わからなかった。とはいえ、彼の言うことには一理あった。ふたりはそれぞれの体が苦痛を受け止めるあいだ、黙って坐っていた。痛みが夜に向けてひどくなるのはまちがいない。

「あのナイフ、ずいぶん大事にしてるんだな、え？」アイクがようやく沈黙を破って訊いた。バディ・リーはジャックナイフをポケットから抜き出し、顔のまえに持ってきて、長いこと見つめた。

「親父が使ってたんだ」彼は言った。説明はそれだけだった。アイクも訊く必要はなかった。ナイフはバディ・リーの父親のものだった。説明はそれで充分だった。

アイクは話題を変えた。

「あいつは彼女の居場所を知ってた。でなきゃ、あそこまでやるわけがない」アイクが言うと、バディ・リーは喉をゼーゼー言わせ、咳きこんで、窓から唾を吐いた。

「ああ、だがいまはおれたちに言いそうにない。あいつが家から出たときに捕まえられると思うか？　どっか人気《ひとけ》のないところに連れていって吐かせるとか？」バディ・リーは言った。アイクはしわくちゃのナプキンで拳の血をふいた。

「あの男にまた会うのを手助けしてくれそうなやつを、ひとり知ってる」彼は言った。

「なんてこった。できればおれの肋骨が整形されるまえに言ってほしかったな」

「あまり平和な別れ方をしなかったんでな。話せば長くなるが、やつはおれに借りがある。返してもらうときが来たようだ」

「いま行くか？」バディ・リーは訊いた。

「それに越したことはない」アイクは言った。

「あんた、運転できるか？　おれはひどいしゃっくりが出たら気を失いそうだ」バディ・リーは言った。

アイクは州間高速に戻り、チェスターフィールドの出口でおりた。チェスターフィールド郡は、境界内にいくつかの小さな町と帯状の広大な荒野を含む一大行政区画で、荒野はジョン・スミス（イギリスの探検家。十七世紀初頭、現在のヴァージニア州に北米初の恒久的植民地ジェイムズタウンを建設した）が新世界での冒険について最初の嘘をついたときから本質的に変わっていなかった。

アイクは起伏のある裏道を運転した。道の左右には、飛びこんで背泳ぎができるほど深い溝があった。ようやくルート３６０のはずれの寂しい土地で、畑に囲まれた小さめのショッピングセンターにたどり着いた。北側はトウモロコシ畑で、南側には輸送用コンテナやトレーラーが廃棄されていた。アイクが初めてこのあたりに来たときには、ショッピングセンターの近くに車両修理工場があった。化け物のように大きな板金の建物で、アイクの会社の建物にかなり似ていたが、いまや骨組すら残っていない。構造物は四散してしまったか、スクラップ回収所に運ばれたのだろう。

アイクはショッピングセンターの駐車場に車を入れて、駐めた。

「ここにいてくれ」彼は言った。

「あのな、二度言わなくていい」バディ・リーは、カップホルダーからナイフを取って、アイクに差し出した。

「これで何をするんだ？」

「尖ったほうで人を刺すのさ」

「必要ない」アイクは言った。

「いいか。あんたさっき、話せば長くなると言ったろ？　おれの経験でいくと、そういういざこざが幸せに終わることはまずない。だから丸腰で入っていく手はないぞ。これか、銃かだ」バディ・リーは言った。アイクの目はナイフに止まった。持っていくべきかもしれない。最後にランスと話してからどのくらいになる？　十年か？　その間《かん》には多くのことが変わりうる。人は借金を忘れる。友情も変わって煙のように消える。ナイフは防御になる。銃を使えば攻撃だ。

アイクはナイフを取り、ズボンのまえのポケットに入れた。

「すぐ戻る」アイクは言った。

「おい、おれはこれからマラソンを走るんじゃないぞ。そいつをなくさないでくれりゃいい」バディ・リーは言った。アイクは彼をじろりと見た。

「それは心配するな」アイクは言った。

アイクが理髪店に入ると、ドアベルのロボットのような音が鳴った。椅子が五つあり、さまざまな年齢の男が五人坐っていた。店内は、化学洗浄液、機械油、安い香水を思わせる芳香剤のにおいがした。左手奥の壁には鏡が並び、右手奥の壁にはダンクシュートをしているマイケル・ジョーダン、ボクシングをしているマイク・タイソンのポスター、多彩なヘアスタイルの画像とそれぞれの料金が記された表が貼られ、あとは五十インチの薄型テレビが占めていた。いまはワシントン・ウィザーズとボストン・セルティックスの試合中で、画面下を字幕が流れている。天井のスピーカー二個から九〇年代のR&Bの断片が降り注いでいた。

「すぐうかがいますから」理髪師のひとりが言った。年嵩《としかさ》でもみあげは白いが、髪の毛は真っ黒だった。客の頭のまわりをのんびり飛ぶスズメバチのように、いろいろなバリカンから耳障りな低い音が出ていた。

「スライスに会いたいんだが、いるかな?」アイクは訊いた。年嵩の男は動きを止め、アイクをもう一度見やった。

「そちらは?」年嵩の男は訊いた。アイクはためらった。

「ライオット。ライオット・ランドルフだ」

年嵩の理髪師が持ったバリカンが震えはじめた。彼は建物の奥のほうを盗み見た。その出入口には両開きの青いビロードのカーテンがかかっていた。

「ちょっと待って」年嵩の男はバリカンの横のスイッチを切って、うしろの棚に置いた。彼の手に携帯電話が現れた。アイクはその親指が画面上をすばやく動くのを見た。数秒がすぎ、年嵩の男は顔を上げてアイクを見た。

「そこに坐るといい」彼は言った。

「これ終わらせる? それともまた戻ってこようか?」男の客が尋ねた。店内にいた残りの人たちがいっせいに大笑いした。

「まあ落ち着いて、若いの。でないと、おれのパーキンソン病が始まるぞ」年嵩の理髪師が言った。

「あんた、パーキンソン病なんかじゃないだろう、モーリス」客が言った。

「だが、客の頭を切り刻んだ理由を訊かれたときには、そう答えることにしてる。あっしはただの頭が乱れた老人ですだ」モーリスは最後に、滑稽な抑揚の陳腐な台詞を加えた。

また店内が高笑いで満ちた。アイクは床にボルトで固定されて互いにつながった椅子の列のいちばん端に坐った。毛一本に喉をくすぐられた気がして咳きこみ、顔をしかめた。胸の筋肉が釣竿《つりざお》のリールのようにきつく締めつけられ、息をするたびに苦痛が走った。体の痛みは魂の痛みに迫るほどになっていた。

「このクソ見ろよ。なあ、なんでこういうものをテレビで流すかな」口ひげを染めてもらっている三番目の椅子の大男が、上半身を覆うカットクロスの下から手を出し、薄型テレビを指差して言った。アイクが男の指の先を見ると、ドラァグ・ショーのコンテスト番組の宣伝をしていた。

「理由はわかるよね。白人はドレスを着た黒人の男を見るのが好きなのさ。われわれを女性化して弱く見せたい」彼のひげを染めている理髪師が言った。

「い・ん・ぼ・う、だよね、タイロン？」カミソリで客の髪のラインアップをしている、肌の色の薄い若い黒人が同僚に言った。

「連中の望みは、黒人の〝女たち〟を独立させて、男をなよなよしたゲイにすることだと思わないか？　そうやってわれわれを行儀よくさせるのが狙いだ。事実なら被害妄想じゃないぞ、ラヴェル」タイロンが言った。ラヴェルは笑った。

「変な帽子でユーチューブに出てくる超覚醒のブラザーみたいなこと言うね」とラヴェル。

「ゲイでもなんでもいいが、どうしてこんなにあふれてるんだ。もう手に負えなくなってる」ひげを染められている男が言った。

「無理やり押しつけられてる感じがする、クレイグ？ そのうち彼らがあんたの家に忍びこんで、寝てるあんたに口紅塗ったりして？」ラヴェルがくすくす笑いながら訊いた。

「その言い方、自分がやりそうだな、ラヴェル。ひょっとしてベッドの下にキラキラのハイヒールでも隠してんのか？」クレイグが訊いた。

「そう、あんたのママのハイヒールをね」ラヴェルが言った。聞いたモーリスが大きな笑い声をあげた。

「マジな話、こいつらは黒人の家族をバラバラにしようっていう国の政策の結果だよな。自分の収入で生きるより社会保障に手が届きやすいようにしたんだから。女たちは自分の人生に王は必要ないと思うようになった。だから、かつらと化粧の黒人男がティンカーベルみたいにあちこちで跳ねまわるようになった」クレイグが言った。

「それはちがうと思うけど」ラヴェルが言った。クレイグは鼻を鳴らした。

「うちの息子たちがああいうゲイみたいなことをしゃべりながら家に帰ってきたら、川のそばの段ボールの家で暮らすことになる。いや、やめた。この手で殴りつけて、そういうのを叩き出してやる。息子をゲイに育てた男は父親失格だ。クリス・ロック（スタンダップ・コメディアン、脚本家）が言ったとおり、父親の唯一の仕事は、娘をストリップダンスのポールから遠ざけておくことと、息子の口からちんぽこを遠ざけておくことだ」クレイグが宣言した。

「HBOで彼の特別番組をいくつか見たけど、いまの後半部分は言ってなかったな。それに、なんで息子の口にちんぽこが入るなんて考える？　セラピーに行ったほうがいいよ、クレイグ」ラヴェルが言った。

「あんたはもういい、ラヴェル。だからおれはタイロンに髪を切ってもらうんだ」クレイグが言った。また店内に笑い声が響き、会話はウィザーズがセルティクスに勝てるかどうかに移った。

アイクは椅子の肘掛けを握りしめた。両手の鈍い痛みが前腕にじわじわと移動した。理髪店の椅子が、警察の椅子に似ていることに気づいた。髪が減ってきて自分で頭を剃るようになるまで、アイクは理髪店が好きだった。丁々発止《ちょうちょうはっし》の会話、気軽な仲間意識、親しみに満ちたからかいや挑発――これらはすべて理髪店の特徴であり文化だ。黒人であることを謝らなくてすむ場所は理髪店だけだと考えたことは何度もある。

しかし、いまの会話は理髪店のもうひとつの面を彼に見せた。昔からあると知りながら無視してきた面を。ここは循環論法の場にもなるのだ。店内に蔓延《まんえん》する集団思考で、浅薄な考えが確認され、強化される。そう、たまにはラヴェルのように流れに逆らう黒人もいるが、ほとんどの場合、みな意見がクソみたいに一致する。彼らは父親がよくないから息子がゲイになると本気で思っているのだろうか。たしかに自分はアイザイアが望むような態度をとらなかったが、それでもそのせいで息子がゲイになったわけではない。アイザイアの人生は理解できなかったとしても、そのくらいは理解できる。

だが、半年前なら、おれもまちがいなくいっしょに笑ってた。連中がアイザイアの頭に銃弾を撃ちこむまえだったら。彼らが息子を殺すまえだったら。アイクは思った。

「だいじょうぶかい、あんた?」モーリスが訊いた。何事だろうというような目で見ていた。

「え?」アイクは言った。

「肘掛けを壊しかけてるけど」モーリスは言った。アイクは肘掛けから手を離した。鉄の枠から硬いプラスチックを危うく引きはがすところだった。バスケットボールほどの大きさの頭をきれいに剃り上げた黒人がカーテンの向こうからのぞいた。黒曜石色の肌だった。

「奥へ来い」彼は言った。洗濯機のなかに煉瓦が入ったような声だった。アイクは立ち上がり、カーテンの奥に入った。物置を事務室に作り替えているが、豪華な改装だった。凝った装飾の大きな木の机に、革張りの椅子。床は茶色の毛足の長いカーペット。いかにも高価な革張りのリクライニング・チェアのまえに、天板がガラスのコーヒーテーブル。リクライニング・チェアの横には、ジン、バーボン、ラムの半ガロンのボトルがのった盆。

坐っているのはほっそりした黒人で、黒いドレスズボン、グレーのTシャツの上に、ボタンで留める黒いシルクの長袖シャツを着ていた。きっちり巻かれたドレッドロックの髪が背中のまんなかまで垂れていた。

先ほどのスキンヘッドの男がアイクのまえに進み出た。

「銃を持ってるか?」

「ポケットに仕事用のナイフを持ってるだけだ」アイクは言った。スキンヘッドは車のバッテリーほどの大きさの手でアイクの体を上から叩いていき、ナイフをポケットから引き抜いた。

「帰るときに渡す」男は言うと、事務室の隅に移動して壁にもたれた。

同じ台詞を聞いたな。アイクは思った。

「しばらくぶりだな、アイク。もうライオットは使ってないと思ったが」スライスが言った。少し舌足らずで、喉の奥からわずかにヴァージニア南東部の訛りが聞こえた。アイクが刑務所に入ったときには、スライスは痩せっぽちの十七歳で、兄のルーサーから〈ノース・リバー・ボーイズ〉を引き継いだところだった。いま彼はランスロット・ウォルシュ、別名スライス、別名〝キャップ・シティの男〟だ。かつてルーサーが殺されたあと、〈ノース・リバー・ボーイズ〉は全員、レッド・ヒルに退却した。スライスは窮地に陥り、クルー全員がまずい状況だった。クソ辺鄙《へんぴ》な場所で開かれたホームパーティで喧嘩した仕返しに、ロメロ・サイクスと〈ローリング・エイティーズ〉がルーサーを殺したのだ。原因はビジネスですらなく、ただの個人的な虚勢の張り合いだった。〈ノース・リバー・ボーイズ〉はみな尻尾を巻いてレッド・ヒルに逃げ帰った。ロメロが彼らの仮面をはいで、〈ノース・リバー・ボーイズ〉がただの似非《えせ》ギャングだったことを世に知らせた。アイク、否、ライオットはそれを放置できなかった。ロメロも〈ローリング・エイティーズ〉もクソくらえ。おれは似非じゃない。彼はロメロを見つけ出し、対処した。するとヴァージニア州が彼に対処した。アイクを刑務所に送ったのは彼らだが、妻から夫を、息子から父親を奪ったのは、アイク自身だった。

「あんたの注意を引く必要があったんだ。どうしてる、スライス？」アイクは訊いた。スライスはヘマタイトの欠片のように真っ黒な目で彼を威圧した。カットクリスタルのグラスで褐色のラムを飲んでいる。

「ここで何をしてる、アイク？　こういう生活はやめたんじゃなかったのか。最後に噂を聞いたときには、金持ちの庭の芝生を刈ってヒスパニックを金欠にしてるって話だったが」スライスは言った。

「そうしてた。いや、いまもしてる。ひとつ頼みがあって来た」

「あんたみたいな人間がおれみたいな人間に、いったいどういう頼みだろうな。そのケツを蹴りつけた誰かを懲らしめてくれとか？　そう、見りゃわかる。えらく殴られてるじゃないか、兄弟」スライスは言った。アイクは歯を嚙みしめ、舌先を頰に押し当てた。

「あんたの客だと思うが、地元に会いたい人間がいる。いますぐだ」アイクは言った。スライスは微笑んだ。氷柱《つらら》ができていくところを思わせた。

「おれのビジネスについて何を知ってる、アイク？」スライスは言った。

「キャップ・シティからレッド・ヒル、それにDCまで仕切ってるのは知ってる。コカインと銃をアイアン・パイプライン（フロリダ州からヴァージニア州などを経由してニューヨーク州に至る州間高速道路95号と、それにつながるハイウェイ。銃規制がゆるい南部で銃を調達して、規制が厳しいニューヨークに運ぶことから）で北に流してるのも知ってる。〈クラブ・ロハ〉を所有してることも。しゃれてるな。レッド・ヒルの赤にちなんで名づけたのか？　それから、あんたがこの会合を設定できることもたぶん知ってる。このクソ野郎は大量のコカインを買うか、掛け値なしの大物につきまといそうなやつだからだ。で、あんたはおれが知るなかでいちばん掛け値なしの大物だ」アイクは言った。スライスはラムをひと口飲んだ。

「おれの記録でもつけてるのか、アイク？」彼は訊いた。それ自体、害のない質問だが、言外の意味は車の後部座席に坐ったトラのようだった。アイクはそれまでの人生でずっと危険な男とつき合ってきた。無縁墓地にはアイクを危険な男と呼ぶであろう無名の男たちもいる。危険な男は決断力、意志、そして相手を歯牙にもかけない明白な能力が入り混じった暗いエネルギーを発している。スライスはアイクが知る最高に危険な男だった。スライスというあだ名は、好んで指や舌を薄切りにすることから来ている。それも敵の指や舌ではなく、敵の兄弟姉妹、妻や子供の指や舌だ。

「いや、そんなことはない、スライス。噂を聞いてるだけだ。おれはこの世界から抜けた。ところが世界のほうがおれを放っておいてくれない」アイクは言った。部屋のなかの強烈な緊張感に呑《の》まれ、包みこまれるのを感じた。スライスはグラス越しに彼を見すえた。クレイグは王の話をしていた。アイクは王にはなりたくなかった。王は眠らない。そして最後はスライスのようになる。全員を見すえて、こいつらがどうやって王冠を奪いに来るかと考えるように。

「で、あんたが会いたいクソ野郎《マザーファッカー》とは誰だ？」スライスは〝マザーファッカー〟を引き伸ばして七音節の単語のように発音した。

アイクは腕を組んだ。

「ミスター・ゲット・ダウン」と言った。スライスの目尻にしわが寄った。彼は愉しそうに笑った。

「タリクと話したいのか？　おれのビジネスパートナーと？　ああ、ビジネス上のつき合いはそこそこあるな。あいつはおれのクラブのいくつかに投資してるし、おれは去年、あいつが主催したブラウン・アイランド音楽フェスに金を出した。あのちびは長年、おれのポケットにずいぶん金を突っこんでくれてる。正直に言おう、アイク、あんたはあいつと坐って食事をしたいってわけじゃなさそうだ。手伝うわけにはいかんだろう。おれの収入源をかきまわされるのは困る」

アイクの口のなかがカラカラになった。これを怖れていた。時がたてば友情も薄れる。人はヘビの皮のようにそれを脱ぎ捨てる。

「それはやつがビジネスパートナーだから？」

「あんたが何を言おうとしてるかわかる」スライスは言った。

「ああ、あんたはわかってる。おれはビジネスパートナー以上だ。おれはあんたの部下だった。ルーサーの部下だった。これまで何も頼んだことはない。塀のなかに行くときでさえ。あんたは、なかで不自由がないようにすると約束した。何も心配するなと。マヤとアイザイアは指一本上げる必要がない、ふたりは家族だと言った。そしてマヤに三百ドル送った。一度だけ。危ない仕事をしたおれは何を得た？　四人のニッガに慰み者にされそうになり、妻が三つの仕事を掛け持ちして息子を育てるあいだ、堅気の仕事を一から始めて稼がなきゃならなかった」アイクは言った。気づくと大声になっていた。部屋の隅にいた怪物が壁から離れたが、スライスは手を上げて制した。

「クソややこしかったんだ、アイク。ロメロのいとこが〈イースト・コースト・クリップス〉とつながってるなんて、誰も知らなかった。連中がコールドウォーターで力を持ってたことも。あんたがあっちに行ってるあいだ、おれたちはここで必死に戦ってた。クソみたいな大わらわだ。マヤとアイザイアにひどいことをしたか？　ああ、それはおれの責任だ。だが、現実を直視しよう。誰もあんたの頭に銃を突きつけて、ロメロを見つけて道のまんなかで殴り殺せと命じたわけじゃない。あれはあんたがやったことだ」スライスは言った。

アイクは一歩前に出た。

「ああ、あれはおれがやったことだ。おれはあのクソを素手で殺した。あいつの母親と女がいるまえで。そのあとムショに七年入って、家族を置き去りにした。おれの責任だ。けどな、あれはあんたの兄貴のためにやったんだ。〈ノース・リバー・ボーイズ〉のために。あんたのために。ほかに誰もやらないから、おれがやった。妻や息子よりも仲間のことを考えた。それもおれの責任だが、かりに立場が逆で、おれが〈ローリング・エイティーズ〉とつながった女のベッドで頭を吹き飛ばされたとしたら、あんたの兄貴はおれのために同じことをしてくれたはずだ。ルーサーはそういう男だった。ややこしかったと言うが、あんたは戦争に勝った。〈ローリング・エイティーズ〉を引退させた。そしてママとクルー全員をトレーラーパークからキャリータウンに移した。あんたらがボトルの栓を抜いてシャンパンの雨を降らしてるときに、おれはクソどもをナイフで刺してた。あんたがストリッパーやビデオのモデルとファックしてるときに、おれは身の安全を守ってくれる味方を探すために〈ブラック・ゴッド連合〉のくだらない革命論を聞いてた。あんたがクリスタルを飲んでるときに、おれはトイレット・ワインを飲んでた。おれは出所したあと、あんたを捜さなかった。あんたに放っておかれた妻が人の尻をふき、息子が誰かのお下がりを着てても、おとなしくしてた。おれはふたりに、昔のおれとはちがう人間になると約束した。なのにいま、ここにいて頼んでる……いや、あんたに話してる、おれに借りがあるだろうと。あんたはおれの妻に借りがある。おれの息子にも借りがあると言いたいところだが、彼は死んだ。で、あんたは犯人捜しの手がかりになりそうな唯一の人間を守ってやるのか？」アイクは間を置いた。「ルーサーだったら、いま何を言うだろうな」

スライスは立ち上がり、アイクがいるところまで歩いた。アイクのほうがずっと上背があるが、スライスは気づいていないようだった。アイクは両手を体の横におろし、足を広げた。自分とスライスの位置に対して怪物が部屋のどこにいるかを頭のなかで確認し、両肩に力を入れて、スライスの次の動きを待った。

「ルーサーはあんたの友だちだったかもしれないが、おれの兄貴だ。あんたがおれたちのために——彼のために——何をしたかは知ってる。だが、そこに立ってそのことをおれの顔になすりつける必要はない」スライスは言った。

「そんなことはしてない。事実を述べてるだけだ。おれはいままで、あんたたちに何ひとつ頼んだことはない。一度も。だが、これだけは……ランス、彼はある娘を知っていて、その娘はおれの息子を殺した犯人を知ってるんだ。そいつらは息子を六回撃った。息子と彼の友だちを撃ち、倒れたふたりの上から顔を二発ずつ撃ちやがった。もう見ても息子とはわからないほどだった。誰だろうと思った。自分の息子だぞ、ランス」アイクは言った。泣いているのかどうか、わからなかった。どうでもよかった。アイザイアを失ったことがどれだけつらいか隠すのに、もう疲れていた。スライスと怪物にめめしいと言われようとかまわない。この苦悩と悲しみを自分のなかに封じこめておくのは、ニシキヘビがいっぱい入った袋の口を押さえているようなものだった。悲しみがアイクを窒息させ、命を奪おうとしていた。

スライスは鋭い視線を壁に向けた。

「タリクを始末する気はないな?」彼は訊いた。アイクは何度もまばたきした。

「ない。彼はタンジェリンという娘を知ってる。そしてその娘が、アイザイアとデレクを殺した犯人を知ってると思う」アイクは言い、しばらく黙った。デレクのことをアイザイアの友だちだと言ったが、それはちがう。デレクは彼の夫、アイザイアの夫だった。そう言おうとしたのに、口がことばを形作ることができなかった。

「タンジェリン」スライスはクスッと笑った。

「知ってるのか?」

「いや、だがそういう名前なら、透明なハイヒールをはく商売だろうな」スライスは言った。

「彼女と話したいだけだ。タリクがそれを叶《かな》えてくれる」アイクは言った。

「ひとつ訊く。あんたが知りたいことを彼女が話したら、そのあとどうする?」スライスは本当に知りたそうだった。

「〝そのあとどうする〟とは?」

「いま聞いた感じだと、あんたらしくないと思ったんでな、アイク」スライスは言った。

アイクはスライスに近づき、個人空間に踏みこんだ。

「だとしたら、おれがどういうクソ人間か忘れてるな」アイクが言うと、スライスは視線を彼に戻して微笑んだ。

「そうこなくちゃ。それでこそ一匹狼ライオットだ」スライスは言って、アイクに背を向けた。

「一時間後に戻ってこい。タリクをここに呼んでおく」

「感謝する」アイクは言った。

スライスはリクライニング・チェアに歩いていき、腰をおろした。「感謝しなくていい。これで貸し借りなしだ、アイク」彼は言った。アイクは言外の脅しを聞き取った。振り返って部屋から出るときに、スライスの部下がナイフを返してきた。

「あのな、おれは昔、あんたとルーサーに嫉妬してた。ルーサーはおれよりあんたを弟みたいに扱ってたからな。あんたがロメロを葬ったときには、少し憎んだくらいだ」スライスは言った。

「おれに嫉妬する必要なんてなかった。ルーサーはいつもあんたを気にかけてると言ってた」アイクは言った。スライスは笑った。うつろな声だった。

「そのほうがもっと悪い、アイク」

アイクはビロードのカーテンをくぐり、理髪店の出口に向かった。ドアから出る寸前で立ち止まり、クレイグが坐っている椅子のほうに引き返した。タイロンはクレイグの口ひげを染め終わり、いまは誰が最高のラッパーかということについて他愛《たあい》ない議論をしていた。

「あの白人のエミネムだなんて言うなよ」クレイグが言った。

「いや、それおかしいだろ。エムは天才だよ」タイロンが言った。

「まあまあだ」とクレイグ。

「補聴器を買ったほうがいい」タイロンは言った。

アイクは近づいて、クレイグのまえに立った。クレイグは彼を睨みつけた。

「なんか用かい？」クレイグが言った。アイクは首を横に傾《かし》げ、クレイグを見おろした。おそらく放っておくべきだったのだろうが、できなかった。これからクレイグに言うことを、誰かが自分に言ってくれていればよかったと思った。

「ある晩、おれがあんたの家に忍びこんで息子の喉をかき切ったら、保証してもいいが、あんたは彼がゲイだったかどうかなんてこれっぽっちも気にしないはずだ」アイクは言った。

「いまなんと言った？」クレイグが訊いた。

「聞こえただろう。あんたが聞きたくないだけで」アイクは言った。クレイグは椅子から立とうとした。

「その椅子から立ったら、店の人が一週間、壁からあんたの破片を拾い集めなきゃならなくなる。まじめな話、やめといたほうがいい」アイクは言った。クレイグは答えようとしたが、アイクは背を向け、理髪店から出ていった。

トラックに戻ると、バディ・リーは背筋を伸ばした。アイクの頭はようやく旋回を止めた。

「どうだった？」バディ・リーが訊いた。アイクはポケットから彼のナイフを取り出して、本人に返した。トラックのエンジンをかけ、駐車スペースからバックで出た。

「一時間待たなきゃならない。タリクをここに呼び出すそうだ」

「髪を切ってもらう時間があると思うか？　白人の髪も切るのかな？」バディ・リーが訊いた。アイクは無視した。

「おい、だいじょうぶか？」バディ・リーは訊いた。

「だいじょうぶからほど遠い」アイクは言った。

「待つあいだ、このへんで一杯やれるところはないか？」バディ・リーはまた睨みつけられるだろうと思ったが、大男の答えには驚いた。
「ああ、おれも飲みたい気分だ」アイクは言った。

30

ふたりは結局、昔のスウィフト・クリーク橋の残骸の近くにある、ビーチ・ロード沿いの軽量ブロックの低い建物に行き着いた。細い鉄の脚で立った看板は、建物を指す大きな矢印つきで、通行者に〈スウィフト・クリーク・ラウンジ〉が開店中であることを知らせていた。まだ二時すぎだというのに、砂利の駐車場は半分埋まっていた。アイクはバディ・リーのトラックを駐め、ふたりで店の入口まで歩いた。

「地元から十年出たことがないと言ってたわりには、この店が記憶に残ってるんだな」バディ・リーが言った。

「こういうところは、ぜったいつぶれない。おれたちが生まれるまえからあって、おれたちがいなくなってからもずっと続く」アイクは言った。店のなかは暗く、レジの上にかかったクアーズのネオンサインで青みがかかっていた。欠けたり傷がついたりしたバーカウンターの端に常連が陣取り、モパーのエンジンとヘミエンジンのどちらが優秀かについて大声で議論している。使い古したビリヤード台二台の近くには、年代物のジュークボックスがあって、昔ながらのブルースの曲を次々と流していた。バーのDJがこの先一時間ほどのサウンドトラックをすでに設定しているようだ。まずかかったのは、アルバート・キングの『ボーン・アンダー・ア・バッド・サイン』だった。

アイクとバディ・リーは入口に近いスツールに腰かけた。バディ・リーはバーテンダーの注意を引こうと腕を上げ、痛みに顔をしかめた。黒いタンクトップとジーンズ姿のすらりとした黒人女性が近づいてきて、ふたりに微笑んだ。

「何にします？」

「ヘニーのショットをふたり分」アイクが言った。

「了解」バーテンダーは言い、彼らの飲み物を作りに離れていった。

「ヘニーってなんだ？ どっちみち飲むけど知りたい」バディ・リーが言った。

「ヘネシーを知らないのか？」アイクが訊いた。

「いや、聞いたことはあるが、短い呼び名があるとは知らなかった。それはたぶん……」

バディ・リーは言いかけてやめ、カウンターの向こうのボトルの列を見つめた。

「たぶん、なんだ？ 黒人の言い方か？」アイクは訊いた。バディ・リーは歯のあいだから息を吸った。

「わかってる。こう思ってるんだろ、〝こいつはレイシストじゃないと言いながら、口を開けば差別発言ばっかりだ〟って」バディ・リーは言った。バーテンダーが飲み物を持ってきた。アイクはショットグラスを取った。

「おれは白人にがっかりさせられる心の準備はいつでもできてる。そうしょっちゅうじゃないが、そういうことがあっても、もうショックは受けない。あんたは白人のなかでもまだましなほうだ」アイクは言った。バディ・リーは自分のグラスの縁を指でなぞった。

「言いわけをするつもりはないが、おじやおば、じいさんばあさん、兄弟姉妹だの友だちだのが好き放題ものを言う環境で育つと、いちいちそれが正しいとか悪いとか考えないし、自分がレイシストだとは思わないもんだ。たとえば昔、毎年復活祭のときにテレビで映画の『十戒』をやってたろ。あれで少年がおじいさんにヌビア人を見させる場面があるじゃないか。そのとき、おれの母方のじいさんはいつもジョークを言ってた。彼らはヌビア人じゃなくて、ただの……まあ、わかるよな。おれはそのジョークを聞くたびに笑った。じいさんが言うからだ。そのジョークをあんたみたいな人がどう感じるかなんて一度も考えなかったし、考える必要もなかった。で、大きくなってからは、そのことについて考えるのをやめた。なぜって、そのジョークが不快だとしたら、じいさんの立場はどうなる？それで笑ったおれはどういう人間だ？」バディ・リーは訊いた。

アイクはグラスをあおった。コニャックが喉を熱く通りすぎる心地よいなじみの感覚があった。いっとき彼は二十一歳に戻った。

「すさまじく無知な人間ってことだな」アイクは言った。

「まあ、そう、それが正しい評価だろう」バディ・リーは言った。

「別の人間の視点でものを見ようと努力するより、砂のなかに頭を突っこんで見えないふりをするほうが楽だ。無知は祝福ってやつだ」

「つまり、本気でおれをレイシストだと思ってるんだな」バディ・リーは言った。

「あんたは人生で初めて、外見が自分とちがう人たちに世界はどう見えるかってことがわかりはじめてる。いまはまだすさまじく無知だとしても、学んでるところだ。それを言えば、おれもだよ。おれたちはふたりとも学んでる。どちらも、できるものなら取り下げたい馬鹿なことを言ったりやったりした。人生のどこかの時点で、自分はひどい人間だったってことがわかれば、そこからはいい方向に進める。人とうまくつき合えるようになる。そのジョークに笑わなくなったあんたも正しい道にいるんだろう。おれだって、この次ゲイバーで酒をおごると言われたら、相手を壁に押しつけたりせずに、おとなしく立ち去るだけにする。彼氏を探してると勝手に思われたことでキレたりしない」アイクは言い、ショットグラスを持ち上げてバーテンダーに合図した。

バディ・リーもグラスを空けた。カウンターにグラスを置きながら、あえぐような声をあげた。

「ああくそ。いまのはトレーラーの連結器のペンキをはがすくらい強かったぜ。あんたが正しいんだろうな。どうもおれたちは学びはじめるのが遅すぎたようだ」バディ・リーは言った。バーテンダーがふたりに二杯目を持ってきた。

「遅すぎたが、まだ終わってない」アイクが言った。

アイクはトラックを運転して理髪店に戻った。駐車場はほとんど空っぽだった。理髪店のそばに黒いジャガーが駐まっていて、ほかの車はバディ・リーのトラックだけだった。アイクはエンジンを切った。

「みんな早く家に帰ったようだ」バディ・リーが言った。

「たぶんスライスがみんなを家に帰したのさ。ミスター・ゲット・ダウンは地元の王族だ。馬鹿どもが集まってきて、サインだのなんだのを求めるだろうから」

「彼はこのショッピングセンターをまるごと封鎖できるのか？」バディ・リーは訊いた。

「このショッピングセンターを所有してるからな」アイクは言った。

ふたりが理髪店に入ると、タリクがいちばん奥のカーテンに近い椅子に坐っていた。古い銀板写真のポーズのように両手を膝に置き、目は獣のように輝いていた。スライスが隣のレストランの入口近くに金属製の折りたたみ椅子を出して坐っていた。彼のボディガードはタリクのうしろに立ち、これから彼の髪を切ろうとするかのようだった。

「十五分やる」スライスが言った。アイクはタリクのほうに一歩進んだ。

「触るな。質問するだけだ」スライスが言った。アイクはうしろに下がった。バディ・リーは顎をかいた。

「あんたがタンジェリンの居場所を知ってるのはわかってる。もう言ったように、おれたちは彼女を傷つけるつもりはない。話がしたいだけだ」バディ・リーは言った。タリクの胸が短い周期で何度も上下した。

「いまおれたちはあんたに触れられないが、あんたもずっとここにいるわけにはいかない」アイクが言った。タリクはたじろいだ。

「私はスライスと組んでいる。彼が言ったことは聞いただろう」タリクは言った。以前の居丈高《いたけだか》な態度は消え、遊び場でいちばん強いいじめっ子に忠誠を誓う子供のような声だった。アイクはバディ・リーのほうに顎を振った。

「彼の息子は死んだ。おれの息子もだ。あんたが誰と組んでるかなんて気にすると思うか？　タンジェリンがどこにいるか言えば、この先、窓の外から聞こえる音がペンチとアイスピックを持って襲ってくるおれかどうか心配しなくてすむぞ」アイクは言った。タリクは初めて自分の手の存在に気づいたかのように、じっと両手を見つめた。スライスは脅しを感じ取ったのかもしれないが、携帯電話をスクロールしながら感情を隠していた。

「なあ、おれたちは彼女を助けようとしてるんだ。息子たちを殺した犯人はいまも彼女を捜してるだろう。見つかるまであきらめない。彼女がどれほど遠くに逃げようと、クソほどの意味もない」バディ・リーが言った。

「彼女には、いいから私といっしょにいろと言ったんだ。でも、私を今回のことに巻きこみたくない、誰も捜そうと思わないようなところに行くと言って聞かなかった。幽霊がいるところに行くと」タリクは言った。ミスター・ゲット・ダウンの自信は消え去り、悲痛な思いだけが残っていた。

「それはどこだ？」バディ・リーが訊いた。タリクは顔を上げた。

「殺し屋たちに追いかけられてると言ってた」タリクは言った。

「われわれもだ」アイクが言った。タリクは天を仰いだ。

「なあ、今朝のことだが、タンジーを守ろうとしてやったことだ。わかるだろう？」タリクは言った。

「彼女がどこにいるか言えば、すべて赦す」アイクは言った。バディ・リーが鼻を鳴らすと、アイクは睨みつけた。バディ・リーは肩をすくめた。アイクに睨まれるのに慣れてきていた。タリクは椅子の上でがっくりとうなだれた。

「タンジーが言うには、私は口はうまいが頼りないソーシャルメディアのギャングだと。彼女の言うとおりだった。ミスター・ゲット・ダウンは、ドラムマシンとキーボードの使い方を学んだユグノー高校出身のつまらんオタクだ。あんたたちのほうが現実なんだ」タリクは言った。アイクは黙っていた。

「なあ、それはわからんぞ。とにかく彼女はどこにいる？」バディ・リーが言った。タリクは両手に顔をうずめた。

「見つけたら守ってやってくれ。いいな？　約束するな？」

「そうする」アイクは言った。タリクはうなずいた。

「彼女は家に帰った。アダムズ・ロードの。ボウリング・グリーンの」

「本当の名前はなんだ？　運転免許証にはタンジェリンと書かれてないはずだ」バディ・リーが言った。

「知らない。タンジェリンとしか」タリクは言った。レモンをかじったように顔が震えはじめた。

「嘘だ。あんたは本当の名前を知ってる。ここまで話したんだ。いまさら隠すな」バディ・リーが言った。

「ペンチとアイスピック」アイクが言った。タリクの目が獣からつけ狙われる小動物のようになった。

「ああ……その……くそ。タンジェリンが本名だよ。タンジェリン・フレドリクソン。これでいいか？」タリクは哀願するように言った。アイクは両肩をまわした。まだ痛みが走る。

「いいだろう」彼は言った。

「おれとしちゃ、あんたにその手を食わせて、指がくそといっしょに出るのを見届けたいが、まあ、いいだろう」バディ・リーが言った。アイクはあきれたように首を振った。

「行こう」アイクは言った。ふたりは振り返ってドアに向かった。

「これで貸し借りなしだぞ。憶えとけ。借りは全部返した」スライスが言った。アイクは止まって肩越しにうしろを見た。スライスはまだ携帯電話をスクロールしていた。

「わかった」アイクは言った。

「ボウリング・グリーンはルート301で一時間ほどだ」トラックに戻ったあとで、バディ・リーが言った。

「ああ。あいつは本当のことを言ったと思うか？」アイクが言った。

「ああ、たぶんな。あいつのばれる癖は、おれがいままで見たなかでいちばん目立つくらいだった。ポーカーはしないほうがいい。それに、あんたの友だちにクソがもれるほどビビってた。嘘はつかんだろう」バディ・リーは言った。

アイクは車を発進した。「あいつはおれの友だちじゃない。それと、タリクは当然ビビるべきだ」

「ほら、そうひどくもなかったろう。あんたの様子を見てると、ライオットが怖くて震え上がってたみたいだが」スライスが言った。

「あのふたり、彼女を傷つけたりしないよな。私も傷つけない、だろう？　私たちはパートナーだ。彼らもそれは知ってる」タリクが言った。スライスは携帯電話から目を上げた。

「デヴォンテ、この赤ちゃんを揺りかごに戻してやれ」デヴォンテはタリクの腕をつかんで、半分抱きかかえ、半分引きずるようにして理髪店から連れ出した。スライスは電話のホーム画面に触れた。二度目の呼び出し音で相手が出た。

「マック10を引き取る気になったとか？」グレイソンが訊いた。

「いまはヤバすぎると部下が言ったろ。ああいうのはどこにも動かせない」スライスは言った。

「だとしたら、今日はどんなご用件で？」グレイソンが言った。スライスは一瞬待って答えた。

「一カ月ほどまえ、そこらじゅうの人間の尻を叩きまくって、タンジェリンという名の娘を捜してなかったか？」スライスは言った。グレイソンは大きく息を吸ったが、何も言わなかった。

「ほう、興味を示したか、サンズ・オブ・アナーキー（バイカー集団の違法武器売買を扱ったドラマ）」

「興味がある。おれが使える情報をくれるなら興味は湧くさ」グレイソンは言った。スライスは笑った。

「まずこの情報の価値について決めようじゃないか」

「どれだけ身銭を切りゃいい？」グレイソンは訊いた。

「どれだけ切っても足りない。じつは収入源の多様化を図っていてな」スライスは言った。

「あー、くそ」

「いまのはなんだ？」

「なんでもない。知り合いの話し方に似てただけだ。要点を言ってくれ」とグレイソン。

「アイスのいい作り手とつながりがあるだろう。彼と話がしたい。何キロか買いたいと思ってる」スライスは言った。

「いま使い捨ての携帯を使ってるといいが」

「曜日ごとにちがう携帯を使ってる。どうだ、設定できるか？」

「できる。けど約束はできない。なかなか捕まらないやつだから」グレイソンは言った。

「捕まらないやつの扱いは得意だ。百ドル札が詰まった袋で一気に心配解消さ」

「わかった。それで、情報は？」

「おいおい、そんなに急いで、女を相手にしたときだいじょうぶか？　まったく」スライスは言った。

「情報があるのか、ないのか」

「あるとも。小さい鳥が飛んできて教えてくれたんだが、彼女はボウリング・グリーンのアダムズ・ロードってところの近くにいるそうだ。いま出発すれば、彼女を捜してるふたりより先に到着できるかもしれないぞ」スライスは言った。

「ふたり？　そのひとりはでかい黒人のおっさんか？」グレイソンは言った。

「ああ、知り合いなのか？」

「そいつとのあいだに、やり残したことがあってな。アダムズ・ロードだって？」

「ああ。会合は来週ということで」スライスは言った。

「わかった。なんとかする。なあ、あの黒いのはあんたの友だちか？　てのは、あいつとけりをつけたいんでな」グレイソンは言った。

スライスは数秒黙っていた。「いや。好きにすればいい」

31

アイクは駐車場から出て、古いルート207から、リッチモンドを横断するポーホワイト・パークウェイを通り、ルート301に入った。ルート301の丘陵《きゅうりょう》地帯を走るあいだ、バディ・リーは車の窓にもたれていた。何キロも続く白いフェンスで区切られた、何エーカーもの緑豊かな農地のところどころに、アイクとバディ・リーの歳を合わせたより古い家があった。放牧や農業に使われていない土地では、ハナミズキとマツとカエデが、共通の恋人である太陽の注意を引こうと競い合っていた。

バディ・リーがラジオをつけると、スピーカーからマール・ハガードのよく響くバリトンで『ママ・トライド』が流れてきた。

「ママはがんばった《トライド》が、パパは何もしなかった」バディ・リーが歌詞をもじって言った。

「親父さんから流れ者の技をいろいろ教わったんじゃないのか？　ばれる癖とか、その他いろいろ」アイクは言った。バディ・リーは目を閉じた。

「ああ、教わったよ。親父は、マカロニチーズがパサパサになってるとおふくろを殴りつけるような、ひどい酔っ払いでもあった。いたりいなくなったりがあまりに多いから、町に来たときだけ訪ねてくる友だちみたいな感じだった。家の外に何人か子供もいたしな。チェットはそのひとりで、ディークもそうだ。マッタポニ族の血が半分の妹もいる。くそ、おれは子供ができたらああいう父親にはならないとずっと言ってたのにな。まあ、誓いは果たしたよ。おれのほうが悪い人間だ」バディ・リーは言った。

「おれの母親と父親は、おれが九歳のときに死んだ。ルート17でタイヤがすべって、コールマン橋の横から飛び出した。おれと妹は父親の両親のところに行った。ふたりともおれを愛そうとしてくれただけなのに、おれは彼らに地獄の苦しみを味わわせた。いつもものすごく怒ってた。暴力をふるう口実を探して歩きまわってた。両親を奪った神に怒り、死んだ両親に怒り、すべてうまくいくふりをしようとする祖父母に怒り。煮えくり返ってたときにルーサーと知り合い、クルーに加わった。ルーサーはすべての怒りの使い途を示してくれた。おれを銃みたいにターゲットに向けて、発射した」アイクは言い、馬の運搬車を追い越した。

「おれはアイザイアを愛してる。心から。だが、息子を持つべきじゃなかったと思う日もある。頭が混乱しすぎて、いい父親にはなれなかった」

「彼を愛して、できることを精いっぱいしたんなら、いい父親だったと思うぞ。おれは自分にはそう言い聞かせてる」バディ・リーが言った。

「本当にそう思うか？」

「ほとんどの日にはな」

「アイザイアがカムアウトしたときには、無性に腹が立った」アイクは言った。トラックのスピードを落として、急カーブを曲がった。広い牧場でのんびりと草を食《は》んでいる馬数頭の横を走り抜けた。

「そのまえにわからなかったのか？　おれはデレクがほかの少年とキスしてるのを見たが、そのずっとまえからわかってた」バディ・リーが言った。

「おれもだ。心の奥でずっとわかってたが、認めたくなかった。認められなかった。理解できなかった。わかるだろ？　これはいったいどういうことだってな。アイザイアが異星人であることを告白したようなものだった。あまりにも不自然に思えて」アイクは言った。

「それでも彼を愛してた。愛することはやめられなかった。だろ？」バディ・リーは訊いた。何秒かすぎて、アイクは答えた。

「愛するのをやめようとした。しばらくアイザイアを見もしなかった。頭に浮かぶのは、彼がどこかの男といろいろやってるところだけだった。すまん、デレクはどこかの男じゃなかったな」

「いや、いいさ。言いたいことはわかるが、おれはデレクを愛するのをやめたいとは一度も思わなかった。ふつうになってもらいたかっただけだ。理解するのには長い時間がかかった」

「理解するとは？」

「何がふつうか、おれには決められないってことだ。あいつが誰の横で目覚めようが、目覚めてくれさえすりゃいいってことだ」バディ・リーは言った。アイクはハンドルを指でトントン叩いた。

「おれは故殺罪で収監された。仲間が殺されたから、その命令を出したやつを見つけて、そいつの母親の裏庭で殴り殺した。地面に埋まるほどそいつを踏みつけた。クルーのために立ち上がったつもりだったが、やつらはおれのために立ち上がらなかった。塀のなかに入ったら、おれはクソひとりだった。だから四人の黒人がおれに襲いかかって刑務所内のメス犬にしようとしたときに、新しいクルーとつながるしかなかった」アイクは手の指を曲げ伸ばしした。

「このタトゥーを入れるために、ずいぶん汚いこともしたが、バックアップが必要だったんだ。おれが殺したやつは〈イースト・サイド・クリップス〉とつながってた。だからおれは〈ブラック・ゴッド〉に入った。怖かった。あのころやったことの多くは、怖かったのが理由だ。だが、そうしてやったことすべてが、おれの頭をめちゃくちゃにした」アイクは言った。

「おれも塀のなかはいろいろ見たよ。言ってることはわかる。あそこで柔《やわ》になったら、前歯を折られて、髪をピッグテールにされて、煙草ひと箱と交換で売られる。けど、刑務所のすべてはめちゃくちゃだろう。人はあんなふうに生きるべきじゃない」バディ・リーは言った。

「おれはあれを捨てられなかった。わかるか？　すべてを囚人の目で見るようになったというか。アイザイアは、デレクと大学を卒業した日にカムアウトした。家の外でバーベキューをしてたときだ。人を大勢呼んで、妹のシルヴィアも旦那と来てた。職場の連中も。おれはグリルで食材を焼いてた。そこへアイザイアがデレクを連れてきた。デレクの手を握ってたのを憶えてる。おれが見なかったふりをしてると、アイザイアは〝父さん、話したいことがあるんだ〟と始めた。おれは無視して、くそバーガーをひっくり返してた。アイザイアが何を話すかわかっていて、聞きたくなかったからだ。アイザイアは言った。〝父さん、デレクはただの友だちじゃない。ぼくのボーイフレンドだ。父さん、ぼくはゲイなんだ。ぼくはゲイで、彼を愛してる〟」アイクは言い、大きく息を吸った。

「おれは自制できなくなった。狂ったようになった。グリルをひっくり返して、食べ物と炭があたり一面に飛び散った。小さい炭がアイザイアの腕について、けっこうな火傷になった。おれは……かなりひどいことを言った。アイザイアとデレクに。マヤは泣いて、おれに叫んだ。みんなは動物を見るみたいにおれを見てた。おれは死ぬほど怒ってた。恥ずかしかった。家に入って、ドアを強く閉めすぎてガラスが割れた」アイクは言った。「なぜアイザイアはおれに言わなきゃならなかったのか、なぜわざわざあの日に、ということしか考えられなかった。なぜ自分の胸にしまっておけなかったのか。おれが知る必要はなかった。だろ？　全部自分の立場から考えてた。あいつがおれに話したのは、たとえお互い仲よくやっていけないにしても、いまは幸せだってことをおれに知らせたかったからだ。それを理解するまでに何年もかかった。幸せな気持ちをおれと分かち合いたかっただけなのに、おれはそれを踏みにじった。あいつを失望させた」アイクは言った。喉にこみ上げたものが、呑みこんだ煉瓦のように感じられた。バディ・リーは咳払いをした。「おれたちふたりとも、良き父親ハワード・カニンガム（コメディドラマ「ハッピーデイズ」の主人公の父）じゃなかったってことさ。それでも息子たちは、ひとかどの人間になった。友人たちにやさしく、お互いにやさしく、あの小さな女の子にやさしかった。父親がおれたちみたいでも、立派な男に育った。おれたちが何度失望させても、ちゃんと立ち直った」バディ・リーは言った。

アイクは首を振った。「タンジェリンを見つけないとな。誰がやったのか見つける。息子たちを失望させるのは終わりだ」

四十五分後、彼らは大きな黒い木の看板のまえを通りすぎた。明るい緑の文字で〝ボウリング・グリーン〟と書かれていた。トラックのパワーが落ちはじめ、復活した。アイクはアクセルペダルを床まで踏みこんだ。エンジンが新生児のようにむずかった。

「ガス欠だ」バディ・リーが言った。右手前方に、ポンプが二基あるガソリンスタンドが見えた。アイクがトラックをそこに入れ、のろのろとポンプに近づいたところで、エンジンが息絶えた。

「燃料計によるとまだ四分の一残ってるけどな」アイクは言った。

「おれに何がわかる？　ぼろ計器が昔みたいに動かないんだ。トラックと持ち主にも言えることだけど」バディ・リーは言い、車の外に出て両腕を空に伸ばした。背中がライスクリスピーのようにパキポキ鳴った。

「あんたが給油してるあいだに、おれもガソリンを仕入れてくる。ビールだ」バディ・リーは言った。

「おれにも一本買ってきてくれ」アイクは言った。バディ・リーは片方の眉を上げた。

「長い一日だったからな」

バディ・リーは足を引きずりながら駐車場を横切り、店に入った。自分用にブッシュのロング缶、アイク用にバドワイザーを取って、カウンターに行った。

「えーと、七番ポンプで二十五ドル分」バディ・リーは言った。店員はぼさぼさの灰色髪の年配白人女性で、ビールを袋に入れ、ガソリン代をレジに打ちこんだ。

「二十九ドル四十八セント」彼女は言った。胎児のころから煙草を吸っていたにちがいないとバディ・リーは思った。店員に二十ドル札を二枚渡した。

「あんたはこのあたりの出身？」バディ・リーは訊いた。

「十三年ほどいるわ。元夫とDCから越してきた。彼は馬の飼育者でね。三冠馬のセクレタリアトが生まれた農場で働いてた」

「本当に？」

「ええ。結婚より馬の世話のほうが得意だった」店員は言った。

「だったら、タンジェリン・フレドリクソンという娘を知らないか？」バディ・リーは訊いた。店員はかじったリンゴのなかにちぎれた虫を発見したときのように唇をひん曲げた。

「あなた、友だち？」

「いや、ちょっと妙な話なんだが、彼女のハンドバッグを拾ったんだ。なかに運転免許証とかいろいろ入ってたけど、このへんの出身じゃないんで、家が見つからない。彼女がどこに住んでるか、わからないかな。なんか目印になるようなものとかあると助かるんだが。免許証にはアダムズ・ロードとあったが、カーナビは神経症にかかったみたいにでたらめだ」バディ・リーは微笑みながら言った。店員は笑みを返さなかった。

「ルネット・フレドリクソンはアダムズ・ロードの給水塔の近くに住んでるよ。看板は去年銃弾で壊されて、郡がまだ取り替えてない」

「ルネット？　タンジェリンの親族なのか？」バディ・リーは訊いた。

「ええ」店員は言った。表情がますます険しくなった。釣り銭を受け取ってドアに向かい、外に出ながらうしろをこっそりうかがった。

「オーケイ。ありがとう」バディ・リーは言った。

羽振りがよくなるといいな。でないと、あんたの顔はそのままだ。バディ・リーは思いながら、トラックへと歩いた。ガソリンスタンドのまえの二車線のハイウェイを車やトラックが猛スピードで走っていった。アイクはすでにポンプを操作していた。バディ・リーはトラックに入り、アイクのビールをドリンクホルダーに入れて、自分の缶を開けた。

「どうも」アイクは言い、缶をつかんで、ひと息でほとんどを飲んだ。

「給水塔の横を走る道を探すといい。そこがアダムズ・ロードだ」バディ・リーが言った。

「どうして知ってる？」

「なかの店員と話した。ルネット・フレドリクソンのことも教えてくれた。タンジェリンの親族だ」

「これからどうする？　アダムズ・ロード沿いの家をひとつずつ訪ねて、タンジェリンを知ってるか訊くか？」アイクは言った。

「ほかにいい考えがあるか？」とバディ・リー。アイクは肩をすくめた。

「ノックするのはあんただ。ここはＭＡＧＡ（メイク・アメリカ・グレート・アゲイン。選挙スローガン）の国だから」アイクは言った。

実際には、家は二軒しかなかった。最初の家では誰も出なかった。二軒目は木製の昇降スロープがついたトレーラーハウスだったが、胸に南部連合国旗のタトゥーを入れた若い白人の男が、アダムズ・ロードの最後の家までの行き方を教えてくれた。州の管理地からまもなく出ることを知らせる看板の先に車を進めると、道路の左側に郵便受けがあり、そこから狭い土の道が長く続いていた。郵便受けには小さな切文字ステッカーで〝フレドリクソン〟と書かれていた。

「これだな」アイクが言った。バディ・リーは親指の爪を嚙んだ。

「そう、あんたは正しかった」

「何が？」

「ここいらの人たちは、おれと話すようにあんたには話さないと思う」バディ・リーは言った。心のなかでタトゥーの南部連合国旗が翻《ひるがえ》っていた。

「ようやく目覚めたか」アイクは言った。バディ・リーは彼がにやりとするのを視界の隅でとらえた。アイクはスイスチーズのようにあちこちに穴ができた道を、左右によけながら進んだ。バディ・リーは、窓の外の道沿いに立ち並ぶマグノリアの木々をじっと見ていた。岩だらけの道は、荒れ果てた前庭と二階建てのあばら屋にぶつかって終わった。一階の大部分を取り巻くポーチは崩れかけている。家の裏はクズとスイカズラが生い茂った広大な牧草地で、何エーカーもありそうだった。ポーチの階段の近くに、フォードアのドアの色が四つともちがうセダンが駐まっていた。アイクは助手席をポーチの右端に向けて、セダンの横に停車し、エンジンを切った。

「着いたぞ」アイクは言った。

「どうしたい？」バディ・リーが訊いた。

「正攻法でいこう。彼女に事情を伝える。相手の男は誰だったのか、そしてその男はアイザイアとデレクのことを知ってたのかと訊く」

「どのくらい圧力をかける？」バディ・リーは訊いた。

「相手は女性だ。おれは圧力をかけない。あんたもだ」アイクは言った。

「わかった。けどどうしても協力が得られなければ、おれには電話をかけて相談できる女のいとこがいる」バディ・リーは銃を取って、ズボンのベルトの背中側に差しこんだ。

「それはいらないと思うぞ」アイクが言った。

「必要なときに持ってないより、持ってて必要ないほうがいい」バディ・リーは言った。

ふたりはトラックからおり、家の玄関に向かった。ふたりとも階段を二段のぼったところで立ち止まった。

若い女性がポーチに出ていた。真夜中のように黒い髪を腰まで伸ばしていた。肌の色は光沢のあるブロンズに近い。ほかのどんな状況でも、バディ・リーはすっかり魅了されていただろう。長いまつ毛の下の大きな茶色の目がふたりの様子をうかがっていた。

彼女がふたりに向けたショットガンだけが、その美しさに影を投じていた。

「ああ、たしかに彼女は無防備のクソ悩める乙女だな」バディ・リーが言った。

32

「まあ落ち着いてくれ、あんた。おれたちは話がしたいだけだ」バディ・リーは言った。

「何を言おうと信じない。何を話したくても耳は貸さないよ」女性が言った。

「きみがタンジェリンか？」アイクが訊いた。女性はショットガンの銃口を彼に向けた。銃身を脇に抱え、反対の手で先台《フォアエンド》を握っているが、指はトリガーガードのなかにない。アイクは彼女を観察した。ふっくらした唇が震えている。目はケージに捕らえられたイタチのように左右に激しく動いている。彼女は怯え、緊張していた。ゴージャスだった。ほかのどんなものであるにしろ、殺人者ではなかった。殺人者は見ればわかる。アイクは鏡で毎日見ていた。

「あたしが誰かは関係ないでしょ、おじさん《パピ》。さあ、そこのサム・エリオットの劣化版とトラックに戻って、ここから出てって」タンジェリンが言った。

「あまりありがたくない言い方でその俳優にたとえられたのは二度目だ。だんだん傷ついてきた」バディ・リーが言った。

「まあ、それは失礼。だったらこんなところにいないでセラピーでも受ければ？」タンジェリンは言った。

「アイザイアはきみに親切だった。デレクはきみを助けたかった。アイザイアはおれの息子、デレクは彼の息子だ。ふたりはきみが彼らに話したことのせいで死んだ。息子たちはきみのせいで死んだんだ。せめて話くらいはしてくれるべきじゃないか」アイクは言った。

タンジェリンはためらった。何度かまばたきしたと見る間に、黒いマスカラが流れて頬を伝いはじめた。アイクは涙にすっかり嫌気が差していた。自分の涙にも、マヤの涙にも。アイザイアは彼らの宇宙で輝く星だった。アイザイアが死んだとき、星は内部崩壊してブラックホールができ、そのブラックホールは彼らがそれまでに感じた喜びのすべてを呑みこんでしまった。ポーチに立っているこの女が秘密の愛人を作り、その愛人が秘密を保つために進んで人を殺すようなやつだったからだ。引き金を引いたのは彼女ではないが、関係者であることはまちがいない。泣きたいなら涙の代わりに血が出るまで泣けばいい。

「あんなことになるとは本当に思わなかった」タンジェリンは言った。顔のマスカラの黒い線が、映画『ローン・レンジャー』のトントを思わせた。

「ならその種まき機をおろして、おれたちと話してくれ」バディ・リーが言った。タンジェリンは下唇を噛んだ。アイクはショットガンの銃口が少しずつ下がるのを見た。風が立ち、マグノリアの花の香りが彼らを包みこんだ。

「なかに入って」タンジェリンは言った。

「あの銃をどこかに置いてくれると、もっと気分がよくなるんだが」バディ・リーがアイクにささやいた。

「おれたちを撃つ気なら、とっくに撃ってるさ」アイクは言った。

「そうか。それならよかった」バディ・リーは言った。

彼らはポーチに上がり、家のなかに入った。玄関と居間にはウイスキーのにおいが染みついていた。居間のまんなかにはくたびれたソファがあり、そばに斜めに置かれた大昔の床置きのテレビで粗い画像がちらついていた。台所から居間にダイニングテーブルが半分はみ出していて、タンジェリンはそこにショットガンを置いた。

「テリー、誰が来たの？」

背の高い白人女性が家の奥から出てきた。花柄の部屋着でサンダルをはいていた。肌のたるんだ顔は、顎まである細いブロンドの巻き毛で一部隠れていた。

「タンジェリンよ、ママ。あたしの名前はタンジェリン。それと、誰でもない。いいから寝てて」タンジェリンが言った。ママはアイクの姿を認めたが、目はバディ・リーにとどまった。

「いいえ、だめよ、お客さんね。さあ、お友だちに入ってもらって。飲み物を作るから」ママは言った。

「あんたがルネットだね。なかなかいい思いつきだ」バディ・リーが言い、ウインクを送った。ルネットはクスッと笑った。

「ママ、この人たちはそんなに長くいないの」タンジェリンが言った。

「あらそう。でも一杯くらい飲めるでしょ」ルネットは言った。問題が解決したので、彼女は背を向けてまた家の奥に消えた。バディ・リーはルネットが台所で移動している音を聞いた。玄関から直接台所にも行けるようだった。

「坐って」タンジェリンが言った。アイクとバディ・リーは居間に入った。ソファのほかに、リクライニング・チェアとオットマンがあり、アイクとバディ・リーはソファに、タンジェリンはリクライニング・チェアに腰をおろした。アイクは部屋のなかを見まわした。遠い隅に薪《まき》ストーブがある。色褪《いろあ》せた壁に、額入りの写真がでたらめな間隔で飾ってあった。若いころのルネットの写真。何枚かには茶色の肌の小柄な男が写っている。少し年上のルネット。顔に年齢が表れていて、彼女と茶色の肌の男の特徴をあわせ持った明るい目の少年がいっしょにいる。家族が歳をとるにつれ、互いの距離が広がっている。あとのほうの写真では、茶色の肌の男がいないことがかえって目立つ。

「アイザイアには気が変わったと伝えたの。もうインタビューは受けたくないって。ふたりに起きたことにあたしがかかわってるって、どうしてわかるの？」タンジェリンが言った。

「息子の職場の人から聞いた。あんたがファックしてた男が、ふたつの顔を持つ下衆野郎《げす》だって。そのせいでデレクと彼の夫は歩道じゅうに脳みそをまき散らして死ぬことになった」バディ・リーが言った。タンジェリンはバディ・リーの辛辣なことばにたじろいだ。

「危険だと言ったのよ、彼らには。でもデレクはすごく怒ってたし、アイザイアの決意は固かった。何を相手にしてるのか、彼らはわかってなかった。あたしの責任じゃないわ。あたしがふたりの死を望んでたなんて思うなら、最初に言ったとおり、さっさと出てって」タンジェリンは言った。アイクは言い合いのなかに飛びこんだ。

「なあ、おれたちが知りたいのはきみがつき合ってた男の名前だけだ。誰なんだ？　あとはおれたちがやる」

「それは教えない。デレクとアイザイアにも言うべきじゃなかった。あの人が関係を断ったときに、そのままにしとくべきだった。彼の人生は複雑なの。会ったときにわかった。ねえ、あたしはあのとき酔って不満をぶちまけてたの。感情に流されてた。それがまちがいだった」タンジェリンは言った。

「ボーイフレンドについてデレクに話したことが？」アイクは訊いた。

「ええ、それも」タンジェリンは言った。母親に顔が似ているとアイクは思った。しかし、写真のなかの少年にもっと似ていた。

「おれたちに話したくなければ、警察に話せばいい」バディ・リーが言った。アイクは思わず彼のほうを見た。バディ・リーの肩からふたつめの頭が出てきたとしても、これほど驚かなかっただろう。

「おれは今回のことをやったやつらを見つけたい。それができるなら、方法はなんだっていい。だから、おれたちに話したくないならクソお巡りに話せよ」バディ・リーは言った。

「ごめんなさい。でも、これに加わるわけにはいかない」タンジェリンは言った。

「加わる？　あんたは当事者じゃないか。すべてはあんたから始まった。あんたはおれの息子と彼の……夫を殺した。なのに自分のケツを救うことしか考えてない」アイクは言った。

「いい、坊や、気づいてるかどうかわからないけど、あたしのケツの心配ができるのはあたしだけなの。ここにずけずけ入りこんで、あたしの足元に荷物を置いてかないで。死んだゲイの息子たちをどれだけ愛してたか、みたいなことをいま言うのは、生きてるときにクソみたいに扱ったからでしょ」タンジェリンは顔に垂れかかったひと房の髪を払った。

アイクはソファからさっと立ち上がった。拳を固く握っていた。

「おれと息子についてわかったようなことを言うな」彼は言った。

「そう？　わかってない？　人にはどんなに彼を愛してたかって言うけど、賭けたっていい、あなたが愛してたのは彼の一部だけでしょ。全部じゃなくて。すべてを愛してたわけじゃない。なのに自分がいい気持ちになりたいから、あたしの命を危険にさらせって言うのよね。そんなのにつき合うと思ったら大まちがい」タンジェリンは言った。アイクは彼女のほうに一歩踏み出した。タンジェリンは見上げて、微笑んだ。

「あたしはあなたを知ってる。あなたみたいな人をたくさん見てきたから。誰よりも強いみたいな顔で威張って歩くけど、自分の息子と彼の〝ルームメイト〟についてまわりに嘘をついてる」タンジェリンは両手で空中に引用符を作りながら言った。アイクは気づくと拳の力をゆるめていた。彼女の言ったことがあまりに正しいので、頭が痛くなった。この

十年、自分の心の窓からなかをのぞき見られていたかのようだった。

「おれたちがゴミ同然なのはわかってる。わざわざ教えてもらう必要はない。毎日自分にそう言ってるだけで充分だ。けどな、だからって、息子たちが土のなかで腐っていくのに、あんたが話をしない臆病者だったせいであんたのボーイフレンドが神の緑の大地をスキップしていいことにはならない。彼があんたを捜してるのは知ってるだろう。性質《たち》の悪い暴走族を使って追いつめようとしてる。そいつらに命じて、その頭の上半分を吹っ飛ばす気だぞ。こうやっておれたちが見つけたんだから、彼らが見つけるのにあとどのくらいかかると思う？　いっしょに来て警察に話せば、守ってもらえる」バディ・リーが言った。

「ありえない。いま起きてることはすべて、彼だけの話じゃないの。あの人も自分ではどうしようもない状況に縛られてる。彼に期待する人たちがすべての裏にいる。進路上のあらゆる人や物をコントロールして世界を動かしたり揺すったりしたい、金持ちのろくでな

しどもが。今回のことでは、彼も同じくらい犠牲者で――」

「アイザイアとデレクと同じくらいと言うつもりなら、クソひどい問題を抱えることになるぞ」アイクが言った。タンジェリンは唇をなめた。

「あの人はそいつらから、ライオンになれ、ライオンは羊を食うのに罪悪感など覚えない、と言われたって。そいつらは彼をずっと昔から痛めつけてて、彼がどんなに壊れようと気にしない。あなたたちは誰を相手にしてるかわかってないのよ」タンジェリンは言った。はしばみ色の目が輝いたように見えた。

「そいつが言ったでたらめだろ？　あんた本気で信じてるのか？　彼はあんたを殺してそのケツを壁に飾りたいと思ってるんだ」バディ・リーが言った。

「だから言ってるでしょ。あなたは彼を知らない。彼がどんな苦労をしてきたかも。これはあなたが思ってるよりずっと大きな問題なの」

「彼はおれの息子を殺した。それだけわかれば充分だ。あとは名前だけで」アイクが言った。

「飲み物よ！　皆さん、キューバ・リブレが好きだといいけど」ルネットが言った。プラスチックの盆にグラスを四つのせていた。オットマンに盆を置き、ラム酒とコーラのカクテルを配りはじめた。

「ありがとう、マーム」バディ・リーが言った。

「わたしの名前はルネット、マームじゃなくて。なんならシュガーと呼んでくれてもいいけど」ルネットはバディ・リーにウインクをした。バディ・リーはふた息でカクテルを飲み干した。アイクはグラスを握りしめたまま、タンジェリンに集中していた。タンジェリンはひと口飲むと、今度ははっきりと彼のほうを見てまばたきした。

「あたしを殴ろうとしてる、でしょ？　そういう趣味なの？」彼女は訊いた。

「いや。ただ息子があんたを助けようとしなければよかったと思ってる。だが、彼はそういう人間だった。誰でも助けた。彼のことをなんとも思ってない相手でさえ」アイクは言った。

「罪の意識に訴えるのは、いい案じゃないないわね、坊や」タンジェリンは言った。きつく言おうとしたのだとアイクは思ったが、不発だった。

「別に罪の意識に訴えてるわけじゃない。事実を述べてるだけだ」

タンジェリンは口を開いて答えかけたが、そのとき前庭から車のドアが閉まる大きな音がした。アイクは立った。首のうしろの皮膚が幽霊にくすぐられたようにチクチクした。

彼はバディ・リーと目を合わせた。

「パパがいなくなってから、こんなにお客さんが来たことはなかったね」ルネットが言い、気取って玄関のドアに向かいはじめた。彼女のグラスの氷がカスタネットのように鳴った。

「ママ、何してるの。あんなに注意しろって言ったのに」タンジェリンもすばやく立って、ルネットの腕をつかんだ。

「誰なのか見るだけよ」ルネットは呂律がまわっていなかった。自分の飲み物にどれだけラムを入れたのだろうとアイクは思った。彼はオットマンにグラスを置いた。

「待て。おれが見てみる」アイクはドアの左側の窓に近づいた。汚れた窓ガラスから外をのぞくと、青いミニバンが彼らのトラックのずっと左、セダンの反対側に駐まっていた。そしてバンとセダンのあいだに、オートバイが三台。

家に六人が歩いてきていた。みな野球帽を目深《まぶか》にかぶり、銃を持っていた。

「伏せろ！」アイクが叫んだ。ルネットはタンジェリンの手から離れ、バディ・リーに近寄った。

「あの人、何言ってるの、ハンサムさん？」彼女は微笑み、飲み物をゆらりとまわした。

外からいっせいに発砲があった。家のなかは割れたガラス、裂けた木、崩れた石膏《せっこう》ボードの地獄絵図となった。ルネットの体が震えながらボックスステップを踏んだ。銃弾が彼女の胸と腹を貫通していた。花柄の部屋着が血に染まり、ヒナギクの模様がバラになった。バディ・リーが手を伸ばしてタンジェリンを床に伏せさせようとしたが、彼女は母親に駆け寄った。アイクは腹這いになって床の上を進んだ。ルネットの体が崩れ落ち、手を離れたグラスが傾いた床を転がった。

アイクがダイニングテーブルの下まで行ったとき、ポーチを踏み鳴らす足音が聞こえた。

一発のすばやい蹴りでドアが勢いよく開いた。アイクは手を上げてショットガンの銃身をつかんだ。ポンプアクションで弾を送り、入口に立つ男を狙った。チェダーは動きを止めた。十二番径の銃口を見ることは想定していなかった。アイクは彼の頭全体に向けて引き金を引いた。チェダーの顔の半分が肉と骨と脳の灰白質の赤い霧になって消滅した。頭の残りから野球帽が飛んで木の葉のように床に落ち、体は半分家のなか、半分ドアの外という恰好で倒れた。アイクはまたポンプアクションで空薬莢《やっきょう》を排出し、次の弾を送りこんだ。ポーチにいた二番目の男はアイクに胸を狙われて横に飛んだ。アイクが引き金を引き、ショットガンが轟いて、三番目の男はあわててバンに駆け戻った。バックショットはグレムリンの腿が腹につながるあたりを直撃し、彼をポーチから吹き飛ばした。地面に落ちたグレムリンの小腸と大腸が、メルローワインに浸《つ》かったソルトウォーター・タフィのようにほどけて垂れた。

アイクはまたショットガンの先台を引いた。空薬莢が飛んだが、新しい弾は入らなかった。

「バディ、撃て！」アイクは叫んだ。

バディ・リーはタンジェリンを下にして飛びこんだソファの背後から顔を出し、腰から銃を抜いて、屈んだ姿勢で家に近づいてきている四人を撃った。射撃は下手くそだった。ひとりの体をかすめたと思った。残りの三人は遮蔽物《しゃへい》を探して逃げまわった。

アイクは入口で死んだ男に急いで近づき、その手にあった銃を奪った。サブマシンガンだった。マック10かウージーだが、どちらかわからない。アイクはバンとセダンを狙って発射した。

「くそっ、くそっ、くそっ！」グレイソンが叫んだ。弾がセダンで跳ねた。金属とファイバーグラスの破片が顔や目に飛んできた。グレイソンはまた叫んだ。今回はことばにならない底知れぬ怒りの咆哮だった。自分のマシンガンをフロントバンパーのまえに出して、狙いもせずに撃ちまくった。ドームが隣の位置についた。

「おれの銃は弾詰まりだ」ドームは叫んだ。グレイソンは無視した。

「ああ、ああ、おれの腹。おれのクソ腹が！」グレムリンがうめいた。

三番目の男の集中射撃が大気を切り裂き、アイクは入口の内側によけた。撃ち返すうちに空《から》の弾倉の乾いた音がした。純粋な本能にしたがって、死んだ男のポケットを探り、予備の弾倉を見つけた。銃を最後に扱ってから何年もたっていたが、彼の手は気づいていないようだった。恐ろしい敏捷《びんしょう》さで空の弾倉をはずして新しいものを装塡《そうてん》した。セダンのフロントバンパーからグレイソンが顔を出したところへすばやく立てつづけに発砲した。

「トラックへ行け！」アイクは叫び、バディ・リーにキーを投げた。バディ・リーは空いた手で空中キャッチすると、叫んだり泣いたりしているタンジェリンを引きずって台所を通り、裏口から外に出た。アイクはもう一度セダンに連射した。

「くそっ！」グレイソンは吐き捨てるように言った。立ち上がってセダンのボンネットにもたれかかった。銃を左右に振って、ポーチを横切るように掃射した。銃弾が悪魔の爪のように家を引き裂いた。飛び出した薬莢がボンネットの上で踊り、転がって地面に落ちた。

アイクは急いで窓の下に移動し、立ち上がって、割れた下の窓から発砲した。グレイソンはセダンのトランクのうしろに消えた。アイクはセダンとバンとオートバイの近辺を撃ちまくった。やがてバディ・リーのトラックのエンジンがかかり、竜巻のような轟音が聞こえた。

グレイソンは弾倉をつけ替え、バンのうしろに移ってまた家を撃った。トラックのエンジン音は聞こえなかったが、車がバックして方向転換するのは見えた。リアウィンドウがこちらを向いたので、グレイソンはトラックを狙って撃った。リアウィンドウが砕け散ったが、そのとき家から弾が横殴りの雨のように飛んできたので、地面に伏せるしかなかった。

もうひとりのクルーのゲイジが腿を押さえながら這っていた。暗殺団の最後のひとり、ケルソの姿は見えなかった。グレイソンとグレムリンとチェダーがオートバイに乗ってきた。ドームとゲイジとケルソはバンで来た。武装した〈レア・ブリード〉が六人いれば、ニガーひとりと田舎者の白人ひとり、あばずれひとりには充分すぎると思っていた。

読みがはずれるのはもううんざりだった。

バディ・リーはタンジェリンを床に押しながら、トラックのアクセルを床まで踏みこんだ。ガラスの破片が首筋に降り注ぎ、背中に落ちた。

「くそ、ちくしょう！」バディ・リーは言いながら、トラックを大きく曲げ、家のまえまで斜めにバックした。馬が去勢されたときのような叫び声が聞こえた。庭にいた男の脚に乗り上げ、シボレーの重みで骨を砕いたのだ。

アイクがマシンガンを連射しながら家から走ってきて、トラックの荷台に飛び乗った。バディ・リーはアクセルを踏みこんだ。アイクは青いミニバンのうしろに逃げこんだふたりの男を撃った。バディ・リーはセダンに激突し、それを手前のバイク二台にぶつけた。運動量保存の法則で、二台目が三台目にぶつかった。バディ・リーはアクセルを踏みつづけ、左に曲がって道をめざした。

アイクはサブマシンガンで最後の連射をして、バンの後部をあたりにまき散らした。うしろのドアのガラスと運転席側のタイヤが爆発した。グレイソンとドームがバンのまわりを移動してよけているうちに、トラックは大砲の弾のように飛んでいった。ふたりは最終的に、バンのフロントバンパーの近くに二匹のカメよろしくうずくまっていた。

グレイソンが跳んで見ると、トラックは左に曲がってハイウェイに入るところだった。グレイソンは手の甲で両目をこすった。汗、血、金属の小片が前腕の毛についていた。耳にはまだ甲高い金属音が響いていた。ドームも起き上がって、グレイソンの横に立った。

ケルソがセダンの下から這い出てきた。

グレイソンは道の先を見るのをやめ、まわりで渦巻いている状況を観察した。三人の兄弟がやられた。チェダーは死に、グレムリンは脚を折った恰好で倒れ、ゲイジは庭の赤土に大量出血している。

「ドーム、おれは脚を撃たれた、ドーム。血がすごい。痛い。すごい血だ、ドーム」ゲイジがかすれ声で言った。

「おれの腸。腸が見える」グレムリンが言った。風に飛ばされそうなか細い声だった。グレイソンとドームは瀕死の仲間のところへ歩いていった。グレムリンの腹の下半分が、なくなるか、手の指のあいだからぬるぬるしたウナギのようにこぼれだしていた。グレムリンは浴槽ほどの大きさに広がった血と糞尿《ふんにょう》のなかに横たわっていた。

彼の両脚は、パン屋が目をつぶって作ったスティックパンのようだった。なかで泳げるほどの出血量から考えて、生き延びることはかなりむずかしいだろうが、たとえ生き延びたとしても、残りの人生で人口肛門を使いつづけることになる。バイクにも二度と乗れない。グレムリンはそんなふうに生きたくないはずだ。

「このまま残していけない」グレイソンは銃をグレムリンの顔に向けた。ドームは沈みかけた太陽のほうを見た。コオロギの甲高くにぎやかな合唱が大気を満たした。

「あっちの世界で会おう、兄弟」グレイソンは言った。

彼はグレムリンの顔を連射した。スタッカートの射撃音は、誰かが金属製の机に釘《くぎ》を千本落としたかのようだった。グレイソンはグレムリンの近くの地面にマシンガンを置き、破壊されたオートバイのほうへ行った。自分のバイクを起こしたが、エイプハンガーはねじ曲がり、ガソリンタンクはもれていた。カムのひとつは大きく凹《くぼ》み、革のシートはジグザグに裂け、まえのタイヤは内側につぶれて、子供が初めて書いた大文字の〝D〟のようだった。

グレイソンはまたバイクを寝かせた。

「いいだろう」彼は言った。アンディが死んだことは肚の底でわかっていた。ソファでビールのロング缶を空けているようなじじいふたりが見習いの先手を取ったというのは想像しがたいが、不可能ではない。目のまえの大虐殺が頭に入ってくるにつれて、グレイソンはまちがいをふたつ犯したことに気づいた。

あのじじいどもを甘く見ていたことと、攻撃を控えていたことだ。最初のまちがいは、自分の責任だ。これからずっと忘れないし、自分を赦すこともない。しかし二番目のまちがいは、己の手を汚すことも、血まみれになることも、戦いに加わったこともないひとりの金持ちのあほうのせいだ。たしかにあいつから金はもらったが、もうそんなことは関係ない。これはずっとまえからビジネスではなくなっている。個人的な恨みつらみですらない。もはや名誉の問題だ。あのふたりをなんとかできないなら、総長でいる資格はない。

くそワッペンをつける資格もない。はずしてくそゴミ箱に捨てるほうがましだ。

こんなむちゃくちゃがあるか。何もかも。

チェダーは死んだ。

グレムリンも死んだ。

ゲイジもたぶん出血多量で死ぬ。

あの黒人の会社であったことは言うに及ばず。グレイソンは顔をこすった。

頰を裂いた傷をなでた。もう手加減はしない。中途半端な攻撃はなしだ。そんなのは終わった。

「ドーム、これのスペアタイヤは？」グレイソンは訊いた。

「ああ、あると思う。おれのかみさんの車だ。あまり運転したことがなくて」ドームは言った。

「バイクはどうする？　このまま置いてけないだろ」ケルソが言った。グレイソンはナイフを出してバイクのところへ行き、ナイフの先でナンバープレートの留め具をはずして、三枚ともポケットに入れた。警察は車両登録番号を調べるかもしれないが、そのときには盗まれたと申告すればいい。

「おまえらふたりでチェダーとグレムリンのワッペンがついた袖を切り取れ。それからタイヤを換えて、ゲイジを乗せて、ずらかるぞ。ここはクソ辺鄙なところだが、詮索好きの近所の住人が警察に電話をしないともかぎらん。クラブハウスに戻ったら、戦闘部隊を集める。あのくそゴミ野郎の家を地獄にしてやる」グレイソンは言った。ドームとケルソはそわそわして、互いに心配そうな目を見交わした。

グレイソンはグレムリンのところまで戻って、彼の銃を拾い上げた。自分の頭が痛くなるほど敵意をこめた視線でドームとケルソを睨みつけた。

「おれはわかりにくい言い方をしたか?」グレイソンは訊いた。

33

「停めてくれ！」アイクが荷台から叫んだ。バディ・リーには聞こえなかったようだ。トラックは片側一車線の舗装路を疾走しながら激しく揺れた。アイクが外から速度計を見ると、時速百四十五キロを超えていた。

「バディ・リー、停めておれをなかに入れてくれ！」アイクは精いっぱいの大声を張り上げた。バックミラーにバディ・リーの潤んだ青い目が映った。エンジンのうなりが低くなり、トラックが路肩に寄った。アイクは荷台から飛びおり、すぐさま運転台に乗りこんだ。ドアが閉まるかどうかのうちにバディ・リーは発車し、タイヤが回転して砂利が飛び散った。

アイクは腰のうしろに温かく湿ったものを感じた。前に屈むと、膝にタンジェリンが倒れこんできた。アイクは彼女の華奢な肩をつかんで体を起こした。

「くそっ」彼はつぶやいた。

タンジェリンの右半身が赤く染まっていた。肘の内側に十セント硬貨ほどの穴があき、危険な速さで血が流れ出していた。

「なんだ？　誰かが追ってくるとか？」バディ・リーが言った。目はバックミラーとサイドミラーをすばやく見ていた。アイクはシャツを脱ぎ、ズボンのベルトをはずした。シャツをタンジェリンの腕に巻いてベルトで固く締めつけた。タンジェリンからベンチシートに大きな黒い染みが広がっていた。

「撃たれてる」アイクが言った。

「え？　ああくそ、こんちくしょう！　死んでるのか？」バディ・リーが訊いた。アイクは指をタンジェリンの首に当てた。マルハナバチの激しい羽ばたきのように速く打つ脈を感じた。

「死んではないが、ショック状態かもしれない」アイクは言い、ポケットから携帯電話を取り出した。マヤの番号にかけると、タッチスクリーンに指の汚れがついた。

「あんたの住所は？」アイクは呼び出し音を聞きながら尋ねた。

「なんだって？」バディ・リーが言った。

「彼女を診てもらわないといけないが、おれの家には戻れない。あいつらはあんたがどこに住んでるか知らない。住所は？」

「ああ、イースト・エンド・ロード、２３５４だ」

四度目の呼び出し音でマヤが出た。

「アイク?」

「イースト・エンド・ロード、2354でおれたちと会ってくれ。救急キットを頼む。おれたちはあと三十分で着く」アイクは言った。

「あなた、怪我したの?」マヤが言った。アイクは怯んだ。彼女のなかで傷ついたものは治りかかっていたが、その問いでまた大きく開く音が聞こえた気がした。

「おれじゃない。バディ・リーでもない。だが、助けてほしい」アイクは言った。

「わかった」マヤはアイクが続けて何か言うまえに電話を切った。

「病院に連れていったほうがよくないか?」バディ・リーが訊いた。

「医者は銃の怪我をかならず警察に報告しなきゃならない。あそこには死体が三つある。そのことを警察に説明したいか?」

「死んだらどうする、アイク? クソ野郎のことを知ってるのは彼女だけだぞ」

「バディ、おれたちはこれで逮捕されたっておかしくないんだ」アイクは言った。バディ・リーは下唇の端を嚙んだ。

「けど彼女が警察に話せば――」

「彼女が言ったことを聞いたか? 問題の男にはコネがある。お巡りを抱きこんでても不思議はない」アイクは言った。

「全員は抱きこめないだろうよ」バディ・リーは言った。鋭いカーブを時速百キロで曲がり、そこからまた百三十キロにした。タンジェリンの唇からうめき声がもれた。アイクは息ができるように彼女の頭をうしろに傾けた。

「だめ、勝てない……だめ」タンジェリンはささやいた。

「気を確かに持て、いいな！」アイクは叫び、彼女に腕をまわして裸の胸にもたれかからせた。

「バディ・リー、よく聞け。病院に行ったら質問に山ほど答えなきゃならなくなる」アイクは言った。

「息子たちを殺したやつらを捕まえるためなら、なんでもする。あんたそう言ったじゃないか。あれは本気じゃなかったのか？　おれは本気だったぞ。クソ野郎を捕まえるために塀のなかに戻らなきゃならないんなら、喜んで新しいオレンジ色のジャンプスーツを着て、スリッパをはくさ。あんたはどうだ？」バディ・リーが訊いた。アイクはまぶたが顔から飛び出すのではないかと思うほど目をきつく閉じた。

「彼女は、彼も彼の知り合いも金持ちだと言った、だろ？　つまり、あっちには金持ちの正義があるってことだ。おれたちは鉄格子のなかに入れられ、息子たちも死んだままだが、問題の男は最高級の弁護士を雇ってすべてを忘れることができる。タンジェリンすらいともたやすく殺して、ほくそ笑むかもしれない。バディ・リー、おれたちが二十五年から終身の刑をくらったら、決着をつけられなくなるぞ」アイクは言った。バディ・リーは一瞬、道路から目をそらしてアイクを見た。

「おれたちが彼女のママを殺したのか、アイク？　あのチンピラどもはどうやっておれたちを見つけた？　尾けてたのか？　だとしたら、そうとうまくやれるってことだ。ハーレーに乗って誰かをこっそり尾行するなんてできないからな」バディ・リーは言った。タンジェリンがまたつぶやいた。

「勝て……ない……あたしたち……」

アイクは彼女の髪をなでて整えた。肌に触れると、べとついた。

「おれたちの行き先を知ってたのは、スライスだけだ」アイクは言った。それ以上の説明は不要だった。バディ・リーは掌でハンドルを叩いた。

「あのチンなめ野郎！　けど、なんで？　あんたは彼の兄貴を殺したやつを片づけたと言わなかったか？　なのにどうして彼があんなふうに裏切る？」

「わからない。ルーサーのことが多少関係してるのかもしれないが。心の奥底で彼は、あの件で手を下さなかった自分に腹を立ててた。手を下したおれにもだ。だとしても、スライスと〈レア・ブリード〉とのつながりは説明がつかない。連中のビジネスに重なりがあるとは思わなかったが、スライスはいろんなパイに指を突っこんでるからな。けど、いずれこの問題には戻らなきゃいけないだろう」アイクは言った。タンジェリンがほかのことをつぶやいたが、声が弱すぎて、アイクには聞き取れなかった。

「だいぶおれたちの手に余るようになってきたな、アイク」バディ・リーが言った。質問ではなかった。

アイクはまたタンジェリンの髪をなでた。「関係ない。終わらせるだけだ」

トレーラーハウスのまえにスピードを出しすぎて到着したので、バディ・リーはブレーキペダルを床まで踏まなければならなかった。トラックは砂利の上をすべり、玄関のすぐまえにあるマヤの車から十五センチのところで停まった。アイクはバディ・リーがエンジンを切るまえにタンジェリンを腕に抱えて外に出ると、家に走った。マヤもマザーズバッグを肩にかけ、アリアンナを抱いて自分の車から出てきた。バディ・リーはエンジンを止めて抜いたキーホルダーを手に、トラックからおりた。

「アイクにドアを開けてやってくれ。リトル・ビットはおれが預かる」バディ・リーは言った。マヤはアリアンナと鍵を交換して玄関に行った。バディ・リーがアリアンナを抱いてトラックに戻る途中、ポツ、ポツ、ポツという小さな音が聞こえた。小さな子を腕に抱いたままその場にしゃがむと、痛みに思わずうめき声が出たが、アリアンナは愉しそうに笑った。車台からガソリンが少しずつ、途切れることなくもれていた。

こき使ったのはわかってるさ、ばあさん。もうちょっとだけがんばってくれ。バディ・リーは思った。立ち上がってトラックのうしろにまわり、片手でテールゲートをおろした。

そこに坐り、アリアンナを膝にバランスよくのせた。アリアンナは彼の顎の無精ひげに触った。

「剃らないとな。だろ？　おじいちゃんは狼男だ」バディ・リーは言った。

「しばらくふたりでここにいようか。歌でも歌うか？　『アイ・ソー・ザ・ライト』（カントリー歌手ハンク・ウィリアムズの曲）はどうだ？　ハンク・シニアが歌ってた。おれのおふくろが大好きでな。親父が家族の生活費を持ち逃げして部屋の電気がつかなくなったから、ほかのことを考えさせたかったんだろうな、この曲を歌ってたよ。いいか、こんな話をしてるのは、おまえさんがこの先憶えてないと思うからだ。まあ、それを言えば、おれのことも憶えてないかもしれんが」バディ・リーは言った。

「その人を台所に」マヤが言った。アイクはすぐ右を向いて、タンジェリンを小さな台所に運んだ。簡易台所と言うほうがいいくらいだった。クロムとフォーマイカの古い黄色のテーブルが置いてある。上にのっていた数枚の皿をタンジェリンの足で払いのけ、彼女を天板にうつ伏せに寝かせた。マヤはマザーズバッグの中身をあけた。アルコールの壜、包帯、縫合糸、ゴム手袋が入っていた。

「あなたは外に出て。できるだけ無菌に近づけたいから」

「いいのか？」アイクは言った。

「アイザック、あなたがいると邪魔なの」マヤは言った。アイクの洗礼名を使うのは、マヤの話法では〝これは依頼ではなく命令〟だった。

アイクは外に出てドアを閉めた。バディ・リーがトラックのテールゲートでアリアンナに何か歌っていた。アリアンナがくすくす笑っている。バディ・リーはアイクの知らない曲を歌いながら、大げさな顔を作っていた。どこか宗教めいた曲だった。バディ・リーの声は力強く、正しいところできちんと上がったり下がったりして、耳に心地よかった。アイクはどれほど簡単な曲でも正確に歌えない。

歌の邪魔をしたくなかったので、玄関前のブロックの階段に腰をおろした。一分とたたないうちに、バディ・リーがアリアンナを抱いてきて、階段のアイクの隣に加わった。幼子を地面におろすと、アリアンナはすぐに石を拾って投げはじめた。

「この子を見てるとデレクを思い出す。木の枝を見つけたら、牛が牛舎に帰ってくるまでひとりで遊んでた」バディ・リーが言った。アイクは自分の体を抱きしめ、両肩を握る手に力をこめた。夕暮れが急速に近づいていて、気温も同じくらい急速に下がっていた。

「アイザイアはよく裏庭の木のなかに住む妖精たちの話をしてた。戦争やら結婚やらがある、長い物語だった」アイクは言った。

「持ちこたえると思うか？　タンジェリンのことだが」

「持ちこたえるさ。問題は、例の男が誰なのか、おれたちに話すかどうかだ」アイクは言った。アリアンナは地面にぺたんと坐って、ふたつの石をぶつけ合った。

「彼女はそいつに愛されてると本気で思ってるな。このすべてに彼はかかわっていないと言わんばかりだ」バディ・リーが言った。

「誰かを愛すると、ほぼあらゆることに言いわけを思いつくものさ。死刑囚と結婚したくて外から訪ねてくる女が何人もいた」

「ああ、でもそういう女はクレイジーだろ」バディ・リーは言った。

「愛そのものが、ある意味クレイジーだ」アイクは言った。バディ・リーは靴の先で砂利を蹴った。いまのアイクのことばに返す気の利いた答えの持ち合わせがなかった。

「バディ・リー・ジェンキンス、いったいどこの誰があんたに子供の世話なんかさせてるの」マーゴが訊いた。バディ・リーのトラックの角をまわって彼女が現れると、バディ・リーとアイクは立ち上がった。

「まず言っとくと、おれは最高のベビーシッターだ。次に、これはただの子供じゃない。おれの孫娘のアリアンナだ」バディ・リーが言って、アリアンナを地面から抱き上げた。

「もしそんなにすばらしいベビーシッターなら、どうして地面に坐らせたりするの？　まったくもう」マーゴが言った。

「リトル・ビット、このいけ好かないご婦人に挨拶ができるかい？」バディ・リーは言った。マーゴが彼の腕をはたいた。

「この人の言うこと聞いちゃだめよ、キューティ・パイ。あんたはあたしが人生で見たなかでいちばんかわいいね」マーゴは言い、アリアンナの髪をくしゃっとした。

「それで、この背が高くてすらりとした人は？　シャツ恐怖症にかかってるみたいだけど」マーゴは言った。アイクは本能的に腕を組んだ。マーゴはにやりと笑ってウインクをした。

「おれはアイク。おれもアリアンナの、その……祖父だ」アイクは言った。マーゴはうなずいた。

「そう、初めまして、アイク。ひとつアドバイスしとくよ。バディ・リーがあんたの孫娘を地面に坐らせるのはやめさせな。あたしの息子はそれで旋毛虫病になったから。さて、あたしはビンゴに行こう。ふたりとも、このかわいい子をしっかり見ときなさいよ。戻ってきたときにまだこの子がいたら、さらっていくかも」マーゴは言った。

「わかった。愉しんできな」バディ・リーが言った。

「いっしょに来てもらおうと思ったけど、あんたもこの友だちみたいにシャツを脱ぐといけないからね」マーゴは言い、トレーラーの角を曲がって消えた。数秒後、彼女のフォルクスワーゲン・バグのエンジンがかかり、トレーラーパークから車が出ていく音がした。バグのエンジン音は船外機みたいだなとアイクは思った。

「彼女は友だちか？」アイクは訊き、右の眉を上げた。

「お隣さんだ。いい人だよ。コケにされたら黙っちゃいない」バディ・リーは言った。

「彼女はあんたのことが好きだな」

「は？　まさか。ただの隣人同士だ」

「好きなように考えればいい。だが、彼女の申し出を受けてたら、いまごろビンゴをしてるぞ」アイクは言った。

「友だちならビンゴに行ってもいいだろ」バディ・リーは言った。その両耳が少し赤らんだのにアイクは気づいた。

「あのご婦人は好きかな、リトル・ビット？　おれはちょっと彼女が怖い」バディ・リーは言った。目をむいてすぼめた唇からフーッと息を吹くと、アリアンナがキャーッと声をあげた。

アイクはうつむき、黙って両足のあいだのブロックのひびを目で追った。**自分が何を失ったか見てみろ。この子のパパといっしょに何を失ったか。**頭のなかの声が言った。最悪なのは、なぜアリアンナに近づいてはいけない気がするのか、理由がわかっていることだった。アリアンナと暮らすようになってから初めて、そのことが恥ずかしくなっていた。**次のチャンスを与える価値がないと運命が決めるまで、人は何度正しい決断をするチャンスを与えられるのだろう。**

マヤがドアから首を出した。

「話しましょう」彼女は言った。アイクとバディ・リーとアリアンナはトレーラーに入った。

「彼女は助かるわ」マヤはバディ・リーのテーブルの横で言った。タンジェリンはそこに横たわって彼らに背中を見せていた。

「出血は多かった。でも腕の傷は、弾が入って出ていってる。レントゲンを撮るまで確実なことは言えないけど、骨はどこも折れてないみたい。ただ神経の損傷はあるかもね。ショック状態ではなくて、たんに意識を失っただけ。どこか休む場所が必要よ。それと、誰かが包帯を取り替えて消毒しなきゃならない。さあ、彼女が誰で、どうして腕に穴があいたのか教えてくれる？」

「彼女はアイザイアとデレクが助けようとしてた人だ。息子たちが死んだ今回の件に、彼女のボーイフレンドがかかわっていると思う。おれたちは彼女と話して警察に行こうとしてた」アイクは言った。そして思った。**あるいは、彼女のボーイフレンドが誰か聞き出して、そいつのクソ頭をぶった斬ろうとしてた。**

バディ・リーが説明を引き継いだ。

「そのとき、あるやつらがおれたちを見つけて、彼女の家を撃ちまくった。彼女の母親も撃った。同じあのクソどもが息子たちを殺したんだと思う」バディ・リーは言った。マヤは両手を口に当てて、目を閉じた。

「彼女は何か言った?」マヤは重ねた手の奥でつぶやいた。アイクは首を振った。マヤは顔から手をどけた。

「かわいそうな人。どこか安全で、怪我を治せるところに連れていかないと」マヤは言った。

「心当たりがある」アイクが言った。

「その人は……理解者《アライ》?」マヤは訊いた。

「なんだって?」

「理解者。アイザイアが教えてくれた……」マヤはことばを切った。「LGBTQを受け入れる人をそう呼ぶって」

「当ててみようか。彼女はじつはレズビアンだとか?」バディ・リーが言った。マヤは肩越しに、タンジェリンのうつ伏せになった姿を見た。

「〝L〟じゃなくて別の文字」マヤが小声で言った。アイクは眉根を寄せた。

「なんの話をしてる、プディング?」彼は言った。愛情をこめたその呼びかけがあまりにも久しぶりに出てきたので、われながら驚いた。マヤも両眉を吊り上げたから、驚いたのだろう。彼女は両手をズボンにこすりつけた。

「あなたたちの友だちはトランスジェンダーの女性よ。どこへ連れていくにせよ、その人は理解者でなきゃいけない。トランスジェンダーだとわかったら彼女を通りに蹴り出すような人のところへわざわざ連れていかないで」マヤは言った。アイクはバディ・リーのソファの肘掛けに腰を落とした。バディ・リーはアリアンナを床におろした。アリアンナはマヤに駆け寄って、おばあちゃんの脚にしがみついた。

「待て。そうすると、彼女は彼なのか？」バディ・リーは低い声で訊いた。

「いいえ。彼女は彼女。性別適合手術をまだ受けてないだけ」マヤが言った。バディ・リーはソファのアイクの隣に坐り、うなだれて両手の指を髪に通した。

「今日一日で、もうクレイジーなことは充分体験したと思ってた」彼は言った。

「〝彼女〟と呼んでるが、彼女にはまだ……」アイクは最後まで言わなかった。

「彼女は女性としてふるまってる。ひとりの女性として生きているように見える。だから女性よ」マヤが言った。

「そういうことはみな病院で習うのか？」バディ・リーが訊いた。

「一部はね。でも基本は、その人のありのままの姿を尊重して受け入れるということ」マヤは言った。アイクはドリルのように鋭いマヤの視線で穴をあけられているように感じた。しばらく誰も、何も言わなかった。マヤはアリアンナを抱え上げ、肩にもたれかからせた。

「あの人、きれい」アリアンナが言った。

「ん？」マヤが言った。

「あの人、きれい」アリアンナが言った。マヤが振り返ると、タンジェリンがアリアンナに弱々しく手を振っていた。アリアンナは手を振り返した。

「わたしたちは妹のところに帰ったほうがよさそう」マヤが言った。

「いや、まだだ」アイクが言った。

「まだって、どういう意味？　家から離れろと言ったのはあなたよ」

「ああ、わかってる。けどいまは、ひとりで道路に出てほしくない。おれはこれからタンジェリンを安全な場所に連れていく。みんなはここに残って、おれの帰りを待ってくれ。それからおまえを妹のところに乗せていき、バディ・リーにあとからついてきてもらう」アイクは言った。

「彼女をどこに連れていく？」バディ・リーが言った。

「知らなくていい。知らなければ話せないから」アイクは言った。

「おれは話さないぞ、アイク」バディ・リーは心外だという口調だった。

「自分から話さないのはわかってる。だが、もしあいつらに捕まったら圧力は並じゃない。そうなると、黙ってもいられない」アイクは言った。バディ・リーは顎をかきかけて、手を止めた。

「タンジェリンの友だちが彼女を土に埋めてしまいたいのも無理ないな」バディ・リーは言った。

「ガールフレンドに秘密を知られてるだけじゃない。彼女のあり方そのものが問題だったんだ」アイクが言った。

「タリクも知ってると思うか？　だからあいつらをおれたちに差し向けてきた？」

「筋は通るな。ハードコアのヒップホップのプロデューサーは、ダウンロー（ゲイであることを隠している男性）であることを誰にも知られたくない」アイクは言った。

「あたしはゲイじゃない」台所から弱い声が聞こえた。アイクとバディ・リーは顔を見合わせた。それが彼らの合図になりつつあった。アイクは立ち上がり、台所に行った。タンジェリンがテーブルの端に坐っていた。マヤがバディ・リーのベッドシーツを切り取って、三角巾にしていた。顔に髪の毛が張りついている。シルクスクリーン印刷で〝アトランティック・シティ〟と書かれたビーチタオルをトーガのように体にまとっていた。

「ちがうのか？」バディ・リーが言った。

「ええ、ちがうわ、ゴーマー・パイル（テレビドラマの主人公のまぬけな田舎者）」タンジェリンは言った。

「頭がどうにも混乱しててな」バディ・リーは言い、ソファの背にもたれた。アイクはタンジェリンのまえに立った。

「きみを安全なところに連れていく」

「あたしは安全なところにいた。安全だったし、ママも生きてた」彼女は言った。

「いずれやつらには見つけられただろう」

「そんなこと、わかるもんですか」

「いや、わかる。きみの男は――何者であれ――誰にも知られたくないからだ。つき合ってる相手が……」アイクはことばを切った。まだよくない決断をしている。まだまちがったことを口にしている。

「言っちゃいなさいよ。あたしみたいな人間、でしょ。ママですらクソ変態呼ばわりしたことがある。ママはあたしをタンジェリンと呼ばなかった。パパからもらった名前だからって。タンジェリンはパパの名前で、あたしは誇りに思うべきなの。ママは死んだから、この先もずっとあたしを本名で呼べない」タンジェリンは泣きだした。激しいむせび泣きで、アイクの胸は痛んだ。彼女に近づき、いつの間にか腕に抱こうとしていた。タンジェリンは彼を押しのけた。アイクは気まずく両手を広げたまままうしろに下がった。

「彼の名前を教えてくれ。もうこのことを終わらせたいんだ」バディ・リーが言った。

「ぜったい教えない。あたしたち、愛し合ってた。彼が糸を引いてるわけじゃないの。かかわってないとは言わないけど、こんなことしてるのは彼じゃない」タンジェリンは言った。頬が涙で濡れて光っていた。

「教えてくれ」バディ・リーはできるだけやさしく言った。

「彼はおれたちの息子ふたりを殺した。人を送って殺させたんだ。きみからママも奪った。話してくれ、タンジェリン」アイクは言った。手を彼女の肩に置いたが、心のなかではアイザイアに触れていた。タンジェリンは彼の息子ではない。しかし彼女を通して、自分ひとりでは決して経験できない痛みや、みじめさや、不公平感の欠片を拾い集められると感じた。省略形の文字列で身を守りながら生きている人々がよく知っている、そういうものを。アイザイアは何度、いまのタンジェリンのように泣いたのだろう。本来生きるべき姿で生きる力を見いだすまでに、どのくらい泣いたのか。夜の相手よりははるかに価値のある人間として。彼を失望の対象としか見ようとしない父親を持つ人間として。

「まだ彼を愛してるんだろう?」アイクは訊いた。タンジェリンはその質問に答えなかった。

「いまのことがなくなってほしいと思ってるだけ」

「なくなりはしないぞ」バディ・リーが言ったが、アイクは手で制した。

「服を出してもらおう。きみをどこか安全な場所に連れていく。いいな?」彼は言った。

アイクはタンジェリンから手を放し、バディ・リーとマヤに顎を振って、ついてこいと合図した。三人はいったんトレーラーの外に出た。

「おれと彼女が借りられるようなシャツとズボンはあるか?」アイクが訊くと、バディ・リーはうなずいた。

「あんたのほうはわからんが、彼女に合うシャツはあるだろう。ジーンズも。けど、あんたがおれのシャツを着ると、末っ子の弟の服みたいに見えるぞ」

「車の後部座席にわたしのTシャツが何枚かある」マヤが言った。

「よかった、プディング」アイクは言った。

「とにかく名前を言わせないとな、アイク。できるだけ早く」バディ・リーが小声で言った。

「ママが目のまえで殺され、愛する男に殺されかかってるんだ。いまは何も言えないさ。安全なところに移動させて、時間を与えよう」アイクは言った。

「名前が必要だ、アイク」バディ・リーが言った。

「それに、愛した男がママをあの世に送った事実とも向き合わなきゃならない」アイクは言った。

「わかった。キツネに見つからない鶏小屋に連れていけよ。おれはマヤとリトル・ビットといっしょにここに残る。だが時間はないぞ。言うまでもないが」バディ・リーは言った。

「彼女のママを殺した人たちは、このまえわたしを尾けてきた人たちと同じ？」マヤが訊いた。

「ああ」

「あなたたちは彼女のボーイフレンドを見つけたら殺すの？」マヤは訊いた。バディ・リーは彼らから離れて、またトラックの車台を調べはじめた。

「ああ」アイクは言った。マヤは彼女のブレイズで遊んでいるアリアンナをあやすように体を左右に揺すった。

「よかった。さあ、この子をちょっと持ってて。車からスウェットパンツを取るから」マヤは言って、アリアンナをアイクに渡した。アイクは唾をごくりと飲んで、力強い手で女の子を受け取った。アリアンナは手を伸ばしてアイクの顎をつついた。

「この子をアンナのところに置いとけなかったのか?」アイクは訊いた。マヤは立ち止まり、車のトランクにもたれた。

「アンナは外出してたの。家にはわたしとこの子しかいなかった。ひとりで置いておくわけにはいかないでしょう。本当は連れてきたくなかった、こんなことのために」マヤは言い、車の後部座席に消えた。出てくると、シャツとヨガパンツを持っていた。アイクは目のまえを通りすぎる彼女の手を取った。

「こんなことに巻きこんですまなかった。すべてについて謝る」アイクは言った。マヤは彼の手を握った。

「とにかく彼らを捕まえて」マヤは言って、トレーラーのなかに戻り、タンジェリンといっしょに出てきた。タンジェリンはシャツとズボン姿だったが、どちらも二サイズ大きい。多少ふらついているが、また気を失うことはなさそうだった。

「おれもシャツを持ってきてもらえるか」アイクは訊いた。バディ・リーはジーンズを引き上げて、トレーラーに向かった。ドアの開閉や、箪笥《たんす》の抽斗を勢いよく出し入れする音が聞こえ、数分後に玄関口からアイクにフランネルのシャツを放った。

「弟のディークのだ。何年かまえに泊まっていった。だいたいあんたのサイズだろう」バディ・リーは言った。

アイクはシャツを着た。腕のところはきつかったが、あとは問題なかった。

「トラックを借りる。おれが帰ってくるまで待っててくれ」アイクは言った。

「アイク、そのトラックは血だらけだし、うしろの窓もない。おまけに小便中の競走馬みたいにガソリンがもれてる。おれのかわい子ちゃんだが、あとどれだけもつかわからんぞ」バディ・リーは言った。

「アリアンナがいるから、チャイルドシートのついた車を残しておきたいし、万一あんたたちがここから逃げることになったら、いつ停まるかわからないトラックじゃ困るだろう。それに、アリアンナを夜風が入る車に乗せたくない。あんたの友だちの忠告にしたがって、ベビーシッターをしっかり務めたいんだ」アイクは言った。

「わたしたちはベビーシッターじゃないわよ。あの子の祖父母でしょ。あなたがわたしの車でアリアンナを連れていってもいい」マヤが言った。

「あの子はおまえといるのが好きなんだ。ときどきおれを怖がってる」アイクは言った。

「それは逆だと思うけど、まあいいわ。どのくらいかかりそう？」

「片道十五分だ」

「だったら行って。出発が早いほど早く帰ってこられる」

「拳銃をくれ。あんたはマシンガンを持ってればいい」バディ・リーが言った。

「だめよ！　孫娘の近くに銃は置かせない」マヤが言った。

「マヤ、おれたちを追ってる連中がいるんだ。彼らは銃を持ってる」アイクが言った。

「だから早く行って戻ってきてと言ってるの。ここで待ってる。さあ早く」マヤは言った。

アイクはバディ・リーを見た。バディ・リーは肩をすくめた。夫婦の諍《いさか》いには立ち入らない。飢えた狼と獰猛な犬のあいだに立ち入るほうがましだ。

「マヤ、銃をバディ・リーに預けておく。おれは彼を信頼してる」アイクはトラックまで行き、マック10をつかんだ。それをバディ・リーに渡しながら、目を見交わした。バディ・リーはうなずいた。

「これしかない。四五口径は弾切れだ。カチッと止まるまでそこを引け。キーをくれ」アイクは言った。

「バイザーの下にスペアがある。おれは自分のを持っとくよ。家のドアに鍵をかけられるように」とバディ・リー。

「行くぞ、タンジェリン」アイクは言い、トラックに乗りこんだ。タンジェリンが助手席側に入った。

「バイバイ、きれいなお姉ちゃん！」アリアンナが言った。タンジェリンは微笑んで、アリアンナに手を振った。

「バイバイ、シュガー・ボタン」タンジェリンは言った。

「急いで戻ってくれ。流しの娼婦《しょうふ》を拾ったり、だまされたりすんなよ」バディ・リーが言った。

「ことばに気をつけて」マヤが言った。

「これは失礼」

「三十分だ」アイクが言った。トラックのエンジンをかけ、ないも同然のドライブウェイをバックした。

テールライトが道の先に遠ざかるのを見て、バディ・リー、マヤ、アリアンナはトレーラーのなかに戻った。

バディ・リーは片手にマック10を握り、もう一方の手でドアの鍵をかけた。

34

アイクはレッド・ヒル郡の北端に向かいながら、ジャジーの番号にかけた。三回呼び出したあとでジャジーが出た。

「ああ、アイク、どうしました?」ジャジーが言った。

「ジャズ、お願いがある」アイクは言った。ジャジーは彼の口調から何かを感じ取ったにちがいない。〝もちろん〟とか〝どうぞ〟と言う代わりに、こう答えた。

「どんなこと?」

「数日泊まるところが必要な友だちがいる。彼女は怪我で包帯をしていて、その交換を手伝ってもらわなきゃならない。きみはうちの会社に勤めるまえに准看護助手だったろう」アイクは言った。低い雑音が聞こえた気がしたが、空耳だというのはわかっていた。携帯電話に雑音を発する地上通信線はない。

「アイク、准看護助手といっても三週間だけよ。どうしよう。マーカスに訊いてみないと」

「最後の給与に二週間分追加する」

「二週間分？　本当に？」

「本当だ」アイクは言った。ジャジーは歯のあいだから息を吸って考えた。

「このまえのオートバイの人たちと何か関係がありますか？」ジャジーは訊いた。アイクはよほど嘘をつこうかと思った。

「ああ、だが、きみはだいじょうぶだ。誰もそこの住所は知らないし、おれは誰にも尾けられていない」アイクは嘘にならないように最大限努めた。裏道を長く走って尾行をむずかしくしていた。

「どうしたらいいのか、アイク」ジャジーは言った。

「三週間にしよう。三週間分の追加だ。頼む、ジャジー。彼女は助けが必要なんだ。おれのためにやりたくないなら、アイザイアのためにやってもらえないか」

「あのオートバイの人たちが、ザイの身に起きたことにかかわってるんですか？」ジャジーは訊いた。

「そうだ。まちがいない」アイクは言った。また沈黙が流れた。深く重苦しい沈黙だった。ついにジャジーが口を開いた。

「わかりました。連れてきて。どのくらい泊める必要がありますか？」

「ほんの数日だ。ありがとう、ジャジー」アイクは言った。

「わたしの小切手でマーカスにプレイステーションの新しいゲームをふたつ買わないと。黙っといてもらうために」

「じゃあまたすぐあとで」アイクは電話を切った。

「彼女に何も説明しなかったね」タンジェリンが言った。

「おれは何か説明できる立場じゃないと思う」

「ママはほんとに死んだと思う?」タンジェリンは訊いた。アイクは道路からはみ出そうになった。返すことばを慎重に選んだ。

「わからない。あらゆることがあまりにも速く起きたから。だが、彼女は生き延びられなかったと思う」アイクの声がかすれた。タンジェリンは車の窓にもたれた。ガラスが割れたリアウィンドウから、トラックの運転台に涼しい風が入ってきた。タンジェリンの髪が黒い妖精のように頭のまわりで踊り、跳ねまわった。

「ママはタリクがあたしに前払いしたお金の半分を取り上げて、ようやくあたしを家に入れてくれた。二千五百ドル。そのくせあたしを、死んだ名前で呼びつづけた」タンジェリンが言った。

「命を狙われて逃げているとママに言ったのか?」アイクは訊いた。

「ええ。だから全額取り上げなかったの」

「死んだ名前とは?」アイクは訊いた。タンジェリンは両脚を座席に引き上げた。

「あたしが生まれたときの名前。あたしが選んだ名前じゃなくて」タンジェリンは言った。

「壁の写真に写ってた人たちは……？」

「あれは〝まえ〟。あたしが自分を見つけるまえよ」

「ああ、そうか」アイクは言った。

「パパは黒人とメキシコ人の混血だった。ママの言う、上から下まで男。あるとき、あたしがママのハイヒールをはいてるのを見て、彼はこの胸を殴りつけた。それから三日間、唾に血が混じってた。その週末はずっとハイヒールで歩かされた。家のまわりを何度も、何度も。口からも、足からも血を流して。痛くてたまらなかった。そのとき本当にわかったの」タンジェリンは言った。

「何が？」

「あたしが生まれたときに、まちがえられたってことが。あたしは最初から女だった。まわりの人たちが認めなかっただけ。父親からあんな仕打ちを受けて、いつか足に合うヒールを見つけようってことしか考えられなかった。だからできるだけ早くボウリング・グリーンを出て、リッチモンドに行き、メイクアップと髪の仕事を始めた。そうしてタリクと出会ったの。彼のビデオで何度かメイクアップを担当した。タリクとつき合いはじめて、いろいろパーティにも連れていってもらうようになった。出かけるパーティがどんどん豪華になっていって、ある夜、市が開催した舞踏会で〝彼〟に会った。〝彼〟との関係は最初からほかの人とはちがった。タリクのとき、彼はあたしのセクシャリティを知ってたけど、あたしのことが好きなのを認めたくないようだった。あたしたちはいろんなことをした。最初はセックスじゃなくてクラブに出かけたりとか。そのあと彼はよくハイになって、自分を傷つけ、あたしを叩きまくって、謝った。でも〝彼〟と会ったとき、あの人は昔ふうに紙に電話番号を書いて渡してくれた。何度か会ったあと、あたしはセクシャリティのことを話した。怖くてたまらなかった。男がそれにどう反応するか予測がつかないから。でも〝彼〟は気にしなかった。いつも言ってたわ。〝両脚のあいだにあるものなど気にしない。大事なのは心のなかにあるものだ〟って」タンジェリンはそこで息を吸った。

「それまであたしは性処理用のおもちゃだった」「ほんとにちがった。あ、馬鹿、なんであなたに、べらべらとこんなことしゃべってるんだろう。きっとあと一週間で死ぬから、もうどうでもよくなったのね」

「いや、死んだりはしない」アイクは言った。

「そう思うの？」

「思う」

「どうして？」

「それが誰かおれに話せば、おれが彼を殺すからだ。時間をかけて、痛みを思い知らせてやる。おれが本気だってことはわかるだろう。だからきみはそいつの名前を言わないんだと思う。いまもその男を愛してると自分に言い聞かせてるから」アイクは言った。タンジェリンは黙っていた。自分の体をきつく抱いて、引き寄せた両膝に顎をのせていた。トラックが道路の隆起で跳ね、彼女は腕がドアにぶつかって顔をしかめた。怪我していないほうの手を顔に当てて、ぶるぶる震えた。

「ずっと説明してるのに、わからないのね。彼はあたしが好きなの。家族がいるから本当の自分になれない。複雑なの。彼は結婚してる。家族には公の顔があって、それはなんとしても守らなきゃならない。あなたにはぜったいにわからないわ。誰を愛するかってことで責められたことがないから」タンジェリンは言った。

アイクは握ったハンドルに万力のような力を加えた。

「何回言えばわかるんだ。その彼はおれの息子を殺した。バディ・リーの息子もだ。人を送って、きみを殺そうとし、きみのママを殺した。それが彼の正体だ。彼に愛されてる？いいだろう。だがな、男は愛してる相手を隠さないものだ。ましてどこかのクソ野郎に相手を殺させようとはしない」アイクは言った。タンジェリンはヨガパンツのポケットを探っていた。

「あなたはアイザイアを愛してることを隠した」タンジェリンは言った。アイクは息を吸って考えた。

「たしかにアイザイア自身には隠した。だが、ほかの誰にも隠していない。その責任はある。責任のとり方をいま学んでるところだ」

タンジェリンは唇をなめた。

「ほら、これを見て。読んだあとでまだ彼が愛してないって言える？」携帯電話をスクロールしながら言った。探していたものが見つかると、アイクに電話を差し出した。ショートメッセージだった。相手の番号を〝W〟として登録していた。アイクは黒い油膜のように前方に延びる片道一車線の道をちらちら見ながら、メッセージに目を落とした。


きみのように私を理解してくれる人は誰もいない。

きみといっしょなら、完全に本当の自分でいられる。

仮面は必要ない。そしてそう、セックスはすばらしい。


アイクは電話を彼女に戻した。

「ひとつ質問させてくれ。こいつはうっとりするようなことを言うが、きみをモーテル以外の場所に連れていったことがあるか？　連れていくことすらせずに、きみはモーテルで待たなきゃいけないんじゃないか？　いっしょに一枚でも写真を撮ったことがあるか？」

タンジェリンは黙っていた。

「だろうと思った。認めるのがどれだけつらいかは、おれにはわからないが、これの終わり方はひとつしかない。彼か、おれたちか――おれたちみんなのことだ」アイクは言って、クラブ・シケット・ロードに曲がった。ジャジーのトレーラーハウスは左側の最後の家だ。

「おれたち？　いつから〝おれたち〟になったの？　自分の息子とさえかかわろうとしなかったのに、あたしをチームの一員にするの？　そんなこと信じろって？」タンジェリンが言った。ことばが榴散《りゅうさん》弾のように口から飛び出した。

「きみをチームに入れるのは、アイザイアとデレクに起きたことを、もうほかの誰にも起こすわけにはいかないからだ。きみを理解できると言ったら嘘になる。実際、理解できない。きみのような……人でいるのがどういうことか、わかるふりをすることすらできない。だが、今回ひとつ学んだことがあると思う。こういうことは、おれの問題でも、おれが何を理解しているかという問題でもない。ほかの人が自分らしくいるのを許すかどうかという問題だ。そこにクソみたいな死刑宣告は含まれない」アイクは言った。

「あたし、アイザイアとデレクのことばかり考えてる。このろくでもない口を閉じてたら、ふたりともまだ生きてたって。そのうえママも死んだ。もうこんなことは続けられない」タンジェリンは言った。アイクは畑じゅうに置かれた牧草ロールがフラットベッド・トラックに積まれている横を通りすぎた。日はつるべ落としで沈みかけ、畑にいる男たちは、太陽が地平線の向こうに消えるまえになんとか作業を終えようと、あわただしく動きまわっていた。空いっぱいに、琥珀《こはく》色とマゼンタが嘘のように溶け合って流れていた。

アイクは砕いた牡蠣殻《かき》を敷きつめた長いドライブウェイに入った。両側はずっと続くブラックベリーの茂みと野生の萱草《かんぞう》で、萱草のオレンジ色の花がブラックベリーのみずみずしい緑の葉叢《はむら》と好対照をなしていた。ドライブウェイの突き当たりに、赤いシャッターのついた白いダブルワイドのトレーラーハウスがあった。前庭にあるのはジャジーの車だけだった。アイクはその横にトラックを駐め、エンジンを切った。

「すまなかった」アイクは言った。

「そんなこと言わないで。あたしの機嫌をとろうとしてるんでしょ」タンジェリンが言った。

「いや、ちがう……きみがこういうことを起こしたくなかったのはわかる。だが、起きたことは起きたことだ。おれたちはそのなかにいる。一度人に言われたことだが、過去は変えられなくても、次に起きることは自分で決められる。きみがいまいるのはそこだ」アイクは言い、トラックから出た。

「さあ行くぞ。ジャジーに紹介させてくれ」

「彼女は本当にあたしがいることを嫌がらない?」タンジェリンが言った。まだトラックのなかにいる。

「だいじょうぶだと思う。おれみたいな恐竜じゃないから。アイザイアとは学校で仲のいい友だちだった。アイザイアが……ゲイであることを、おれよりずっとまえに知っていて、それでも彼に背を向けなかった」

「言ったでしょ、あたしはゲイじゃない」

「レッド・ヒル郡に理解者がいるとしたら、ジャジーがいちばんそれに近い」アイクは言った。タンジェリンは怪我をしていない手を顔から離し、トラックのドアを開けた。彼女はアイクのあとについて踏み石の上を歩き、ダブルワイドの玄関に向かった。


バディ・リーは飲んでいたビールの壜の首で、リビングの窓のカーテンを横にずらした。太陽はディップする社交ダンサーより低く沈んでいた。田舎の生物の一群が夜の祈りを唱《たた》えはじめた。カエル、コオロギ、マネシツグミが、みなそれぞれの神を称える歌を歌っていた。


咳がワタリガニのハサミよろしく彼の胸を締めつけた。腐っていく肺から痰と唾を無理やり吐き出そうとすると、顔のまえで染みがいくつも躍った。力強い手に背中を叩かれた。バディ・リーは手を口に当て、肺がためこもうとしていたものを受け止めた。

「ありがとう。喉に虫が入ったようだ」バディ・リーは言った。血と唾をズボンにすりつけたくなかったが、マヤに見られるのも嫌だった。なめらかな無表情の顔が、死前喘鳴《ぜんめい》をそれなりに聞いてきた女性の落ち着いた態度で彼を査定した。

「がん？　それとも肺気腫？」マヤは訊いた。

「ティッシュをもらえるか?」バディ・リーは言った。マヤは台所に行ってペーパータオルを取ってきた。バディ・リーは手をふき、紙を丸めてポケットに入れた。

「喉に虫が入っただけだ」バディ・リーは言った。マヤは両手を腰に当てた。いまにも嘘つきと言いそうだったが、咎めるように首を振っただけで、アリアンナとソファに坐った。バディ・リーはまた窓の外を見た。


急げ、アイク。バディ・リーは思った。


ジャジーはドライブウェイをバックで去っていくアイクに手を振った。ふたりはタンジェリンに睡眠薬を与え、奥の寝室で寝かせた。タンジェリンはマーカスが帰宅したら蹴り出されるのではないかと心配していたが、ジャジーはだいじょうぶと安心させた。

「ポテトチップひと袋と〈コール・オブ・デューティ〉があれば、彼は何も気にしないから。あなたがここにいることさえ、たぶん気づかない」ジャジーは言った。タンジェリンがベッドに入ったあとで、アイクはジャジーに、さっきの確約は本気だったのかと訊いた。

「わかりません。彼はときどき行動がおかしくなるから。でも、三週間分の追加支給で気分がよくなってくれると思います」ジャジーは言った。

アイクはトラックのギアをバックからドライブに切り替えて道路を走りはじめた。登り坂のゆるやかなカーブを時速百キロ近くで曲がった。

「くそっ、くそっ！」

そのことばが窮屈な運転台にまだ響いているあいだに、アイクはブレーキペダルを床まで踏みこんだ。

畑にいた平台トラックが道のまんなかで横倒しになっていた。溝から溝まで干草が道いっぱいに広がって、まるで誰かが巨人のひげを剃ったかのようだった。何人かの男が車のまわりを動いていた。両手をポケットに入れ、うつむいて突っ立っている者もいた。人が最大限ひどい目に遭っているときにする万国共通のボディランゲージだ。アイクはトラックのギアをパーキングに入れ、外に飛びおりて、手をポケットに入れている男のひとりに近づいた。

「ヘイ」アイクは言った。相手は彼のほうを向かなかった。

「ヘイ。何があった？」アイクは訊いた。

「見りゃわかるだろ、族長？」男は言った。

「そういう物言いは控えたほうがいいんじゃないか、若いの」アイクは言った。茶色の髪にトラック乗りの汚い帽子をかぶった相手の若い白人は、アイクをしっかり見た。背はアイクより十五センチほど高かったが、一歩うしろに下がった。潜在意識が体に警告して守りに入らせたのだ。

「運転手が曲がり角でハンドルを切りすぎた。携帯はぜったい使ってなかったと本人は言ってるけど、みんなそれは嘘だとわかってる」帽子の男は言った。

「片づけるのにどのくらいかかる？」アイクは訊いた。帽子の男はしばらく考えた。

「早くて一時間だろうね、大将。干草をどけて、トラックを起こして、たぶん牽引《けんいん》させて」男はそのことばが口から出るや否や、また一歩下がった。沖から嵐が迫り来るかのように、アイクの顔に黒雲が湧き起こっていた。

「わかった」アイクは言い、携帯電話を取り出した。マヤの番号は留守電につながった。アイクは悪態をつき、もう一度かけた。またすぐに留守電につながった。バディ・リーにかけた。これもそのまま留守電。

「くそっ」アイクは言った。クラブ・シケット・ロードは、タウンブリッジ・ロードと同じようにどん詰まりの道だ。両側の溝は深すぎて車で通れないし、倒れたトラックと散らばった干草を迂回《うかい》するすべもない。

バディ・リーにもう一度かけた。

「クソ電話に出ろ」アイクは言った。また留守電だった。アイクはトラックのボンネットを叩いた。マヤにまたかけた。

留守電。

「ここはつながりにくいんだ。レッカー車も無線で呼ばなきゃならない」帽子の男が言った。

アイクはボンネットに拳を打ちこんだ。

また打った。

もう一度。

もう一度。

35

十分。

アイクとタンジェリンが出発してわずか十分後に、マヤに電話がかかってきた。バディ・リーが最後のビールを飲み干し、アリアンナにグリルドチーズ・サンドイッチを作ったところで、マヤの電話が鳴りだした。

「アイクか？」バディ・リーが訊いた。マヤはポケットから携帯電話を出して画面を見た。

「いいえ、隣の家の人よ。メアリーアン」マヤは言い、電話を耳に当てた。

「もしもし？」

「ああ、マヤ、ランディだ。メアリーアンの夫の。あんたの家が燃えてる」ランディが言った。

「え⁈」マヤは叫んだ。

「そうなんだ。もう消防署には電話したが、知らせておこうと思って――」

マヤは電話を切った。ソファからさっと立って、アリアンナを抱き上げた。

「おい、どうした?」バディ・リーは言いながら、アリアンナのサンドイッチを紙皿にのせて、リビングに持ってきた。

「家が燃えてるの。行かないと」マヤはドアに向かいかけた。

バディ・リーはミルククレートのテーブルの上に紙皿を落とし、マヤのまえに立った。

「おい、ちょっと待った。家が燃えてるって、どういうことだ?」

「隣の家のランディがいま、うちの家が燃えてるって知らせてくれたの。もう消防署には連絡したみたいだけど、帰らなきゃ!」マヤは言った。バディ・リーは手を彼女の肩に置いた。

「マヤ、行っちゃいけない」

「いけないって、そんな馬鹿な」マヤは肩を振ってバディ・リーの手から逃れた。

「聞いてくれ。これは罠だ。あんたはウサギみたいにその餌に食いつこうとしてる」

「バディ・リー、ここに突っ立ってあなたの〝リーマスじいやの物語〟を聞いてる場合じゃないの。自分の家が燃えてるのよ。行かなきゃ。さあ、そこをどいて」

「マヤ。ちょっと落ち着いて考えてくれ。おれとアイクをさらし首にしたいやつらがいる。おれとアイクは、連中が弾薬庫みたいに鉛だらけにしたい娘を連れて逃げてきた。あいつらはアイクの住所を知ってる。なあ、おれは賢くはないが、それでも連中と戦った同じ日にあんたの家が火事になったのが偶然かどうかはわかる。偶然なわけないだろ」バディ・

リーは言った。

「家にはアイザイアが赤ちゃんのときにはいた靴がある。初めて散髪したときに取っておいた髪も。二年生のときに書いた詩も。あなたにはわからないわ。あの子が残したものはもうそのくらいしかないの。彼をもう一度失うなんて耐えられない。無理」マヤは言った。顔は半分困惑、半分怒りの表情で、あと少しで大泣きに変わりそうだった。

「なあ、おれみたいに考えるやつは百キロ以内にいないかもしれないが、いま家が燃えてるなら、現地に着くころにはもう何も残ってないぞ」

「ごめんなさい。あなたを責めるつもりはないの。でもとにかく行ってみないと」

バディ・リーは顔をこすり、両手を腰に当てた。

「わかった。行こう。だがアイクに電話して、ここを出ると知らせてくれ」彼は言った。

「行く途中で電話する」

彼らは三回かけた。二回は直接、留守電につながった。三回目は留守電にすらたどり着けなかった。バディ・リーは、レッド・ヒル郡には電波が届きにくい場所があることを知っていた。電話をかけるよりポニー・エクスプレスで手紙を送るほうがうまくいきそうな場所もある。だからといって気は休まらなかった。独自に行動するのはまちがいだという気がした。家に行くのはまちがいだとわかっていたが、マヤが選択の余地を与えなかった。トレーラーハウスにいさせることもできないし、ひとりで家に行かせることは論外だ。

デレクの思い出の品はあまりなかった。財布に入れた一枚の写真がほぼすべてで、それが燃えてしまったら自分がどう反応するか、想像できなかった。愛する人がいなくなったとき、心のなかで彼らを生かしつづけるのは思い出の品々だ。写真、シャツ、詩、赤ん坊のときにはいた靴。それらが錨《いかり》となって、記憶が漂い流れていくのを止める。

マヤは時速五十五キロでルート34に入った。最初に左に曲がる道がタウンブリッジ・ロードだ。満天の星が、ばらまかれたダイヤモンドのように輝いている。バディ・リーは胃が膝まで落ちた気がした。

マヤはタウンブリッジに曲がった。

「待て」バディ・リーが言った。

「え？」マヤが言った。

「煙はどこだ？　炎は？　消防車はどこにいる？」バディ・リーは言った。マヤはアクセルから足をはずし、車を停めた。

「嘘でしょ」マヤは言った。

彼女の家のまえでアイドリングしていた十五台のオートバイのホイールスポークが、車のまばゆいヘッドライトに照らされて光っていた。エンジンのうなりは、いままさに狩りを開始する狼の群れのようだった。

「下がれ」バディ・リーが言った。

マヤは動かなかった。

「下がれ！」バディ・リーは叫んだ。アリアンナが泣きだした。マヤはギアをバックに入れ、アクセルを踏んだ。ボンネットのなかのシリンダー四本が錆びた蝶番《ちょうつがい》のような音を立てた。バディ・リーは両脚のあいだからマシンガンを取った。安全装置をはずし、銃を膝に置いた。

「言われたとおりにしたぞ。解放してくれるだろう？」ランディが言った。彼は自分の家のまえで地面に両膝をついていた。その首のうしろに、グレイソンが三五七口径を突きつけていた。

「ああ、だがあんたは腐った裏切者だ。隣人にこんなことをするやつがどこにいる？」グレイソンは言い、銃の台尻でランディの後頭部を殴りつけた。女が車のギアをバックに入れて、後退しはじめるのを見つめた。

「火をつけろ！」彼は吠えた。何人かのクルーが、持っていたガラス壜から垂れた布に火をつけ、アイクとマヤの家の窓めがけて放り投げた。残りのクルーは臙脂《えんじ》色の小型のセダンを追いはじめた。

マヤは道からそれて郵便受けをなぎ倒し、ハンドルを切って砂利の上に戻った。オートバイのヘッドライトが、ホタルの大群のように近づいてきた。マヤは道の終端にある一時停止の標識を無視して飛び出し、ブレーキを踏みつけて、ギアをドライブに入れた。

バディ・リーは、運転席側から別の光が急接近してくるのを見た。

「クソこの！」言った直後に、ドームがロイヤルブルーの新型のブロンコで解体鉄球よろしく彼らの車に激突した。車は一度ひっくり返り、もう一度回転して横倒しで止まり、一瞬バランスを保ったが、結局重力に負けて、ルーフから地面に逆さに落ちた。オートバイが大道芸人を見る群衆のようにまわりを取り囲んだ。


バディ・リーの口のなかは血だらけだった。苦い銅の味で息が詰まり、咳をして唾を吐こうとした。顔じゅうに血が飛んだ。奥歯が何本かぐらぐらした。体は苦痛の送電線のようで、痛みが火花を散らしてあらゆる神経、あらゆるシナプスを駆けめぐっていた。また唾を吐くと、今度は大きな奥歯が二本飛び出して天井に落ちた。

銃はどこだ？　どこにある？　くそ。動かなければ。自分が車から出れば、やつらは追いかけてきて、マヤとアリアンナは放っておく。だから動かないと。いまは逆さ吊りだが、動くんだ。いつもはシートベルトをつけないが、今回はマヤがいっしょに乗りこんだとき、どうしてもつけろと言った。おかげで命は助かったかもしれないが、いまは殺されたシカのように頭を下に吊るされる輪縄になっている。ゆっくりと窒息しそうだった。つかまるものはないかと手探りした。指が思うように動かない。シートベルトをはずそうとしたが、指が協力してくれなかった。

砂利道を歩く重い足音が聞こえた。助手席が無理やり引き開けられて、金属同士がこすれる甲高い音がした。

グレイソンがしゃがんで、のぞきこんだ。

「もうひとりのじじいだな。白黒の白のほうだ」グレイソンは言った。

「おまえの……父親……にもなれたが、順番待ちの列が長すぎてな」バディ・リーは言った。

グレイソンは微笑んだ。三五七口径の銃身のほうを握って、バディ・リーの横面に叩きつけた。バディ・リーは頰の何かが崩れたと感じた。頭全体に列車に轢かれたような痛みが走った。グレイソンは彼の腹に銃口を押しつけた。

「タンジェリンはどこだ？」

「知るか。アイクがどこかへ連れていった。おまえらには見つけられない」バディ・リーは言った。

グレイソンは銃口をバディ・リーの腹から口に移し、喉の奥まで突っこんだ。トリガーガードが鼻にくっつきそうになった。

「タンジェリンがどこにいるか言えば、うしろの席で頭がちぎれるほど泣いてる混血児を撃たないでおいてやる」グレイソンは言った。

バディ・リーは腕を振り、シートベルトから逃れようと身をよじった。

「子供に触れるな、くそチンカス！　この子に小汚い手を出すんじゃない！」発音が乱れてろくに聞き取れなかったが、グレイソンには言わんとすることがわかった。

「大事な子なのか、え？　誰だ？　黒いほうの娘か？　いや待て……言わなくていい。あのオカマふたりに子供がいたな。あいつらに子供を持たせるなんて、どんなクソ馬鹿のやることだ？　まったく、この世界はどうなるんだか」グレイソンはバディ・リーの口から銃を抜いた。

「タンジェリンの居場所を言え。言わなきゃその子を射撃練習の的にする」

「知らん！　彼が連れていった。どこへ行くかはおれたちに言わなかった。この子に罪はない。放っておけ。誰かを殺したいなら、おれを殺せ。さあ、やれよ、クソづまり。やりやがれ！」バディ・リーは叫んだ。グレイソンは立った。

「ドーム、このじじいを車の外に出せ。売女《ばいた》が携帯を持ってるかどうかも調べろ」グレイソンは言った。

そしてまたバディ・リーの目の位置までしゃがんだ。

「本当のことを言ってるようだな。おまえに知らせないのは利口だった。まあ、あいつは馬鹿じゃない。心配すんな。おまえがやられたいことをやってやる。もうすぐな。いまやってもいいが、おまえは運がよかった。メッセージを届けてもらわなきゃならねえ。このクソあまは首の骨が折れたようだから」

「やだ！　おばあちゃん！　おじいちゃん！」アリアンナが叫んだ。バディ・リーは、ドームがドアをこじ開ける耳障りな音を聞いた。やがてバックルがはずれる音がした。その音は、すでに粉々になっていると思っていた彼のなかの何かを完全に破壊した。

「よし。このガキを連れていく。それでおまえもタンジェリンを捜す気になるだろう」グレイソンが言った。

「アリアンナはこのことに何も関係ない。放せ。その子を放せ！」バディ・リーは絶叫した。

グレイソンは笑った。

「アリアンナ？　ああ、あいつはこの子のことを言ってたのか。あの白いほうはあんたの息子だな、え？　そうそう、おれがあいつの顔を撃つまえに、この子の名前を呼んでたぜ。なんで女の名前を呼ぶんだろうと思ったが。ママなのかなと。ママの名前を呼ぶやつが多いから」グレイソンは言った。バディ・リーの目に頬の傷から流れてきた血が入った。バディ・リーは必死でまばたきして首を伸ばし、大きなブロンドのバイク乗りを見上げた。

「おまえも呼ぶぞ。おれとおまえが死ぬまえに保証しとく。おまえもママの名前を叫ぶ」バディ・リーは言った。

「タンジェリンを連れてこい、白いの。また連絡する」グレイソンは言った。バディ・リーはブーツが車から離れていくのを見つめた。数秒後、オートバイの群れが道路を走り去った。エンジンの轟音が弱いこだまになって、夜のなかに消えていった。

36

アイクは救急病棟の受付を嵐のように駆け抜け、分厚いビニールドアの向こうに入った。

「すみません、ここで手続きをしてください！」受付の女性が言ったが、アイクは通りすぎたあとだった。まっすぐナースステーションに行くと、水色の手術着の若いラテンアメリカ系の女性が立って、机のうしろから出てきた。

「アイク、彼女は手術中よ」女性が言った。

「なんの手術だ、シルヴィア？」アイクは訊いた。

「脾臓《ひぞう》破裂、腸穿孔《せんこう》、肺挫傷、それと頭蓋骨折もある」シルヴィアは言った。アイクはふらついた。デスクに手をつき、ぐったりと頭を垂れた。

「アイク、プリタク先生はこの州でもいちばんの胸部外科医よ。マヤはわたしたちの同僚。ここで十年働いていて、みんなのお母さんみたいなもの。わたしたちがなんとかする、アイク。信じて。外の待合室にいてくれる？　手術が終わったら知らせるから」シルヴィアは言った。アイクの心臓は速く打ちすぎて、耳鳴りがするほどだった。

「アリアンナはどこだ？　アリアンナは？　バディ・リーはどこにいる？」アイクは訊いた。ようやく道路が片づけられると、地獄から飛び出したコウモリのように全速力で運転してトレーラーパークに戻った。突っ走りながらも、マヤとバディ・リーに交互に電話をかけつづけた。バディ・リーのトレーラーに着いてマヤの車がないのを見たときには、あまりにも完全な恐怖に幽体離脱を経験しそうになった。その後、妻の職場の病院から電話がかかってくると、恐怖はたちまち絶望に変わった。

「あなたの質問に答えられると思います」保安官補が言った。アイクは体を起こして相手と向き合った。細くたくましい体形の見本のようだった。レッド・ヒル郡保安官事務所の茶色と黄褐色の制服が、鋭く尖った痩身《そうしん》に張りついていた。

「何が起きたんです？」

「ちょっと移動して話しましょう、アイク」保安官補は言った。アイクは彼を知らなかったが、レッド・ヒル郡では誰もがアイクを知っている。かつて犯罪者だった彼を憶えているか、いまのようになった彼に親しんでいるかだ。それが小さい町の不幸だ。アイクは保安官補のあとについてビニールドアをくぐり、廊下を通って礼拝堂に移動した。〈レッド・ヒル総合病院〉の礼拝堂はみすぼらしく、短い会衆席が二列、キリスト代わりのグレッグ・オールマン（サザンロック・バンドのオールマン・ブラザーズ・バンドのボーカリスト）の写真、まがいもののステンドグラスが数枚あった。保安官補は入口のすぐ内側で立ち止まり、アイクは会衆席の近くに立った。

「ホッグ保安官補です。こんなことになって残念ですが、はっきりさせなければならないことが二、三ありまして」

「何が起きたんです？」

ホッグ保安官補の肩が強張《こわば》った。「落ち着いてください、ミスター・ランドルフ。いま話します」

「落ち着けるわけないでしょう、誰も何も話してくれないんだから。次にあなたから出てくることばは、妻と孫娘と友人が病院に入ることになったいきさつでしょうね？」アイクは言った。アリアンナを孫娘、バディ・リーを友人と呼んだことを脳は認めたが、いまそのことを深く考えている余裕はなかった。

「話そうとしていますが、まず落ち着いてもらわないと。病院から電話があったとき、なんと言われました？」ホッグ保安官補は訊いた。

「もう知ってるでしょう。事故があった、妻と助手席にいたバディ・リー・ジェンキンスが怪我をした。アリアンナについては何も教えてくれなかった。どんな事故だったのかも。これがおれにできる最大限の落ち着きだ」アイクは言った。

「事故じゃなかったんです、ミスター・ランドルフ。素性不明の誰か、あるいは何人かの集団が奥さんの車に意図的に衝突した。彼らはあなたの家に火をつけ、隣人に暴行を加え……」ホッグ保安官補は口ごもった。アイクの胸が締めつけられた。

「お孫さんを連れていった。誘拐したんです」保安官補が言うと、アイクの足元の地面が消えた。アイクは会衆席にくずおれた。ホッグ保安官補は彼の隣に坐った。

「あなたの友人と話をしましたが、あまり役に立つ情報は得られなかった。悪くとらないでほしいんですが、あなたを恨んでいるような人物に心当たりはありませんか？　ほら、ずっと昔の関係でも？」

「ひとりにしてくれ」アイクは言った。

「アイク、あらゆる手を尽くしてお孫さんと犯人を見つけますが、正直に話してもらわないと。子供を奪っていったり家を焼いたりするのは、個人的な攻撃だ。それもきわめて根が深い。あなたは誰がこんなことをしたか知っている。話してください。そうすれば、手遅れになるまえに彼女を取り戻すことができる」ホッグ保安官補は言った。

「何もわからない」アイクは言った。まったくの嘘でもなかった。もはや彼の人生は制御不能にまわりつづけるメリーゴーラウンドだった。アイザイアは死んだ。マヤは手術台で瀕死の怪我と闘っている。アリアンナはいない。家は灰の山になった。バディ・リーと引き起こしたこの大混乱をどうすれば止められるのか、わからなかった。愛する人たちをどうすれば守れるのか。もう何もわからなかった。

「本当ですか？」

「いいから行ってくれ。頼む。ひとりにしてくれ」アイクは言った。

ホッグ保安官補は立ち、制服を整えた。

「気が変わったら、われわれへの連絡方法はわかりますね。気が変わらなかったら、次の葬儀に備えたほうがいいかもしれない」ホッグ保安官補は言った。

バディ・リーは自分を見つめる目を感じた。そのせいで腕の毛がぴんと立った。目を開けると、アイクがベッドの足元に立っていた。

「いったい何がどうなったんだ」アイクが言った。バディ・リーは顎をかいて、痛みに顔をしかめた。頰の傷で顔じゅうが敏感になっていた。

「あんたの隣人がマヤに電話をかけてきて、家が燃えてると言った。彼女はどうしても行くと言って聞かなかった。家に行ったら、〈ブリード〉が待ち構えてた。そのとき家は燃えてすらいなかった。おれたちが逃げようとしてるときに、連中が火をつけたんだ。あいつら、バイクで追いかけてきて、クソ野郎がブロンコでおれたちの横からぶつかった。アイク、アリアンナが連れていかれた。あの小さな子をさらっていきやがった。マヤの携帯も持っていった。あとで連絡すると言い残して。タンジェリンとアリアンナを交換したがってる」バディ・リーは言った。

「いや、交換じゃない。タンジェリンを連れていったら、おれたち全員を殺すつもりだ」アイクは言った。

「彼女は相手の男について何か言ったか？」バディ・リーは訊いた。アイクは首を振った。

「何も。そいつがこのすべての原因だってことがまだ信じられないようだ。彼からもらったショートメッセージまで見せられた。口先だけの男だが、口はやたらとうまい。彼女は完全に夢中だ」

「差出人の名前はつけてなかったんだろうな？」バディ・リーは訊いた。

「〝W〟という名前で携帯に保存してた。ファーストネームのイニシャルなのか、ラストネームのイニシャルなのか、ほかの何かなのか、わからん」アイクは壁に寄せてあった椅子を取ってきて、バディ・リーのベッドの横に坐った。

「マヤの怪我はどうだって？」バディ・リーは訊いた。

「たいへんなことになってる。いま手術中だ」

「くそっ、くそったれ」バディ・リーは言った。病室の外の廊下をさまざまな段階の不安の声が往き来していた。それが無数のモニターや機械の信号音、排気音と入り混じって、アイクとバディ・リーの思考を取り巻く無機質なサウンドトラックになった。

「すまない、アイク」バディ・リーが言った。アイクは何も言わなかった。

「マヤを行かせるべきじゃなかった。止めるべきだったが、彼女は火事から救えるものは救いたいと言って。だが、おれひとりが行けばよかった。何があっても彼女をドアの外に出しちゃいけなかった」バディ・リーは言った。

「ああ、そうだったな。それを言えば、おれたちはこのことにかかわるべきじゃなかった。結果がどうなるにせよ、警察にまかせればよかった。だが、現実にはそうしなかった。その結果がこれだ」アイクは言った。

「あの子を取り戻さないと、アイク。どんな手段を使ってもあの子を取り戻す」

「タンジェリンは引き渡さない。アリアンナも無事に取り戻す。あいつらはおれたちの息子を殺した。タンジェリンの母親も殺した。おれの妻も殺そうとした。おれの家まで燃やしやがった。あいつらには、もうクソ何ひとつ奪わせない」アイクは言った。

「あんたをこのことに巻きこまなきゃよかった」バディ・リーはささやいた。アイクは椅子をバディ・リーのベッドのそばに寄せた。

「あんたに腕をねじ上げられたわけじゃない」彼は言った。

バディ・リーはごくりと唾を飲んだ。「ねじ上げたんだとしたら？」

アイクは首を傾げた。「どういう意味だ？」

バディ・リーは手を顔に当てた。指で頬の縫い目をなぞった。血圧計が不規則な警戒音を発しはじめた。

「墓石が破壊されなかったら、こんなことをしてなかったか？」バディ・リーは訊いた。

アイクは身を乗り出した。咎めるように目が細くなった。バディ・リーには、アイクの頭のなかで歯車が嚙み合ったのがわかった。

「まさか?」アイクは言った。ほとんど聞こえないくらいの声だった。

「あんたは乗ってきそうになかった。おれひとりではできない。だから弟のチェットにやらせようとしたが、断られた。信じてくれ。おれは気分が悪くなった。本当に吐きそうになった。だが、ああしなきゃあんたが手を貸さないのは……」バディ・リーは言った。アイクは瞬時に椅子から立ち上がった。力強い両手でバディ・リーの首をつかみ、ベッドから持ち上げた。バディ・リーの手の甲につながっていた点滴の管がはずれた。血圧計が腐った木のように倒れた。

「きさま！　アリアンナは死んでるかもしれないんだぞ。マヤも死にかけてる。タンジェリンの母親も死んだ！　全部きさまのせいだ！　きさまがやったんだ！」アイクは言った。唇から唾が飛び、バディ・リーの顔に降りかかった。

「やる……しか……なかった……息子たち……の……ために」バディ・リーは喉を詰まらせた。アイクに絞め殺されかけて、一語一語が貴重な空気を奪っていた。首の骨がこすれて粉になるのが感じられた。アイクは歯をむき出していた。しかし力をゆるめて、バディ・リーをまたベッドに落とした。

「くそったれが。おれの罪の意識を利用してこんなことに引きこんだ。このクズ」

「わかってる。全部おれが悪い。だが、いまはいまだ」

「いっとき、あんたはそれほど悪いやつじゃないと思ったこともあった。信頼してた。ところが結局、おれの言ったとおりじゃないか——あんたはただ、ゴツい黒人にしんどい仕事をすべて押しつけたかっただけだ」アイクは言った。

「おれは、このつらさがわかる世界でただひとりの男に手伝ってもらって、落としまえをつけたかっただけだ」バディ・リーは首をさすりながら言った。

「おれたちのどちらも性格判断は苦手なようだな」アイクはドアに向かった。

「アイク——」

「黙れ。ひと言も言うな。おれはかみさんが手術を乗りきったかどうか見に行く。乗りきってたら、孫が連れ去られたことをどうやって説明するか、考えなきゃならない。タンジエリンを引き渡さずにあの子をどうやって取り戻すかも。全部ひとりでやらなきゃならない。それもこれも、あんたがわざわざおれたちの息子の墓を壊したせいだ、この馬鹿クズめ」アイクは言った。

バディ・リーはアイクが病室から出ていくのをじっと見つめた。

咳をした。耳が気圧でポンと鳴った。バディ・リーは、このまえまでひとりだった——ひとりには慣れていた。飲みすぎたあと、運転できないのがわかって車やトラックですごした夜。鉄格子のホテルから釈放されたあと、外に待っている人がいなくてヒッチハイクで家まで帰った昼。初めての恋人のやさしいキスや、ただひとりの息子の笑い声を忘れたくて、トレーラーハウスで次から次へとビールを空けながら、テレビでちらつく電子の影を見つづけていた長い夕方。バディ・リーは目を閉じた。

今回はちがう感じがした。これは永遠だった。

一時間後、電話が鳴った。彼の携帯ではなく、病室の電話だった。バディ・リーはベッドの手すりから腕を伸ばして受話器を取った。

「はい？」

「バディ」クリスティンが言った。

「なんの用だ？」バディ・リーは訊いた。

「だいじょうぶかと思って。ニュースを見たの」クリスティンは言った。

「レッド・ヒルがニュースになった？　史上初だな」

「誘拐犯が女の子をさらって、その子の祖父母の家に火をつけるなんてことが毎日あるわけじゃないから。あなた、だいじょうぶ？」

「おれたちもその子の祖父母なんだぞ、クリスティン」バディ・リーはすぐに言い返した。

「わかってるわ。デレクの事件からあまりにいろんなことがありすぎた。彼女には何も起きてほしくない。誰にも、何も起きてほしくない」クリスティンの悲しみが素直に伝わってきて、バディ・リーはたじろいだ。

「なあ、悪かった。たしかに、もう勘弁してほしいくらいだ」バディ・リーは言った。

「これ、あなたがまえに言ってたことと関係があるの?」クリスティンは訊いた。バディ・リーは答えなかった。

「いいわ。もう一度訊く。あなた、だいじょうぶ?」

「もうやめろ」

「何を?」

「おれのことを心配するな。お互い憎み合ってるほうが楽だろ」バディ・リーは言った。

「あなたを憎んだことはないわ、バディ・リー。いちいち言うことが気に障るけど、憎んだことはない」クリスティンは言った。

「ジェラルドは、おまえが元夫とペチャクチャしゃべってて気にしないのか。それとも、この会話を聞いてるのか?」

「はっ、ジェラルド・ウィンスロップ・カルペッパーに、わたしの電話を盗聴してる暇があるわけないでしょ。政治活動が忙しすぎて」

バディ・リーはベッドでいきなり体を起こした。看護師が病室に入ってきたが、手で追い払った。

「いまなんと言った?」バディ・リーは言った。

「ジェラルドは知事選に向けて大忙しなの。このまえ話したでしょ。彼のお父さんが知事官邸に入り損ねたから、以来ずっと息子に狙わせてるのよ」

「いや、そこじゃない。彼の名前をもう一度言ってくれ。フルネームを」

「え？　どうして？」

「いいから」

「ジェラルド・ウィンスロップ・カルペッパー。曾祖父からもらった名前よ。あなた、本当にだいじょうぶ？」クリスティンは訊いた。

「だいじょうぶだ」バディ・リーは言った。頭のなかで、巨大な〈テトリス〉さながら、ピースがあるべき場所へぴたりとはまった。すべての筋が通る。なぜデレクがタンジェリンのボーイフレンドにあれほど腹を立てたのか。デレクは男のことをなんと言ってた？　〝偽善者でクソみたいなやつ〟だ。クリスティンは、デレクが殺されるまえに電話をかけてきたと言っていた。彼女は無視したが、デレクはノーという答えを受けつけるタイプではなかった。おそらく彼女に会いに行って、ジェラルドに出くわし、あの男を問いつめた。

「クソ野郎《マザーファッカー》」バディ・リーは言った。

「いまわたしのことをなんと呼んだ？」クリスティンが訊いた。

タンジェリンが彼を〝W〟で登録した理由もわかった。どうして彼らが出会ったのかもわかった。ジェラルド・カルペッパーとクリスティンは上流社会のあれやこれやの集まりに出席して、よく新聞に載っていた。タンジェリンが「だめ、勝てない《ウィ・キャント・ウィン》」とうわ言を言っていたのは、やりとげられないという意味ではなく、〝ウィン〟という名前だったのだ。

ウィンスロップの短縮形の。

「キング・ウィリアム郡のどこに引っ越したと言った？」バディ・リーは訊いた。

「ガーデン・エーカーズ。バディ・リー、いったいどうしたの？」

「なんでもない」

バディ・リーは受話器を架台に戻した。ベッドから出て、部屋の隅にあるチーク材の戸棚のまえに行った。二段目に透明なビニール袋に入った彼の服があった。靴をはいていたときに、先ほど追い払った看護師が戻ってきた。

「ミスター・ジェンキンス、ベッドに戻ってください。先生があと二十四時間は安静にしているようにと」

「ダーリン、あと十秒でそこから出ていく。医者の忠告に背いて出ていったと報告する必要があるなら、そうしてくれ。だが、おれはここにあと一分もいない」バディ・リーは言った。看護師はあきれたように両手を広げ、ベッドの足元から彼のカルテを取った。

トラックを見つけるのに少々手間取った。アイクが駐車場のはるか端のほうに駐めていた。バディ・リーはキーホルダーを取り出し、ロックを解除して、トラックに乗りこんだ。グローブボックスを開けると、大きなセミオートマチックが入っていた。弾倉を確かめると、空《から》だった。薬室も。アイクは武器なしで運転していたのだ。マック10は、いまやどこかのスクラップ回収所に送られたマヤの車のなかだ。まあいい。バディ・リーはトラックのエンジンをかけた。

エンジンがカンカン鳴って振動し、ようやくアイドリング状態になった。バディ・リーはベンチシートのうしろに手をまわした。隙間に割れたガラスが入っているので、注意深く探った。

探していたものに手が触れると、つかんで座席のうしろから引き出した。等間隔で釘を何本も打ってある古い木製バットだった。以前の職場で、同僚のチャックはこれを手製の鎚矛《メイス》と呼んでいた。配達員をしていたとき、多くの人はまだ現金で支払っていた。銃を持ち歩いてもよかったが、運輸省の計量所で引っかかったら仕事は馘になるし、留置場にも入れられ、上司はおそらく罰金を支払わなければならない。このバットはなかなかの代替案に思えた。実際に使わなければならなかったのは、たったの二回だ。たいてい見せるだけで抑止効果が得られる。

釘つきのバット。タンパー。四五口径。こちらが真剣になれば、どんなものでも武器になる。愛ですら。とりわけ愛が、と言うべきか。

バディ・リーは駐車場から出て車の流れに乗ると、歌いはじめた。ジェンキンス一族の誰かが死んだとき、葬儀のたびに祖母が歌っていた曲だった。祖母にお迎えが来たときには、家族のみなが彼女のために歌った。

「おお、死よ……おお、死よ、あと一年待ってくれないか」バディ・リーはハイウェイを走りながら口ずさんだ。

37

ガーデン・エーカーズは、本当にまわりに何もない土地だった。カーナビにしたがって、十五キロにわたる開発予定地に到着した。そこから分譲地の広告看板を探し、毎晩塗り替えているのではないかと思うほどなめらかに舗装された広い脇道にたどり着いた。アクセルを床まで踏んでも、時速八十キロにも達しない。エンジンが大きな音で慈悲を乞うたが、この夜、バディ・リーはとりわけ慈悲心が不足していた。

ガーデン・エーカーズ・ドライブに入った。エンジンから灰色の混じった黒い煙が出はじめた。道路沿いにはピンクのツツジが植えられ、コンクリートの側溝がついていた。バディ・リーは、合法、違法を含めて彼がそれまで稼いだ金額をすべてつぎこんでも買えない邸宅のまえをいくつも通りすぎた。細かい形状に刈りこまれた芝生はアイクの会社の仕事と互角の勝負だろう。そんな前庭を長い舗装のドライブウェイが二分していた。多くのドライブウェイには煉瓦の柱が立ち、中央に郵便受けが埋めこまれている。ほとんどの家に門はなく、車二台が入るガレージがついていた。近隣の家々には驚くほど統一感があり、豊かさを示す建築デザインの標準形のようだった。

バディ・リーはトラックを停めた。クリスティンは車をガレージに入れず、そのまえに置いておく人間のひとりだ。それにジェラルドはおそらく仕事用とレジャー用の車を持っているから、クリスティンの金色のレクサスを入れるスペースはない。

バディ・リーはドライブウェイに曲がった。何度かエンジンをふかした。

「あと一度だぞ、ばあさん。あと一度だけ全力を出してくれ」とつぶやいた。

バディ・リーはアクセルを踏みこんだ。六年前に千五百ドルで買った大きなボロ中古車は、排気管からオイルを飛び散らせながら咆哮して息を吹き返した。バディ・リーはドライブウェイを疾走した。クリスティンの車の横を走り抜け、傾きながらガレージの扉に突っこむころには時速七十キロを超えていた。トラックは扉を破壊し、黒いBMWの隣に駐まったリンゴ飴色のコルベットに激突した。

バディ・リーはシートベルトをはずし、トラックからおりた。玄関の左右の美しい真《しん》鍮《ちゅう》のキャリッジライトが点灯した。ドアは納屋の扉のようなスタイルで、表面に鉄細工の縁飾りがほどこされた芸術品だった。そのまえにある広い七段の煉瓦の階段を、バディ・リーは両手で〈ルイビル・スラッガー〉のバットを握りしめてのぼり、近いほうにあった真鍮のライトを粉々に打ち砕いた。二階建ての邸宅のなかで、人が走りまわる音が聞こえた。

「ジェラルド！　おりてこい、このチンなめ野郎！　おりてこいよ、人殺しの犬畜生！」バディ・リーは甲高く叫んだ。玄関ドアの両脇にテラコッタの小さなライオンが坐っていた。横には光沢のある陶器の植木鉢。バディ・リーはバットを数回振って、ライオンと植木鉢を消し去った。陶器の欠片が飛んで、彼の薄くなった髪に着地した。

「おまえはあの娘とファックしてた、ジェラルド。彼女とファックしてたことを、デレクに知られたんだ！」バディ・リーはわめいた。階段から飛びおり、ドアの左側にあるピクチャーウィンドウに怒りのバットを叩きつけた。二度強打する必要があったが、窓は割れて無数の破片になった。

「バディ・リー！　やめて！」クリスティンが金切り声をあげた。割れたピクチャーウィンドウの正面、クロスのかかった寝椅子の反対側に立っていた。バディ・リーはバットの先を彼女に突きつけた。「やつがおれたちの息子を殺したんだ、クリスティン。やつがデレクを殺した。やつが、い、い、い、い、彼を殺したんだ！」バディ・リーは吠えた。

クリスティンは両手を口に当てた。「何言ってるの？」

「あいつがおまえを裏切ってタンジェリンという娘と寝てるのを、デレクが知った。おりてこい、ジェラルド。それともウィンと呼んだほうがいいか？　彼女にそう呼ばれてたんだろ、え、このクソが！」バディ・リーは言った。

「ジェラルド、誰のことを――」

ジェラルドの声が彼女をさえぎった。まちがいなくスピーカーから出てくる金属的な声だった。

「警察を呼んだ、バディ」ジェラルドは言った。

「ここに来い、ジェラルド。その腐った脳をぐしゃぐしゃにしてやる。だがそれは、おれの息子の名前をおまえに言わせたあとだ。さっさとパニックルームから出て、ここにおりてこい、青二才」バディ・リーは言った。

「バディ・リー、すぐに警察が来るわよ」クリスティンが言った。

「おれがこのバットをジェラルドの喉に突っこむまでに間に合うと思うか？　さあ、出てこい、この野郎。おれと顔を合わせろ。おまえが殺した男の父親と顔を合わせろ。おまえにその度胸があるか？　それともまた〈ブリード〉に全部やらせるか？」バディ・リーは言った。またジェラルドの声がした。スピーカー越しに薄ら笑いが感じ取れた。

「ウォーレン・オーツ主演のB級映画じゃないんだぞ、バディ・リー。そのバットを置いて、床に伏せるんだ。きみはいま重大な器物損壊と不法侵入の罪を犯している。そのリストに殺人未遂をつけ加えるのは得策ではない」ジェラルドは言った。

「まだ未遂にもなってないぜ、メス犬。出てこないなら、こっちから行ってやる」バディ・リーは言って、トラックに戻った。エンジンをかけようとしたが、プスンプスンいうだけで、かからない。もう一度やってみた。

これで最後だ、ばあさん、とバディ・リーは思った。ついにトラックは始動したが、虫の息といったところだった。バディ・リーはバックし、壊れたガレージの扉から車を引きはがして、ギアをドライブに入れた。

ジェラルドが携帯電話を持って暗がりから出てきた。さっきまで窓だった穴から外を見ているクリスティンのうしろに立って、言った。

「いなくなったか？」

「いいえ。タンジェリンって誰？」クリスティンは不気味なほど落ち着いて訊いた。

「あ、いかん」ジェラルドは言い、クリスティンの腕をつかんでピクチャーウィンドウから遠ざけた。バディ・リーのトラックが猛スピードでリビングルームに突入してきた。窓のまわりの煉瓦が割れ、動き、麻薬常用者の歯のように地面に落ちた。バディ・リーのトラックの重みで長椅子がつぶれ、木の床を走ったトラックの前輪はゴムの黒い跡を残した。バディ・リーは野球のバットを持ったままトラックからずり落ち、バットを杖代《つえ》わりにして立ち上がった。

「さあ行くぞ、覚悟しろ。おまえの内臓を見せろ」バディ・リーは言った。ジェラルドはクリスティンを引っ張り、ダイニングルームと台所を隔てる両開きのスイングドアの向こうに逃げた。バディ・リーは彼らを追いながらバットで壁板に穴をあけていった。スイングドアの片方をバットのひと振りで叩き落とした。ジェラルドはクリスティンのうしろに立ち、肉切り包丁を持っていた。

「人を殺したことがあるのか、ジェラルド？　面と向かって接近戦で？　電話で命じるんじゃなく。相手の血がその顔にかかったことがあるか？　相手の最後の息が喉で鳴るのを聞いたことは？　相手の腹からもれたクソのにおいを嗅いだことは？　おれはある。だから言っとくが、そんな包丁なんか、おれを止めるクソの役にも立たないぜ」バディ・リーは言った。

「お願い、バディ・リー、やめて」クリスティンが言った。

「こいつがおれたちの息子を殺したんだ！」バディ・リーは吠えた。左手の壁の端から端まである御影石のカウンターにのったコーヒーメーカーを、風を切るバットの半円の振りで吹き飛ばした。

「息子の名前を言え、ジェラルド！」バディ・リーは叫んだ。彼の最初の攻撃を逃れたジェラルドは、ユーサーにバットを叩きこんだ。

「言え！　デレク・ウェイン・ジェンキンス！」

「バットを捨てろ！」後方から命令口調の声がした。バディ・リーはぴたりと動きを止めた。

「捨てろ！」

バディ・リーは肩越しにうしろを見た。保安官補ふたりが銃を構えて立っていた。バデイ・リーはバットを落とした。バットは床のイタリア製の大理石で乾いた音を立てた。

「白人の特権とはありがたいもんだな」バディ・リーは小声で言った。

そしてクリスティンとジェラルドに飛びかかった。ジェラルドは妻をバディ・リーに押しつけた。バディ・リーは彼女を突き飛ばし、右手でジェラルドの肉切り包丁の刃をつかんで、左手で顔を殴った。拳がジェラルドのランタンほどの大きさの顎に命中した瞬間が、ここ数カ月でいちばん幸せなときだった。力強い腕が体にからみついてきたが、かまわずジェラルドを殴りつづけた。包丁を奪い取って床に放った。切れた掌から血が流れて、タイルに滴った。引き離されて手が届かなくなると、足でジェラルドの顔を蹴りつけた。保安官補ふたりがどうにかバディ・リーを床に押さえこんだ。

「こいつがおれの息子を殺した！　こいつが殺したんだ！　おれの息子！　おれの息子を！」彼はことばが混じり合って意味不明の悲しみの歌になるまで、叫びつづけた。

バディ・リーは留置場の冷たいブロックの壁にもたれていた。手に包帯を巻かれ、一時間前にここに放りこまれた。六メートル四方の檻のなかには酔っ払いが大勢いた。オピオイド中毒でやつれた顔の若者も数人いて、ひとりの静かな男はいまにも泣き崩れそうだった。

懐かしい日々が戻ってきた感じだった。保釈はないし、あったとしても保釈金が高すぎて、とても手が届かないだろう。最低でも複数の重罪。前科も考えれば、実刑もやむなし。バディ・リーは役立たずだった。デレクにとっても。アイザイアにとっても。アイクにも。マヤにも。アリアンナにも。昔もいまも変わらず、ただのヘマだらけの男だった。

「ジェンキンス」ラジオ向けの顔の保安官補が言った。バディ・リーは目をすがめて相手を見た。

「ああ」

「立て。おまえと話したい人がいる」保安官補は言った。バディ・リーは動かなかった。どこの誰が話したいというのだ。

「誰だ?」彼は訊いた。

「さっさと立て。それとも連れ出して椅子に坐らせなきゃいかんのか?」保安官補は言った。〝椅子〟とは粗暴な囚人を四方から拘束するための道具だ。バディ・リーもかつて坐らされたことがあり、あえてまた坐りたいとは思わなかった。立って壁のほうを向いた。尖った顔の保安官補にさらにふたりが加わり、バディ・リーに手錠をかけて房から連れ出した。ちらつく蛍光灯に照らされた白い殺菌処理の廊下を歩いていくと、金色のプレートに黒で〝弁護士〟と書かれた部屋があった。尖った顔がドアを開け、残るふたりがバディ・リーをひんやりした細長い部屋に入れた。力で押さえこむように彼を椅子に坐らせると、右手の手錠をはずし、開いたほうを机の下面の輪に留めた。

「誰がおれと話したいんだ?」バディ・リーは訊いた。保安官補たちは答えず、ドアを開けたまま いなくなった。

「話す必要がある、ミスター・ジェンキンス」ジェラルドが言いながら部屋に入ってきた。

38

バディ・リーは椅子から飛び出そうとしたが、手錠に引き止められた。また坐ると、ジェラルドはドアを閉め、金属製の机の反対側に来て、バディ・リーの手の届かないところまで椅子を引いた。

「つねづねわからないと思っているのは、なぜこういうところで椅子はそのままなのに、机を床にボルトで留めているのかだ。ここは被告人が弁護士に会うところだろう。机で殴りつけるくらい担当弁護士に腹を立てたとしたら、それはおそらく被告人が真っ黒の有罪だからだ」ジェラルドは言い、バディ・リーに微笑んだ。顎に紫がかったミミズ腫れができている。目のすぐ上も腫れていた。

「おまえはおれの息子を殺した」バディ・リーは言った。手錠をはめられたほうの腕を本能的に曲げた。

「バディ、私の話を聞きなさい」

「おまえはおれの息子を殺した」バディ・リーは怒りもあらわに言った。ジェラルドは首を振った。第三者の目には、同情しているように見えたことだろう。

「バディ、われわれは大人としてこの問題に取り組まなければならない」

「おまえのクソいちもつを切り取って食わせてやる」バディ・リーは言った。ジェラルドは両手を膝に置いて顔を突き出した。もう微笑んでいなかった。

「この部屋には録音装置も録画装置もないから、率直に話すことができる。私の知人たちが娘を確保している。きみの孫だ。きみはタンジェリンの居場所を知っている。きみがここから出たあと、知人たちが連絡して引き渡しの詳細を決める。きみとミスター・ランドルフは、われわれが指定する場所にタンジェリンを連れてくる。言われたとおりにしなければ、知人たちに娘を切り刻んでもらう」ジェラルドは言った。

「あの子を傷つけてみろ。おまえがどんなに深い穴を掘って隠れても見つけ出してやる。約束するぜ、大将」バディ・リーは唾を吐いた。

「ああ、バディ・リー、メロドラマの主人公にでもなったつもりか。私がすべてのカードを持っているのがわからないのかね？　私は女の子を預かっている。私は判事だ。そしてきみは私の家で私を殺そうとした」ジェラルドは指で顔の傷をなぞった。「私が望めば、ひとつ電話をかけて、きみの保釈金を六桁にすることができる。きみのようなゴミは、結局定めどおりに行動するしかないのだよ。指示にしたがうのだ」

「その頭突きの傷はずいぶんいい感じに治ったじゃないか、え？」バディ・リーは言った。

ジェラルドは笑った。

「何があっても勇ましすぎる男だな、ん、バディ？　教えてくれ。きみのこれまでの人生でひたすらみじめだったことは何かな？」ジェラルドは訊いた。バディ・リーの答えを本当に聞きたがっているようだった。バディ・リーは椅子の背にもたれ、人差し指で顎の針金のような無精ひげをなでた。

「そう、おれにもみじめなときはあった。横になって死ぬことしか考えられないようなときが。それを全部足したら、いいときの二倍くらいはあるだろう。まちがいない」バディ・リーは言った。

ジェラルドが口を開いて何か言いかけたが、バディ・リーは人差し指を立てて左右に振った。

「だがな、いいときだろうと悪いときだろうと、おれは自分について嘘をついたことは一度もない。おれは傍迷惑《はためいわく》で、ウイスキー飲みで、嫌われ者の貧乏白人だ。それ以外の人間のふりをしたことはない。夜はたいてい赤ん坊のように寝られるよ。自分を恥じることがないから。息子もそれを受け継いでたと考えると気分がいい。おまえはどうだ、ウィンスロップ？　ひと晩じゅうタンジェリンとやりまくったあとで、クリッシーの待つ家に帰る自分をどう思う？　はみ出し者だとか、むかつく連中だとけなしながら、いつもそいつらのことを話してる男を、鏡に映った当人はどう思ってるんだ？　〝アダムとスティーブ〟

じゃなくて〝アダムとイブ〟だなんて能天気なことを言ってるくせに、ずっとLGBTQのT（トランスジェンダー）といたしてた男を？　おれとおまえのどっちがよく寝られると思う……大将？」バディ・リーは訊いて身を乗り出した。

　ジェラルドは微笑んだが、額の血管が脈打っていた。バディ・リーは笑った。頭をのけぞらせて呵々大笑《かかたいしょう》した。

「はっ、おれたちが知らないと思ったか？　まあ気にしなくていい。おれはいわゆる理解者《アライ》だ」バディ・リーは言った。ジェラルドは笑みを消した。

「この件を担当する判事には、きみを告訴するつもりはないと伝えよう。死んだ変態息子のことで錯乱状態になっていたからしかたがない、と。アイクのところに戻って、ふたりでタンジェリンを連れてこい。そうすれば小さい娘は無傷で返してやる。だが、指示から少しでもはずれることをしたら、保証しておくが、アリアンナはもっとも恐ろしい死に方をする」ジェラルドは言うと、立ってドアに向かった。ドアノブをまわしたとき、バディ・リーが言った。今回は叫びも罵りもしなかった。

「いつか、おまえが思ってるより早いうちに、おまえは最後に自分の心臓が止まるのを聞く。そして最後に見るのは、おれかアイクがおまえを見おろすように立って、銃を持ってるところだ。おれがこう言ったことを憶えとけ」バディ・リーは言った。ジェラルドは吹き出した。笑い声が部屋のなかに響いた。

「知人たちが連絡する」ジェラルドは言い、部屋から出ていった。

「おまえが思ってるより早くだ」バディ・リーは静かに言った。

39

アイクは自動販売機にコインを数枚入れた。螺旋状《らせんじょう》の針金がまわって炭酸飲料の缶を送り出すのを見つめた。取り出し口に手を入れ、飲み物を取った。缶ビールがあればいいのにと思った。ウイスキーのボトルならなおいい。マヤは手術室から出てきたが、意識は戻っていない。医者の話では脳の腫脹《しゅちょう》による意識障害で、数時間で目覚めるかもしれないし、数週間後になるかもしれない。彼女のベッドの横で寝られるように、病院のスタッフがリクライニング・チェアを出してくれた。アイクは床で寝てもよかった。明日は家の何が残っているか見に行かなければならない。自分たちの生活の何が残っているか。物質的な悲劇にともなう大人の手続きを進める。保険会社に連絡し、アイクが何かを隠していると疑っている保安官に捜査報告を書いてもらう。すべてを失ったあとでも世界を動かすためにせざるをえない、頭が麻痺してしまいそうな雑事の数々。

携帯電話が鳴った。

手に取ると、バディ・リーからだった。〝終了〟をタップした。

また鳴った。

また〝終了〟。

また鳴った。今度は出た。

「あと一度でもかけてきたら殺す」アイクは言った。

「ジェラルド・カルペッパーだった」バディ・リーが言った。

「何？　誰だ、それは」

「デレクの義父だ。タンジェリンとファックしてたのは、あいつだ。判事で、〈レア・ブリード〉を操ってる」

アイクは待合室のプラスチックの椅子に移動し、飲み物を手に坐った。

「アイク？」バディ・リーが言った。

「どうしてわかった？　どうしてその話を信じなきゃならない？」アイクは言った。

「タンジェリンは相手の男を〝W〟で登録してると言ったよな？　ジェラルドのミドルネームはウィンスロップだ。それで閃いた。どこかの男がタンジェリンと寝てるからって、なぜデレクが激怒したのか。何がデレクをそこまで怒らせたのか。で、デレクの母親に聞いた話だと、事件の何週間かまえにデレクが彼女に電話してきて話したがってたということだった」バディ・リーは言った。

「だが、代わりに義父と直接話した」アイクは言った。

「そしておそらくジェラルドを脅したんだろう。ウィンスロップは時代遅れのアメリカ万歳男だ。女は裸足で妊娠してろ、黒人は立場をわきまえろ、びしっとストレートでないやつはみんな悪魔だ、というような」

「浮気をしてるのを世間に知られたくなかった。ましてタンジェリンと」

「ああ。すべての裏にいるのはあいつだ、アイク。引き金を引くのは〈レア・ブリード〉かもしれないが、糸を引いてるのはあのクソ野郎さ。おれとあんたがアリアンナとの交換でタンジェリンを引き渡すことを要求してる。いま知事選に出馬する準備中だから、中途半端で放っとけないんだ」

「いつそれを言われた？」アイクが訊いた。

「おれがトラックでやつの家に突っこんで、釘だらけのバットで脳みそをまき散らしてやろうとしたすぐあとだ」バディ・リーは言った。

「当ててみようか。彼は告訴はしないと言った」

「そうだ。おれたち三人を要求してる。すぐにそっちに電話がかかってくるぞ。なあ、あんたがおれに腹を立ててるのはわかる。ちっともそれを責めようとは思わない。起きたことすべてを変えられるなら、喜んでそうする。けど、いまおれたちが協力しなかったら、誰にもこれはやりとげられない」バディ・リーは言った。

「マヤの手術が終わったところだ」アイクは言った。

バディ・リーは歯のあいだから息を吸った。「医者はなんて?」

「数時間で目覚めるかもしれないし、数日、あるいは数週間かかる可能性もある」

「なんと言えばいいのか、アイク」とバディ・リー。アイクはスナックの自動販売機に映った自分の姿を見た。肩をすぼめている。戦いに敗れて頭も傾いている。目に見えない石臼を首にのせて運んでいるようだ。息子はいなくなった。孫は連れ去られた。妻は彼我《ひが》の世界をさまよっている。家はブロックの山だけになった。何もかも、たったひとりの男のせいで。自分に世間のルールは当てはまらない、自分は決して罰せられないと思っている男のせいで。

「いまどこだ?」アイクは訊いた。

「キング・ウィリアム郡拘置所のまえに立ってる。まあ、道をちょっと歩いたが」バディ・リーは言った。

「会社の誰かに小型の業務用トラックを持ってこさせる。そこにいろ。一時間ほどで行く」アイクは言った。

「おい、マヤのそばにいたければ、それでいいんだぞ」バディ・リーは言った。

「彼女は孫を取り戻してきてと言うだろう。だからそうする。一時間ほどくれ」

アイクは拘置所のまえの歩道に車を寄せた。バディ・リーがゆっくりと近づき、乗りこんで、ドアを閉めた。アイクはUターンし、またレッド・ヒルに向けて出発した。

ふたりはしばらく黙っていたが、やがてバディ・リーがしゃべりはじめた。

「あの日、あんたの会社で言ったことは本気だった。おれは、ジェラルド・カルペッパーが息をしてて、息子たちが土に埋められている世界では生きられない。けど……やるべきでないことをやってしまった。すまない」

「あんたはおれを崖っぷちまで追いこんだかもしれないが、跳んだのはおれだ」アイクは言った。

ふたりはルート33に入り、キング・ウィリアム郡をあとにした。ヘッドライトが、レッド・ヒルまで三十キロという緑の標識を照らし出した。

「まだ電話はないか？」バディ・リーが訊いた。

「まだだ。おれたち全員を埋めるのにいい場所を探してるんだろう。おれたちはジェラルドがいちもつを突っこみたがる場所について知りすぎた」アイクは言った。

「ああ。立場を逆転する方法を考えないとな。タンジェリンを引き渡さずに、アリアンナを取り戻す」

「おれも考えてた。ひとりでやることになりそうだったときに、思いついたことがある」

アイクは言った。バディ・リーは眉を上げた。

「またいっしょでいいか？」

「ひどいことになったが、あんたひとりの責任じゃない」アイクは言った。

「オーケイ。どんな作戦だ？」バディ・リーは訊いた。

「あいつらはおれたちが欲しいものを持っていて、おれたちはあいつらが欲しいものを持っている。やつらがタンジェリンよりもっと欲しがるものが必要だ」アイクは言った。

「たとえば？　バイクを盗むとか？」

「いや、最初に思ったのは、連中のひとりが住んでる場所を探して、そいつの母親を誘拐することだ」

「なんてこった。あんたが歩いたらぶつかってカンカン鳴るにちがいないな」バディ・リーが言った。

「何が？」

「真鍮の金玉が。けど、たしかにいい案だ。あいつらもそこまでは考えてないだろう」

「ああ。とはいえ、いまやおれたちは本当のヘビの頭が誰か知ってる。その王座に近い人間が必要だと思う」アイクは道路から目をそらし、まる一分にも思えるあいだ、バディ・リーを見つめた。

「ああ、言いたいことはわかる。けどな、ジェラルドはクリスティンのことをあまり大事に思ってない。あいつがタンジーとやってることを考えれば、大事に思ってるはずがない」バディ・リーは言った。

「本当にそう思うのか？　それともおれのまえで腰が引けたか？」アイクは訊いた。

「本当に正直なところを言えば、おれはある面でまだ彼女が好きだ。だが、ジェラルド・カルペッパーが唯一愛してるのは権力だ。それと……」バディ・リーは言いかけて、唇に指を当てた。

「それと、なんだ？　おれはテレパシーは使えない」

「デレクから聞いた話だ。母親がジェラルドの悪口を言ったことが一度だけあって、それはあいつが父親っ子だってことだったと」バディ・リーは言った。

「彼は権力を愛しているが、父親のことはもっと愛している」

「イエッサー。ジェラルドと父親は盗賊みたいに仲がよくて、パンティストッキングみたいに密着してるとデレクが言ってた。ギャツビー・カルペッパーは息子とそっくりのケツ穴男だ。デレクにおじいさんとは呼ばせなかったらしい。生粋《きっすい》のカルペッパーじゃないから、その名誉には値しないと言って」

「あんた、デレクとは反りが合わなかったと言ったが、ずいぶんいろいろ話してるじゃないか」アイクは言った。バディ・リーはうなった。

「デレクが母親に腹を立てたときだけだ。どういう感じかわかるだろ。おれはその部分は聞いたが、そのあと彼がアイザイアとか、まあ、そういうことを話そうとしたときには、あまり熱心な聞き手じゃなかった」

「ああ。おれはアイザイアがデレクといて幸せだとか話しはじめると、あー……聞かなかった。つまり、聞きたくなかった」アイクは言った。

「おれたちはいい父親になれなかったが、いい祖父にはなれるかもな」バディ・リーは言った。

「そのギャツビーがどこに住んでるか知ってるか？　連中から電話はまだないが、そのあとはあまり時間がない」アイクは言った。

「グーグルで検索できるか？」バディ・リーは訊いた。

「たぶん。最近はなんでも検索できるからな」

「そう聞いた」バディ・リーは言った。ふたりは一、二キロ走るあいだ黙っていた。

「本当にトラックで家に突っこんだのか？」アイクが訊いた。

「ああ。けどミスって、シンクのところで左折しちまった」バディ・リーが言った。アイクとバディ・リーは同時に相手を見つめた。

バディ・リーが笑いだした。

アイクはたんに首を振った。

アイクは正しかった。

バディ・リーのトレーラーに戻ると、アイクはグーグルを検索してギャツビーの住所を無料で手に入れることができた。そのサイトは、二十九ドル九十九セント払えばギャッビーの犯罪歴も提供しますと案内した。

「リッチモンドのはずれ、チャールズ・シティ郡に住んでるそうだ」アイクは腕時計を見た。「もうすぐ十一時だ。行こう」

バディ・リーは椅子の背にもたれて、うしろの脚二本で立たせていたが、またまえの二本を床につけ、左手で顔をこすった。右手の傷が包帯の下でうずいた。底の近くにぼんやりと泡が浮いている広口のガラス壜から、ひと口飲んだ。その泡はずっと昔、半分の桃だった。壜をクローゼットの冬服のうしろに隠してあったのを見つけたのだ。リスの木の実のように、バディ・リーも非常食の保管場所を忘れることがある。

「最後に聞いたところだと、ギャッビーはひとり暮らしだ。犬がいるかどうかは知らない。警備システムの種類も、銃を何挺置いているかもわからない。少なくとも一度予行演習して、相手がどう動くか確かめたほうがよさそうだな」バディ・リーは言い、アイクにガラス壜を渡した。アイクはひと口飲んで、バディ・リーに戻した。バディ・リーは受け取り、また壜を傾けて、篳篥のコーン・ウイスキーの焼けつく風味を味わった。

「何を持っていようと関係ない。誰といっしょに住んでいようが、犬がいようが、どうでもいい。行って彼を連れ出すだけだ。おれたちを止めようとする人も物も排除する」アイクは言った。

「了解。ただ、ちょっと考えてることがある」バディ・リーが言った。

「なんだ？」

「おれの親父がよく言ってた。しゃかりきに働くより賢く働けって」バディ・リーは言った。アイクは電話をポケットに入れ、腕を組んだ。

「それで？」

「ギャッビーじいさんをさらいに行って失敗したとする。おれたちは捕まって、〈ブリード〉が連絡してくるころにはブタ箱に入ってる。いっそ暴れ牛みたいなことはやめて、じいさんを外に誘い出して、あっちからおれたちの腕のなかに入ってくるようにしたらどうだ？」バディ・リーは言った。

「どうすればそんなことができる？」アイクは訊いた。

「ギャッビーはじじいで、じじいが何より好きなのは若い美人だ。で、たまたまおれたちのチームには若い美人がいる」バディ・リーは言った。

「タンジェリンのことか？　クソ男が彼女を殺そうとしてることすら信じてないんだぞ。どうやってその親父の誘拐を手伝うように説得する？」

「簡単なことさ。真実を話せばいい」バディ・リーは言った。

40

ジャジーが玄関に出てきた。

「マヤはどう？」彼女は訊いた。

「一応落ち着いてる。彼女と話す必要があるんだ。外に出してもらえるか」アイクは言った。トラックに戻って、フロントグリルにもたれた。バディ・リーは両手をポケットに入れて、隣に立った。夜空で月が白銀に輝いている。ジャジーのドライブウェイの両側の野原を、薄布のような霧が漂っていた。

タンジェリンがゆっくりと階段をおりてきて、庭のアイクたちからちょうど手の届かないところで立ち止まった。黒地に白い子猫の模様が入ったパジャマズボンをはき、髪を頭の上でゆったりと丸めていた。

「ニュースを見たか？」アイクが訊いた。彼女はうなずいた。

「ジェラルドがあんたとアリアンナを交換したいと言ってる」バディ・リーが言った。タンジェリンはハッと彼のほうを向いた。

「そう、おれたちはもう知ってる。あんたを捨てたジェラルド・ウィンスロップ・カルペッパー閣下は、今回の汚いクソ団子を転がしてる張本人だ。デレクとアイザイアを殺させ、あんたのママを殺させた。そして今度は新しい趣味みたいに、あんたを殺そうとしてる」バディ・リーは言った。

「どうやって――」

「とてもそうは見えないかもしれないが、ここだけの話、おれたちにも多少の脳みそはあるってことだ。〝W〟はウィンのことだろう。ウィンスロップはジェラルドのミドルネーム、ジェラルドはデレクの義父だ」バディ・リーは言った。

「だからデレクは激怒した。だからアイザイアは記事を書こうとした」アイクが言った。

「彼の家族じゃない、タンジー。彼の妻でもない。彼本人だ。彼が駒を動かしてる。彼が部下の連中に命じて小さな女の子をさらわせた」バディ・リーが言った。

「連中はあの子をあっという間に殺すだろう」アイクが言った。

タンジェリンは激しくかぶりを振った。黒い髪が肩のまわりに垂れた。

「何が言いたいの？　あたしがまぬけだって？　彼に本当に愛されてるなんて信じてた馬鹿者？　おめでとう、あなたたちが正しかったわ！　あたしは頭の足りない愛人の長い列に並んだひとり！」タンジェリンは階段の最下段に坐りこんだ。アイクはトラックから離れて、彼女に近づいた。

「おれたちはきみを非難したり傷つけたりするために来たんじゃない。ジェラルドはきみが思ってたような人間じゃなかった。それはつらい教訓だが、恥じる必要はちっともない、タンジェリン。みんなそういうことを学んだり、誰かに教えたりしてる。だが、わかってしまったいま、もうこのことから目はそらせない」アイクは言った。

「おれたちは、あんたを連中に差し出したりしない。それは最初から選択肢にない」バディ・リーが言った。

「ウィンスロップは、おれたちがきみを差し出さなければアリアンナを細切れにして返すと言った」アイクが言った。

「そんなことはさせないが、あんたの助けが必要なんだ」バディ・リーが言った。タンジェリンは手の甲で目をふいた。

「あの人、あたしのことなんて何も気にしてなかった。でしょ？」彼女は言った。

「あいつが気にするのはあいつ自身のことだけだ」バディ・リーが言った。

「彼はあたしのママを殺した」タンジェリンは泣いた。泣きながら体が震えた。アイクは階段に坐り、彼女の肩に手を置いた。

「正しいことをするために手を貸してくれ。彼に償わせるのを手伝ってほしい」

タンジェリンはアイクのトラックを運転して、ギャツビー・カルペッパーの私有地につながる片側一車線の道を進んだ。道の両側からオークとカエデの木々の長い枝が差しかかっていた。ゆるやかなカーブを曲がると、二メートルの支柱の横木からさがった看板に〝ノース・ポイント〟と書かれていた。そこから暗闇のなかに、骨材模様が美しいコンクリートのドライブウェイが二百メートル近く続いていた。ドライブウェイに入り、横を走る浅い溝の近くまではみ出してトラックを停め、ライトを消し、エンジンを切った。このシボレーはアイクの緊急運送用のトラックだった。交通渋滞などの問題が発生したときに、ひとつの仕事から次の仕事へ物資を運んだりするのに使う。会社保有の車であることがわかるドアのマグネット式の表示ははずしてあった。

本番よ、タンジー。タンジェリンは思いながら、バックミラーでメイクを確認した。いつものように出陣化粧《ウォー・ペイント》は完璧だ。エンジンフードを開けるレバーを引き、トラックから出た。前方にまわり、フードを上げて、ギャッツビー・カルペッパー氏が寝室の窓からのぞいている場合に備えて、エンジンを確かめるふりをした。憤慨したように両手を振り上げ、玄関まで続くゆるやかな登り坂を歩いていった。

月光ソナタの心地よい音が家のなかで響いていた。タンジェリンはドアベルを押した。家？　これを家と呼ぶのは、ター ジ・マハルの墓廟《ぼびょう》を納骨堂と呼ぶようなものだ。まちがいではないが、完全に的はずれだ。ノース・ポイントは三階建てのイギリス・チューダー様式の大構造物で、入念に造園された半エーカーの敷地内に広がり、その敷地を古代のオーク、カエデ、ハナミズキの森が取り囲んでいた。二階で光がちらつき、それが一階に移った。むしろ城の跳ね橋に近い大きな黒いドアがいきなり開いた。タンジェリンには、近づく足音も、夜中の一時に眠りを妨げられて文句をつぶやく老人の声も聞こえなかった。

「何かご用かな？」入口に立った男が訊いた。タンジェリンより十センチほど背が高く、雪のように白い豊かな髪を額からうしろになでつけて、頭の左側で分けている。黄緑のゴルフシャツと黄褐色のチノパンツという恰好で玄関ロビーに立っていた。ロビーはタンジェリンが初めて借りたアパートメントほどの大きさがあり、その奥は大きな円天井の大広間だった。しかし、タンジェリンはそれらにほとんど気づかなかった。目は男の左手にある銃に集中していた。ダーティ・ハリーふうの馬鹿でかい拳銃の長い銃身を腰に当てている。

「何かご用かな、と訊いたんだが」ギャツビーが言った。タンジェリンは凍りついた。口を動かしてことばを発しようとしたが、老人が持っている大型拳銃を見つめることしかできなかった。

「お嬢さん？」ギャツビーは訊いた。タンジェリンはさっと顔を上げ、老人の目を見た。緑の目で、信じられないほど瞳孔が大きかった。彼女はごくりと唾を飲んだ。老人の目は善きサマリア人の親切な目ではなかった。

「あの、車が故障して、携帯もつながらないんです。見ていただけないでしょうか。バッテリーが上がったのかも。こんなに夜遅くにすみません。でも、機械のことはよくわからなくて」タンジェリンは言った。ギャッツビーは彼女をじろじろ眺めた。タンジェリンは微笑んだ。ギャッツビーは笑みを返した。数十センチの距離があっても、ギャッツビーの息からは酒がにおった。

「それで、お返しに何が得られるのかな？」ギャッツビーは言った。タンジェリンは急にこの男の身に起きることに気が咎めなくなった。ギャッツビーは軽く笑った。

「冗談だよ、きれいな人。どれ、見てみようか」ギャッツビーは外に出てドアを閉め、ドライブウェイの入口までタンジェリンについていった。

「どうしてこのあたりに来たんだね、きみ？」ギャッツビーは訊いた。まだ手に銃を持っている。

「友だちの家から帰る途中で、急にトラックが動かなくなって」

「きみが私の友だちだったら、ひと晩いっしょにすごしているところだがな」ギャッツビーは言った。タンジェリンはこみ上げる胃のむかつきを抑えながらトラックの前方にまわった。ギャッツビーはボンネットのなかをのぞきこみ、フェンダーに銃を置いた。

「なあ、シュガー、私の携帯で照らしてくれないか。つまらん懐中電灯機能がついている」

「わかりました」タンジェリンは言って、膝で銃をかすめた。銃はフェンダーの上で動いて、地面に落ちた。

「おいおい、ダーリン、気をつけて。弾が入った拳銃だからな」ギャツビーは言い、屈んで銃を拾おうとした。

アイクとバディ・リーがトラックの反対側の闇のなかから現れた。そろいの青いバンダナで顔を隠し、冬の黒いニット帽をかぶっていた。バディ・リーが六連発銃をギャツビーの手の届かないところまで蹴った。老人はまっすぐ背筋を伸ばした。

「なんだこれは」自分の質問に答えが得られることをつねに期待している男の口調だった。アイクが右手でギャツビーの左耳のうしろを殴った。老人はハンマーで打たれたかのように地面に倒れた。

「銃をうまく地面に落としたな」バディ・リーは言って、四四口径を拾い上げた。

「そのままトラックに積んでさっさとここから去れないの？」タンジェリンが訊いた。

彼らは老人の両手と両足を結束バンドで縛り、ダクトテープで口をふさいでから、トラックの荷台にのせ、体全体を丈夫な防水シートで覆った。アイクがハンドルを握り、タンジェリンがまんなかに入って、バディ・リーが助手席に坐った。ノース・ポイントをバックミラーに映して遠ざかるとき、バディ・リーが舌打ちをした。

「どうした？」

「監視カメラがなかったかな」バディ・リーは言った。

「マスクをしてた」アイクが言った。

「あたしはしてない」タンジェリンが言った。

「あの家を見たか？　監視システムがあるとしたら、たぶんスマートフォンで操作できる高級なやつだ。本人に映像を消させればいい」アイクが言った。

「どうやって消させるの？」タンジェリンが訊いた。アイクはちらっと視線を振った。

その質問は彼らのあいだの空間で消えた。

バディ・リーの家に着いたときには、二時を少しまわっていた。アイクはドアのまえまでトラックをバックさせ、ギアをパーキングに入れた。エンジンを切ると、バディ・リーが車から飛びおりて、家のドアを開けた。

「誰か見てるやつがいたら教えてくれ」アイクは言って、テールゲートでバディ・リーに合流した。

「アイ、アイ、船長」バディ・リーが言った。

アイクは防水シートをはぎ取り、ギャツビーのゴルフシャツをつかんだ。老人が体をひねったり足を蹴り上げたりしても、苦もなくトラックの荷台からバディ・リーのトレーラーに運びこみ、ソファのまえの床にどさっと落とした。ギャツビーはダクトテープの奥でうめいた。バディ・リーはギャツビーの口のテープに爪先で触れた。

「まったく、こいつの使い途は無数にあるな」

「ああ。おれは芝生のスプリンクラーのもれを止めるのに使ってる」アイクが言った。

「マジで？」

「マジで」アイクは言った。バディ・リーは唇の上に息を吹き上げた。そしてギャッツビーのまえで屈み、老人のポケットを叩いていって、携帯電話を見つけた。

「おれたちだけで画像の消し方はわかるんじゃないか。そのあとどうする？」バディ・リーは言った。

「タンジェリンをまた預ける。あとは電話を待って、やつらがどこで人を交換したいか訊く。あらゆることを要求してくるだろう。だがいま、おれたちはジェラルドがタンジェリンより欲しがるものを手に入れた。今度はこっちがいくつか要求する番だ」アイクは言った。

「あいつらが乗ってこなかったら？」バディ・リーが訊いた。

「ジェラルドは乗ってくるさ。立派な息子はかならず父親を救いたくなる」アイクは言った。

アイクはジャジーのドライブウェイに入り、トラックを停めた。タンジェリンは手の甲に顎をのせていた。アイクはギアをパーキングに入れた。

「監視システムはなかったようだ。やつの携帯にはなんのアプリも入ってなかった。少なくとも、おれとバディ・リーが見たかぎり」アイクは言った。

「言っちゃなんだけど、あなたたちはこの惑星でいちばんのテクノロジー通じゃない。でも、じつのところ、あの人が警察に行くことは心配してないんでしょ？」タンジェリンは言った。アイクは答えなかった。

「あたしはそう思った。ちなみに、あたしが協力したのは、アリアンナを取り戻したいという、それだけの思いからよ。ほかに起きることはいっさい考えたくない」

「なら考えるな」アイクは言った。

「どうやってるの？　人を殺して何もなかったかのようにまえに進めるなんて。あたしの家でもそう。あなたはママの上をまたいで、毎日やってるみたいにあの人たちを吹き飛ばした。なのにケロッとしてる。あたしはママに申しわけなくて、それにアイザイアやデレクのことで罪悪感を覚えて、ろくにものが食べられない。眠れないし、どんな物音にもビクッとする。わけもなく泣いてしまう。でも、あなたとバディ・リーはちがう。サメみたいにひたすら前進しつづける。どうすればそんなことができるのか、あたしにはわからない」タンジェリンは言った。

「アイザイアやデレクやきみのママは、あんな目に遭うよりずっと生きる価値があった。そして彼らを殺したやつらには、生きる価値がない。バディ・リーのことはわからないが、おれを動かしてるのはそれだ」

「復讐？」タンジェリンが訊いた。アイクは悲しげに微笑んだ。

「いや、憎しみだ。人は復讐を正義のように語るが、復讐はちょっといいスーツを着た憎しみさ」

41

ドームは宿命《カルマ》を心から信じていた。汚いことをすれば、汚いことが十倍になって返ってくる。そしてドームは、幼い女の子の誘拐より汚いことは思いつかなかった。

クラブハウスに戻ったあと、彼はカーリーヘアの智天使《ケルビム》のお守り役をまかされた。なぜそんなくじを引いてしまったのかわからないが、トゥー・マッチのような男に世話をさせるわけにはいかない。これでも飲めよとジャック・ダニエルを出したりするだろうから。

ドームはリモコンでテレビの百ものチャンネルを次々と切り替えた。女の子は彼が毛布とベニア板で作った即席のベッドで眠っている。ふたりは、彼とチェダーとグレムリンが協力して裏のポーチに建て増した予備の部屋にいた。表のほうでは仲間たちが歓声をあげ、叫んでいる。みな家を燃やしたことと、女の車を追いかけて転倒させたことで興奮しているのだ。ドームの頭に浮かぶのは、例の娘の家の前庭のまんなかに倒れたグレムリンとチェダーの姿だけだった。もう彼らの上をハゲタカが飛んでいるだろうか。口のなかには蛆《うじ》が湧いているだろうか。

ドームはまたチャンネルを替えた。

グレイソンは、子供を連れ去りがてらクソあまから取り上げた携帯電話をスクロールした。画面隅の時計は、午前四時四十五分だった。そろそろ年間最優秀父親賞のふたりに電話をかける頃合いだ。早朝にかければ頭もぼんやりしてるだろうし、ガキのことが心配で死にそうになるだろう。グレイソンは〝アイク〟のところでスクロールを止め、通話ボタンをタップした。

二度目の呼び出し音で相手が出た。

「はい？」

「よう、ニガー。血には血だと言ったよな。クソちびにはあばずれだと。これからこうする――」

「頭の人間と話したい」アイクは言った。グレイソンは思わず馬鹿笑いしそうになった。

「おれに要求だと、はあ？　おれが頭だよ、坊ちゃん」

「ちがう。おまえはただのメッセンジャーで、頭はジェラルド・カルペッパーだ。彼と話したい」アイクは言った。グレイソンは電話を握りしめた。ジェラルドのくそケツ。かみさんの元夫と話すべきじゃなかったのに、ボンド映画の悪役をやりたがって、ますます事をややこしくした。あの馬鹿、それを愉しんでた。

「おまえはおれと取引するんだ。おれはこの取引のデカチンで、おれの言うとおりにしないなら、おまえはクソ地獄を見る。小さな混血の体を少しずつ切って送ってやろうか？」グレイソンは訊いた。

「おまえがそうしたら、おれはギャツビー・カルペッパーの体を少しずつ送ってやる」アイクは言った。グレイソンは総長の椅子にだらりと坐っていたが、聞いたとたんに背筋を直立させた。

「なんのクソ話だ？」グレイソンは訊いた。アイクは答えなかった。その代わりに、うしろで誰かがうめいている声がグレイソンに届いた。うれしく愉しそうな、ボールのジャグリングをしているようなうなり声ではない。苦悩の声だった。

「ジェラルド、おまえか？」ギャツビーが言った。

「何？」グレイソンは言った。アイクが戻ってきた。

「さて、これからどうするかをおれがおまえに言うぞ。おまえはジェラルドに電話して、こっちが父親を確保していることを知らせる。そしておれたちに電話する。そのとき、どこで落ち合うかを教えてやる。おれたちはカルペッパーじいさんを連れていき、おまえらはアリアンナを連れてくる」

「そんなクソ取引は――」

「話し方に気をつけないと、パパ・ギャツビーの歯を引っこ抜いて指輪を作る。あ、それともうひとつ、よく聞け。バイクでレッド・ヒルに戻ろうなんて考えないことだ。テレビでバイクと聞いただけでも、おれはイラッとする。落ち着きがなくなる。おまえがスミス・アンド・ウェッソンと言うより早く、カルペッパーじいさんの頭に二発撃ちこむ。おれはこけおどしは言わないと言ったよな」アイクは言った。

電話が切れた。

グレイソンは携帯電話を顔から遠ざけ、じっと見た。部屋の向こうに放り投げたかった。満足がいくまでブーツで踏みつけて、プラスチックが割れる音を聞きたかった。しかし、机に置いた。それはもう電話ではなかった。神も見かぎるいまの特大クソ混乱の物理的な象徴だった。つるんとした黒い長方形は、彼がいま住む並行宇宙に入る窓だ。じじいの元囚人ふたりが、ことあるごとに彼を出し抜く場所。

グレイソンは立って、ガレージの奥の棚から道具箱を取った。なかを探って、大工用の短くずんぐりした鉛筆を見つけた。ポケットから〈ハーディーズ〉のレシートを引き出すと、机に戻ってアイクの番号を書き留めた。レシートをたたんでポケットに戻し、電話をつかんで外に出た。庭を数人のメンバーがうろついていた。かわい子ちゃんを抱えてオートバイにもたれている者たちもいた。グレイソンは地面に携帯電話を置いた。一歩下がって、腰のうしろから三五七口径を抜き取り、電話に六発撃ちこんだ。吠えながら引き金を絞るうちに、弾切れのカチッという音がした。

グレイソンはなかに戻って、ジェラルドに電話をかけた。

アイクはコーヒーに密造酒を垂らした。

バディ・リーがギャツビーを質問攻めにしているのが聞こえた。老人は口にまたテープを貼られてるので、バディ・リーの質問にひとつも答えられない。

「デレクの大学の卒業式に、あんたらがひとりも出席しなかったことを憶えてるか？ デレクから聞いたよ。おれはムショに入ってたから言いわけが立つが、あんたはどうだ？ あんたは引退してた。どうこう言ったって、義理の孫だろ？ だが、くだらん孫に卒業証書が授与されるのを見るために、ゴルフはパスできなかったってことか？ これは言っとかなきゃな、ギャツビー。南部の紳士にしては恥ずかしい騎士道精神のなさだ」バディ・リーは言った。ギャツビーがもごもご言った。老人のレパートリーにあるすべての罵倒語の組み合わせだろうとアイクは思った。

携帯電話が鳴った。

アイクは画面をタップし、耳に当てた。

「聞け、野蛮人。私の父はこの件にはなんのかかわりもない。解放しろ。いますぐにだ。そしたらたぶん――あくまで、たぶんだが――グレイソンに混血児の喉をかき切らせるのはやめてやってもいい」ジェラルドが言った。

「いい加減、あんたたちのものの言い方を指導するのが嫌になってきた」アイクは言い、パチンと指を鳴らした。バディ・リーがギャツビーを引き上げて、坐る姿勢をとらせた。アイクはリビングルームに入った。

「私のものの言い方を心配する必要はない。幼い子供のことを心配するんだな」ジェラルドは言った。

「おい、いいな、あの子の髪の毛一本でも傷つけたら、あんたの父親は叫びながら死ぬぞ」アイクは言った。

「父と話したい」

「五秒やる」アイクは言った。バディ・リーがギャツビーの口からテープをはがした。アイクはその顔の横に電話を近づけた。

「ジェラルド！」ギャツビーが言った。アイクは電話を遠ざけ、バディ・リーはまた老人の口にテープを貼った。

「いまは生きてる。アリアンナもそうだといいがな。でないとあんたはコーヒー缶に入った父親を埋めることになる」アイクは言った。

「連れてくるんだ、父とタンジェリン――」ジェラルドが言おうとするのをアイクはさえぎった。

「いや、タンジェリンは連れていかない。あくまであんたのパパとアリアンナだ。それが条件だ。一時間後にこっちから連絡する」アイクは電話を切った。

「強気だな。やつらがあの子を傷つけたらどうする？」バディ・リーが訊いた。アイクは電話をポケットに入れた。

「傷つけないさ。こっちには父親がいる。おれたちがなんでもすることは向こうもわかってる。あの子を傷つけたら、おれたちが次に何をするかわかったもんじゃない。さて、落ち合う場所を探さないと。銃も必要だ。大量に」アイクは言った。バディ・リーはじっと考えた。

「一石二鳥を狙えると思う。けど出かけていって、ある連中と話をしなきゃならない。彼をどうする？」バディ・リーは訊いた。

「バスルームの洗面台につないでおこう」アイクが言った。

「ずいぶん結論が早いな」とバディ・リー。

「おれにとって最初のロデオじゃないからな」

「わかる。おれもそうだ。けど、あんたには才能がある」バディ・リーは言った。

「不幸なことに」アイクが言った。

「そこを曲がる」バディ・リーが言った。金網のフェンスに取りつけられた金属製の白い看板に、昇る太陽の光が反射していた。看板には黒く太い大文字で〝モーガンズ・マリーナ〃とある。アイクは開いたゲートからなかに入り、外壁に木の細板を張った長細い建物のまえにトラックを停めた。建物の向こうには、防腐処理された木の桟橋がチェサピーク湾に伸びていた。桟橋の左右に係船ビームが十いくつ並び、さまざまな大きさと目立ち具合のボートやヨットが停泊していた。アイクはギアをパーキングに入れた。

「オーケイ。今度はあんたが車に残る番だ」バディ・リーが言った。

「ひとりでだいじょうぶか？」アイクは訊いた。

「あいつは銃の密輸入者で極右の民兵支持者かもしれないが、おれと半分血のつながった弟であることには変わりない。きっとだいじょうぶだ」バディ・リーは言い、トラックからおりて、マリーナの事務所に向かった。建物のなかに入ると、橇《そり》の鈴が鳴った。人のよさそうな白人の男たちがカウンターで餌の代金を払っていた。チェットがレジを打ち、バディ・リーをちらっと見て、客に釣り銭を渡した。男たちは無意識のうちに南部の温かいもてなしの態度を示し、バディ・リーに会釈して出ていった。バディ・リーとチェットはふたりきりになった。

「ああいう人間をおれの店に入れないだけの分別はあったんだな」チェットは手を振って駐車場を示した。アイクがトラックの横に立って携帯電話で話していた。

「ああ、おまえは乙女座の人間が嫌いだったな。忘れてたよ」バディ・リーは言った。チェットは不満げにうなった。

「なんの用だ、バディ？」チェットが訊いた。バディ・リーのように背が高く手足も長いが、ぼさぼさの白髪頭で、それに合った白い口ひげを生やしていた。腕を曲げると上腕二頭筋の〝自由な人生か死〟というタトゥーが波打った。グレーのTシャツの腋の下には、もう汗染みができている。まだ朝の八時半だ。

「頼みがある」バディ・リーが言った。チェットはカウンターのうしろから出てきた。ふたりの距離はわずか三十センチほどになった。

「このまえあんたがここに来たとき、二度と頼みは聞かないと言ったはずだ。あんたとディークのおかげで、おれがどれだけの厄介事に巻きこまれたかわかってんのか？　チュリーがあの件について話すために、スカンク・ミッチェルを送りこんできた。あのスカンク・ミッチェルだぞ。彼らはおれを密告者だと思ってた。それもこれも、あんたとディークが車のスピードを九十キロまでに抑えられなかったからだ。そのせいでおれもクソほど金が出ていったし、何晩も寝られない夜が続いた。なのに、頼みたいことがあるだと？」チェットは言った。

「おれはあれで五年務めた。ディークは塀のなかに入ったら死んでただろう。おまえのほうから話を持ち出したから言うが、おれとディークがパクられたあと、州はおまえの武器がらみの告発を取り下げた。はあ、それもなかなかの偶然じゃないか？」バディ・リーは言った。チェットは彼を睨みつけたが、バディ・リーは十キロワットの笑みを送った。

「心配すんな、誰にも言ってない。それに、言ったところで誰が信じる？　自分の無価値なケツを救うために実の兄弟を売るなんて、ちょっとでも価値ある人間ならやらんことだろう？　おれたちは血がつながってる。腐った血かもしれないが、血は血だ。まあ、どっちにしろ終わったことさ。水に流そう。どうだ、大将？」バディ・リーは言った。

チェットはズボンのうしろのポケットから〈スコール〉（嚙み煙草）の容器を取り出して、ひと塊を頬に含んだ。

「あんたのためにできることはないぜ、バディ」彼は言った。バディ・リーはレジの近くの回転スタンドからさがった蛍光色のオレンジと赤のルアーを弄んでいた。スタンドをまわすと、貧者の万華鏡になった。

「スカンクがおまえにクソをちびらせたから、おれに腹を立てたいのか。いいだろう。受け入れよう。おれのせいで大金を失ったから怒りをぶつけたい？　それも受け入れよう。おれとしては疑問を持ってるがな。しかしだ。おれがぜったい受け入れられないこと、許せないことは、おまえがデレクに背を向けることだ。デレクはおれの息子だった。おまえの甥《おい》だった。どこかの小汚い役立たずのクソどもが、デレクを犬みたいに撃ち殺した。いまおれは、やった腰抜けどもを徐々に追いつめてる。あと必要なのは、おまえがマシューズに持ってるあの場所の鍵だけだ。仕事をする場所だけあればいい。だが、おれには協力したくないって？　それならおれのためでなくていい。デレクのために協力してくれ。あいつのために」バディ・リーは言った。チェットはカウンターに戻って、下の棚から発泡スチロールのカップを取り出し、そのなかに大量の黒い液の塊を吐き出した。

「あんたの息子、あのオカ――」チェットはその軽蔑のことばを言い終えることができなかった。バディ・リーがあっという間に進み出てナイフを開き、距離を詰めてその刃をチェットの首に当てたからだ。

「やめろ。そのことばは言うな。もうだめだ。おれの息子については。デレクが生きてるあいだに、おれ自身が使いすぎるほど使った。おれにとっては死んだことばだ」バディ・リーは言った。

「おれの喉にナイフを当てる暇があったら、バディ・リー、そのクソとやり合えよ。おれの家に来て、おれの喉にナイフを当てて怖がらせる？　ろくでもないやつだ」チェットは言った。バディ・リーは弟の目に自分と同じものを見た。ふたりが父親から受け継いだ腐食性の怒りだ。

「愛国者だの戦士だのとふだんはいきがってるくせに、おれが来て、デレクを殺したやつらを見つける話をしたら、無理難題をふっかけられたような顔をするのか。デレクはおまえの甥だったのに、なんとも思わないわけだ。ひとつ教えようか。あそこにいるあの男とのつき合いは、おまえよりはるかに深く、濃くなってる。おれはあの男と兄弟になるべきだった。だが、おまえはいまそこを修復できる。すべてを正すために手を貸すことができる。だから鍵を渡すか、おれがおまえの血を流して奪い取るかだ。どっちにしても、ここから鍵を持っていくことは約束する」

チェットは茶色い歯をドブネズミのようにむき出した。バディ・リーはチェットの緊張した喉に、さらに強くナイフを押しつけた。

「あとで決着をつけようぜ、兄貴」チェットが言い、鍵が二本ついたキーホルダーを振った。それはまるで魔法のように彼の手のなかに現れた。バディ・リーは鍵をかすめ取り、ナイフを弟に向けたまま後退した。ドアのハンドルが背中に食いこんだ。バディ・リーはナイフを閉じてズボンのうしろのポケットにしまった。

「あとで思い知らせてやる、バディ。クソ背後に気をつけたほうがいいぜ」チェットが言った。

「人生に出し抜かれるのがオチだが、弟よ、まあ次はおまえのほうから仕掛けてみてもいい。歓迎するよ」バディ・リーは言った。

バディ・リーはトラックに乗りこんだ。アイクも乗って、エンジンをかけた。

「だいじょうぶか？」アイクは訊いた。バディ・リーは鍵をポケットに押しこんだ。

「善人が早死にすることについて考えてた」バディ・リーは言った。

「だからおれたちは、まだここにいるんだろうな」アイクがトラックのギアを入れながら言った。

「この場所を見に行こう。現地の下見ってやつだ。一度行ったことはあるが、ずいぶん昔だからな。踊るまえにダンスフロアを見ておきたい」

42

アイクはルート14から右折して、ルート198に入った。長年のあいだにマシューズ郡での仕事もあるにはあったが、多くはなかった。この地域の人々は庭の手入れを自分でする。

「タバナクル・ロードまでこのままだ。そこで左折する」バディ・リーが言った。

タバナクル・ロードは、マシューズの町のなかを通って最初に左側に現れる舗装路だった。雑貨店、郵便局、図書館をすぎた。郡庁舎のすぐ横にある南北戦争記念像のまえもすぎてから左折し、タバナクル・ロードを走っていると、バディ・リーが、長い未舗装の伐採道路に右折するよう指示した。

道路はマツの枝の暗い天蓋《てんがい》の下を曲がりながら進んでいた。やがて砂利道になり、馬用のゲートが現れた。アイクはトラックを停め、バディ・リーが一度おりて鍵でゲートを開けた。アイクが通過するとバディ・リーが車に戻ってきて、そこからは砂利道を走りつづけた。行き着いた先は、広大な牧草地だった。左手にくすんだ赤茶色の鉄筋の建物があった。長い長方形で、中央にシャッタードアがひとつついている。その右に窓がひとつ。建物自体は三十メートル近くあった。右手には射撃練習場があって、タクティカル・ターゲットが配置されていた。その大半は合板に貼られた紙の人型だ。何人かは黒人とヒスパニック系の漫画のような男性像だった。

「弟は本物のろくでなしだな」アイクはそれらを見て言った。

「ああ、反論はしない」バディ・リーが言った。アイクはトラックを駐め、ふたりは外に出て鉄筋の建物に歩いていった。

バディ・リーがシャッタードアを開け、アイクは彼のあとからなかに入った。入口の右側に長机があり、まわりに椅子が数脚置かれていた。あちこちに統一感のないガラクタが散らばっている。釣り竿数本。横に倒れた剝製《はくせい》のシカの頭。壁から落ちたにちがいないガズデン旗。左側の洞窟のようなスペースは、二十かそこらの木箱、プラスチック容器、麻袋で埋まっていた。

バディ・リーは木箱に近づき、蓋をはずして、口笛を吹いた。

「なんてこった。こいつならヤクでラリったサイも止められるぜ」彼は箱からフルオートのリボルバー式ショットガンを取り出した。

「弾薬もあるのか？」アイクが訊いた。

「こっちの箱に、サメの歯より多くある」バディ・リーは別の箱の蓋を開けながら言った。

「そういうのはアメリカじゃ違法だろう」アイクは言った。バディ・リーは積まれたいろいろな箱に腕を振った。

「これは全部違法だ、アイク。あいつがつき合ってる民兵たちは、法律なんか屁《へ》とも思ってない。憲法修正第二条（個人が銃器を保有する権利を保障している）は別としてな」

「わかる。おれが気にしてるのは、ATFがあんたの弟を監視してるかどうかだ。今晩、ここでかなりの撃ち合いがあるからな」アイクは言った。

「連邦が監視してるなら、そもそもこの場所は存在しない。今晩誰かの注意を引く心配も無用だと思う。これほどの森のなかだ。ど田舎を見つけるのにも十キロ近く引き返さなきゃならない」バディ・リーは言った。

「かもな」

バディ・リーは箱を次々と検《あらた》めていった。マシンガン、ライフル、拳銃、そしてあろうことか地雷まで――武器の種類と量の多さは唖然《あぜん》とするほどだった。

全部使いきるかもしれない。バディ・リーは思いながら、壁に寄せた箱のひとつを開けた。

「おお、これは。アイク、来てくれ」バディ・リーは言った。アイクが来て箱のなかを見た。

「これはおれが思ってるとおりのものか？」アイクは言った。

「ああ。チェットみたいにペラペラしゃべるやつがいるときには、用心に用心を重ねて代替策を考えとくってことか」バディ・リーは言った。アイクは箱のなかを見、宿泊小屋の入口を見て、箱に目を戻した。

「ここに銃が何挺あろうと関係ない。おれたちはたったふたりだ。おれたちにも代替策が必要だな」アイクは言った。

「その大きな頭のなかで何を考えてる？」

「われわれの努力に見合った効果が必要だと思ってる。さあ、レッド・ヒルに戻ろう。会社に寄らなきゃならない。ひとつ考えがある」アイクは言った。

「なんだ？　シャベルであいつらと決闘するつもりか？」バディ・リーは訊いた。

「いや、ちがう」アイクは言った。

アイクの会社に行って必要なものを取り、現地に戻って設置し、バディ・リーのトレーラーに帰ってきたときには、一時すぎになっていた。バディ・リーは、トレーラーのなかからドスドスと重い音が聞こえるのに気づいた。

「この家をちょっとでも大事に思ってたら、腹を立ててるところだ。あのじいさんがラバみたいに蹴ってる音だろうな」バディ・リーは言った。アイクは彼のあとから家に入った。

バディ・リーは廊下を進み、バスルームのなかに首を突っこんだ。

「壁を蹴るのをやめないと、入ってそのクソ脚を折ってやる」バディ・リーが言うと、ギヤツビーは振り上げた脚を途中で止め、床に足の裏をぺたんとおろした。

「それでいい」バディ・リーは言って、リビングに戻った。アイクがソファにいたので、彼は安楽椅子に深く腰かけた。

「まだ少し時間がある。マヤの容態を確認するか？」バディ・リーは訊いた。

「あんたが弟と話してるあいだに、病院に電話した。あのままだ」アイクは言った。バディ・リーは深く息を吸った。

「きっとよくなるさ、アイク」

「おれたちの誰も、二度とよくならないかもしれない」アイクは言い、電話を取り出して、ジェラルドにショートメッセージを送った。

３４９３　タバナクル・ロード

マシューズ　ヴァージニア州

午後八時

彼は電話をしまった。

「ひとつだけ確かなことがある。今夜何が起きようと、おれたちはあいつらを葬り去る。ひとり残らずだ」アイクは言った。

「アイク」

「なんだ?」

「お互い結婚式で会ってればよかったな。ふたりとも出席してればよかった」

「おれのじいさんがよく言ってたよ。願いが全部叶えば世話はないってな。けど言いたいことはわかる。おれもそう思う」アイクは言った。

「さて、おれは少し寝とくぞ。長い一日だった。重罪を少なくとも十五件は犯したな」バディ・リーは言った。

数分後、いびきが聞こえはじめた。アイクはソファの背に頭をのせたが、目は閉じなかった。眠れば、アイザイアが夢のなかで待っているのはわかっていた。

それか、悪夢のなかで。

43

マーゴがこれから坐ってテレビで『ジェパディ！』のチャンピオン決定戦を見ようというときに、誰かがドアを叩きはじめた。

「まったくもう」とつぶやきながら、ドアに向かった。ドアを開けると、階段の一段目にバディ・リーが立っていた。

「驚いた。このまえ見たときよりもっとひどくなってるよ、あんた。少しは寝てるの？」マーゴは訊いた。

「ことば選びがうまいと誰かに言われたことはあるか？」バディ・リーが言った。

「才能さ。ところで何？　新しいトラックを買った？　あたしに言わせりゃ、とっくに買い替えるべきだったけど」マーゴは言った。バディ・リーは顔に垂れた髪を払いのけた。一瞬マーゴは、明るい目のハンサムなカントリー・ボーイだった若き日の彼を見た気がした。

「いや、あれはおれのパートナーのトラックだ。なあ、言っときたかったんだ。あんたはいいお隣さんだった。ときどきおれの様子を見に来て、おれがジェイムソン漬けのピクルスにならないように注意してくれた。たぶん、おれの身に起きることを気にかけてくれた地上で唯一の人間だ」バディ・リーは言った。

「それはまたご親切に。けど、どうしてこれから軽騎兵旅団の突撃を指揮するような話し方してるの？」マーゴは訊いた。バディ・リーは階段の最上段に足を踏み出して、マーゴに近づいた。

「これまで女の友だちはほとんどいなかった。女の知り合いは大勢いるが、多くは友だちとは呼べない間柄だ。あんたが最初だと思うよ、マーゴ」バディ・リーはそこでことばを切った。マーゴは彼が歯を食いしばってから先を続けるのを見た。

「あんたはいい人で、いい友だちだ。体に気をつけて」バディ・リーは言った。

「バディ・リー、いったいどうしたの」マーゴは訊いた。バディ・リーはちょっと顔をゆがめて笑った。

「あんたがまだ生きてるうちに花を捧げようと思ったのさ、シュガー」彼は言い、階段からうしろに下がって二本指の敬礼をした。マーゴは彼がパートナーのトラックに大股で歩いていき、助手席に乗りこむのを見守った。トラックは急発進し、土埃をもうもうと立ててトレーラーパークから出ていった。

「おりるぞ、ギャツビー。終点だ。みんなおりる」バディ・リーは言い、アイクが老人を荷台からおろして宿泊小屋に運び入れるのを手伝った。ふたりは新たな結束バンドで老人を金属製の折りたたみ椅子に縛りつけた。椅子の隣には二百十リットルのドラム缶があった。ドラム缶のまえの床には、電線と薄い円盤が入った箱が置いてある。

「よし。トラックを移動させてくる。彼を見ててくれ」アイクが言った。

「殺さないように努力する」バディ・リーが言った。ギャツビーの目が見開かれた。

「なあ、落ち着けよ。冗談だ」バディ・リーはまたアイクのほうを向いた。「いいか、もう一方のゲートから出たら、郵便局まで行ってすぐ引き返してくるんだぞ。急げ。ここに来る道はほかにはないはずだ。チェットが、出入口を増やすと郡の税金が高くなるとよく文句を言ってたから。やつらの注意は引きたくない」バディ・リーは言った。

「郵便局まで行かなくても、もう一方のゲートに鍵がかかってなければだいじょうぶだ」アイクは言った。

アイクはもう一本の道が始まるところまでトラックを移動し、小径《こみち》を歩いて敷地に戻ってきた。途中にトタン板の屋外トイレがあった。ここ幾晩かは冬の名残が居坐って、王国を春に譲り渡すのを拒んでいたが、この夜は季節はずれの蒸し暑さだった。宿泊小屋に戻るころには、アイクはうっすら汗をかいていた。

バディ・リーが建物の奥の壁沿いに置いてあるベンチに坐っていた。バナナ形弾倉がついたアサルトライフルAR15を抱えている。アイクは箱からオートマチック・ショットガンを取り出し、高速弾を装塡した。建物のほぼ中央にある机について坐り、腕時計を見た。午後七時三十分。

「このあと何かあると思うか？　つまり、おれたちが死んだあと」バディ・リーが訊いた。

「自分の魂の心配をしてるのか、バディ・リー？」アイクが言った。ショットガンを生まれたばかりの赤ん坊のように抱きかかえていた。

バディ・リーは咳払いをした。

「いやつまり、もし何かあるとしたら、おれは自分がどこへ行くか確信してる。それはもうしかたない。ただ、息子たちに会えると思うか？　もしここからうまく脱出できなかったら、落ちてく途中で彼らに会えるかな？」バディ・リーは言った。アイクは窓の外を見た。太陽は沈んだが、半月が夜勤に出てきていた。

「会えないことを祈る」アイクは言った。

「は？　おいおい、教会の裏でガラガラヘビを飼ってたおれの牧師がわーわー言ってたことのなかで、唯一信じられるのは、おれが死んだら息子にまた会えるかもしれないって考えだけだぜ。そしたらおれは、あいつがおれから奪われるまえに言うべきだったことを全部言える」バディ・リーは言った。

「おれがアイザイアに言いたいのは、すまなかったということだけだ。永遠の時間をもらったって、それは言いきれない。どれだけ言っても足りない」アイクの声はささやきにまで小さくなった。

遠くでオートバイのエンジン音が雷鳴のように轟いた。ふたりは無言で椅子から立ち上がった。バディ・リーはギャッツビーを折りたたみ椅子に固定していた結束バンドを切った。足首のまわりのバンドもはずした。

「立て」アイクが言い、ギャッツビーの腕をつかんでシャッタードアまで歩かせた。アイクがドアの横の壁についたボタンを押すと、シャッターが上がりはじめた。アイクはショットガンをしっかり握り、ギャッツビーと肩を並べて立った。バディ・リーもギャッツビーの反対側に立ち、腕時計を見た。七時四十五分。

「先手を取って優位に立つつもりだな」バディ・リーは言った。

「あの話を思い出すな。狼が朝の六時にカブ畑に行ってみたら、そこにいたウサギはいなくなってた」アイクは言った。

「おれたちがウサギだな？」バディ・リーが言った。

「ああ、だがおれたちは狼みたいにあいつらを食う」アイクは言った。

オートバイの密集軍が牧草地になだれこんだ。射撃場のまえにずらりと並んで、建物のほうを向いた。アイクが二十五台を数えたころ、オートバイのうしろにキャデラックＳＲＸが現れて停まった。ブロンドのヴァイキングは、エイプハンガーと高い背もたれのついたチョップトホッグに乗っていた。背もたれには緑の袋がかぶさっている。ブロンドのバイク乗りはキックスタンドを立てて、オートバイからおりた。緑の袋はバンジー・コードでサドルバッグにつながっていた。ブロンドの男がコードをはずして緑の袋を取り去ると、アリアンナが座席にいて、背もたれにロープでぐるぐる巻きに縛りつけられていた。

アイクはその場でブロンドの男を撃ちそうになった。

集まってうなるアイドリング中のエンジンの熱で、大気が揺らめいた。ジェラルドがキャデラックからおり立った。喉元のボタンをはずした白いボタンダウンシャツ、ゆったりしたチノパンツといういでたちで進み出て、ヴァイキングのまえに立った。ジェラルドは両手を腰に当て、顎を突き出した。バディ・リーはライフルを握りしめた。卑劣漢が虚勢を張るときにはわかる。くだらない心理操作を仕掛けようとしているのだ。ちびるほど怖がっているところを見せなければ、怖くなるとでも思っているのだろうか。

「だいじょうぶですか、パパ？」ジェラルドが大声で呼びかけた。ギャツビーはかぶりを振った。

「父に何をした」ジェラルドは言った。

「だいじょうぶさ。世の中の残り半分がどうやって生きてるか知ることになっただけで、あとは問題ない。さあ、あの子を解放してもらおうか」バディ・リーが言った。彼の額を、汗がのろまな芋虫のように這い進んでいた。夜が全員を包みこんでいた。

「アレクサンダー大王とティルス島の話を知っているか？」ジェラルドが言った。

「歴史のクソ授業か……いまここで？」バディ・リーが訊いた。ジェラルドは微笑んだ。

アイクが言った。「ティルスは難攻不落と言われてたが、アレクサンダーは半年かけて攻略した。要するに、ほかのどんな将軍より決意が固かったということだ。さあ、先に進めるか？」

ジェラルドは笑みを消した。

「クソ本を読めるのはおまえだけじゃないんだよ、ウィンスロップ」アイクは言った。

「父をこっちに進ませろ」ジェラルドは言った。

「その子を解放してこっちに進ませろ」バディ・リーが言った。

「グレイソン」ジェラルドは言った。グレイソンはロープをほどいてアリアンナを座席から地面におろした。風が立って、アリアンナの顔のまわりの巻き毛が踊った。

「ヘイ、リトル・ビット！」バディ・リーが言った。

「こっちへおいで、ブーブー」アイクが言った。アリアンナがふたりのほうに一歩踏み出すなり、グレイソンの手がさっと伸びて彼女の手首をつかんだ。アリアンナは悲鳴をあげた。それを聞いたバディ・リーの胃がよじれた。

「その・子を・放せ」アイクが言った。

「グレイソン、私が事態を収拾しているのだ」ジェラルドが言った。

「嘘こけ。どこが収拾だよ。このクソどもがあんたの父親を放さないのに、こいつらの小さいガキを返してやるだと？　ありえねえ。同時に決まってんだろ、この抜け作」

「同時だ。同時に進ませる」バディ・リーが言い、ギャツビーを軽く押した。老人はためらいがちに何歩か進んだ。グレイソンはアリアンナの腕を放した。

「走れ」グレイソンが言った。

アリアンナは左手を耳に当てて何歩か歩き、立ち止まった。

「おいで、リトル・ビット。こっちへ」バディ・リーが言った。アリアンナは泣きだした。

「弱ったな。リトル・ビット、泣かないで。さあ、こっちだ」バディ・リーは言った。ギャツビーは庭を半分横切っていた。

「アリアンナ、おいで、いい子だ。さあ、こっち……おじいちゃんのところへ」アイクが言った。

「そうだ、ベイビー、おじいちゃんのところへおいで」アイクは言った。アリアンナは急に駆け出した。丸っこい脚がすごい速さで危なっかしく上下に動いて、ギャツビーとすれちがった。老人はよろよろとジェラルドに近づいた。

「さあこっちです、パパ。ここからあなたを連れ出します」ジェラルドが言い、父親のほうに両手を伸ばした。

クラブの残りのメンバーもオートバイからおりていた。ジャンプカットの映像編集よろしく、彼らの手に銃が突如現れた。アイクは地面に片膝をつき、肩でショットガンのバランスをとりながら、アリアンナを迎えようと両手を広げた。

「いい子だ、その調子。おじいちゃんのところにおいで」アイクは言った。

グレイソンが右に動いた。腰から三五七口径を抜いた。もっとふたりに近づいて個人的に戦いたかった。

アリアンナはアイクの広げた腕のなかに飛びこんだ。アイクは片腕で彼女をしっかり抱え、反対の腕でショットガンをつかんで、宿泊小屋のなかにあとずさりした。

ジェラルドは父親に微笑んだ。老人は決然と手首をひねってダクトテープを口からはぎ取った。

「ジェラルド、今度はいったいどんなことに巻きこまれたのだ」と息子を怒鳴りつけた。

バディ・リーがシャッタードアをおろすと同時に銃撃が始まった。弾が金属の羽目板を直撃して大きな音を立て、シャッタードアを貫通して十セント硬貨ぐらいの穴をあけた。

バディ・リーは窓のひとつに近づき、ＡＲ15で反撃した。牧草地の左から右まで掃射すると、バイク乗りたちはゴキブリのように逃げ惑った。何人かは射撃場の弾止めの裏に隠れた。別の何人かはピクニックテーブルを倒して遮蔽物にし、撃ち返してきたが、大多数は牧草地を取り囲む雑木林まで後退し、暗いところから撃ってきた。

アイクは宿泊小屋の奥の壁際にある木箱を開けて、アリアンナをなかに入れた。突然、左の二の腕に、熱した火かき棒を押しつけられたような焼けつく感覚があった。アイクはとっさに身を伏せ、バディ・リーと反対側の窓に這っていった。

暗闇にオートマチック・ショットガンを発砲すると、強い反動があった。SRXのリアパーキングライトが牧草地の向こうで赤く光り、発進しそうになっていた。バイク乗りの一団が敷地の遠い端に逃げようとしているのがアイクに見えた。ショットガンの弾が命中するたびに、彼らは宗教的恍惚《こうこつ》に浸る狂信者のように跳んだり踊ったりした。

まだだめだ、人でなし。まだパーティから帰さないぞ、ダーリン。バディ・リーは思いながら、弾が切れるまでSRXに連射した。SRXのファイバーグラスのボディがAR15の火力に耐えられるわけがなく、どの弾もエンジンからバックドアまでのあらゆるところに二十五セント硬貨大の穴を穿《うが》った。車は道から斜めにはずれ、低い土手を下って、オークの太い木の幹に衝突した。

バディ・リーは空《から》の弾倉をはずして新しい弾倉を叩きこんだ。アイクも同様に再装塡しなければならなかった。バイク乗りたちはその隙に宿泊小屋に近づいてきた。前進しながら、鉄筋の建物に絶え間なく嵐のような銃撃を加えた。

アイクが目をこすると、手に赤い血がまだらについた。コンクリートの塊や鉄板の小片が彼らに降り注いでいた。アイクとバディ・リーは〈レア・ブリード〉より強力な武器を持っているかもしれないが、あちらには数の力がある。バディ・リーは床に伏せ、ライフルを高く持ち上げて、最寄りの窓から狙いも定めず外を撃った。アイクは最後の集中砲火を浴びせて、ショットガンを脇に放った。〈ブリード〉の何人かを倒したのはわかったが、それでは足りなかった。ぜんぜん足りない。

腹這いで二百十リットルのドラム缶まで移動した。バディ・リーがまだむやみに撃っているあいだに、アイクは〝タイマー〟をセットした。タイマーといっても、実際にはCDプレーヤーを改造したもので、単純な回路で古い点火スイッチに接続している。点火スイッチはドラム缶の蓋の裏にテープで留めてある。

奥の壁際にあった例の特別な箱のなかを見たとたんに、この案が頭に浮かんだ。これが脱出方法になる。息子たちに借りを返すことができる。借りをもうすぐ血で返すことになる。

ジェラルドと〈ブリード〉を相手にするなら、こちらにはきわめて強力なものが必要なのはわかっていた。ハンディを解消するような何かが。アイクが倉庫に何十袋も保管している、硝酸アンモニウムをたっぷり含んだ肥料がそれだった。造園会社には、銃はなくても、シャベル以外の所有物がたくさんある。アイクもバディ・リーもこの種の経験はあまりなかったが、例によってグーグルが助けてくれた。

大きなドラム缶には肥料とガソリンが詰まっていた。タイマーは時間になると、点火スイッチまでの回路に電気を送る。点火線は火花を散らすように一部むき出しにしてあった。単純だが殺傷力は抜群の爆弾だった。

「行くぞ！」アイクは言って、奥の壁際の箱のなかに消えた。バディ・リーは最後に一度掃射して、木箱に走った。肩をすぼめてアルミの梯子をおり、アリアンナを腕に抱えたアイクのあとについて、宿泊小屋の地下を抜けるトンネルに入った。

グレイソンは三五七口径の弾を建物に撃ち尽くして、空薬莢を捨て、新しい弾をこめた。スピードローダーはあとふたつしか残っていない。つまり十二発。ドームはマック11で建物を連射した。ほかのメンバーが何発か撃つ音も聞こえる。グレイソンは弾止めの裏から建物をのぞき見た。スイスチーズのように穴があいている。天井から細いワイヤーでさがった蛍光灯がゆっくりと前後に揺れて、窓をストロボのように光らせていた。グレイソンは窓に向けてさらに三発撃った。

応戦はなかった。

やったぞ、ケツどもを仕留めた！　グレイソンは思いながら、背筋を伸ばした。

何も起きなかった。建物からこちらをうかがう動きすらない。

「ぶっ倒した。ぶっ倒したぞ！」グレイソンは吠え、ドームの背中を思いきり叩いた。

「行って引きずり出せ。さらし者にしてやる」グレイソンは言った。ドームは立ち上がったが、一瞬ためらった。あの女の子の死体はどうしても見たくなかった。

「同じことをもう一度言わすなよ」グレイソンが言った。ドームは無理やり足を動かした。死傷していないクラブの残りのメンバーも、建物に慎重に近づく彼のあとに続いた。

ドームはシャッタードアの左側にある正面のドアを蹴り開けた。

視界をオレンジ色の閃光が埋め尽くしたとき、蒸発する寸前の彼の心に浮かんだ単語があった。

カルマ。

そしてすべてが闇に包まれた。

アイクは屋外トイレの下にある梯子のひんやりした金属に手が触れたとき、歓喜の叫びをあげそうになった。アリアンナを抱えて一段ずつ上がっていき、ついに屋外トイレのなかに出た。トイレのドアを開け、胸の奥から深呼吸して、アリアンナといっしょに暑苦しい夜のなかへ踏み出した。バディ・リーも煤《すす》だらけで出てきて、片方の肺を吐き出す勢いで咳きこんだ。アリアンナはどうしようもなく泣きじゃくっていた。

「もうだいじょうぶだ、ベイビー・ガール。おまえを取り戻した」アイクはつぶやきながら彼女を抱きしめた。

「勘弁してくれ、まったく。チェットのやつ、あのトンネルにもっといい換気装置を入れられなかったのか。途中で休む椅子が欲しかったのに、それだけはなかったな」バディ・リーが言った。

「この子をトラックに置いてくる。怖がってるから」アイクが言った。

「おれはここにいて、息を整えられるかどうかやってみる。あんたが戻ったら、表にまわって友人たちの様子を確かめよう」バディ・リーはまた咳きこみはじめた。

「すぐ戻る」アイクは言った。

「ここにいる」バディ・リーが言い、アイクとアリアンナは小径を歩いていった。

アイクは助手席にアリアンナを坐らせて、シートベルトを締めた。携帯電話でカットフルーツが飛びまわるゲームを出して、アリアンナの膝に置いた。

「おじいちゃんは、あっちでちょっと調べることがある。待てるな？」アイクは言った。

アリアンアはそのことばを無視して、もう画面で小さな指を動かしていた。

アイクとバディ・リーは小径を黙って宿泊小屋まで引き返した。アイクは風に乗ってきた手仕事の結果のにおいを嗅いだ。焦げた肉体のにおいと、塩素とアルコールの中間のようなきつい化学臭を混ぜ合わせた魔女のごった煮。

「こりゃひどい」宿泊小屋まで戻ると、バディ・リーが言った。より正確には、宿泊小屋があった場所だったが。民兵のかつての本拠地を、直径三十メートルの揺れる炎の輪が囲んでいた。鉄骨はもはやなく、それを支えていたコンクリートの基礎はまんなかで割れて、端から端まで焼け焦げている。射撃場は跡形もなかった。弾止めから飛び散った藁草が敷地内のあらゆるところにたまって燃えていた。

軍隊的な正確さで斜めの列をなして停まっていたオートバイは、原形をとどめない金属の塊で、マシンというよりアメーバに似ていた。そこここに見てわかるパーツが散っていた——ハンドル、フットペグ、前輪——が、オートバイのほとんどは、革とスチールと鉄とクロムのゆがんだ融合物と化し、その持ち主も似たような運命をたどっていた。

アイクはギャツビーの拳銃を持っていた。バディ・リーはナイフを持ち、AR15をストラップで胸のまえにかけていた。ふたりは始めたことを最後まで終わらせるつもりで、倒れた人間のあいだを歩いたが、ほどなくアイクはその必要もないことに気づいた。〈ブリード〉は壊滅していた。最初の爆発でバラバラに引き裂かれなかった者たちは、続く衝撃波で体のなかが液体になっていた。

空き地じゅうに、パーティのリボン飾りよろしく死体や体の一部がばらまかれていた。バディ・リーが射撃場の近くのマツを見上げると、腕が二本引っかかっていた。どちらも左手だった。バディ・リーは首を振った。

「〈レア・ブリード〉のこの支部は終わったな。永遠に閉鎖だと思う」バディ・リーは言った。

アイクが答えようとしたとき、SRXのほうから哀れな泣き声が聞こえた。アイクとバディ・リーは顔を見合わせ、車に歩いていった。爆風で窓はすべて割れていた。アイクは車のなかをのぞいた。

ギャツビーが横向きに倒れていた。耳から血が垂れ、下半身と膝も赤く染まっていた。車のなかから糞便の強烈なにおいが漂ってきた。アイクは窓から手を入れ、老人の首に指を当てた。脈はなかった。

バディ・リーが運転席側のドアを開けた。

ジェラルド・ウィンスロップ・カルペッパーが、濡れた洗濯物の詰まった袋のようにどさっと地面に落ちた。広い胸の深いところからうめき、弱々しく泣いていた。チノパンツはすっかり血に染まって、もとの色が赤紫に見えるほどだった。ジェラルドは、森の地表を覆う有機物混じりの泥をつかむようにして這った。バディ・リーは荊《いばら》をつかんで払いのけ、ジェラルドについていった。アイクも彼らの横に現れた。バディ・リーはジェラルドの背中のまんなかを踏みつけて、進行を止めた。

「どこへ行くんだ、大将？」バディ・リーはあっけらかんと尋ねた。アイクは車のうしろをまわってきた。四四口径を体の横に垂らしていた。バディ・リーはジェラルドの肩をつかんで、仰向けにひっくり返した。

「頼む、やめてくれ」ジェラルドはかすれ声で言った。

「何をやめる？」アイクが言った。

「お願いだ、殺さないでくれ。悪かった。本当に申しわけなかった」ジェラルドは言った。

大きな顔が汗まみれだった。彼らのまわりの夜気を、炎が穏やかなパチパチという音だけで満たし、森の本来の音をかき消していた。

「捕まったら、誰もが謝る」バディ・リーが言った。

「頼む。私は病気なんだ。病気を抱えている」ジェラルドが言った。

「ほう、病気？　どうして？　タンジェリンというのが好きだったからか？」アイクが訊いた。

「そうだ！　私には助けが必要なんだ！」ジェラルドはあえいだ。アイクは前屈みになって、男の血走った目をのぞきこんだ。

「おれの息子も病気だったと思うのか？　彼の息子も？　タンジェリンも？　彼らは生きるに値しないと思ったのか、おまえ自身が本来の自分を持て余していたから？」アイクは訊いた。ジェラルドは何も言わなかった。アイクは背を起こした。

「おかしなもんだな。もしおれの息子がここにいたら、おまえに同情するだろう。もし彼の息子がここにいたら、たぶんおまえを赦す」アイクは言った。バディ・リーはナイフを開いた。刃が固定されるカチリという音がした。

「だが、ふたりともここにいない。だろ？」バディ・リーは訊いた。

「ああ、いない」アイクは言った。


アイクとバディ・リーは森を抜けてまた小径を通り、トラックに戻った。ふたりとも話さなかった。話すことは何も残っていなかった。アイクは百年寝られる気がした。心も体も絞られて水気がなくなった感じだった。バディ・リーは本当にしばらくぶりに、酒を飲みたくなかった。この瞬間の感覚を鈍らせるものは何も欲しくなかった。何ひとつ。

ふたりはトラックを駐めてある私道まできた。

助手席のドアが大きく開いていた。

「アリアンナ？」アイクが言った。

「リトル・ビット！」バディ・リーも言った。心臓が肋骨に激しくぶつかった。ここまでやってきて、アリアンナがクソ森で迷子になっただと？

「子供はここだ」ざらついた声が言った。

トラックのまえにグレイソンが立ち、アリアンナを左腕に抱えていた。右手には三五七口径を持ち、銃口をアリアンナのこめかみに押しつけていた。

「銃を捨てろ」グレイソンは言った。顔は血と泥にまみれていた。唾液が口から垂れて、何本もの長い銀色の線になっている。半月の光で、本物のヴァイキングの幽霊のように見えた――ヴァルハラ（北欧神話の主神オーディンの宮殿）から逃げてきて、生者の世界に恐怖を広げる意欲に満ちた、フェイスペイントの亡霊に。

「その子を放せ」アイクが言った。

「誰が放すか。銃を捨ててキーをこっちに投げろ」

「キー？　大将、おまえはおもちゃの車も運転できんだろ」バディ・リーが言った。

「おまえらには本当にクソうんざりだ。おまえらふたりとも。銃を捨てろ。キーを投げろ。いますぐだ。したがわないなら、このちびメス犬の頭をぶち抜く」グレイソンは言った。息が短く激しすぎるせいで、顔がゆがんでいた。

痛みを覚えるほど長いあいだ、沈黙が続いた。

「アイク、こいつが言うとおりにしろ。おれの親父ならそうする」バディ・リーは言った。アイクは彼を凝視した。

バディ・リーはうなずいた。

「ああ、そうだ。おれが言うとおりにしろ」グレイソンが言った。

アイクは銃を落とした。バディ・リーもストラップを肩からはずして、ライフルを地面に置いた。アイクはわざと大げさな身ぶりでポケットのなかのキーを探った。グレイソンがアイクに注目しているあいだに、バディ・リーはうしろのポケットからナイフをすっと取り出し、背を伸ばしながら掌に隠した。アイクはポケットのなかを引っかきまわし、バディ・リーは親指で静かにナイフの刃を開いた。

「オーケイ。あった」アイクはキーを顔のまえにぶら下げた。

「おれの足元に放れ。気をつけろよ。おれは頭がふらふらしてるからな。手がすべってうっかり引き金を引くかもしれねえぜ」グレイソンが言った。

アイクはキーを投げた。グレイソンのブーツに十センチほど届かなかった。グレイソンは片方の膝をつき、アリアンナを一度右腕で挟んで、左手を地面に伸ばした。キーをつかむと、立ち上がり、銃口をアリアンナの頭からバディ・リーに移した。

「おまえらの息子を殺した銃と同じだとよかったんだがな」グレイソンは言った。

「その子を放せ！」アイクが大声で叫んだ。グレイソンの目が一瞬彼に流れた。

バディ・リーが凶暴なナイフのアンダースローでグレイソンに襲いかかった。ナイフの刃は濡れた吸収音とともにグレイソンの首に刺さった。グレイソンは暴れて立てつづけに銃の引き金を引いた。アリアンナが彼の腕から転がり出た。アイクはまえに飛び出し、ひざまずいてアリアンナを受け止め、胸に抱き寄せた。そのまま横に倒れて、銃撃と彼女のあいだに自分の体を入れた。

グレイソンはよろめきながら酔っ払いの同心円を描いた。三五七口径が手からすべり落ちた。水銀のようになめらかで静かな血が、首の傷からあふれ出た。絶望と恐怖に駆られて、グレイソンは首からナイフを抜いたが、たんに自分の死を早めただけだった。血が間欠泉のように噴き出した。グレイソンはまえに傾き、顔から泥のなかに倒れた。血はまだ首で泡立っていた。

アイクはアリアンナを抱き上げた。アリアンナは泣いていなかった。なんの音も立てなかった。泣き叫ぶより悪い、とアイクは思った。バイク乗りが死んだかどうか確かめる必要はなかった。彼に続く血の筋が、必要な証拠を与えてくれた。

代わりにアイクはバディ・リーのところへ行った。バディ・リーは地面に坐り、トラックにもたれて、両手で腹を押さえていた。アイクはトラックのボンネットの上にアリアンナをのせた。ひざまずいて、バディ・リーの薄っぺらい肩に腕をまわした。

「立て。病院に行かないと」アイクは言った。

「間に……合わ……ないと……思う……大将」バディ・リーは言った。両手をはずすと、グレーのシャツは血まみれで、月明かりの下で黒く見えた。

「いいから黙って行くぞ」アイクが立ち上がりかけると、バディ・リーはその腕をつかんだ。バディ・リーの掌は冷たく湿っていた。手が自分の血でびっしょり濡れていた。

「祝勝……パーティ……には……出られ……ないな」バディ・リーは言った。

アイクはまた片膝をついた。バディ・リーの息はどんどん浅くなっていた。

「おれと……いて……くれ」バディ・リーは言った。アイクは体重を移して隣に坐り、バディ・リーの体に腕をまわした。その皮膚の下の弱さを感じた。生まれたばかりの小鳥を抱いているようだった。

「がんだろ？　あの咳だのなんだのは」アイクは言った。バディ・リーはうなずいた。頭の動きはカタツムリのようにゆっくりだった。

「息子たち……に……会える……と……思うか？」バディ・リーは訊いた。声を聞くのにアイクは耳をすまさなければならなかった。血が出るほど強く下唇を噛んだ。

「そう祈ってる」アイクは言った。

「おれも」バディ・リーが言った。

そして彼はアイクの胸にガクンともたれた。頭が横に倒れて、動かなくなった。アイクはまわした腕で強く抱き寄せた。そうしてじっと坐っていると、アリアンナが話しかけた。

「おじちゃん、疲れたの？」彼女は訊いた。アイクは顔をふいた。バディ・リーを注意深く横たえた。

「ああ、だがやっとこれで休める」アイクは言った。

44

「アイク、お客さんよ。あなたと話したいって」

アイクは請求書から目を上げた。

「わかった、タンジー。ちょっと待ってくれ」アイクは言った。机から立って正面に出ていった。社員はすでに今日の仕事に出かけている。いま会社にいるのは彼とタンジーだけだった。タンジーは働きはじめて二週間で、どんどん学んでいた。ときどきジャジーが様子を見に立ち寄るが、タンジーは難なく業務をこなしていた。

「ここで働くのは、今度のことから立ち直るまで」とタンジーは言っていた。アイクはそれでかまわないと応じはしたが、彼女の気が変わることを願っていた。

ロビーでラプラタ刑事が待っていた。

「ラプラタ刑事」アイクは言った。

「ミスター・ランドルフ、少し話せますか？」

「もちろん」アイクは言い、カウンターの下に手を伸ばして、冷蔵庫から水のボトルを取った。

「ミスター・ジェンキンスの葬儀はいい雰囲気でした」ラプラタ刑事は言った。

「ええ」

「あなたの奥さんとお孫さんもいてよかった。ミセス・カルペッパーも。彼女はそうとうつらかったようですね。私の元妻は、私が死んでもあんなに激しくは泣かないと思う」ラプラタは言った。

アイクは何も言わなかった。

「信じられない話だが、あなたの家を燃やし、お孫さんを誘拐し、奥さんとミスター・ジェンキンスを殺そうとした犯人がまったくわからない。なのに彼らは心変わりしたらしく、アリアンナをあなたの会社に届けた。驚くべきことだ」ラプラタは言った。アイクは水をひと口飲んだ。

「奇跡は毎日起きてる」彼は言った。

「ミスター・ランドルフ、化かし合いはやめませんか？　われわれはどちらも、〈レア・ブリード〉があなたの孫を誘拐し、奥さんとバディ・リーを殺そうとし、家を焼き払ったことを知っている。あなたとバディ・リーが州のあちこちで戦争を起こし、総仕上げに、〈自由の息子たち〉とつながったダミー会社が所有する敷地で、あろうことか『ワイルド・バンチ』の一場面を演じたことも知っている。そして〈自由の息子たち〉は、たまたまミスター・ジェンキンスの弟とつながりがあった。殺戮《さつりく》現場では何十人もの暴走族に加えて、元州上院議員と現職の判事が殺されていた」ラプラタは言った。アイクは水のボトルをカウンターに置いた。

「たしかにそれはニュースで見ましたよ。その判事は暴走族とつながってたとか？　暴走族が彼にしばらく貢物をしてたとか？　12チャンネルで、捜査上うちの息子と彼の夫の名前が浮かび上がってきたと言ってたが、その判事がおれの息子に起きたこととかかわってたんですかね？　バディ・リーの息子に起きたことと？」アイクは訊いた。ラプラタは彼を長いこと睨みつけた。

「まあ、それはもはや重要ではない。でしょう、ミスター・ランドルフ？　死人は起訴できないから」

「でしょうね」アイクは言った。ラプラタはカウンターまで来て、両手をついた。

「バディ・リー・ジェンキンスがひとりであの暴走族を全滅させ、カルペッパー親子を殺したと信じる人がどこにいると思います？　九学年までの教育で、たまたま肥料爆弾の作り方がわかったと？」ラプラタは訊いた。アイクは腕を組んだ。左腕の怪我に触れないように注意しながら。

「どうしてここに来たんです、ミスター・ラプラタ？」アイクは訊いた。

「ラプラタ刑事です、ミスター・ランドルフ。そして私がここに来たのは、あなたのまわりであまりにも多くの人が消えたり死んだりしているからだ。そうなってもしかたない人間も大勢いるが、そうでない者もいる。スライス・ウォルシュを数週間見ないと言って涙を流す人がたくさんいるとは思わないし、グレイソン・カマルディは同じクラブのメンバーからもクソ男だと思われていた。けれど、ルネット・フレドリクソンが、自宅のリビングの床に内臓を垂らさなければならないほど悪いことをしたとは思えない。正直なところ、管轄が複雑になりすぎて、とても整理できないくらいだ。あなたの携帯の通話履歴を調べる許可さえ得られないんです。主要な関係者のほとんどは、すべてをバディ・リーのせいにして蓋をすればいいと思っている」ラプラタは言った。

「だが、あなたはちがう」アイクは言った。

「そう、私はちがう。答えられていない疑問が多すぎる。とてもこれで終わりにはできない。あなたのような人は危険だからです、ミスター・ランドルフ。今日は息子さんのための復讐でも、明日はあなたに中指を立てた人に向かうかもしれない。私がここに来たのは、私が見ているということを知らせるためです」ラプラタは言った。アイクは水を飲み終え、ボトルをゴミ箱に投げた。

「好きなだけ見ればいい。だが、次にこの会社に来るときには、捜査令状を持ってくるべきだろうね。でないと、業務妨害をされていると考えはじめるかもしれない」アイクは言った。ラプラタは彼に警官の視線を送ったが、アイクは目をそらさなかった。

「まだ業務妨害はしてませんよ、ミスター・ランドルフ」ラプラタは言った。

入口のチャイムが鳴った。

「ラプラタ刑事」マヤが言った。〈サンダース〉で買った食料の大きな袋を抱えていた。手術中にブレイズの髪を切られて、ピクシーカットになっている。アリアンナが弾む足取りで入ってきて、ラプラタのまえを駆け抜け、まっすぐアイクのところへ行って、ズボンにすがりついた。アイクは彼女の髪をくしゃっとした。

「こんにちは、ミセス・ランドルフ」ラプラタが言った。

「外まで送りましょう、刑事」アイクが言った。ラプラタはマヤに会釈した。アリアンナはバイバイと手を振った。ラプラタも手を振り、背を見せて出口に向かった。アイクは彼についていった。

「リトル・ビットが来た！」タンジェリンが言った。ラプラタはアリアンナが笑う声を聞いた。

ラプラタはドアから外に踏み出したところで足を止め、アイクと向かい合った。

「やる価値があったのかな、ライオット？」彼は訊いた。アイクは微笑んだ。

「それはおれの名前じゃない。価値があったかどうかについては、バディ・リーに訊かなきゃならないな。ただ、もし彼がここにいたら、こう言うと思う……」アイクは声を落とした。

「あいつらを千回殺すこともできるけど、それでも充分にはほど遠い。だが、つねにやる価値はある」アイクは言ったが、まったく無表情な目でラプラタの魂を貫いたのはライオットだった。

ラプラタは一歩あとずさりした。

「さよなら、刑事」アイクは言った。

そしてドアを閉めた。

45

アイクはトラックを駐め、助手席に置いてあった茶色の紙袋を取った。車の外に出て、御影石の森さながら墓地を埋めている墓石のあいだを縫って歩きはじめた。

小高い丘を越えると、マーゴがバディ・リーの墓に両手と両膝をついているのが見えた。赤と白と青のペチュニアを植えているところだった。

「やあ」アイクは言った。マーゴが顔を上げて、半笑いを浮かべた。

「あたしの仕事を批判しないでね、ミスター・庭園管理」マーゴは言った。立って両手をジーンズでふき、鼻歌を歌いながら、ペチュニアが入っていた空《から》のビニールポットを集めた。小さなプラスチックの移植ごてはズボンのうしろのポケットに突っこんだ。

「何も言うことはないよ。うまくできてる」アイクは言った。

「ちょっときれいにしてもいいかと思ってね。神様もご存じだけど、あの小汚いトレーラーはほったらかしだったから」マーゴは言った。

「彼も気に入ると思う」

「はっ！　色について利いたふうなこと言うに決まってる。キャプテン・アメリカと呼んでくれとかなんとか、馬鹿げたことを」

「ああ、きっとそうだな」アイクは言った。マーゴは手の甲で目尻をぬぐった。

「まったく、まいったね。癪《しやく》に障るろくでなしだったけど、いなくなったら寂しくてしかたない」マーゴは言った。アイクはひとつ大きく息を吸い、少し考えて、口を開いた。

「ああ、おれもだ」

「さて、あんたたちふたりで話したいだろう」マーゴが言った。

「行かなくてもいい」

「いや、行かないと。あとちょっとで赤ん坊みたいにわんわん泣きだしそうだから。あんたもあたしもそれは見たくないだろ。ねえ、答えられないだろうけど、どうしても訊きたいんだ。彼は戦いに行ったんだよね？」マーゴは言った。アイクはまばたきせずに、じっと彼女を見つめた。マーゴはその目をのぞき、質問の答えを見て、うなずいた。

「オーケイ。わかった」彼女は背を向け、急ぎ足で丘を下っていった。アイクはしばらくその姿を見つめたあと、墓と向かい合った。黒い御影石の墓石には、ウィリアムではなく〝バディ・リー〟と書かれていた。州検視局から遺体が帰ってきたあとで、バディ・リーの妹から葬儀の支払いの件で連絡があった。アイクは支払うと答えたが、ふたつ条件を出した。彼を息子たちの隣に埋葬すること、そして墓石には〝バディ・リー〟と刻むこと。

彼女は喜んで条件をのんだ。何も支払わなくていいなら、それに越したことはない。アイクは紙袋から缶ビールと酒の小さなボトルを取り出した。ビールを開け、長くひと口飲んだ。冬の最初の朝のようにピリッと冷えていた。残りを墓石に注いだ。ペチュニアには一滴もかからないように注意した。

「よう。マーゴをアリアンナの誕生パーティに招待しようと思うよ。たぶん愉しんでくれると思う。まあ、みんなそうだ。タンジェリンはマヤとアリアンナのために特別なヘアスタイルを考えると言ってる。三人は泥棒仲間みたいに仲よくなってな。保険屋は来週から家の保険金を払うと言ってる。おれたちはまだホテル暮らしだ。豪華だぞ。あんたなら〝うんこする最高級の場所〟とか言うだろうな」アイクは何度かまばたきした。

「アリアンナは驚くほど利口だ。タンジーが教えたら、十五まで数えられるようになった。マヤは動物のフラッシュカードで勉強させてる。犬と狼のちがいもわかるぞ。おれは喧嘩の仕方を教えてやってる。マヤからしょっちゅう、この子はまだ三歳よと言われるけどな。おれが見せた掌にパンチを当ててるゲームだ。すごく喜ぶ。数年後にはミットで練習させる。いつかサンドバッグをもうひとつ買うことになるかもな」

感情がこみ上げてきたが、抑えこんだ。

「アリアンナは雑草みたいにたくましく育ってる。さて、しばらく息子たちと話してもいいな？　ヘネシーがとくに好きじゃないのはわかってるが」

空いた缶をバディ・リーの墓石の上に置いた。酒のキャップをはずして、長々と飲んだ。喉から下が焼けたが、胃に収まると、なじみの温かさが広がり、上半身がチリチリした。

アイザイアとデレクの墓石にコニャックを少し注いだ。

「おまえを愛してる、アイザイア。いつもそんなふうに見えなかったのはわかってる。いつもそうはふるまえなかったが、おまえを本当に、心から愛してる。一日じゅう、おまえとデレクのことをアリアンナに話してるよ。火事でなんとか燃えなかった写真を見せて、たくさんの人に愛されてるんだぞと言ってやる。おれにも、あの子のおばあちゃんたちにも、タンジェリンおばさんにも、ふたりの守護天使にも」アイクは地面に片膝をつき、またコニャックをひと口飲んだ。

「どんなときにも愛されるべき人に愛されてるんだろうかと、あの子が疑うことはない。それは約束する。おまえが耐えなきゃならなかったこと――おれがおまえに耐えさせたこと――を、あの子が耐えることはない」アイクは言った。

新しい墓石に手を触れ、彫りこまれたアイザイアの名前、デレクの名前を指でなぞった。

「愛は愛だとよく言ってただろ？　おれにはわからなかった。わかりたくなかったんだと思う。だが、いまはわかるよ。これだけの犠牲を払うことになったのは本当にすまなかったが、いまは本当にわかる。いい父親、立派な男は、彼の子供を愛する人を愛する。おれはいい父親じゃなかった。立派な男でもない。だが、いい祖父にはなれるように努力する」アイクは立ち上がった。

「本当に、一生懸命努力する」

涙がまた出てきた。目からあふれて頬を伝い、顎の無精ひげから落ちていった。

その涙はもうあまりカミソリの刃のようではなかった。悲しい雨乞いの祈りに対する、待ちに待った答えのように感じられた。

謝辞

小説の執筆はつねに共同作業だ。ことばは私のものだが、ストーリーを磨き、形作る過程には、多くの指紋が残っている。

わがエージェントにして、わが著作の最大の支持者であるジョシュ・ゲツラーに感謝したい。私と私の物語を信じてくれてありがとう。知り合ったのは偶然だが、そのことが何よりうれしい。クリスティン・コプラッシュと〈フラットアイアン・ブックス〉のチーム全員にもお礼を言う。私はあなたたちに南部の話しことばをできるだけ教えようとしているときでさえ、あなたたちから学びつづけている。

友人である仲間の作家たちにも感謝したい。ニッキ・ドルソン、P・J・ヴァーノン、チャド・ウィリアムソン、ジェリー・ブルームフィールドは、本書の初期のバージョンを読んでくれた。あなたたちの誠実さと支援は、ことばで言い尽くせないほどありがたい。

そしていつものように、ありがとう、キム。理由はわかるだろう。

きみはいつもわかっている。

解説

宇田川拓也（ときわ書房本店）

犯罪という刑罰を科せられるべき行い、あるいはそれを調べるための行動を通じて、人間と世界の有りようを描いた小説。いわゆる「犯罪小説」は、一説には『千夜一夜物語』にそのルーツが見て取れるともいわれているそうだ。それほど長きにわたり、創作者の意欲を掻き立て、読む者を惹きつける理由を改めて考えてみると、ひとつはそこに「正しさとはなにか」を探究する要素が含まれているからではないだろうか。

正しさ、正義、正論といったものは、絶対的なものではなく、必ずしも望ましい結果をもたらすわけではない。力や集団によって容易に歪み、捻じ曲げられもするし、都合よく利用され、ひとを深く傷つけることもある。加えて、当人も囚われていることに気付かないほどいつの間にか強く固く縛りつけ、盲目的にしてしまう危険を孕んだ、じつに厄介なものでもある。犯罪小説では往々にして、人間の救いがたい愚かさや卑劣さ、この世界の黒く残酷な一面が詳《つまび》らかにされるが、そうした内容を通じて作者は時代や環境に左右されない在るべき正しさを様々な形で問い直し、読者はそれらをページから汲み取り、正しさという不確かなものの補正に充ててきた。犯罪小説では非情な極悪人だけでなく、あえて罪を背負うことで譲れない道義を貫き、護《まも》るべきひとに手を差し伸べるような人物も数多く描かれてきたが、それもまた損得だけでは量れない正しさを探究する過程で生まれたものだといえよう。

さて、そうした犯罪小説の流れの最前線にアメリカから颯爽《さっそう》と現れたのが、S・A・コスビーだ。二作目となる著書にして出世作となった*Blacktop Wasteland*（二〇二〇年）は、このジャンルの著名な作家陣から絶賛され、有力紙の年間ベストブックにも選出。さらには、Mystery Readers International のメンバーによって選ばれるマカヴィティ賞の最優秀長編賞、ミステリ創作者と愛好者が集う年に一度の世界大会バウチャーコンにて選ばれるアンソニー賞の長編賞、雑誌*Deadly Pleasures*主催によるバリー賞の長編賞など、複数のミステリ文学賞を立て続けに射止めるなど、大変高く評価された。日本でも二〇二二年に『黒き荒野の果て』の邦題でハーパーBOOKSの一冊として刊行されるや大好評を博し、年間ミステリランキングにも入選を果たしている。

本書『頬に哀しみを刻め』は、そんな注目作家の名声をさらに押し上げることとなった三作目の著書*Razorblade Tears*の全訳である。

物語のそもそもの起点となる出来事は、リッチモンドのダウンタウンで起きた銃撃事件。犠牲となった男性ふたり――黒人のアイザイア・ランドルフと白人のデレク・ジェンキンスは同性婚のカップルで、執拗に銃弾を射ち込むその念入りなとどめの刺し方からプロによる犯行と思われた。どうやら警察によると、ジャーナリストだったアイザイアには以前から殺しの脅迫状が届いていたらしい。

本作で中心となる人物は、このふたりの被害者の父親だ。アイザイアの父親で庭園管理会社を営むアイク・ランドルフ、そしてデレクの父親である無職のバディ・リー・ジェンキンス。ともに元囚人であり、若かりし頃の自分たちのように手を汚すことも辞さない暴力で相手を捻じ伏せ、排除するのではなく、まっとうに生きて社会的地位を確立した優秀な息子を愛し、誇りに思うも、我が子が同性愛者という現実を前に大きな溝を埋められずにいた。そこに突然降りかかった、息子が殺害されるという信じがたい悲劇。父親であるふたりには、尽きせぬ哀しみと涙、悔やんでも悔やみ切れない後悔、そして息子たちの最愛の幼い娘——孫のアリアンナが残される。

葬儀から二カ月後、進展しない警察の捜査を見かねたバディ・リーは、アイクの会社を訪ね、ふたりで犯人を捜し出すことを提案する。だがアイクはその申し出を断る。かつて元ギャング〝ライオット〟・ランドルフとして知られたアイクは、歯止めが利かなくなる暴力の恐ろしさについて知り尽くしていた。そして行動を起こすことで、刑務所を出た十五年前に〝ライオット〟と決別し、正しく生きようともがいてきたこれまでの努力が水の泡となり、平穏な暮らしが終わりを迎えかねないことも。

ところが、そんな強い自制の気持ちも吹き飛ぶような事件が起こる。アイザイアとデレクが眠る墓が何者かに破壊され、酷い侮蔑の言葉で穢《けが》されていたのだ。アイクはバディ・リーの話に乗ることを決意する。犯人を見つけ出すだけでなく、必要ならば血を流し、相手の命も絶つ覚悟とともに――。

本作は『黒き荒野の果て』と同じアメリカ南部のヴァージニア州を舞台にしているが、足を洗い堅気となった主人公が訳あって犯罪の世界にいま一度足を踏み入れることになるシンプルな筋立て、複雑な心情を様々に映す家族小説と息を呑むスリリングな犯罪小説を融合してみせる抜群の人物造形と描写力、黒人の目から見た差別や格差ゆえの生きづらさといった厳しく根深い現実も同様に引き継がれている。

そのうえで、本作ならではの最大の特色を挙げると、ジェンダーやLGBTQ+といった問題に真正面から取り組み、真相にも関わるほどの極めて重要なテーマとして扱っている点だ。犯罪小説でもこれまで、キャラクターの色づけや現代を表現する一環として、こうした問題に触れている作品はいくつもあった。けれど正直、正しさを問い直し探究する要素を持つこのジャンルでの扱われ方としては、その多くが片手間程度だった印象は否定できない。たとえば創作者が物語内の時間をどれだけ遠い過去の時代に設定しても文句はないが、いま作品を発表するとして、そこで描かれる古びた価値観や社会性、間違った道徳に対しての問題提起が一切なかったとしたら、それは失錯というしかない。S・A・コスビーは、現代の犯罪小説作家のなかでも、その重要性を誰よりも意識し、鋭く捉え実践している書き手といえよう。

さらにコスビーの美点を挙げるなら、今日的なテーマの扱いに傾注しつつも、犯罪小説としての様式と山場を損ねるような愚を犯していないことだ。目の前に脅威が迫り、命に代えても護らなければならない者がそばにいるとき、採るべき方法はひとつしかない。飛び交う銃弾と爆炎がページを焦がすかのごときクライマックスの死闘は、亡き息子たちへの懺悔と贖罪に彩られた哀しき父親たちの挽歌であり、無法を貫いても護り抜き決着をつけるために戦うその雄姿には、胸打たれずにはいられない。筆者はこのすべてを吹き飛ばし、辺り一面が焦土と化すような戦いの激しさに、いまだ世界に蔓延し、懲りることなく無辜のひとびとを傷つけ苦しめ続ける、差別的で不寛容な醜い「正しさ」に向けられた、コスビーの憤怒を重ねて見てしまった。

そろそろ紙幅も少なくなってきたが、本作の注目すべき読みどころは、まだまだある。白人・黒人や父親・息子といった相似する人間関係の巧みな使い方、アイクの内側で動き出そうとする凶暴な〝ライオット〟の不穏な気配、犯人捜しの過程で不寛容な世間と同じく自身もまた息子にとっての生きづらさの一因だったことを思い知る痛恨の場面、人間的には大いに問題ありだが憎めないバディ・リーのキャラクター、ある登場人物のあまりに衝撃的な告白、哀しみの涙が頬を切り刻むカミソリの刃のようだと喩える秀逸なタイトルなど挙げていけば切りがないが、ぜひこうした箇所にも刮目していただきたい。

二〇二〇年代の犯罪小説が目指すべき方向性を見抜き、早くも到達したひとつの完成形といっても過言ではない本作は、『黒き荒野の果て』に続いて、マカヴィティ賞、アンソニー賞、バリー賞を受賞。同一作家が二年連続で三賞を獲得するという快挙を成し遂げ、さらにアメリカ探偵作家クラブ賞（エドガー賞）の最優秀長編賞にもノミネートされた。まだデビューしてから三作目を上梓したばかりの新鋭であることを考えると、コスビーがいかに破格で将来有望な作家であるか、よくおわかりいただけるだろう。これから一体、どれほどの活躍を見せてくれるのか。クラシックの風格と現代的なディテールに加え、今日的な問題にも果敢に切り込む、心振るわせる物語でアメリカのみならず世界の犯罪小説シーンを大いに盛り上げていただきたいものである。

最後に、本稿執筆時点でのコスビーの今後の動向について紹介しておこう。

二〇二三年六月、本国にて新作 *All the Sinners Bleed* の刊行が決定している。長年FBI捜査官として勤めた主人公が故郷の町に戻り、その地で初めての黒人保安官となる内容で、人種差別がまかり通る閉塞的なコミュニティでの犯罪が描かれるようだ。いずれこの作品も翻訳刊行されることを切に願っている。

訳者紹介　加賀山卓朗

愛媛県生まれ。翻訳家。主な訳書にコスビー『黒き荒野の果て』、バーニー『11月に去りし者』（ともにハーパーBOOKS）、ル・カレ『シルバービュー荘にて』『スパイはいまも謀略の地に』、ルヘイン『過ぎ去りし世界』『あなたを愛してから』（以上、早川書房）がある。

ハーパーBOOKS

頬《ほお》に哀《かな》しみを刻《きざ》め

2023年 2 月20日発行　第1刷
2023年12月 5 日発行　第2刷

著　者　S・A・コスビー
訳　者　加《か》賀《が》山卓朗《やまたくろう》
発行人　鈴木幸辰
発行所　株式会社ハーパーコリンズ・ジャパン
東京都千代田区大手町1-5-1
03-6269-2883（営業）
0570-008091（読者サービス係）
印刷・製本　中央精版印刷株式会社

Printed in Japan
ISBN978-4-596-76655-7